比较文学与世界文学 研究丛书

主编 曹顺庆

初编 第 **8** 册

印度与西方文学关系研究

尹锡南、王冬青、马金桃、黄潇 著

花木兰文化事业有限公司

国家图书馆出版品预行编目资料

印度与西方文学关系研究／尹锡南、王冬青、马金桃、黄潇
著 -- 初版 -- 新北市：花木兰文化事业有限公司，2022〔民
111〕
序6+ 目 2+268 面；19×26公分
（比较文学与世界文学研究丛书 初编 第 8 册）
ISBN 978-986-518-714-9（精装）
1.CST：西洋文学 2.CST：东方文学 3.CST：文学理论
4.CST：印度
810.8   110022062

ISBN-978-986-518-714-9

9 789865 187149

比较文学与世界文学研究丛书
初编 第八册   ISBN：978-986-518-714-9

印度与西方文学关系研究

作　　者 尹锡南、王冬青、马金桃、黄潇
主　　编 曹顺庆
企　　划 四川大学双一流学科暨比较文学研究基地
总 编 辑 杜洁祥
副总编辑 杨嘉乐
编辑主任 许郁翎
编　　辑 张雅淋、潘玟静、刘子瑄　美术编辑 陈逸婷
出　　版 花木兰文化事业有限公司
发 行 人 高小娟
联络地址 台湾235 新北市中和区中安街七二号十三楼
　　　　 电话：02-2923-1455 / 传真：02-2923-1452
网　　址 http://www.huamulan.tw 信箱 service@huamulans.com
印　　刷 普罗文化出版广告事业
初　　版 2022 年 3 月
定　　价 初编 28 册（精装）台币 76,000 元

印度与西方文学关系研究

尹锡南、王冬青、马金桃、黄潇 著

作者简介

尹锡南，四川大学南亚研究所教授，先后出版《英国文学中的印度》、《舞论》(全译本)、《舞论研究》、《印度汉学史》、《印度古典文艺理论选译》、《印度文论史》、《印度诗学导论》、《梵语诗学与西方诗学比较研究》等著作和译著。

王冬青，四川大学文学与新闻学院比较文学与世界文学专业博士候选人，三峡大学（湖北宜昌）外国语学院讲师。

马全桃，四川大学文学与新闻学院比较文学与世界文学专业博士候选人，湖北汽车工业学院（湖北十堰）外语系讲师。

黄潇，四川大学文学与新闻学院比较文学与世界文学专业博士候选人。

提　　要

在跨文化对话日益频繁的21世纪，中国比较文学学者正以前所未有的创新精神突破"中外"或曰"中西"比较的传统范式，将比较研究引向三维甚至多维的跨文化（跨文明）文学关系研究。在此背景下，以本土视角探讨东方文学与西方文学的关系，正是比较研究的题中之义。本书即《印度与西方文学关系研究》旨在突破中西比较的固定框架或藩篱。

本书涉及印西文学关系研究的三个方面，即古典印度学在西方、莎士比亚在印度的传播与接受、英美作家的印度题材创作。其中，"古典印度学在西方"聚焦印度古代文学和文艺理论的西方传播，探讨英、德、法、美等国学者对印度古典文艺理论巨著《舞论》的发掘与研究，并对法国印度学的发展与嬗变进行分析。"莎士比亚在印度"从宏观的角度考察莎士比亚作品在印度的翻译、改编和研究，并对莎剧在印度银幕上的改编与挪用进行微观的分析。"英美作家与印度"以个案分析的形式探讨英国作家保罗·司各特和美国作家马克·吐温、凯瑟琳·梅奥的印度书写。本书既有宏观整体研究，又有微观个案研究，既涉及印度与西方文学的双向互动，也探讨西方作家的印度书写，是一部三维立体的东西方文学关系研究之作。

比较文学的中国路径

曹顺庆

自德国作家歌德提出"世界文学"观念以来，比较文学已经走过近二百年。比较文学研究也历经欧洲阶段、美洲阶段而至亚洲阶段，并在每一阶段都形成了独具特色学科理论体系、研究方法、研究范围及研究对象。中国比较文学研究面对东西文明之间不断加深的交流和碰撞现况，立足中国之本，辩证吸纳四方之学，而有了如今欣欣向荣之景象，这套丛书可以说是应运而生。本丛书尝试以开放性、包容性分批出版中国比较文学学者研究成果，以观中国比较文学学术脉络、学术理念、学术话语、学术目标之概貌。

一、百年比较文学争讼之端——比较文学的定义

什么是比较文学？常识告诉我们：比较文学就是文学比较。然而当今中国比较文学教学实际情况却并非完全如此。长期以来，中国学术界对"什么是比较文学？"却一直说不清，道不明。这一最基本的问题，几乎成为学术界纠缠不清、莫衷一是的陷阱，存在着各种不同的看法。其中一些看法严重误导了广大学生！如果不辨析这些严重误导了广大学生的观点，是不负责任、问心有愧的。恰如《文心雕龙·序志》说"岂好辩哉，不得已也"，因此我不得不辩。

其中一个极为容易误导学生的说法，就是"比较文学不是文学比较"。目前，一些教科书郑重其事地指出：比较文学不是文学比较。认为把"比较"与"文学"联系在一起，很容易被人们理解为用比较的方法进行文学研究的意思。并进一步强调，比较文学并不等于文学比较，并非任何运用比较方法来进行的比较研究都是比较文学。这种误导学生的说法几乎成为一个定论，

一个基本常识，其实，这个看法是不完全准确的。

让我们来看看一些具体例证，请注意，我列举的例证，对事不对人，因而不提及具体的人名与书名，请大家理解。在 Y 教授主编的教材中，专门设有一节以"比较文学不是文学比较"为题的内容，其中指出"比较文学界面临的最大的困惑就是把'比较文学'误读为'文学比较'"，在高等院校进行比较文学课程教学时需要重点强调"比较文学不是文学比较"。W 教授主编的教材也称"比较文学不是文学的比较"，因为"不是所有用比较的方法来研究文学现象的都是比较文学"。L 教授在其所著教材专门谈到"比较文学不等于文学比较"，因为，"比较"已经远远超出了一般方法论的意义，而具有了跨国家与民族、跨学科的学科性质，认为将比较文学等同于文学比较是以偏概全的。"J 教授在其主编的教材中指出，"比较文学并不等于文学比较"，并以美国学派雷马克的比较文学定义为根据，论证比较文学的"比较"是有前提的，只有在地域观念上跨越打通国家的界限，在学科领域上跨越打通文学与其他学科的界限，进行的比较研究才是比较文学。在 W 教授主编的教材中，作者认为，"若把比较文学精神看作比较精神的话，就是犯了望文生义的错误，一百余年来，比较文学这个名称是名不副实的。"

从列举的以上教材我们可以看出，首先，它们在当下都仍然坚持"比较文学不是文学比较"这一并不完全符合整个比较文学学科发展事实的观点。如果认为一百余年来，比较文学这个名称是名不副实的，所有的比较文学都不是文学比较，那是大错特错！其次，值得注意的是，这些教材在相关叙述中各自的侧重点还并不相同，存在着不同程度、不同方面的分歧。这样一来，错误的观点下多样的谬误解释，加剧了学习者对比较文学学科性质的错误把握，使得学习者对比较文学的理解愈发困惑，十分不利于比较文学方法论的学习、也不利于比较文学学科的传承和发展。当今中国比较文学教材之所以普遍出现以上强作解释，不完全准确的教科书观点，根本原因还是没有仔细研究比较文学学科不同阶段之史实，甚至是根本不清楚比较文学不同阶段的学科史实的体现。

实际上，早期的比较文学"名"与"实"的确不相符合，这主要是指法国学派的学科理论，但是并不包括以后的美国学派及中国学派的学科理论，如果把所有阶段的学科理论一锅煮，是不妥当的。下面，我们就从比较文学学科发展的史实来论证这个问题。"比较文学不是文学比较""comparative literature is not literary comparison"，只是法国学派提出的比较文学口号，只是法国学派一派的主张，而不是整个比较文学学科的基本特征。我们不能够把这个阶段性的比较文学口号扩大化，甚至让其突破时空，用于描述比较文学所有的阶段和学派，更不能够使其"放之四海而皆准"。

法国学派提出"比较文学不是文学比较"，这个"比较"（comparison）是他们坚决反对的！为什么呢，因为他们要的不是文学"比较"（literary comparison），而是文学"关系"（literary relationship），具体而言，他们主张比较文学是实证的国际文学关系，是不同国家文学的影响关系，influences of different literatures，而不是文学比较。

法国学派为什么要反对"比较"（comparison），这与比较文学第一次危机密切相关。比较文学刚刚在欧洲兴起时，难免泥沙俱下，乱比的情形不断出现，暴露了多种隐患和弊端，于是，其合法性遭到了学者们的质疑：究竟比较文学的科学性何在？意大利著名美学大师克罗齐认为，"比较"（comparison）是各个学科都可以应用的方法，所以，"比较"不能成为独立学科的基石。学术界对于比较文学公然的质疑与挑战，引起了欧洲比较文学学者的震撼，到底比较文学如何"比较"才能够避免"乱比"？如何才是科学的比较？

难能可贵的是，法国学者对于比较文学学科的科学性进行了深刻的的反思和探索，并提出了具体的应对的方法：法国学派采取壮士断臂的方式，砍掉"比较"（comparison），提出比较文学不是文学比较（comparative literature is not literary comparison），或者说砍掉了没有影响关系的平行比较，总结出了只注重文学关系（literary relationship）的影响（influences）研究方法论。法国学派的创建者之一基亚指出，比较文学并不是比较。比较不过是一门名字没取好的学科所运用的一种方法……企图对它的性质下一个严格的定义可能是徒劳的。基亚认为：比较文学不是平行比较，而仅仅是文学关系史。以"文学关系"为比较文学研究的正宗。为什么法国学派要反对比较？或者说为什么法国学派要提出"比较文学不是文学比较"，因为法国学派认为"比较"（comparison）实际上是乱比的根源，或者说"比较"是没有可比性的。正如巴登斯佩哲指出："仅仅对两个不同的对象同时看上一眼就作比较，仅仅靠记忆和印象的拼凑，靠一些主观臆想把可能游移不定的东西扯在一起来找点类似点，这样的比较决不可能产生论证的明晰性"。所以必须抛弃"比较"。只承认基于科学的历史实证主义之上的文学影响关系研究（based on scientificity and positivism and literary influences.）。法国学派的代表学者卡雷指出：比较文学是实证性的关系研究："比较文学是文学史的一个分支：它研究拜伦与普希金、歌德与卡莱尔、瓦尔特·司各特与维尼之间，在属于一种以上文学背景的不同作品、不同构思以及不同作家的生平之间所曾存在过的跨国度的精神交往与实际联系。"正因为法国学者善于独辟蹊径，敢于提出"比较文学不是文学比较"，甚至完全抛弃比较（comparison），以防止"乱比"，才形成了一套建立在"科学"实证性为基础的、以影响关系为特征的"不比较"的比较文学学科理论体系，这终于挡住了克罗齐等人对比较文学"乱比"的批判，形成了以"科学"实证为特征的文学影响关系研究，确立了法国学派的学科理论和一整套方法论体系。当然，法国学派悍然砍掉比较研究，又不放弃"比较文学"这个名称，于是不可避免地出现了比较文学名不副实的尴尬现象，出现了打着比较文学名号，而又不比较的法国学派学科理论，这才是问题的关键。

当然，法国学派提出"比较文学不是文学比较"，只注重实证关系而不注重文学比较和文学审美，必然会引起比较文学的危机。这一危机终于由美国著名比较文学家韦勒克（René Wellek）在 1958 年国际比较文学协会第二次大会上明确揭示出来了。在这届年会上，韦勒克作了题为《比较文学的危机》的挑战性发言，对"不比较"的法国学派进行了猛烈批判，宣告了倡导平行比较和注重文学审美的比较文学美国学派的诞生。韦勒克作了题为《比较文学的危机》的挑战性发言，对当时一统天下的法国学派进行了猛烈批判，宣告了比较文学美国学派的诞生。韦勒克说："我认为，内容和方法之间的人为界线，渊源和影响的机械主义概念，以及尽管是十分慷慨的但仍属文化民族主义的动机，是比较文学研究中持久危机的症状。"韦勒克指出："比较也不能仅仅局限在历史上的事实联系中，正如最近语言学家的经验向文学研究者表明的那样，比较的价值既存在于事实联系的影响研究中，也存在于毫无历史关系的语言现象或类型的平等对比中。"很明显，韦勒克提出了比较文学就是要比较（comparison），就是要恢复巴登斯佩哲所讽刺和抛弃的"找点类似点"的平行比较研究。美国著名比较文学家雷马克（Henry Remak）在他的著名论文《比较文学的定义与功用》中深刻地分析了法国学派为什么放弃"比较"（comparison）的原因和本质。他分析说："法国比较文学否定'纯粹'的比较（comparison），它忠实于十九世纪实证主义学术研究的传统，即实证主义所坚持并热切期望的文学研究的'科学性'。按照这种观点，纯粹的类比不会得出任何结论，尤其是不能得出有更大意义的、系统的、概括性的结论。……既然值得尊重的科学必须致力于因果关系的探索，而比较文学必须具有科学性，因此，比较文学应该研究因果关系，即影响、交流、变更等。"雷马克进一步尖锐地指出，"比较文学"不是"影响文学"。只讲影响不要比较的"比较文学"，当然是名不副实的。显然，法国学派抛弃了"比较"（comparison），但是仍然带着一顶"比较文学"的帽子，才造成了比较文学"名"与"实"不相符合，造成比较文学不比较的尴尬，这才是问题的关键。

美国学派最大的贡献，是恢复了被法国学派所抛弃的比较文学应有的本义——"比较"（The American school went back to the original sense of comparative literature ——"comparison"），美国学派提出了标志其学派学科理论体系的平行比较和跨学科比较："比较文学是一国文学与另一国或多国文学的比较，是文学与人类其他表现领域的比较。"显然，自从美国学派倡导比较文学应当比较（comparison）以后，比较文学就不再有名与实不相符合的问题了，我们就不应当再继续笼统地说"比较文学不是文学比较"了，不应当再以"比较文学不是文学比较"来误导学生！更不可以说"一百余年来，比较文学这个名称是名不副实的。"不能够将雷马克的观点也强行解释为"比较文学不是比较"。因为在美国学派看来，比较文学就是要比较（comparison）。比较文学就是要恢复被巴登斯佩哲所讽刺和抛弃的"找点类似点"的平行比较研究。因为平行研究的可比性，正是类同性。正如韦勒克所说，"比较的价值既存在于事实联系的影响研究中，也存在于毫无历史关系的语言现象或类型的平等对比中。"恢复平行比较研究、跨学科研究，形成了以"找点类似点"的平行研究和跨学科研究为特征的比较文学美国学派学科理论和方法论体系。美国学派的学科理论以"类型学"、"比较诗学"、"跨学科比较"为主，并拓展原属于影响研究的"主题学"、"文类学"等领域，大大扩展比较文学研究领域。

二、比较文学的三个阶段

下面，我们从比较文学的三个学科理论阶段，进一步剖析比较文学不同阶段的学科理论特征。现代意义上的比较文学学科发展以"跨越"与"沟通"为目标，形成了类似"层叠"式、"涟漪"式的发展模式，经历了三个重要的学科理论阶段，即：

一、欧洲阶段，比较文学的成形期；二、美洲阶段，比较文学的转型期；三、亚洲阶段，比较文学的拓展期。我们将比较文学三个阶段的发展称之为"涟漪式"结构，实际上是揭示了比较文学学科理论的继承与创新的辩证关系：比较文学学科理论的发展，不是以新的理论否定和取代先前的理论，而是层叠式、累进式地形成"涟漪"式的包容性发展模式，逐步积累推进。比较文学学科理论发展呈现为层叠式、"涟漪"式、包容式的发展模式。我们把这个模式描绘如下：

法国学派主张比较文学是国际文学关系，是不同国家文学的影响关系。形成学科理论第一圈层：比较文学——影响研究；美国学派主张恢复平行比较，形成学科理论第二圈层：比较文学——影响研究＋平行研究＋跨学科研究；中国学派提出跨文明研究和变异研究，形成学科理论第三圈层：比较文学——影响研究＋平行研究＋跨学科研究＋跨文明研究＋变异研究。这三个圈层并不互相排斥和否定，而是继承和包容。我们将比较文学三个阶段的发展称之为层叠式、"涟漪"式、包容式结构，实际上是揭示了比较文学学科理论的继承与创新的辩证关系。

法国学派提出，可比性的第一个立足点是同源性，由关系构成的同源性。同源性主要是针对影响关系研究而言的。法国学派将同源性视作可比性的核心，认为影响研究的可比性是同源性。所谓同源性，指的是通过对不同国家、不同民族和不同语言的文学的文学关系研究，寻求一种有事实联系的同源关系，这种影响的同源关系可以通过直接、具体的材料得以证实。同源性往往建立在一条可追溯关系的三点一线的"影响路线"之上，这条路线由发送者、接受者和传递者三部分构成。如果没有相同的源流，也就不可能有影响关系，也就谈不上可比性，这就是"同源性"。以渊源学、流传学和媒介学作为研究的中心，依靠具体的事实材料在国别文学之间寻求主题、题材、文体、原型、思想渊源等方面的同源影响关系。注重事实性的关联和渊源性的影响，并采用严谨的实证方法，重视对史料的搜集和求证，具有重要的学术价值与学术意义，仍然具有广阔的研究前景。渊源学的例子：杨宪益，《西方十四行诗的渊源》。

比较文学学科理论的第二阶段在美洲，第二阶段是比较文学学科理论的转型期。从 20 世纪 60 年代以来，比较文学研究的主要阵地逐渐从法国转向美国，平行研究的可比性是什么？是类同性。类同性是指是没有文学影响关系的不同国家文学所表现出的相似和契合之处。以类同性为基本立足点的平行研究与影响研究一样都是超出国界的文学研究，但它不涉及影响关系研究的放送、流传、媒介等问题。平行研究强调不同国家的作家、作品、文学现象的类同比较，比较结果是总结出于文学作品的美学价值及文学发展具有规律性的东西。其比较必须具有可比性，这个可比性就是类同性。研究文学中类同的：风格、结构、内容、形式、流派、情节、技巧、手法、情调、形象、主题、文类、文学思潮、文学理论、文学规律。例如钱钟书《通感》认为，中国诗文有一种描写手法，古代批评家和修辞学家似乎都没有拈出。宋祁《玉楼春》词有句名句："红杏枝头春意闹。"这与西方的通感描写手法可以比较。

比较文学的又一次危机：比较文学的死亡

九十年代，欧美学者提出，比较文学作为一门学科已经死亡！最早是英国学者苏珊·巴斯奈特 1993 年她在《比较文学》一书中提出了比较文学的死亡论，认为比较文学作为一门学科，在某种意义上已经死亡。尔后，美国学者斯皮瓦克写了一部比较文学专著，书名就叫《一个学科的死亡》。为什么比较文学会死亡，斯皮瓦克的书中并没有明确回答！为什么西方学者会提出比较文学死亡论？全世界比较文学界都十分困惑。我们认为，20 世纪 90 年代以来，欧美比较文学继"理论热"之后，又出现了大规模的"文化转向"。脱离了比较文学的基本立场。首先是不比较，即不讲比较文学的可比性问题。西方比较文学研究充斥大量的 Culture Studies（文化研究），已经不考虑比较的合理性，不考虑比较文学的可比性问题。第二是不文学，即不关心文学问题。西方学者热衷于文化研究，关注的已经不是文学性，而是精神分析、政治、性别、阶级、结构等等。最根本的原因，是比较文学学科长期囿于西方中心论，有意无意地回避东西方不同文明文学的比较问题，基本上忽略了学科理论的新生长点，比较文学学科理论缺乏创新，严重忽略了比较文学的差异性和变异性。

要克服比较文学的又一次危机，就必须打破西方中心论，克服比较文学学科理论一味求同的比较文学学科理论模式，提出适应当今全球化比较文学研究的新话语。中国学派，正是在此次危机中，提出了比较文学变异学研究，总结出了新的学科理论话语和一套新的方法论。

中国大陆第一部比较文学概论性著作是卢康华、孙景尧所著《比较文学导论》，该书指出："什么是比较文学？现在我们可以借用我国学者季羡林先生的解释来回答了：'顾名思义，比较文学就是把不同国家的文学拿出来比较，这可以说是狭义的比较文学。广义的比较文学是把文学同其他学科来比较，包括人文科学和社会科学'。"[1]这个定义可以说是美国雷马克定义的翻版。不过，该书又接着指出："我们认为最精炼易记的还是我国学者钱钟书先生的说法：'比较文学作为一门专门学科，则专指跨越国界和语言界限的文学比较'。更具体地说，就是把不同国家不同语言的文学现象放在一起进行比较，研究他们在文艺理论、文学思潮，具体作家、作品之间的互相影响。"[2]这个定义似乎更接近法国学派的定义，没有强调平行比较与跨学科比较。紧接该书之后的教材是陈挺的《比较文学简编》，该书仍旧以"广义"与"狭义"来解释比较文学的定义，指出："我们认为，通常说的比较文学是狭义的，即指超越国家、民族和语言界限的文学研究……广义的比较文学还可以包括文学与其他艺术（音乐、绘画等）与其他意识形态（历史、哲学、政治、宗教等）之间的相互关系的研究。"[3]中国比较文学早期对于比较文学的定义中凸显了很强的不确定性。

由乐黛云主编，高等教育出版社 1988 年的《中西比较文学教程》，则对比较文学定义有了较为深入的认识，该书在详细考查了中外不同的定义之后，该书指出："比较文学不应受到语言、民族、国家、学科等限制，而要走向一种开放性，力图寻求世界文学发展的共同规律。"[4]"世界文学"概念的纳入极大拓宽了比较文学的内涵，为"跨文化"定义特征的提出做好了铺垫。

随着时间的推移，学界的认识逐步深化。1997 年，陈惇、孙景尧、谢天振主编的《比较文学》提出了自己的定义："把比较文学看作跨民族、跨语言、跨文化、跨学科的文学研究，更符合比较文学的实质，更能反映现阶段人们对于比较文学的认识。"[5]2000 年北京师范大学出版社出版了《比较文学概论》修订本，提出："什么是比较文学呢？比较文学是一种开放式的文学研究，它具有宏观的视野和国际的角度，以跨民族、跨语言、跨文化、跨学科界限的各种文学关系为研究对象，在理论和方法上，具有比较的自觉意识和兼容并包的特色。"[6]这是我们目前所看到的国内较有特色的一个定义。

---

1 卢康华、孙景尧著《比较文学导论》，黑龙江人民出版社 1984，第 15 页。
2 卢康华、孙景尧著《比较文学导论》，黑龙江人民出版社 1984 年版。
3 陈挺《比较文学简编》，华东师范大学出版社 1986 年版。
4 乐黛云主编《中西比较文学教程》，高等教育出版社 1988 年版。
5 陈惇、孙景尧、谢天振主编《比较文学》，高等教育出版社 1997 年版。
6 陈惇、刘象愚《比较文学概论》，北京师范大学出版社 2000 年版。

具有代表性的比较文学定义是 2002 年出版的杨乃乔主编的《比较文学概论》一书，该书的定义如下："比较文学是以跨民族、跨语言、跨文化与跨学科为比较视域而展开的研究，在学科的成立上以研究主体的比较视域为安身立命的本体，因此强调研究主体的定位，同时比较文学把学科的研究客体定位于民族文学之间与文学及其他学科之间的三种关系：材料事实关系、美学价值关系与学科交叉关系，并在开放与多元的文学研究中追寻体系化的汇通。"[7]方汉文则认为："比较文学作为文学研究的一个分支学科，它以理解不同文化体系和不同学科间的同一性和差异性的辩证思维为主导，对那些跨越了民族、语言、文化体系和学科界限的文学现象进行比较研究，以寻求人类文学发生和发展的相似性和规律性。"[8]由此而引申出的"跨文化"成为中国比较文学学者对于比较文学定义所做出的历史性贡献。

我在《比较文学教程》中对比较文学定义表述如下："比较文学是以世界性眼光和胸怀来从事不同国家、不同文明和不同学科之间的跨越式文学比较研究。它主要研究各种跨越中文学的同源性、变异性、类同性、异质性和互补性，以影响研究、变异研究、平行研究、跨学科研究、总体文学研究为基本方法论，其目的在于以世界性眼光来总结文学规律和文学特性，加强世界文学的相互了解与整合，推动世界文学的发展。"[9]在这一定义中，我再次重申"跨国""跨学科""跨文明"三大特征，以"变异性""异质性"突破东西文明之间的"第三堵墙"。

"首在审己，亦必知人"。中国比较文学学者在前人定义的不断论争中反观自身，立足中国经验、学术传统，以中国学者之言为比较文学的危机处境贡献学科转机之道。

三、两岸共建比较文学话语——比较文学中国学派

中国学者对于比较文学定义的不断明确也促成了"比较文学中国学派"的生发。得益于两岸几代学者的垦拓耕耘，这一议题成为近五十年来中国比较文学发展中竖起的最鲜明、最具争议性的一杆大旗，同时也是中国比较文学学科理论研究最有创新性，最亮丽的一道风景线。

---

7 杨乃乔主编《比较文学概论》，北京大学出版社 2002 年版。
8 方汉文《比较文学基本原理》，苏州大学出版社 2002 年版。
9 曹顺庆《比较文学教程》，高等教育出版社 2006 年版。

比较文学"中国学派"这一概念所蕴含的理论的自觉意识最早出现的时间大约是 20 世纪 70 年代。当时的台湾由于派出学生留洋学习，接触到大量的比较文学学术动态，率先掀起了中外文学比较的热潮。1971 年 7 月在台湾淡江大学召开的第一届"国际比较文学会议"上，朱立元、颜元叔、叶维廉、胡辉恒等学者在会议期间提出了比较文学的"中国学派"这一学术构想。同时，李达三、陈鹏翔（陈慧桦）、古添洪等致力于比较文学中国学派早期的理论催生。如 1976 年，古添洪、陈慧桦出版了台湾比较文学论文集《比较文学的垦拓在台湾》。编者在该书的序言中明确提出："我们不妨大胆宣言说，这援用西方文学理论与方法并加以考验、调整以用之于中国文学的研究，是比较文学中的中国派"[10]。这是关于比较文学中国学派较早的说明性文字，尽管其中提到的研究方法过于强调西方理论的普世性，而遭到美国和中国大陆比较文学学者的批评和否定；但这毕竟是第一次从定义和研究方法上对中国学派的本质进行了系统论述，具有开拓和启明的作用。后来，陈鹏翔又在台湾《中外文学》杂志上连续发表相关文章，对自己提出的观点作了进一步的阐释和补充。

在"中国学派"刚刚起步之际，美国学者李达三起到了启蒙、催生的作用。李达三于 60 年代来华在台湾任教，为中国比较文学培养了一批朝气蓬勃的生力军。1977 年 10 月，李达三在《中外文学》6 卷 5 期上发表了一篇宣言式的文章《比较文学中国学派》，宣告了比较文学的中国学派的建立，并认为比较文学中国学派旨在"与比较文学中早已定于一尊的西方思想模式分庭抗礼。由于这些观念是源自对中国文学及比较文学有兴趣的学者，我们就将含有这些观念的学者统称为比较文学的'中国'学派。"并指出中国学派的三个目标：1、在自己本国的文学中，无论是理论方面或实践方面，找出特具"民族性"的东西，加以发扬光大，以充实世界文学；2、推展非西方国家"地区性"的文学运动，同时认为西方文学仅是众多文学表达方式之一而已；3、做一个非西方国家的发言人，同时并不自诩能代表所有其他非西方的国家。李达三后来又撰文对比较文学研究状况进行了分析研究，积极推动中国学派的理论建设。[11]

继中国台湾学者垦拓之功，在 20 世纪 70 年代末复苏的大陆比较文学研

---

10 古添洪、陈慧桦《比较文学的垦拓在台湾》，台湾东大图书公司 1976 年版。

11 李达三《比较文学研究之新方向》，台湾联经事业出版公司 1978 年版。

究亦积极参与了"比较文学中国学派"的理论建设和学科建设。

季羡林先生 1982 年在《比较文学译文集》的序言中指出:"以我们东方文学基础之雄厚,历史之悠久,我们中国文学在其中更占有独特的地位,只要我们肯努力学习,认真钻研,比较文学中国学派必然能建立起来,而且日益发扬光大"[12]。1983 年 6 月,在天津召开的新中国第一次比较文学学术会议上,朱维之先生作了题为《比较文学中国学派的回顾与展望》的报告,在报告中他旗帜鲜明地说:"比较文学中国学派的形成(不是建立)已经有了长远的源流,前人已经做出了很多成绩,颇具特色,而且兼有法、美、苏学派的特点。因此,中国学派绝不是欧美学派的尾巴或补充"[13]。1984 年,卢康华、孙景尧在《比较文学导论》中对如何建立比较文学中国学派提出了自己的看法,认为应当以马克思主义作为自己的理论基础,以我国的优秀传统与民族特色为立足点与出发点,汲取古今中外一切有用的营养,去努力发展中国的比较文学研究。同年在《中国比较文学》创刊号上,朱维之、方重、唐弢、杨周翰等人认为中国的比较文学研究应该保持不同于西方的民族特点和独立风貌。1985 年,黄宝生发表《建立比较文学的中国学派:读〈中国比较文学〉创刊号》,认为《中国比较文学》创刊号上多篇讨论比较文学中国学派的论文标志着大陆对比较文学中国学派的探讨进入了实际操作阶段。[14]1988 年,远浩一提出"比较文学是跨文化的文学研究"(载《中国比较文学》1988 年第 3 期)。这是对比较文学中国学派在理论特征和方法论体系上的一次前瞻。同年,杨周翰先生发表题为"比较文学:界定'中国学派',危机与前提"(载《中国比较文学通讯》1988 年第 2 期),认为东方文学之间的比较研究应当成为"中国学派"的特色。这不仅打破比较文学中的欧洲中心论,而且也是东方比较学者责无旁贷的任务。此外,国内少数民族文学的比较研究,也应该成为"中国学派"的一个组成部分。所以,杨先生认为比较文学中的大量问题和学派问题并不矛盾,相反有助于理论的讨论。1990 年,远浩一发表"关于'中国学派'"(载《中国比较文学》1990 年第 1 期),进一步推进了"中国学派"的研究。此后直到 20 世纪 90 年代末,中国学者就比较文学中国学派的建立、理论与方法以及相应的学科理论等诸多问题进行了积极而富有成效的探讨。

---

12 张隆溪《比较文学译文集》,北京大学出版社 1984 年版。
13 朱维之《比较文学论文集》,南开大学出版社 1984 年版。
14 参见《世界文学》1985 年第 5 期。

刘介民、远浩一、孙景尧、谢天振、陈淳、刘象愚、杜卫等人都对这些问题付出过不少努力。《暨南学报》1991 年第 3 期发表了一组笔谈，大家就这个问题提出了意见，认为必须打破比较文学研究中长期存在的法美研究模式，建立比较文学中国学派的任务已经迫在眉睫。王富仁在《学术月刊》1991 年第 4 期上发表"论比较文学的中国学派问题"，论述中国学派兴起的必然性。而后，以谢天振等学者为代表的比较文学研究界展开了对"X+Y"模式的批判。比较文学在大陆复兴之后，一些研究者采取了"X+Y"式的比附研究的模式，在发现了"惊人的相似"之后便万事大吉，而不注意中西巨大的文化差异性，成为了浅度的比附性研究。这种情况的出现，不仅是中国学者对比较文学的理解上出了问题，也是由于法美学派研究理论中长期存在的研究模式的影响，一些学者并没有深思中国与西方文学背后巨大的文明差异性，因而形成"X+Y"的研究模式，这更促使一些学者思考比较文学中国学派的问题。

经过学者们的共同努力，比较文学中国学派一些初步的特征和方法论体系逐渐凸显出来。1995 年，我在《中国比较文学》第 1 期上发表《比较文学中国学派基本理论特征及其方法论体系初探》一文，对比较文学在中国复兴十余年来的发展成果作了总结，并在此基础上总结出中国学派的理论特征和方法论体系，对比较文学中国学派作了全方位的阐述。继该文之后，我又发表了《跨越第三堵'墙'创建比较文学中国学派理论体系》等系列论文，论述了以跨文化研究为核心的"中国学派"的基本理论特征及其方法论体系。这些学术论文发表之后在国内外比较文学界引起了较大的反响。台湾著名比较文学学者古添洪认为该文"体大思精，可谓已综合了台湾与大陆两地比较文学中国学派的策略与指归，实可作为'中国学派'在大陆再出发与实践的蓝图"[15]。

在我撰文提出比较文学中国学派的基本特征及方法论体系之后，关于中国学派的论争热潮日益高涨。反对者如前国际比较文学学会会长佛克马（Douwe Fokkema）1987 年在中国比较文学学会第二届学术讨论会上就从所谓的国际观点出发对比较文学中国学派的合法性提出了质疑，并坚定地反对建立比较文学中国学派。来自国际的观点并没有让中国学者失去建立比较文学中国学派的热忱。很快中国学者智量先生就在《文艺理论研究》1988 年第

---

15 古添洪《中国学派与台湾比较文学界的当前走向》，参见黄维梁编《中国比较文学理论的垦拓》167 页，北京大学出版社 1998 年版。

1 期上发表题为《比较文学在中国》一文，文中援引中国比较文学研究取得的成就，为中国学派辩护，认为中国比较文学研究成绩和特色显著，尤其在研究方法上足以与比较文学研究历史上的其他学派相提并论，建立中国学派只会是一个有益的举动。1991 年，孙景尧先生在《文学评论》第 2 期上发表《为"中国学派"一辩》，孙先生认为佛克马所谓的国际主义观点实质上是"欧洲中心主义"的观点，而"中国学派"的提出，正是为了清除东西方文学与比较文学学科史中形成的"欧洲中心主义"。在 1993 年美国印第安纳大学举行的全美比较文学会议上，李达三仍然坚定地认为建立中国学派是有益的。二十年之后，佛克马教授修正了自己的看法，在 2007 年 4 月的"跨文明对话——国际学术研讨会（成都）"上，佛克马教授公开表示欣赏建立比较文学中国学派的想法[16]。即使学派争议一派繁荣景象，但最终仍旧需要落点于学术创见与成果之上。

比较文学变异学便是中国学派的一个重要理论创获。2005 年，我正式在《比较文学学》[17]中提出比较文学变异学，提出比较文学研究应该从"求同"思维中走出来，从"变异"的角度出发，拓宽比较文学的研究。通过前述的法、美学派学科理论的梳理，我们也可以发现前期比较文学学科是缺乏"变异性"研究的。我便从建构中国比较文学学科理论话语体系入手，立足《周易》的"变异"思想，建构起"比较文学变异学"新话语，力图以中国学者的视角为全世界比较文学学科理论提供一个新视角、新方法和新理论。

比较文学变异学的提出根植于中国哲学的深层内涵，如《周易》之"易之三名"所构建的"变易、简易、不易"三位一体的思辨意蕴与意义生成系统。具体而言，"变易"乃四时更替、五行运转、气象畅通、生生不息；"不易"乃天上地下、君南臣北、纲举目张、尊卑有位；"简易"则是乾以易知、坤以简能、易则易知、简则易从。显然，在这个意义结构系统中，变易强调"变"，不易强调"不变"，简易强调变与不变之间的基本关联。万物有所变，有所不变，且变与不变之间存在简单易从之规律，这是一种思辨式的变异模式，这种变异思维的理论特征就是：天人合一、物我不分、对立转化、整体关联。这是中国古代哲学最重要的认识论，也是与西方哲学所不同的"变异"思想。

---

16 见《比较文学报》2007 年 5 月 30 日，总第 43 期。
17 曹顺庆《比较文学学》，四川大学出版社 2005 年版。

由哲学思想衍生于学科理论，比较文学变异学是"指对不同国家、不同文明的文学现象在影响交流中呈现出的变异状态的研究，以及对不同国家、不同文明的文学相互阐发中出现的变异状态的研究。通过研究文学现象在影响交流以及相互阐发中呈现的变异，探究比较文学变异的规律。"[18]变异学理论的重点在求"异"的可比性，研究范围包含跨国变异研究、跨语际变异研究、跨文化变异研究、跨文明变异研究、文学的他国化研究等方面。比较文学变异学所发现的文化创新规律、文学创新路径是基于中国所特有的术语、概念和言说体系之上探索出的"中国话语"，作为比较文学第三阶段中国学派的代表性理论已经受到了国际学界的广泛关注与高度评价，中国学术话语产生了世界性影响。

四、国际视野中的中国比较文学

文明之墙让中国比较文学学者所提出的标识性概念获得国际视野的接纳、理解、认同以及运用，经历了跨语言、跨文化、跨文明的多重关卡，国际视野下的中国比较文学书写亦经历了一个从"遍寻无迹""只言片语"而"专篇专论"，从最初的"话语乌托邦"至"阶段性贡献"的过程。

二十世纪六十年代以来港台学者致力于从课程教学、学术平台、人才培养，国内外学术合作等方面巩固比较文学这一新兴学科的建立基石，如淡江文理学院英文系开设的"比较文学"（1966），香港大学开设的"中西文学关系"（1966）等课程；台湾大学外文系主编出版之《中外文学》月刊、淡江大学出版之《淡江评论》季刊等比较文学研究专刊；后又有台湾比较文学学会（1973 年）、香港比较文学学会（1978）的成立。在这一系列的学术环境构建下，学者前贤以"中国学派"为中国比较文学话语核心在国际比较文学学科理论、方法论中持续探讨，率先启声。例如李达三在 1980 年香港举办的东西方比较文学学术研讨会成果中选取了七篇代表性文章，以 *Chinese-Western Comparative Literature: Theory and Strategy* 为题集结出版，[19]并在其结语中附上那篇"中国学派"宣言文章以申明中国比较文学建立之必要。

学科开山之际，艰难险阻之巨难以想象，但从国际学者相关言论中可见西方对于中国比较文学学科的发展抱有的希望渺小。厄尔·迈纳（Earl Miner）

---

18 曹顺庆主编《比较文学概论》，高等教育出版社 2015 年版。

19 *Chinese-Western Comparative Literature：Theory & Strategy*, Chinese Univ Pr.1980-6

在 1987 年发表的 *Some Theoretical and Methodological Topics for Comparative Literature* 一文中谈到当时西方的比较文学鲜有学者试图将非西方材料纳入西方的比较文学研究中。(until recently there has been little effort to incorporate non-Western evidence into Western com- parative study.) 1992 年，斯坦福大学教授 David Palumbo-Liu 直接以《话语的乌托邦：论中国比较文学的不可能性》为题（*The Utopias of Discourse: On the Impossibility of Chinese Comparative Literature*）直言中国比较文学本质上是一项"乌托邦"工程。(My main goal will be to show how and why the task of Chinese comparative literature, particularly of pre-modern literature, is essentially a *utopian* project.) 这些对于中国比较文学的诘难与质疑，今美国加州大学圣地亚哥分校文学系主任张英进教授在其 1998 编著的 *China in a polycentric world: essays in Chinese comparative literature* 前言中也不得不承认中国比较文学研究在国际学术界中仍然处于边缘地位（The fact is, however, that Chinese comparative literature remained marginal in academia, even though it has developed closely with the rest of literary studies in the United Stated and even though China has gained increasing importance in the geopolitical world order over the past decades.)。[20]但张英进教授也展望了下一个千年中国比较文学研究的蓝景。

新的千年新的气象，"世界文学""全球化"等概念的冲击下，让西方学者开始注意到东方，注意到中国。如普渡大学教授斯蒂文·托托西（Tötösy de Zepetnek, Steven）1999 年发长文 *From Comparative Literature Today Toward Comparative Cultural Studies* 阐明比较文学研究更应该注重文化的全球性、多元性、平等性而杜绝等级划分的参与。托托西教授注意到了在法德美所谓传统的比较文学研究重镇之外，例如中国、日本、巴西、阿根廷、墨西哥、西班牙、葡萄牙、意大利、希腊等地区，比较文学学科得到了出乎意料的发展（emerging and developing strongly）。在这篇文章中，托托西教授列举了世界各地比较文学研究成果的著作，其中中国地区便是北京大学乐黛云先生出版的代表作品。托托西教授精通多国语言，研究视野也常具跨越性，新世纪以来也致力于以跨越性的视野关注世界各地比较文学研究的动向。[21]

---

20 Moran T . Yingjin Zhang, Ed. China in a Polycentric World: Essays in Chinese Comparative Literature[J].现代中文文学学报,2000,4(1):161-165.

21 Tötösy de Zepetnek, Steven. "From Comparative Literature Today Toward Comparative Cultural Studies." CLCWeb: Comparative Literature and Culture 1.3 (1999):

以上这些国际上不同学者的声音一则质疑中国比较文学建设的可能性，一则观望着这一学科在非西方国家的复兴样态。争议的声音不仅在国际学界，国内学界对于这一新兴学科的全局框架中涉及的理论、方法以及学科本身的立足点，例如前文所说的比较文学的定义，中国学派等等都处于持久论辩的漩涡。我们也通晓如果一直处于争议的漩涡中，便会被漩涡所吞噬，只有将论辩化为成果，才能转漩涡为涟漪，一圈一圈向外辐射，国际学人也在等待中国学者自己的声音。

上海交通大学王宁教授作为中国比较文学学者的国际发声者自 20 世纪末至今已撰文百余篇，他直言，全球化给西方学者带来了学科死亡论，但是中国比较文学必将在这全球化语境中更为兴盛，中国的比较文学学者一定会对国际文学研究做出更大的贡献。新世纪以来中国学者也不断地将自身的学科思考成果呈现在世界之前。2000 年，北京大学周小仪教授发文（*Comparative Literature in China*）[22]率先从学科史角度构建了中国比较文学在两个时期（20 世纪 20 年代至 50 年代，70 年代至 90 年代）的发展概貌，此文关于中国比较文学的复兴崛起是源自中国文学现代性的产生这一观点对美国芝加哥大学教授苏源熙（Haun Saussy）影响较深。苏源熙在 2006 年的专著 *Comparative Literature in an Age of Globalization* 中对于中国比较文学的讨论篇幅极少，其中心便是重申比较文学与中国文学现代性的联系。这篇文章也被哈佛大学教授大卫·达姆罗什（David Damrosch）收录于《普林斯顿比较文学资料手册》（*The Princeton Sourcebook in Comparative Literature*，2009[23]）。类似的学科史介绍在英语世界与法语世界都接续出现，以上大致反映了中国学者对于中国比较文学研究的大概描述在西学界的接受情况。学科史的构架对于国际学术对中国比较文学发展脉络的把握很有必要，但是在此基础上的学科理论实践才是关系于中国比较文学学科国际性发展的根本方向。

我在 20 世纪 80 年代以来 40 余年间便一直思考比较文学研究的理论构建问题，从以西方理论阐释中国文学而造成的中国文艺理论"失语症"思考

---

22 Zhou, Xiaoyi and Q.S. Tong, "Comparative Literature in China", Comparative Literature and Comparative Cultural Studies, ed., Totosy de Zepetnek, West Lafayette, Indiana: Purdue University Press, 2003, 268-283.

23 Damrosch, David (EDT)*The Princeton Sourcebook in Comparative Literature*: Princeton University Press

属于中国比较文学自身的学科方法论，从跨异质文化中产生的"文学误读""文化过滤""文学他国化"提出"比较文学变异学"理论。历经 10 年的不断思考，2013 年，我的英文著作：*The Variation Theory of Comparative Literature*（《比较文学变异学》），由全球著名的出版社之一斯普林格（Springer）出版社出版，并在美国纽约、英国伦敦、德国海德堡出版同时发行。*The Variation Theory of Comparative Literature*（《比较文学变异学》）系统地梳理了比较文学法国学派与美国学派研究范式的特点及局限，首次以全球通用的英语语言提出了中国比较文学学科理论新话语："比较文学变异学"。这一新概念、新范畴和新表述，引导国际学术界展开了对变异学的专刊研究（如普渡大学创办刊物《比较文学与文化》2017 年 19 期）和讨论。

欧洲科学院院士、西班牙圣地亚哥联合大学让·莫内讲席教授、比较文学系教授塞萨尔·多明戈斯教授（Cesar Dominguez），及美国科学院院士、芝加哥大学比较文学教授苏源熙（Haun Saussy）等学者合著的比较文学专著（Introducing Comparative literature: New Trends and Applications[24]）高度评价了比较文学变异学。苏源熙引用了《比较文学变异学》（英文版）中的部分内容，阐明比较文学变异学是十分重要的成果。与比较文学法国学派和美国学派形成对比，曹顺庆教授倡导第三阶段理论，即，新奇的、科学的中国学派的模式，以及具有中国学派本身的研究方法的理论创新与中国学派"（《比较文学变异学》（英文版）第 43 页）。通过对"中西文化异质性的"跨文明研究"，曹顺庆教授的看法会更进一步的发展与进步（《比较文学变异学》（英文版）第 43 页），这对于中国文学理论的转化和西方文学理论的意义具有十分重要的价值。（"Another important contribution in the direction of an imparative comparative literature-at least as procedure-is Cao Shunqing's 2013 *The Variation Theory of Comparative Literature*. In contrast to the "French School" and "American School" of comparative Literature, Cao advocates a "third-phrase theory", namely, "a novel and scientific mode of the Chinese school," a "theoretical innovation and systematization of the Chinese school by relying on our *own* methods" (*Variation Theory* 43; emphasis added). From this etic beginning, his proposal moves forward emically by developing a "cross-civilizaional study on the heterogeneity between

24 Cesar Dominguez,Haun Saussy,Dario Villanueva Introducing Comparative literature: New Trends and Applications，Routledge,2015

Chinese and Western culture" (43), which results in both the foreignization of Chinese literary theories and the Signification of Western literary theories.）

　　法国索邦大学（Sorbonne University）比较文学系主任伯纳德·弗朗科（Bernard Franco）教授在他出版的专著（《比较文学：历史、范畴与方法》）*La littératurecomparée: Histoire, domaines, méthodes* 中以专节引述变异学理论，他认为曹顺庆教授提出了区别于影响研究与平行研究的"第三条路"，即"变异理论"，这对应于观点的转变，从"跨文化研究"到"跨文明研究"。变异理论基于不同文明的文学体系相互碰撞为形式的交流过程中以产生新的文学元素，曹顺庆将其定义为"研究不同国家的文学现象所经历的变化"。因此曹顺庆教授提出的变异学理论概述了一个新的方向，并展示了比较文学在不同语言和文化领域之间建立多种可能的桥梁。（Il évoque l'hypothèse d'une troisième voie, la « théorie de la variation », qui correspond à un déplacement du point de vue, de celui des « études interculturelles » vers celui des « études transcivilisationnelles . » Cao Shunqing la définit comme « l'étude des variations subies par des phénomènes littéraires issus de différents pays, avec ou sans contact factuel, en même temps que l'étude comparative de l'hétérogénéité et de la variabilité de différentes expressions littéraires dans le même domaine ».Cette hypothèse esquisse une nouvelle orientation et montre la multiplicité des passerelles possibles que la littérature comparée établit entre domaines linguistiques et culturels différents.）[25].

　　美国哈佛大学（Harvard University）厄内斯特·伯恩鲍姆讲席教授、比较文学教授大卫·达姆罗什（David Damrosch）对该专著尤为关注。他认为《比较文学变异学》（英文版）以中国视角呈现了比较文学学科话语的全球传播的有益尝试。曹顺庆教授对变异的关注提供了较为适用的视角，一方面超越了亨廷顿式简单的文化冲突模式，另一方面也跨越了同质性的普遍化。[26]国际学界对于变异学理论的关注已经逐渐从其创新性价值探讨延伸至文学研究，例如斯蒂文·托托西近日在 *Cultura* 发表的（Peripheralities: "Minor" Literatures, Women's Literature, and Adrienne Orosz de Csicser's Novels）一文中便成功地将变异学理论运用于阿德里安·奥罗兹的小说研究中。

25　Bernard Franco La littératurecomparée: Histoire, domaines, méthodes，Armand Colin 2016.

26　David Damrosch Comparing the Literatures,Literary Studies in a Global Age,Princeton University Press,2020.

国际学界对于比较文学变异学的认可也证实了变异学作为一种普遍性理论提出的初衷，其合法性与适用性将在不同文化的学者实践中巩固、拓展与深化。它不仅仅是跨文明研究的方法，而是一种具有超越影响研究和平行研究，超越西方视角或东方视角的宏大视野、一种建立在文化异质性和变异性基础之上的融汇创生、一种追求世界文学和总体问题最终理想的哲学关怀。

以如此篇幅展现中国比较文学之况，是因为中国比较文学研究本就是在各种危机论、唱衰论的压力下，各种质疑论、概念论中艰难前行，不探源溯流难以体察今日中国比较文学研究成果之不易。文明的多样性发展离不开文明之间的交流互鉴。最具"跨文明"特征的比较文学学科更需要文明之间成果的共享、共识、共析与共赏，这是我们致力于比较文学研究领域的学术理想。

千里之行，不积跬步无以至，江海之阔，不积细流无以成！如此宏大的一套比较文学研究丛书得承花木兰总编辑杜洁祥先生之宏志，以及该公司同仁之辛劳，中国比较文学学者之鼎力相助，才可顺利集结出版，在此我要衷心向诸君表达感谢！中国比较文学研究仍有一条长远之途需跋涉，期以系列丛书一展全貌，愿读者诸君敬赐高见！

曹顺庆

二零二一年十月二十三日于成都锦丽园

序 言

尹锡南

在跨文化对话或曰跨文明对话越来越频繁的今天，中国比较文学研究界的有识之士曾经呼吁构建比较文学中国学派，将比较文学研究从法国学派的影响研究、美国学派的平行研究和科际整合（跨学科研究）推进到第三阶段即跨东西异质文化（文明）的比较文学研究。这方面的突出成就反映在两个领域，即跨越中西、中印、中日文化（文明）的比较诗学研究和跨越异质文化（文明）的中外文学关系的梳理。"跨文明研究的提出是对以往我们所讲的跨异质文化研究的修正……可以说，比较文学跨文明研究是比较文学学科发展的新阶段，是比较文学中国学派学科理论的立足点，也是文学跨越学研究的新领域。"[1]这种文学跨越学的另一个提法是"比较文学变异学"。比较文学变异学的提出，在21世纪的中国大陆比较文学界具有非同寻常的意义。"变异学是比较文学学科理论的重大突破……中国学者提出的比较文学变异学弥补了法国学派影响研究和美国学派平行研究的重大缺憾，开启了一个注重异质性和变异性的比较文学学科理论的新阶段，尤其是开启了跨文明比较研究的新历程。所以，'变异'不仅是文明交往中的重要概念，也是比较文学中最有价值的内容，更是文化创新的重要路程。"[2]

在21世纪的历史车轮已经转动了20年的今天，如何突破"中外"的研究瓶颈或固定框架、僵化思维，将中国比较文学研究引向更加深入、更为名副其实的跨异质文明的领域，真正地开启"跨文明比较研究的新历程"，就成

---

1 曹顺庆主编：《比较文学概论》，北京：中国人民大学出版社，2018年，第12页。
2 曹顺庆主编：《比较文学概论》，北京：中国人民大学出版社，2018年，第153页。

为一种学术上的当务之急。正是在此背景下，引入印度与西方文学关系研究这一跨越印度文明和西方文明的研究课题便成为一种必然。

再举一个例子，以说明当前亟需突破所谓的"中西比较研究"藩篱的必要性和紧迫性。周广荣先生指出："四声的起源问题一直是古代汉语言文学研究中争议颇大的问题，时至今日，仍然是聚讼纷纭，莫衷一是。"[3]与此相反，与之相关的中国古代诗律或曰格律的起源问题，虽然也是迷雾重重，但却似乎没有太多的争议，因为大家的目光似乎都聚焦于四声的起源问题，反而在某种程度上遮蔽了关于古代诗律的起源思考。不过，也有少数学者注意到了这一问题的重要性及复杂性，例如，卢盛江先生说："《文镜秘府论》声病论的渊源，还有一些问题，比如，汉语诗病说与梵语诗病说的关系，反切和韵纽图与印度梵语悉昙学的关系。这些需要另作探讨。"[4]令人遗憾的是，卢先生并未结合梵语诗学著作的诗律论实例，对汉语诗律的缘起及其与梵语诗律的关系进行深入思考。正是在这种意义上，美国学者梅维恒（Victor H·Mair）等人的观点值得中国学界注意："沈约及其追随者在梵语诗病理论的影响下创制了汉语声律，目的在于使汉语诗歌取得与梵文诗歌同样悦耳动听的艺术效果。"[5]在他们看来，古人的借鉴方法具有浓厚的中国特色。他们通过考察梵语诗学和梵语诗律如何传入中国，探究其如何影响中国诗律的产生和发展。"我们十分震惊于这个事实：诗律原则与诗学理论竟然能够跨越中印文化与语言之间的鸿沟而得以传播。"[6]通过对中国、日本诗律起源和发展的考察，他们的结论是："总而言之，在公元488到550年间，沈约等人受到梵语诗病理论的影响，为使汉语诗歌也能取得与梵语格律同样美妙的语音效果，他们做了种种尝试，并最终创立了声律规则……梵语诗学中的诗病理论为沈约等人提供了理论构架来系统地阐述支配声调

---

3 周广荣：《梵语〈悉昙章〉在中国的传播与影响》，北京：宗教文化出版社，2004年，第364页。

4 卢盛江：《文镜秘府论研究》（下），北京：人民文学出版社，2013年，第585页。

5 （美）梅维恒、梅祖麟："近体诗律的梵文来源"，王继红译，载张西平主编：《国际汉学》（第十六辑），郑州：大象出版社，2007年，第174页。梅维恒等人文章的英文标题是 The Sanskrit Origins of Recent Style Prosody，发表于《哈佛亚洲研究学刊》（Harvard Journal of Asiatic Studies）1991年（第51卷第2号）。

6 （美）梅维恒、梅祖麟："近体诗律的梵文来源"，王继红译，载张西平主编：《国际汉学》（第十六辑），郑州：大象出版社，2007年，第221页。

的诗律。"[7]笔者以为，这些观点并非定论，完全值得中国学者在深入研究的基础上与之商榷。

笔者认为，梅维恒等依据其熟悉以音节（音素）的长短（轻重）为基础的梵语诗律的优势，将以平仄为基础的中国古代汉语诗律（格律或韵律）的缘起完全归结为梵语诗病论的影响，似乎存在某种合理的因素，但仔细考究梵语诗学和古代汉语诗律的发展史，这种大胆的推论或猜想还存在一些误解或缺陷。

梅维恒教授等认为中国古代诗律中的平、仄概念源自《舞论》中的诗德术语 samata（和谐）或 saukumarya（柔和）、诗病术语及《诗镜》中的诗德术语。实际上，这种非常别扭、牵强的跨文明词语溯源却是一种误解。笔者认为，古人既然是借鉴印度古代诗律而创制汉语诗律，为何要在风马牛不相及的诗病和诗德术语中寻觅切入点？为何不在诗律学的同一范畴中搜寻相似的词语或概念以酝酿中国风格的诗律观念？梅维恒等认定《文镜秘府论》所载"二十八病"和沈约"八病"说完全直接受惠于以《诗镜》为代表的梵语诗学著作，中国文学史的"文病"论是梵语诗学诗病论所催生的异文化产物。考虑到中国古代与印度的佛教文化联系是如此紧密，这种说法自然有其诱人的一面甚或包含某些正确的因素，但如仔细分析，它仍然有其牵强附会的色彩。

正是因为梅维恒等理论先行或曰"大胆假设、小心求证"的思维作祟，他们一方面声称梵语诗病论对汉语诗律产生了直接的影响，另一面却以《舞论》中的几种庄严（辞格）附会沈约"八病"中的"平头"和"蜂腰"等。这种文不对题的附会比较，导致作者推测"蜂腰"是对梵语庄严的"一次不很成功的模仿"。[8]除非我们在未来发现更真实、更丰富的考古证据与文献资源，否则就不能像梅维恒先生等人那样，仅凭表面的相似，不对影响的源头即梵语文艺理论进行仔细而审慎的"考古发掘"，而做出貌似合理、实则与真理相隔十万八千里的结论。

包含梅氏上述推测或结论的英语论文的汉译虽已出现十多年，迄今在中国大陆学界似乎罕见学者们回应。这与从事印度与西方文学关系研究者寡、

7　（美）梅维恒、梅祖麟："近体诗律的梵文来源"，王继红译，载张西平主编：《国际汉学》（第十六辑），郑州：大象出版社，2007年，第226页。

8　（美）梅维恒、梅祖麟："近体诗律的梵文来源"，王继红译，载张西平主编：《国际汉学》（第十六辑），郑州：大象出版社，2007年，第218页。

以梵语或巴利语等一手古代文献切入印度古代文艺理论或中印比较诗学研究者寡有很大关系。因此，如欲真正开启"跨文明比较研究的新历程"，真正达成亚洲文明内部互鉴或东西方文明交流互鉴的目的，进而为在文化层面夯实人类命运共同体意识有所奉献，重温一下美国学者的经典论断仍是十分必要的。

已故美国学者亦即后殖民理论开创者萨义德（Edward W. Said，又译赛义德，1935-2003）认为，只要考虑东方就无法回避印度。[9]正因如此，笔者将印度与西方文学关系研究纳入本书的研究范畴。这似乎属于比较文学三大领域的第一支即影响研究（另两支为平行研究和变异学研究）。笔者以下述三大板块经营本书的结构。

首先是"古典印度学在西方"。它包括两篇论文，其所探讨的主题一为《舞论》在西方的研究，一为法国印度学家的印度古代文学与文艺理论研究。

与中国的《文心雕龙》和古希腊亚里士多德的《诗学》一样，梵语文艺理论名著《舞论》（Natyasastra）也是众所周知的世界古代文艺理论三大名著之一。同西方的汉学研究、埃及学研究、亚述学研究、日本学研究等一样，西方的古典印度学历史悠久，西方的东方学家自然不会忽略以四大吠陀、两大史诗和《舞论》等为代表的古典印度学的译介和研究。因此，对《舞论》在西方世界的研究进行全面考察是必要的，它可为学界的西方汉学研究提供一些有益的参考。这是本书第一章的研究主题。

西方的古典印度学致力于阐释古代印度的语言、文学及文化。欧洲印度学始于18世纪末，以1784年英国学者威廉·琼斯（William Jones）在加尔各答创建皇家亚洲学会（Royal Asiatic Society）为标志。法国的古典印度学以法兰西学院等为阵地，迄今已产出大量学术成果，但中国学界鲜有人对此进行系统介绍。因此，第二章将主要依托法语文献，适当参考中英文材料，对18世纪末至今法国学界关于印度古代文学及文论研究的情况进行简介。

其次是"莎士比亚在印度"。它也包括两篇论文，一为莎士比亚在印度跨文化传播的概述，一为莎士比亚作品在印度的电影改编与挪用的梳理分析。

第三章从莎士比亚作品在印度的翻译改编、印度的莎士比亚研究两个方面出发，对莎士比亚在印度的跨文化传播进行初步介绍。印度的莎剧翻译和

9　（美）爱德华·W·萨义德：《东方学》，王宇根译，北京：三联书店，1999年，第97页。

改编打上了深刻的时代烙印,带有明显的文化挪用痕迹。印度学者的莎学研究既受到西方同行的影响,也有自己的特色即"逆写帝国"式的梵语诗学批评或印度视角下的跨文化批评,他们的莎学研究为世界莎学增添了活力,极大地丰富了世界莎学内容。

第四章探讨印度对莎士比亚作品的艺术改编和文化挪用。印度是莎剧影视化改编最早的亚洲国家之一。早在1923年,印度就推出了改编自莎剧《辛柏林》的电影。从默片到有声电影,从黑白胶片到彩色数字电影,从古典改写到后现代挪用,莎士比亚戏剧为印度民族电影产业的发展提供了不竭的动力和资源,近百年来,莎剧在印度电影银幕上以整本改写、情节再现或元素挪用等多种形式呈现。虽然不乏紧密型改编佳作,但它们大都通过语言的地方化、戏剧冲突的宗教化、空间场景的世俗化、以及歌舞元素的添加等本土化改写,使跨越文化藩篱的莎剧作品呈现出浓郁的印度特色。为厘清莎剧在印度跨文化传播的全貌,我们有必要系统梳理莎剧在印度电影中的改编和挪用史。

最后一个板块是"英美作家与印度",以个案分析的形式探讨英美作家的印度题材创作。它同样包括两篇论文,一为英国作家保罗·司各特笔下的印度书写,一为美国作家马克·吐温和凯瑟琳·梅奥笔下的印度书写。

第五章探讨保罗·司各特的印度题材作品。司各特是20世纪英国文坛继吉卜林、福斯特之后最重要的涉印题材英国本土作家。他曾四赴印度,一生创作了十三部长篇小说,多属涉印题材作品。1984年,伦敦图书销售理事会开展第三届"我们时代的最佳小说"评选活动,司各特的《统治四部曲》(The Raj Quartets)和《眷恋》与威廉·戈尔丁(William Golding)的《蝇王》(Lord of the flies)等作品一起,被列入30部"战后最著名的文学作品"之列。司各特的《统治四部曲》成为后殖民时期西方英语世界反思和总结殖民时期英印关系亦即东西关系的重要之作。与西方学术界对司各特的冷落一样,很长一段时期,中国大陆的外国文学研究刊物也罕见刊文研究这位英国作家。本章尝试对司各特涉印题材作品进行分析。

第六章探讨美国作家马克·吐温和凯瑟琳·梅奥的印度题材作品。与欧洲大陆与印度的直面接触相比,美国与印度的人际交流和文化沟通时间较晚,因而它对印度的认识及书写也相对更晚。美国作家对印度的书写也是美国东方话语中一个重要组成部分。从时间跨度而言,它从18世纪末即已开始,至今已有两百多年的历史。从创作主体而言，它主要包括美国白人作家和印裔美国作家。迄今为止，国内已有不少学者关注印裔美国文学研究，但鲜有学者对美国文学中的印度题材作品进行全面、系统的梳理和研究。鉴于此，本章将首先对18世纪末以来美国文学中的印度书写进行简要梳理，再分别以马克·吐温和凯瑟琳·梅奥为例，对美国文学作品中的印度书写进行分析。

由于各位作者进入比较文学或印度文学研究领域的时间长短不一、相关的学养或理论分析水平不一，上述各章的学术质量难免出现参差不齐的情况，相关判断与结论也难免出现偏颇、失误之处。上述各章的作者（具体名单见本书"后记"）殷切期待学界专家和广大读者不吝赐教。

目

次

序　言　尹锡南

上编　古典印度学在西方 ················· 1

第一章　《舞论》在西方 ················· 3

第一节　《舞论》概述 ················· 3

第二节　西方学者对《舞论》的写本发掘与
　　　　编订 ························· 13

第三节　西方各国的《舞论》研究 ········· 17

第四节　《舞论》与《文心雕龙》的历史影响与
　　　　跨文化传播比较 ··············· 35

第二章　印度古代文学与文论研究在法国 ····· 51

第一节　法国印度学的历史轨迹 ········· 51

第二节　法国的印度古代文学研究 ········· 59

第三节　法国的印度古代文艺理论研究 ······ 65

余论 ································· 69

中编　莎士比亚在印度 ················· 73

第三章　莎士比亚在印度的跨文化传播 ······ 75

第一节　莎士比亚作品的翻译和改编 ······· 76

第二节　莎士比亚研究概况 ············· 82

第三节　莎士比亚研究的特点 ············ 88

第四节　本土视角的独特阐发 ············ 94

　　第五节　从印度莎学看中国莎学 …………………… 101

第四章　莎士比亚戏剧在印度电影中的改编与
　　　　挪用 ……………………………………………… 109

　　第一节　莎剧在印度银幕上的百年改编史 ……… 110

　　第二节　莎士比亚悲剧在印度电影中的改编与
　　　　　　挪用 ………………………………………… 117

　　第三节　莎士比亚喜剧在印度电影中的改编与
　　　　　　挪用 ………………………………………… 141

　　第四节　莎士比亚传奇剧、历史剧等在印度电影
　　　　　　中的改编 ………………………………… 146

　　第五节　印度莎剧电影改编的"本土化"特征 … 149

附录：印度莎剧改编电影（涉莎电影）一览表 …… 155

下编　英美作家与印度 ……………………………… 167

第五章　英国文学中的印度书写：以保罗·
　　　　司各特为例 …………………………………… 169

　　第一节　引言 ………………………………………… 169

　　第二节　历史反思：印度叙事的基点 ………… 173

　　第三节　"隐身人"：混合身份的思考 ……… 178

　　第四节　东西方关系的艺术反思 ……………… 181

　　第五节　"东方"与"性神话"的真实内涵 …… 185

第六章　美国文学中的印度书写：以马克·吐温
　　　　和凯瑟琳·梅奥为例 ……………………… 193

　　第一节　美国文学中的印度书写史概述 ……… 194

　　第二节　马克·吐温的印度书写 ……………… 211

　　第三节　凯瑟琳·梅奥的印度书写 …………… 226

参考文献 …………………………………………………… 245

后　记 ……………………………………………………… 267

上编　古典印度学在西方

第一章 《舞论》在西方

　　与中国的《文心雕龙》和古希腊亚里士多德的《诗学》一样，梵语文艺理论名著《舞论》（Natyasastra）也是众所周知的世界古代文艺理论三大名著之一。已故著名梵学家金克木先生指出："《舞论》（戏曲学）是现存的古代印度最早的、系统的文艺理论著作。"[1]印度学者 N·P·乌尼（N. P. Unni）说："婆罗多的《舞论》是一部百科全书式著作。"[2]同西方的汉学研究、埃及学研究、亚述学研究、日本学研究等一样，西方的古典印度学历史悠久，西方的梵学家或东方学家自然不会忽略以四大吠陀、两大史诗和《舞论》等为代表的古典印度学的译介和研究。因此，本章对《舞论》在西方的译介和研究进行简略介绍，并对《舞论》和《文心雕龙》的历史影响和外向传播进行简略比较，以考察两部中印古代名著在东西方世界的跨文化变异性传播。

第一节 《舞论》概述

　　先说一下《舞论》的作者身份问题。《舞论》的作者婆罗多（Bharata）被称为"梵语文学理论批评之父"。[3]实际上，婆罗多生平不详，现代学者对婆罗多是否真实人物仍持怀疑态度。尽管如此，婆罗多或许可视为《舞论》集体作者的一个代号或象征符号。

1　金克木：《金克木集》（第七卷），北京：三联书店，2011 年，第 277 页。
2　Bharatamuni, *Natyasastra*, Vol.1,"Introduction", New Delhi: NBBC Publishers, 2014, p.75.
3　A. Sankaran, *Some Aspects of Literary Criticism in Sanskrit of the Theories of Rasa and Dhvani,* New Delhi: Oriental Books Corporation, 1973, p.17.

　　《舞论》最重要的也是唯一的注疏者、10 世纪至 11 世纪的梵语文艺理论家和宗教哲学家新护（Abhinavagupta）认为，《舞论》全文由婆罗多一人写成，而印度现代学者如 P·V·迦奈、S·K·代等梵语诗学史研究者以及 M·高斯等《舞论》编订者均否认这一观点，认为其不断被添补、窜入的内容足以说明《舞论》作者绝非一人，它是集体合作和历史发展的产物。S·K·代将《舞论》的文本演变分为四个阶段：散文体论著、接近于韵文的经文、经疏体、回归经文体的编订。[4]"这说明现存的《舞论》并非某一个人一次性创作而成。即便现存的《舞论》也在演员的意义上使用 Bharata 一词，这证明 Bharata 绝非某一个人的姓名，而是撰写《舞论》现存文本的一群学者（集体作者）的名字。"[5]

　　关于《舞论》成型的时间，学术界历来争执不已，无法达成共识。有的学者总结各家观点后认为，它大约产生于公元前 6 世纪至公元 6 世纪之间，或许可以将其成型时间大致确定为基督纪元之初。[6]M·高斯在 1934 年发表于加尔各答大学《文学系刊》（*Journal of the Department of Letters*）的文章中，认为《舞论》大约成型于公元 200 年左右，但也可能成型于公元前 100 年左右。[7]不过，高斯在 30 多年后修正了自己当初的推断，他说："《舞论》的原始文本（original text）很可能写于公元前 5 世纪。"[8]他还在 1967 年写就的《舞论》精校本"引言"中，利用各种文献，并从语言、神话、地理和跋娑戏剧等不同视角，论证《舞论》产生于公元前 5 世纪的这一推断。[9]一些学者对此持不同看法，例如，P·V·迦奈在《梵语诗学史》中推断，《舞论》可能成型于公元 350 年至 450 年之间。[10]法国梵文学者保尔·勒尼

4　R. S. Nagar, K.L.Joshi, eds., *Natyasastra of Bharatamuni with the Commentary Abhinavabharati of Abhinavagupta,* Vol.1, "Introduction", Delhi: Parimal Publications, 2012, pp.12-13.

5　R. S. Nagar, K.L. Joshi, eds., *Natyasastra of Bharatamuni with the Commentary Abhinavabharati of Abhinavagupta,* Vol.1, "Introduction", Delhi: Parimal Publications, 2012, p.14.

6　Bharatamuni, *Natyasastra*, Vol.1, "Introduction", Delhi: Parimal Publications, 2003, p.18.

7　Bharatamuni, *Natyasastra*, Vol.1, "Introduction", Varanasi: Chaukhamba Sanskrit Series Office, 2017, li.

8　Bharatamuni, *Natyasastra*, Vol.1, "Introduction", Varanasi: Chaukhamba Sanskrit Series Office, 2017, xl.

9　Bharatamuni, *Natyasastra*, Vol.1, "Introduction", Varanasi: Chaukhamba Sanskrit Series Office, 2017, lvi, lxix, lxx, lxxvi, lxxix.

10　P. V. Kane, *History of Sanskrit Poetics,* Delhi: Motilal Banarsidass, Fourth Edition, 1971, 5th Reprint, 2015, p.21.

奥（Paul Regnaud，1838-1910）认为《舞论》产生于基督纪元开端即公元 1
世纪左右。[11]印度学者 H·夏斯特利（Haraprasad Shastri）在《孟加拉亚洲
学会期刊公报》（*Journal and Proceedings of the Asiatic Society of Bengal*）撰
文指出，《舞论》产生于公元前 2 世纪。[12]黄宝生先生说："因此，目前我们
只能笼统地说，《舞论》的原始形式产生于公元前后不久，而现存形式大约
定型于四、五世纪。"[13]综合归纳各方学者的观点，似乎可以将《舞论》的
初创至最终定型的漫长过程大致定为公元前 5 世纪至公元 4 世纪或 5 世纪，
时间跨度长达千年。产生年代久远，再加上成书情况特别复杂，写本不一，
这大约是黄宝生称《舞论》有"原始形式"和"现存形式"的基本内涵。《舞
论》在漫长历史中先后出现众多的写本，它的"原始形式"因此不断变样，
"现存形式"越发复杂，这给当代学者的《舞论》翻译、研究提出了严峻的
挑战。1974 年，一位西方学者在美国夏威夷举行的国际学术研讨会上说，
既然《舞论》的现存版本都不完善且晦涩难解，很有必要编订一个"详实而
全新的《舞论》精校版。这应该由一个印度与西方学者、戏剧艺术家组成的
团队，通过严谨细致的工作，利用所有现存的写本来完成"。[14]应该说，这
一问题至今仍未圆满解决。

　　《舞论》是早期梵语戏剧实践经验的理论总结。它自觉地把戏剧作为一
门综合艺术对待，以戏剧表演为中心，但不局限于戏剧。《舞论》热衷详细分
析和归类。"然而，这正是印度古代戏剧学的特色，注重戏剧艺术的具体经验
和演出工作的实用需要。因此，《舞论》也可以说是一部印度古代的戏剧工作
者实用手册。"[15]《舞论》以戏剧表演为核心，涉及诗律、情味、音乐、舞蹈、
绘画、建筑、语言、语法、宗教哲学、神话、星相、心理、仪式和地理等不同
领域的主题，成为一部名副其实的古代文艺理论百科全书。"《舞论》的作者
似乎是借鉴现有的不同领域的经论，旨在为舞台监督撰写一部实用手册……
因此，它（指《舞论》）在某种程度上似乎是出自多人之手的著作，原著也存

11　Joanny Grosset, ed., *BharatiyaNatyasastra, Traite de Bharata, Sur le Theatre, Texte Sanskrit*, "Preface,"Paris: Ernest Leroux, 1898, vii, footnote 4.

12　Bharatamuni, *Natyasastra*,Vol.1, "Introduction", Varanasi: Chaukhamba Sanskrit Series Office, Reprint, 2017, li.

13　黄宝生：《印度古典诗学》，北京：北京大学出版社，1993 年，第 41 页。

14　Rachel Van M. Baumer and James R. Brandon, eds., *Sanskrit Drama in Performance*, Delhi: Motilal Banarsidass Publishers, 1993, p.263.

15　黄宝生：《印度古典诗学》，北京：北京大学出版社，1993 年，第 43 页。

在一些篡改者，他们后来对它进行了增补和改动。"[16]印度学者 M·拉塔（Mukund Lath）指出："《舞论》大部分内容是其他文献的汇编（Much of the *Natyasastra* is a collection from other sources）。"[17]

19 世纪后半叶以降，印度梵学界对《舞论》的校勘编订，保持着现在进行时的活跃状态。1894 年，印度本土学者出版第一种《舞论》编订本。印度学者认为迄今为止没有出现真正意义上的《舞论》精校本。印度学者 K·D·特里帕蒂是《舞论》最新版编订主持人，他说："《舞论》的过硬精校本迄今还未出现。"[18]因此，随着新的写本（如尼泊尔各种方言写本）不断发现，他们的相关校勘编订也会继续进行。在长达 100 多年、跨越三个世纪的写本发掘、校勘整理和编订出版的过程中，印度学界基本上确认《舞论》存在南传本和北传本等两类写本这一事实。

编订《舞论》及《舞论注》的印度学者 M·R·格维（M. Ramakrishna Kavi）在 1926 年出版的该书第 1 版"序言"中说，梵天大神创作了长达 36000 颂的《健达缚吠陀》。婆罗多创作的 6000 颂《舞论》，而早期还有一部著作名为《12000 颂》。婆罗多的《6000 颂》显然是《12000 颂》的精简版。这部大书现在只有部分可见。这两种书其实都是基于前述 36000 颂的《健达缚吠陀》改编而成。新护在注疏《舞论》第 1 章时指出，这部篇幅最大的书代表了梵天、湿婆和作者婆罗多的三个流派的观点。[19]《舞论》又被新护称为《演员经》（*Bharatasutra*）。[20]《12000 颂》遂被简称为 Adibharata（最初的演员经、原初演员经），它以湿婆及其配偶雪山女神对话的形式而展开。新护大约是将这部著作当作湿婆所创。这便有了 36000 颂的 Brahmabharata（梵天演员经）和 12000 颂的 Sadasivabharata（湿婆演员经）

16 Bharatamuni, *Natyasastra*, Vol.1, ed., by ManomohanGhosh, "Introduction", Varanasi: Chowkhamba Sanskrit Series Office, 2009, p.27.

17 Dattila, *Dattilam*, ed., & tr. by Mukund Lath, "Introduction",New Delhi: Indira Gandhi National Centre for the Arts, 1988, p.13.

18 Bharata, *Natyasastra,* Vol.1, "Introduction", New Delhi: Indira Gandhi International Centre for the Arts, 2015, xi-xii.

19 M. Ramakrishna Kavi, ed., *Natyasastra of Bharatamuni with the Commentary Abhinavabharati by Abhinavaguptacarya, Chapters 1-7, Illustrated,* Vol.1, Baroda: Oriental Institute, 1956, p.9

20 M. Ramakrishna Kavi, ed., *Natyasastra of Bharatamuni with the Commentary Abhinavabharati by Abhinavaguptacarya, Chapters 1-7, Illustrated,* Vol.1, Baroda: Oriental Institute, 1956, p.1,

即"原初演员经"之分。[21]《舞论》的作者婆罗多的名字是 Bharata，它也表示"演员"。[22]从《梵天演员经》到《湿婆演员经》再到婆罗多 6000 颂的《演员经》，神话传说中的神秘经书，终于演变为凡间演员婆罗多所创造的文艺理论。

无论是否存在所谓的"梵天演员经"或"湿婆演员经"，6000 颂的婆罗多《演员经》却是一个客观的存在，它便是《舞论》。关于编订《舞论》和《舞论注》时依据的抄本文献，格维在写于 1926 年 11 月的《舞论》第 1 卷"初版序言"中说，他是在勉力搜集的 40 种抄本文献基础上校勘《舞论》及《舞论注》的。他认为，从这些抄本中，可以区分两种风格的文本，这就是他所谓的《舞论》南传本（B 本）和北传本（A 本）。B 本即南传本为 36 章，产生的时间较早，体现了新护等克什米尔"常声派"（sphota School）的观点；A 本即北传本为 37 章，产生时间稍晚，遵循着商古迦（Sankuka）及其前辈为代表的弥曼差派、正理派文论家的思想。格维在南印度马拉巴尔搜集的抄本是 A 本类型，在尼泊尔杜尔巴尔图书馆（Durbar Library）搜集的是 B 本类型。在格维看来，孟买本代表 A 本，法国学者格罗塞的 14 章为 A 本和 B 本的融合，美国学者霍尔附录在《十色》编订本后的《舞论》四章及其他欧洲学者所编校的章节均属较早出现的 B 本。[23]格维的这些观点，常常为后来的学者所援引。因此，格维是《舞论》南传本和北传本的首倡者。

与《舞论》抄本可分南、北二支的情况颇为相似的是，印度古代大史诗之一《摩诃婆罗多》的抄本也可分为南、北两大流传版本。黄宝生先生指出，北传本按字体可分为舍罗陀、尼泊尔、梅提利、孟加拉和天城体传本，南传本可分为泰卢固语、卡纳达语、马拉雅兰姆语传本。这些抄本还可进一步细分。各种抄本的词句、诗行、诗节上存在各种差异。南传本篇幅大于北传本，前者为 24 篇，后者为 18 篇。前者故事细节更为丰富，词句更加准确。北传

---

21 M. Ramakrishna Kavi, ed., *Natyasastra of Bharatamuni with the Commentary Abhinavabharati by Abhinavaguptacarya, Chapters 1-7, Illustrated,* Vol.1, "Preface to the First Edition", Baroda: Oriental Institute, 1956, pp.57-58.

22 Vaman Shivram Apte, *The Practical Sanskrit-English Dictionary,* Delhi: Motilal Banarsidass Publishers, 2004, p.712.

23 M. Ramakrishna Kavi, ed., *Natyasastra of Bharatamuni with the Commentary Abhinavabharati by Abhinavaguptacarya, Chapters 1-7, Illustrated,* Vol.1, "Preface to the First Edition", Baroda: Oriental Institute, 1956, p.60.

本可称为"简朴本"，南传本可称为"修饰本"。[24]与格维的校勘编订工作相似，班达卡尔东方研究所编订《摩诃婆罗多》精校本的工作步骤，首先是搜集和整理各种抄本，以通行的该书青项本为基础，逐字逐句地进行对勘，记录异文。该所收集的抄本达1200多种，远远多于格维搜集的《舞论》抄本数，但只有少数是全本。《摩诃婆罗多》抄本的书写材料大多是贝叶和纸张，少数是桦树皮。经过鉴别和筛选，最终确定有校勘价值的抄本为700多种。[25]

《舞论》南传本36章的主要内容如下：第一章讲述戏剧起源的神话传说。第二章讲述剧场形状、特征和建造时的各种宗教仪式。第三章讲述剧场建成后敬拜各方神灵的宗教仪式。第四章论述舞蹈的起源、分类、功能、舞蹈与戏剧和音乐的联系、刚舞的一百零八种基本体式（基本动作）与三十二种组合体式（组合动作）、柔舞的表演方法等。第五章充分表现了印度古代戏剧表演的特色和《舞论》本身的特点，它结合音乐、舞蹈论述序幕的表演仪轨和程序。第六、第七章分别论述颇具诗学色彩的"味"和"情"，这是《舞论》最具文艺理论特性或曰诗学属性的两章，对后世著述影响颇深、颇广。第八章至第十三章为舞蹈论部分，分别论述身体的六个主要部位、六个次要部位的表演、各种手势、脚的各种基本步伐和组合步伐、各种行姿或步姿、与戏剧表演相关的舞蹈方式。第十四章讲述舞台方位的表达、四种地方风格、两种戏剧表演法即戏剧法和世间法等。第十五章讲述梵语的发音、语法规则和二十六种波哩多律的名称。第十六章举例说明每音步六至二十六个音节的各种规则的波哩多诗律、不规则与半规则诗律、五类阿利耶律。第十七章讲述三十六种诗相、四种庄严、十种诗病、十种诗德，这是后世梵语诗学庄严论赖以安身立命的理论基础。第十八章介绍俗语语法和剧中人如何运用各种语言的情况。第十九章介绍剧中人的命名原则和台词吟诵的七种音调、三种音域、四种声调、两种语调、六种装饰音等。第二十章介绍十色即十种戏剧形式。第二十一章论述戏剧情节。第二十二章论述四种戏剧风格。第二十三章介绍各种道具制作和演员的服饰、化妆等。第二十四章主要论述语言表演、女演员带有艳情色彩的各种真情表演。第二十五章介绍以妓女为核心的艳情表演。第二十六章介绍六季和各种景物（情由）、情态的特殊表演方法。第二十七章论述戏剧演出成功的标准。第二十八章介绍七种音调、变化音阶、不

---

24 黄宝生：《〈摩诃婆罗多〉导读》，北京：中国社会科学出版社，2005年，第12页。
25 黄宝生：《〈摩诃婆罗多〉导读》，北京：中国社会科学出版社，2005年，第12页。

完全音阶、十八种调式。第二十九章介绍三十三种装饰音、各种吟唱风格、弦鸣乐器的弹拨风格、序幕音乐的表演规则。第三十章讲述气鸣乐器（笛子）的规则。第三十一章论述各种节奏及其在节拍乐和吉祥歌中的运用、歌曲及其乐段、十种柔舞支。第三十二章介绍各类声乐及其丰富的音律、男女歌手及其歌声的特征。第三十三章主要论述膜鸣乐器即鼓乐的各种复杂表演方法。第三十四章论述角色，包括男女主角的分类和各种配角。第三十五章论述剧团和角色的分配。第三十六章讲述戏剧从天国下凡人间的神话传说。

　　无论《舞论》是否由单个作者婆罗多创作原本，或由集体作者在岁月沧桑中不断衍变，它的内在结构是清晰可见的。"《舞论》并未明确提及'原人'（purusa）及其各个部位。然而，仔细阅读其内容就会明白，戏剧结构本身就是'原人'，是一种组合了不同部位和肢体的结构，每一部分都与整体相关。"[26]这种"原人"结构说明，《舞论》也好，它所阐释的戏剧也好，都是一个充满活力的有机体，古印度综合性戏剧表演艺术始终是其关注的核心。戏剧艺术就是婆罗多在《舞论》中统摄一切、照亮四方的艺术"原人"。论者以音乐演出为喻，对婆罗多的《舞论》撰写或谋篇布局作了十分巧妙而形象的描述："婆罗多的构思宏大，相当于一个大型交响乐团的主要策划人……如果将婆罗多组织其著作的结构，比作交响乐队演奏一场大型交响乐是合适的话，那么，就其问题和各层次话语的思考而言，这一文本更像是一首印度音乐。它从回忆的氛围开始，展示全部音调，在变化组合中游走，在某种程度上回归乐音体系的主调或曰印度式节奏体系的第一拍：自然拍（sama）。"[27]

　　论者将《舞论》的全部内容分为三个方面：艺术体验、艺术内容和形式及四种戏剧表演的艺术表达方式等、戏剧结构与戏剧情节。第一个方面的内容主要是从诗人、作家、演员、画家、建筑师和演员、歌手以及观众等角度来论述的，正是这种角度不一、丰富多彩的艺术体验，将生命或生活的抽象内容转化为主要的情和味。[28]《舞论》的 36 章叙事自然揭示了它或隐或显的文本结构。《舞论》的文本内部"存在一种整体意识，一种清晰的整体结构，一种话语生成方法，这一话语通过不同的路径在许多层面运行，它在本质上是

26 Kapila Vatsyayan, *Bharata: The Natyasastra,* New Delhi: Sahitya Akademi, 2015, p.52.

27 Kapila Vatsyayan, *Bharata: The Natyasastra,* New Delhi: Sahitya Akademi, 2015, p.99.

28 Kapila Vatsyayan, *Bharata: The Natyasastra,* New Delhi: Sahitya Akademi, 2015, pp.58-59.

跨学科的。婆罗多的结构范式如同其情节概念一样，是循环式的。毋容置疑，或许存在插入成分（最显眼也是最棘手的例子是论述平静味的一段所产生的问题）和文字谬误，但其论述的固定结构却有一种独特的整体意识。简而言之，文本沿着一个圆周依次运行，它有一个隐而不失其真的中心与圆点。"[29] 在这位学者看来，第 1 至 5 章主要概述和确认与戏剧相关的时空关系，第 6 至 7 章将生命抽象为味（rasa）、情（bhava）及其各自变体的一系列范畴，第 8 至 13 章详细论述各种体态语言，第 14 章具体阐释如何将空间位置转化为舞台方位的方法，第 15 至 19 章详细论述文字、语言和声音等，第 20 至 21 章论述戏剧的结构、种类和复杂的情节，第 22 章论戏剧风格，第 23 至 26 章论述化妆、情感、一般表演和特殊表演等，第 27 章论戏剧表演成功的判断标准，第 28 至 33 章论音乐，第 34 至 36 章论述戏剧角色的分配、剧团人员构成等。最后一章回归戏剧主题即戏剧下凡的神话传说。这一结构本身带有生命循环似的特征。假如说它真有一个"隐而不失其真的中心与圆点"，那便是戏剧艺术本身。

从这些介绍看，被誉为"第五吠陀"、或许稍晚于两大史诗出现的《舞论》，与同样誉为"第五吠陀"的大史诗之一、约在公元前 4 世纪至公元 4 世纪的八百年间成书的《摩诃婆罗多》存在诸多的相似。

《舞论》第 1 章开头叙述道，婆罗多向梵天和大自在天（湿婆）两位大神致敬，开始讲述梵天阐明的戏剧理论。从前，有一次，婆罗多完成祈祷。众仙人走近婆罗多，请教戏剧艺术的相关问题。婆罗多因此开始讲述"戏剧吠陀"或曰"第五吠陀"的诞生过程。在该书最后一章亦即高斯本或迦尸本第 36 章的开头，牟尼们听完婆罗多关于"戏剧吠陀"诞生及其相关原理、规则的叙述后，继续请教戏剧如何从天国下凡人间的问题。婆罗多满足了他们的心愿，讲述了戏剧下凡人间的传说。从该书整个 36 章的谋篇布局看，从谈论戏剧开始，又以颂扬戏剧结尾，这种将戏剧原理和规则论述包含在内的循环型框架结构，浑然一体而又天衣无缝，典型地体现了印度传统的叙事特色。[30]

纵观《舞论》36 章的全部内容，似乎可以较有把握地得出如下结论：婆罗多大致以三大艺术本体（戏剧、舞蹈、音乐）为主干，以四种表演即语言表

---

29 Kapila Vatsyayan, *Bharata: The Natyasastra,* New Delhi: Sahitya Akademi, 2015, pp.97-98.

30 尹锡南：《印度文论史》（上），成都：巴蜀书社，2015 年，第 62 页。

演、形体表演、妆饰表演和真情表演为理论红线，全面而系统地论述了古印度戏剧表演的各个层面、领域或因素。《舞论》在古代文明世界构建了一种独特的诗学：包含戏剧、诗歌、音乐和舞蹈等诸多文学艺术的印度古典诗学。

具体而言，《舞论》第1、2、3、5、6、7、14、18、19、20、21、22、23、24、25、26、27、34、35、36等20章为戏剧论部分，它是婆罗多综合意义上的古典戏剧艺术论非常重要的核心，主要介绍戏剧表演的各种原理和剧场建造、舞台祭供等。第4、8至13章等7章是典型的舞蹈论，第28至33章等6章是典型的音乐论，但它们都是古代戏剧表演范畴内的舞蹈论、音乐论，无法脱离戏剧表演的基本原则和艺术实践来理解。第6、7、17章是梵语诗学的真正源头。当然，也有学者认为，《舞论》第15、16、17章是梵语诗学的源头："这几章（指第15至17章）一直是后来梵语诗学与修辞理论的基石。庄严论（alankarasastra）的一条激流，或者说几乎是一条大河，就从这几章流泻而出。"[31]如果不轻易否认这种说法，则第6、7、15、16、17章共同成为所谓的古代庄严论即梵语诗学的理论之源。事实上，第24、25、26章的各种情感表演，也可视为古印度的文艺心理学的重要组成部分，从而可在广义的诗学或美学的范畴内探讨和分析。这样，似乎可在诗学或文艺美学的框架下探讨第6、7、15、16、17、24、25、26章共8章的基本内容。不过，由于婆罗多主要是在戏剧范畴内论述情、味及情感表演，因此第6、7、24、25、26章放在戏剧论部分进行介绍，而以严格意义上的诗学论统摄第15、16、17章的相关内容。这样，婆罗多的思想体系可以一种诗学论、三大艺术论和四种表演论进行归纳。其中，一种诗学论涵盖3章内容，三大艺术论的戏剧论包括20章，舞蹈论包括7章，音乐论包括6章，这样就构成了《舞论》36章的全部内容。

从婆罗多规定的四种戏剧表演来看，《舞论》第15至19章为语言表演论，第4、8至13章为形体表演论，第23章为妆饰表演论，第24至26章为真情或曰情感表演论。当然，其他各章也都不同程度地包含着上述四种表演论的因素。

由此可见，我们似乎可用一种诗学论、三大艺术论、四种表演论来概括《舞论》的全部内容，尽管其中某些地方的内容存在交叉重叠之处，如形体表演部分即为实质上的舞蹈艺术论。

---

31 Kapila Vatsyayan, *Bharata: The Natyasastra*, New Delhi: Sahitya Akademi, 2015, p.71.

1826 年，西方学者威尔逊（H. H. Wilson）知晓《舞论》，但却误以为该书失传。哈尔（Fitz Edward Hall）发现《舞论》的一个抄本，并于 1865 年印出其中四章。此后至今，虽然校勘难度极大，但印度学者通过长期而艰苦卓绝的努力，出版了至少七种《舞论》的全本，有的还附录了新护的《舞论注》，其中包括：1894 年第一次出版的《舞论》四卷本（编订者为 Pandit Shivadatta 和 Kashinath Pandurang Parab）、格维（Ramakrishna Kavi）与夏斯特里（K. S. Ramaswami Shastri）及帕德（J. S. Pade）等依据四十种抄本校勘和编订的四卷本（分别于 1926、1934、1954、1964 年出版，第一卷于 1956、1980、1990 年修订再版）[32]、1929 年迦尸版《舞论》（编订者为 Batuknath Sharma 和 Baladeva Upadhyaya）、M·高士（Manomohan Ghosh）分别于 1956、1967 年编订出版的两卷本《舞论》、纳格尔（R. S. Nagar）和乔希（K. L. Joshi）于 1981 年编订出版的四卷本《舞论》、乌尼（N. P. Unni）于 1998 年编订出版（2014 年修订再版）的附录英译的四卷本《舞论》、库马尔（Pushpendra Kumar）依据高士校勘本编订出版的四卷本《舞论》并于 2010 年修订再版。2015 年，贝纳勒斯印度大学的特里帕蒂（Kamalesh Datta Tripathi）和英迪拉·甘地国立艺术中心的提瓦利（Narendra Dutt Tiwari）依据新近发现的尼泊尔藏《舞论》版本，合作编订出版该书第一卷即《舞论》第一至十四章（编者透露不久还将出版余下两卷），它是在此前各种版本和抄本基础上校勘而成的，必将促进《舞论》的翻译和研究。K·S·R·夏斯特里曾经在《舞论》第一卷第二版（1956 年）"序言"中透露了一桩往事：1953 年，巴罗达东方研究所（BOI）所长巴特（G. H. Bhatt）访问尼泊尔加德满都比尔图书馆（Bir Library）时发现了一部《舞论》的尼瓦利语（Newari）抄本，但多方努力仍未获得该抄本。"或许由于尼泊尔政治动荡，尽管多方提醒，我们至今不能获得（《舞论》的）抄本。现在我们被告知，尼泊尔政府甚至下令比尔图书馆不许提供任何原稿的抄本。"[33]而今，依据尼泊尔语抄本校勘编订的最新版《舞论》第一卷已经面世，巴特的遗憾终得弥补。《舞论》的印地语、马拉提语、古吉拉特语、泰卢固语、马拉雅兰姆语、孟加拉语等多种印度语言译本和尼泊尔语译本已经面世。《舞

---

32 根据帕德的叙述，1957 年 9 月 20 日，当《舞论》第四卷刚印出 32 页时，格维溘然仙逝，此后，他便接手第四卷即最后一卷的校对出版工作。参阅 Bharatamuni, *Natyasastra,* Vol.4, "Introduction", Baroda: Oriental Institute, 1964, p.7。

33 Bharatamuni, *Natyasastra,* Vol.1, Baroda: Oriental Institute, 1980, p.5.

论》的英语全译本和节译本、选译本也出现了多种，如高士于 1950、1961 年先后出版两卷该书英译本，一些学者于 1986 年匿名出版了该书全译本（后数次再版，但其许多译文是高士译文的翻版），[34] 兰迦查利耶（Adya Rangacharya）于 2007 年出版了该书节译本，前述乌尼的 1998 版《舞论》附录了全部梵文的英译。1997 年，潘德（Anupa Pande）出版《舞论》中论述音乐的第二十八章及新护为该章所作疏解的英译。

　　以上为《舞论》的基本情况简介。

第二节　西方学者对《舞论》的写本发掘与编订

　　印度学者阿努帕·潘德在《婆罗多〈舞论〉的历史文化研究》的"序言"中说，研究印度戏剧史的学者包括法国著名印度学家 S·列维（Sylvain Levi，1863-1935）、挪威学者 S·科诺（Sten Konow，1867-1948）、英国学者 A·B·基思（Arthur Berriedale Keith，1879-1944）、印度学者 S·K·代、P·V·迦奈等，研究印度古典美学思想（包括梵语诗学）的学者包括印度学者 V·拉克凡、意大利梵学家格罗尼（Raniero Gnoli，1930-）、美国学者 J·L·马松（J. L. Masson）和印度学者 M·V·帕特沃丹（M. V. Patwardhan）等。[35] 这一说法基本正确，因其认可印度前辈学者在梵学领域的许多开创性贡献，但也同时承认西方的梵学家或东方学家在翻译、介绍和研究印度古典文艺理论和美学思想史上做出的卓有成就的历史贡献。

　　芬兰赫尔辛基大学南亚与印欧语教授 K·卡图能（Klaus Karttunen）指出，1978 年，"后殖民理论之父"萨义德（Edward Said，1935-2003）在美国出版《东方学》（*Orientalism*）之后，世界学术界关于近代史上的欧洲东方学争议不休。萨义德对西方学术传统的批评有些夸大其词，但对这一批判须进行认真思考。"萨义德理论如运用于印度学领域，有时会适得其反。"[36] 事实上，如

---

34 笔者于 2005 年在印度收集的该书 1986 年版并未标注出版年代，但后来的各版均标明第一版的时间为 1986 年。笔者掌握的该书 2006 年版标明该书的各版（即初版和重印）时间分别为 1986、1993、1996、2000、2003、2006 年。2006 版与 1986版的内容与页码编排等完全一致。

35 Anupa Pande, *A Historical and Cultural Study of the Natyasastra of Bharata*, "Preface", Jodhpur: Kusumanjali Book World, 1996.

36 Klaus Karttunen, ed., *History of Indological Studies*, Delhi: Motilal Banarsidass Publishers, 2015, pp.15-16.

无西方梵学家、东方学家的介入及开创性贡献，以《舞论》为代表的印度古典文艺理论翻译和研究史将会是完全不同的一番面貌。此处依据笔者所能见到的英语文献和少量其他语种（如法语等）文献，对西方学界百多年来关于《舞论》的文献发掘、翻译、介绍和研究作一简介。[37]

在《舞论》的文献发掘上，西方梵学界走在世界最前列。[38]印度学者写道："尽管许多梵文学者提到婆罗多的《舞论》，在各种注疏中引述其片段文字，但很长时间里，现代读者没有掌握这部著作。在印度学研究史上，威廉·琼斯（William Jones，1746-1794）爵士所谓的'发现梵语'是一座里程碑，它开拓了西方智者的新视野。威廉·琼斯的《沙恭达罗》英译本于1789年出版后，整个西方显示出对印度学研究的兴趣。"[39]两年后，一部梵语戏剧的德语译本出版。1890年，法国印度学家S·列维以《舞论》的基本内容为基础，写出了广为后世学者赞赏的法语著作《印度戏剧》（Le Theatre Indien）。印度古典梵剧的翻译和介绍吸引了西方戏剧学者的注意，他们开始热心关注印度戏剧研究。在这一背景下，梵文学者威尔逊（Horace Hayman Wilson）于1827年出版了印度古典戏剧英译本。[40]威尔逊也在努力搜求传说中的《舞论》手稿写本，但一无所获。他以为该书已经不传于世。

事实上，那一时期尚未建立手稿或写本（抄本）图书馆，但私人藏书中的写本颇多。威尔逊等人并不知道，当时在南印度喀拉拉邦的私人藏书中便有多种《舞论》写本，有的写本还附录了新护的《舞论注》。这些写本是以马拉雅兰姆语字体抄录在棕榈叶上的。

邂逅《舞论》写本的历史机遇落到了美国学者F·E·霍尔（Fitz Edward Hall，1825-1901）身上。1865年，他出版附录《十色注》的胜财《十色》编校本。他在写于1862年3月21日的该书"序言"中提到了发现《舞论》的事："写完序言的这一天，我很幸运地拿到了一部完整的婆罗多《舞论》。截至那时为止，我只是通过该书开头部分章节和一些注疏者零散引用的片段获

---

37 此处关于西方学者翻译和研究《舞论》的情况介绍，参考尹锡南：《印度诗学导论》，上海：上海古籍出版社，2017年，第325至336页。

38 此处相关介绍，参阅 Bharata, *Natyasastra,* Vol.1, New Delhi: NBBC Publishers, 2014, pp.3-5。

39 Bharata, *Natyasastra, Text with Introduction,* Vol.1, New Delhi: NBBC Publisher,2014, pp.3-4.

40 Horace Hayman Wilson, *Select Specimens of the Theatre of the Hindus, Translated from the Original Sanskrit,* Vol.1, Calcutta: The Asiatic Press, 1827.

悉此书。一年以前，要是我获得了《模仿论》，就不会想到编订《十色》。婆罗多此书如此珍奇宝贵，而它却被视为失传，无望重见天日。"[41]

正是这一令人喜出望外的巨大收获，使得霍尔决定将《舞论》的部分章节（第18、19、20、34章）作为附录收入自己所编订的《十色》。从印度出版的2009年版该书看，附录的四章有34页。[42]这四章的内容与印度学者后来于1894年、1943年两次出版的《舞论》孟买本相关章节一致。霍尔此举是《舞论》校勘编订史上具有划时代意义的第一步，它标志着东西方梵学界开始走上真正认识印度古典文艺理论巨著《舞论》的世纪之路。

非常遗憾的是，由于获得的《舞论》写本脱漏较多，霍尔无法对其他章节的内容进行校勘编订，故无法刊出更多的内容。尽管如此，这一发现重新点燃西方梵学界的希望，这将拯救这部被人遗忘已久的古典名著，将其重新拉回人间视野。随后，在19世纪最后20年时间里，德国和法国学者在《舞论》校勘编订史上分别留下了自己的足迹。

德国梵文学者海曼（Heymann）利用唯一一份可以参考的《舞论》写本，对其内容进行描述。1865年（一说为1874年），该成果刊载于《印度书目》（*Bibliotheca Indica, Calcutta*, 1865）。这一成果深深吸引了法国著名梵文学者保尔·勒尼奥（Paul Regnaud，1838-1910），他发现了另一种《舞论》写本，校勘整理后，于1880年发表了第15、16和17章，其中第15、16章分别与孟买本第14、15章一致。1884年，勒尼奥以"梵语修辞"（*Rhetorique Sanscrite*）为题，以拉丁转写体发表了《舞论》第6、7章及其法语译文。这两章均发表于巴黎。第6、7章的校勘和发表，可以视为《舞论》文献整理史上的一个里程碑事件，因为这两章是《舞论》的精华所在。

1888年，另一位著名的法国梵文学者亦即勒尼奥的杰出弟子J·格罗塞（Joanny Grosset）发表了《舞论》论述音乐的第28章。1898年，格罗塞再接再厉，在巴黎出版了《舞论》第1至14章的精校本。因其篇幅最为可观，成为迄今为止欧洲梵文学界整理编订《舞论》的代表性成果之一。[43]该书扉页上

---

41 Fitz Edward Hall, ed., *Dasarupam of Dhananjaya with Avaloka-tika by Dhanika*, "Preface", Delhi: Parimal Publications, 2009, xxxi. 《模仿论》指《舞论》。

42 Fitz Edward Hall, ed., *Dasarupam of Dhananjaya with Avaloka-tika by Dhanika*, Delhi: Parimal Publications, 2009, pp.133-166.

43 Joanny Grosset, ed., *Bharatiya Natyasastra, Traite de Bharata, Sur le Theatre, Texte Sanskrit*, Paris: Ernest Leroux, Editeur, Lyon: A. Rey Imprimeur, Editeur, 1898.笔者于2018年9月25日在英国国家图书馆查阅资料时见到该书原版。

写着如下内容：《里昂大学年刊》第 11 卷，《婆罗多〈舞论〉》（婆罗多论戏剧）梵文本，前言，由 4 个版本的写本整理而成，包含一个分析表及一些注释，里昂大学保尔·勒尼奥先生作序，J·格罗塞为里昂大学文学院研究生奖学金获得者、巴黎亚洲学会会员、大不列颠和爱尔兰皇家学会会员。第 1 卷第 1 部分：正文和（同一作品的）不同写本、分析表。第 2 部分：注释。[44]该书前边有保尔·勒尼奥于 1897 年 12 月 1 日为弟子的这部精校本写的 12 页"序言"，接下来是格罗塞自己于 1897 年 8 月 31 日写毕的 28 页"引言"。《舞论》精校本第 1 至 14 章正文为拉丁转写体，共 228 页，然后依次为 52 页的各章术语索引、3 页缩略语、3 页勘误表。如果说霍尔之举为欧洲梵文学者校勘整理《舞论》的第一次成功尝试，勒尼奥及其弟子格罗塞之举则为第二、第三次成功尝试。保尔·勒尼奥和格罗塞的《舞论》校勘成果受到后世学者的高度重视，例如，近年出版的印度学者 K·D·特里帕蒂主编的《舞论》最新精校本，参考了保尔·勒尼奥和格罗塞的精校本或相关校勘成果。[45]

欧洲学者指出，古典印度学可以分为四个阶段进行考察：1786 至 1852 年为印度学早期阶段，以威廉·琼斯发表著名演讲为起点，印度学的重镇在英国与法国；1852 至 1914 年为繁荣阶段，以法国东方学家尤金·伯努夫（Eugene Burnouf，1801-1852）仙逝为开端，印度学中心转移到德国；1914 至 1978 年为印度学发展的专业化时期，以一战爆发为起点，涉及范围包括吠陀、史诗、往世书、哲学、法论、科学、佛教、耆那教、历史、考古学、艺术史、新雅利安语言学、达罗毗荼研究等；1978 年以来为第四阶段，以萨义德出版《东方学》为标志和起点，可以视为印度学研究的"话语期（period of discourse）"。[46]这种分期尽管有着某种随意性，但它将 20 世纪大部分时间视为印度学发展的专业化时期不无道理。严格地说，《舞论》在西方的翻译和研究也主要是在 20 世纪进行的。

历史地看，西方的印度学研究英才辈出，成就卓著。现代欧美世界的印

---

44 感谢中南大学法语系毕业生肖克兰女士于 2019 年 5 月 12 日帮助笔者翻译封面和扉页的法语。由此可见，格罗塞本想完成《舞论》后续几卷的校勘整理，出版新的编订本，但遗憾的是，他没有达成心愿。

45 参见 K·D·特里帕蒂自述，参阅 Bharata, *Natyasastra a,* Vol.1(Chapter1-14), "Acknowledgement", New Delhi: Indira Gandhi International Centre for the Arts, 2015, xli.

46 Klaus Karttunen, ed., *History of Indological Studies*, Delhi: Motilal Banarsidass Publishers, 2015, pp.1-16.

度学家中，不乏一些著名的印度古典文艺理论研究者，其中一些学者不同程度地涉及《舞论》翻译和研究。此处的考察以 20 世纪初为起点，分国别进行，分别涉及英国、德国、法国、俄罗斯、波兰、美国、加拿大等西方国家的梵学家或印度学家的《舞论》翻译或研究。[47]限于资料和语言解读等复杂因素，此处仅以部分英文著作或论文举例说明。

第三节　西方各国的《舞论》研究

先看看英国。作为古典印度学研究重镇，英国的梵学家在过去的一百多年中，在《舞论》的翻译和研究上却乏善可陈，以《舞论》为主题的译作或论著非常罕见。当然，仔细考察，仍可发现少数学者在著作中不同程度地涉及《舞论》。英国东方学家、爱丁堡大学梵语与比较语言学教授 A · B · 基思（Arthur Berriedale Keith，1879-1944）便是其中一例。

1924 年，基思出版《梵语戏剧理论与实践的起源和发展》。这是英国梵学界最早全面研究印度古典戏剧理论与实践的著作之一。基思在该书第 13 章《戏剧艺术理论》中，以《舞论》的相关原理为基础，介绍了印度古典戏剧理论的各个重要方面，涉及戏剧本质、戏剧类型、戏剧主题、戏剧情节、戏剧角色、戏剧风格、戏剧语言、味论、音乐、舞蹈、序幕表演等《舞论》论及的各个主题。基思结合了《十色》等梵语戏剧学著作进行介绍。他所参考的《舞论》原著包括霍尔 1865 年《十色》编订本附录四章，保尔·勒尼奥编订的第 6、7、15、16、17 章，印度学者 1894 年孟买本，格罗塞 1898 年编订本十四章及其于 1888 年编订的第 28 章。这说明，基思已经竭尽所能，参考了当时所有可见的《舞论》原文。他同时吸收了 S · K · 代和 P · V · 迦奈等印度同行的研究成果。由于该书主要介绍梵语戏剧的起源和戏剧作品、戏剧家，对梵语戏剧理论的介绍只是一种补充而已，因此，其对《舞论》的大部分介绍缺乏深度。[48]当然，基思也尝试在论述中提出自己的观点，如他指出，《舞论》的详细论述涉及戏剧的整个领域，包括剧场建造、演员服饰和道具、演出前的宗教仪式、音乐舞蹈、演员的姿式动作、演员的语言、角色的划分、诗歌的

---

47 下边相关介绍，参考（古印度）婆罗多撰，尹锡南译：《舞论》，"中译本引言"，成都：巴蜀书社，2021 年，第 74 至 87 页。

48 A. Berriedale Keith, *The Sanskrit Drama in its Origin, Development Theory & Practice*, Delhi: Motilal Banarsidass Publishers, 1998, pp.290-356.

一般特征、戏剧类型、作为戏剧关键因素的情和味。"这部著作令人困惑，复杂，重复较多，但其悠久古老毋容置疑。很明显，它以戏剧文学的思考为基础，而这一文学已经失传，它被迦梨陀娑及后来者所遮蔽。"[49]这一观点发人深思。有的德国学者试图证明《舞论》受到了亚里士多德《诗学》的影响。针对这一观点，基思认为，两部著作确有某些相似之处，但不能草率地认为《舞论》是在古希腊戏剧理论影响下产生的，因为在《舞论》中存在许多独立的理论因子，即便存在某种借鉴，但它仍然显示了印度古典戏剧理论的独立发展。[50]

基思在 1929 年出版的著作《梵语文学史》中，综合参考 S·K·代、PV·迦奈和 H·雅各比等东西方梵学家的研究成果，以近三十页的篇幅介绍了梵语诗学基本概况。他是最早系统介绍梵语诗学的西方学者之一，该书在西方多次再版。该书第二部分第 18 章题为《诗歌理论》。基思基本上将戏剧学排除在梵语诗学史的考察范围之外。因此，他对《舞论》的介绍非常简略。他说，作为一部戏剧学论著，《舞论》的出现也许要早于梵语戏剧家跋娑与迦梨陀娑，尽管缺乏严格的证据。"《舞论》无疑是早期著作的汇编（compilation），它最大的优点是发展了味论，它分为艳情味、滑稽味、悲悯味、暴戾味、英勇味、恐怖味、厌恶味和奇异味等八种。"[51]

德国的情况与英国相似，迄今为止似乎未见翻译或研究《舞论》的大家。如欲搜寻蛛丝马迹，也得上溯至 20 世纪上半叶。例如，德国著名学者温特尼茨（Maurice Winternitz，1863-1937）享誉世界梵学界的三卷本《印度文学史》（*Geschichte der Indischen Literatur*）便是一例。作者在 1922 年为该书第 3 卷第一部分所写的"前言"中说，该套丛书大约于 1899 年开始撰写，原本计划以单本形式推出，但随着研究的深入和资料的大量增加，遂决定改弦更张，将之扩充为三卷本。[52]该书第 3 卷主要介绍古典梵语诗歌、梵语戏剧和故事文学等。在介绍古典诗歌时，温特尼茨以约三十页的篇幅（英译本）

49 A. Berriedale Keith, *The Sanskrit Drama in its Origin, Development Theory & Practice,* Delhi: Motilal Banarsidass Publishers, 1998, p.291.

50 A. Berriedale Keith, *The Sanskrit Drama in its Origin, Development Theory & Practice,* Delhi: Motilal Banarsidass Publishers, 1998, pp.355-356.

51 A. Berriedale Keith, *A History of Sanskrit Literature,* Delhi: Motilal Banarsidass Publishers, 2017, p.372.

52 Maurice Winternitz, *A History of Indian Literature: Classical Sanskrit Literature, Scientific Literature,* Vol.3, "Foreword", Delhi: Motilal Banarsidass, 2015.

对梵语诗学、戏剧学和诗律学的基本内容进行说明。在介绍《舞论》时，他写道：The basic principle of rasas or 'sentiments' in Indian poetics and aesthetics must have been developed for the first time in the *Natyasastra*. The word rasa primarily means 'taste'（印度诗学中味论的基本原则显然是最先出现于《舞论》。rasa 这个词的原始含义是"味道"）。[53]他说："味论催生了精彩的印度美学体系，它自然是其情感（bhàvas）心理学理论的一个分支。"[54]温特尼茨还指出："流传给我们的《舞论》具有百科全书性质，给人的印象是，它或许是由不同的文本汇编而成。"[55]他认为《舞论》有 38 章内容。在简单分析了《舞论》的结构后，他说："（《舞论》的）结构安排完全不成体系，这使人感到我们面前的这部著作不止有一位作者，它是更早的和近期著作的汇编。原著可能只有类似早期科学著作的经文，与表演艺术相关的记忆性经文早就存在。我们所见的著作编撰自更加古老的著作，但我们无法判断其产生时间。同样，我们也无法确认我们拥有的这个范本（指《舞论》）是何时开始编撰的。"[56]由此可见，温特尼茨虽然专论《舞论》的文字不多，但却体现出不俗的眼光和学术修养。

再看法国。自从保尔·勒尼奥及其杰出弟子 J·格罗塞先后编订多章《舞论》后，法国学界的《舞论》研究似乎在很长时期内没有多大起色。1992 年，法国女学者 L·B·布东（Lyne Bansat Boudon）出版基于自己的博士学位论文《印度戏剧诗学》（*Poetique du theater indien*）修改而成的法语著作《印度戏剧诗学：〈舞论〉解读》（*Poetique du theater indien: Lectures du Natyasastra*），正式步入《舞论》研究的行列。[57]该书正文前的内容包括："前言"、"概述"（英文）、"序言"、"引言"。第 1 编题为"《舞论》亦即娱乐规则"，包括以下两章：第 1 章"娱乐"（论及戏剧起源的神话传说、剧场、演员、序幕表演和

53　Maurice Winternitz, *A History of Indian Literature: Classical Sanskrit Literature, Scientific Literature,* Vol.3, Delhi: Motilal Banarsidass, 2015, p.10.

54　Maurice Winternitz, *A History of Indian Literature: Classical Sanskrit Literature, Scientific Literature,* Vol.3, Delhi: Motilal Banarsidass, 2015, p.10.

55　Maurice Winternitz, *A History of Indian Literature: Classical Sanskrit Literature, Scientific Literature,* Vol.3, Delhi: Motilal Banarsidass, 2015, p.6.

56　Maurice Winternitz, *A History of Indian Literature: Classical Sanskrit Literature, Scientific Literature,* Vol.3, Delhi: Motilal Banarsidass, 2015, p.9.

57　LyneBansatBoudon, *PoétiqueduTheaterIndien, Lectures du Natyasastra,* Paris: Publications de l'EcoleFrançaised'Extrême Orient, 1992.笔者于 2018 年 9 月 24 日在英国国家图书馆查阅资料时，有幸见到了该书。

神人之乐），第 2 章"规则"（论及文本的结构、味论、味的唤起、包括"味经"和情由等的情论、戏剧情节、四种戏剧表演、戏剧法和世间法等两种表演规则、戏剧风格和地方风格、戏剧表演成功的标准、声乐和器乐、戏剧舞台）。第 2 编题为"《摩罗维迦与火友王》第 1 至 2 章翻译"。第 3 编题为"戏剧表演的理论与阐发"（《摩罗维迦与火友王》的导演、13 种"柔舞支"和《舞论》第 24 章第 41 颂提到的吟诵表演与阐发表演等 6 种形体表演等重要片段的译文等）。书的最后是"结语"、参考文献和索引等。由此可见，布东对于《舞论》的研究较为全面，几乎囊括了所有重要方面，特别是戏剧论的内容。对法语读者而言，附录的相关重要选段法译颇有价值。布东在该书的英文"概述"中写道："古代印度对戏剧推崇备至，视其为最复杂的一种文学形式，从未将剧本与舞台表演分离开来。戏剧是用来表演的，而且这是一种最壮观的表演方式：它要求舞台上不仅有动作表演，也有歌曲、音乐和舞蹈。进一步说，正是这种精彩的场面，使得戏剧优于其他文类。正如新护所阐释的那样，戏剧是诗歌的化身，是栩栩如生的诗。场景、人物及其表演的叙事技巧，所有这些都呈现于观众眼前。正是此时，观众才会真正获得美的享受。"[58]

布东认识到，前人论述《舞论》多从理论探索出发，很少从古典戏剧表演的角度入手进行思考。这便是她在书中以迦梨陀娑的戏剧《摩罗维迦与火友王》为例阐释和印证婆罗多《舞论》基本原则的根本缘由。

布东参加了 2012 年 1 月的新德里世界梵学大会。她在会上选读的英语论文题为 *Artaud's Poetics, or Natyasastra and Post-modern Theatre*（阿尔陶的诗学、《舞论》及后现代戏剧），后来被主编 R·特里帕蒂收入会议论文集中。[59] 该文以《舞论》的戏剧原理为切入点，研究法国现代诗人安东尼·阿尔陶（Antonin Artaud，1896-1948）的艺术观念。作者的结论是：亚洲戏剧对西方"后现代性"（post-modernity）施加了影响。[60]布东在法国东方学界的孤军奋战，为欧洲的《舞论》研究注入了一股清新的活力。

---

58 Lyne Bansat Boudon, *Poetique du Theater Indien, Lectures du Natyasastra,*"Summary",Paris: Edition de l'Ecole Française d'Extrême Orient, 1992.

59 Radhaballabh Tripathi, ed., *Natyasastra in the Modern World, Proceedings of the 15th World Sanskrit Conference, Vol.3, Special Panel on Natyasastra,* NewDelhi: D.K. Printworld, 2014, pp.51-62.

60 Radhaballabh Tripathi, ed., *Natyasastra in the Modern World, Proceedings of the 15th World Sanskrit Conference, Vol.3, Special Panel on Natyasastra,* NewDelhi: D.K. Printworld, 2014, p.62.

　　俄罗斯学者对以《舞论》为代表的古典梵语名著的研究由来已久。"对于《舞论》，俄罗斯学术界并非陌生，因为俄罗斯保持着悠久的印度学传统。弗拉基米尔·艾赫曼博士（Vladimir Ehrman）关于《舞论》的学位论文被视为一块试金石（touchstone）。"[61]俄罗斯学者在介绍俄罗斯的梵学研究时指出："在莫斯科，N·R·莉多娃（Natalya Rostislavovna Lidova）重点研究《舞论》。"[62]从这些信息中，我们发现至少有两位学者重点关注了《舞论》。

　　印度学者瓦赞嫣的传记作者透露，一位热心于印度阿育吠陀（Ayurveda）经典和现代文学作品翻译的俄罗斯女学者米娜（Mariam Salganik）与瓦赞嫣熟悉。她促成了后者的代表作《婆罗多〈舞论〉》的俄语翻译。"正是在她（米娜）的劝说下，她的亲密挚友、学者 G·B·列文（Grigory Bongard Levin）答应了请求。列文是《古代印度文明》的作者。"[63]由于俄罗斯科学院已经授予瓦赞嫣荣誉院士称号，列文向瓦赞嫣保证将向俄罗斯读者介绍其论述古代印度戏剧学、美学经典的重要著作。这位传记作者还写道："尽管苦恼于无法阅读（俄罗斯）年轻学者们的俄语原著，但瓦赞嫣熟悉一位重量级的梵文学者娜塔莉娅·莉多娃的著作，并主动地就其内容和观点与之交流。她透露说这些著作有的已经译为英语，但仍有大量的俄语著作等待翻译。"[64]这里提到的莉多娃便是第三位关注《舞论》并有不俗建树的俄罗斯梵文学者。笔者未掌握前两位俄罗斯学者的文献，因此仅对莉多娃探索《舞论》的英语著作《戏剧与早期印度教仪式》（*Drama and Ritual of Early Hinduism*）作一简介。

　　莉多娃是当代俄罗斯梵学界的顶级人物。她是俄罗斯科学院世界文学研究所高级研究员，在俄罗斯、印度与西欧国家的杂志上发表了许多文章。她曾经在印度德里大学、尼赫鲁大学、贝纳勒斯梵语大学（Banaras Sanskrit University）、马德拉斯大学、孟买大学、普纳大学和加尔各答大学等印度高校任客座教授。这便是瓦赞嫣与其过从甚密的基本原因。

---

61 Jyoti Sabharwal, *Afloat a Lotus Leaf: Kapila Vatsyayan, A Cognitive Biography*, New Delhi: Stellar Publishers, 2015, pp.292-293.

62 Klaus Kartunen, ed., *History of Indological Studies*, Delhi: Motilal Banarsidass Publishers, 2015, p.153.

63 Jyoti Sabharwal, *Afloat a Lotus Leaf: Kapila Vatsyayan, A Cognitive Biography*, New Delhi: Stellar Publishers, 2015, p.292.

64 Jyoti Sabharwal, *Afloat a Lotus Leaf: Kapila Vatsyayan, A Cognitive Biography*, New Delhi: Stellar Publishers, 2015, p.293.

婆罗门教的吠陀祭祀（yajna）与印度教祭拜或祭供仪式（puja）是印度古代宗教文化的重要组成部分，其中的复杂关系常常引人争议。莉多娃该书从宗教仪式入手，以《舞论》相关原理为基础，探讨印度古典戏剧的起源问题。正如瓦赞嫣在"前言"中说的那样，关于印度戏剧起源的问题历来存有争议。"娜塔莉娅·莉多娃重启关于梵语戏剧起源，特别是关于仪式与戏剧关系的争论。她质疑这么一种假设：《舞论》体现了戏剧是吠陀祭祀的直接演化。相反，她将吠陀祭祀与祭供仪式联系起来认为，《舞论》的文本证据与湿婆教经典所记载的祭供仪式相关。在吠陀祭祀与她所谓的'非吠陀祭供'（non-Vedic puja）之间进行清晰的区分，这么一种假设构成了她的立论基础……莉多娃博士在她所谓的吠陀传统、吠陀神话甚至宗教观念与她所谓的'非吠陀祭供仪式'之间建立了非常有趣的联系。"[65]瓦赞嫣也认为莉多娃的著作有某种缺憾，因其对印度学界关于《舞论》的最新著作中对婆罗门教祭祀等方面的探讨了解不够。

莉多娃的书除了"前言"和"引言"外，正文共三章。第1章"《舞论》的仪式文本"涉及《舞论》的序幕表演、剧场奠基的祭供仪式、舞台祭供等，第2章"神话的舞台剧"联系《舞论》第35章论及的神魔剧（Samavakara）、争斗剧（Dima）、掠女剧（Ihamrga）、纷争剧（Vyayoga）等四种武戏（aviddha）揭示古典梵剧的宗教仪式性，第3章"早期印度教文化的仪式剧"结合印度教神庙剧说明梵剧的仪式色彩和内涵。

关于《舞论》的现存文本，莉多娃认为它是由后人不断添加新的内容而构成的。[66]莉多娃在书中非常娴熟地引述《梨俱吠陀》、《百道梵书》和各种奥义书等古印度经典，显示了她深厚的梵学造诣。她从宗教祭拜仪式出发解读《舞论》，屡有心得，发人深思，体现了俄罗斯梵学界的薪火不断、智者辈出。

波兰华沙大学印度学系教授、华沙大学东方研究所所长 M·C·布热斯基（Maria Christopher Byrski，1937-）是一位著名的梵文学者，他曾于 20 世纪 60 年代初在印度贝纳勒斯印度大学学习梵语和研究梵语戏剧学，并于 1993 年

---

65 Natalia Lidova, *Drama and Ritual of Early Hinduism*, "Foreword", Delhi: Motilal Banarsidass Publishers, 1996.

66 Natalia Lidova, *Drama and Ritual of Early Hinduism*, Delhi: Motilal Banarsidass Publishers, 1996, p.2.

起为波兰首任驻印度大使。他曾经出版英文著作《古代印度戏剧论》（*Concept of Ancient Indian Theatre*）。[67]布热斯基的这部著作与俄罗斯学者娜塔莉娅·莉多娃的《戏剧与早期印度教仪式》，均受印度权威的古典文艺理论研究者青睐，如瓦赞嫣就曾经在自己的论文《〈舞论〉的显与隐》中引述这两位欧洲梵学家的大作。[68]

布热斯基该书除"序言"、"致谢"、"结语" 和"参考文献"等内容外，正文包括四个部分："《舞论》第 1 章的阐释问题"（包括第 1 至 3 章："古代与现代阐释法一瞥"、"早期戏剧史"、"《舞论》中戏剧起源一章的方法论"），"戏剧与祭祀"（包括第 4 至 7 章："戏剧与祭祀"、"戏剧与吠陀"、"戏剧与神仙及凡人"、"戏剧与神魔"），"戏剧与表演"（包括第 8 至 10 章："祭祀"、"情节"、"味"），"反拨"（包括第 11 章："平静味"）。

布热斯基撰写此书的主要目的是探讨《舞论》的戏剧"哲学观"。[69]他在"序言"中说，之所以撰写此书，最初的动机来自于 1962 年在贝纳勒斯印度学学院（College of Indology）参加一次学术研讨会所宣读的论文"戏剧研究"（*Studies in Natya*）。该文后来在当年的印度学学院学报《文艺女神》（*Bharati*）上发表。这篇文章有两个主要观点。首先是从整体上将《舞论》描述戏剧起源的一章视为一个寓言，其次是认为考察戏剧与吠陀的关系，暗示着探讨这个"寓言故事"的阐释方式。[70]作者围绕这两个观点或曰命题展开全书的论述逻辑，对《舞论》所论及的古典戏剧诸多命题进行思考。作者还别出心裁地加上了论述平静味的一章，以探讨佛教与戏剧理论发展的关系。他认为平静味的提出，象征着佛教"对早期的戏剧祭祀观的一种反拨）"。[71]按照作者的说法，佛教的戏剧观显然消除了八种味的概念，因为平静味只承认一种味。"与佛教哲学思维相适应，佛教的反拨因此提供了

67 Maria Christopher Byrski, *Concept of Ancient Indian Theatre*, New Delhi: MunshiramManoharlal Publishers, 1974.

68 Serenata Nair, ed., *The Natyasastra and the Body in Performance: Essays on Indian Theories of Dance and Drama*, North Carolina: McFarland & Company Inc., 2015, p.43.

69 Maria Christopher Byrski, *Concept of Ancient Indian Theatre*, "Preface",New Delhi: MunshiramManoharlal Publishers, 1974, xiii.

70 Maria Christopher Byrski, *Concept of Ancient Indian Theatre*, "Preface",New Delhi: MunshiramManoharlal Publishers, 1974, ix.

71 Maria Christopher Byrski, *Concept of Ancient Indian Theatre*, "Preface",New Delhi: MunshiramManoharlal Publishers, 1974, xiii.

关于戏剧（nata）的一种完全不同的阐释方式。"[72]总之，平静味的概念与大乘佛教的"基本联系毋容置疑"。[73]对比一下《舞论》中关于平静味的表述："无苦无乐，无瞋无嫉，众生平等，这是平静味所展现的境界。平静味就是一种原质（prakrti），爱（rati）等各种情（bhava）构成的变体从原质中产生。来自原质的各种变体融入平静味。"（VI:109-110）[74]由此可见，布热斯基与莉多娃的著作之所以得到印度国内外梵学家的重视，确实与其刻意创新的独立意识密不可分。

20世纪中期以来，加拿大学者在世界梵学界独树一帜，这以他们的《舞论》研究和关于印度古典文艺理论的系统探索为典型，先后涌现出 J·L·马松（J. L. Masson，又写作 Jeffrey Lloyd Masson 或 Jeffrey Moussaieff Masson，1941-）、A·K·渥德尔（Anthony Kennedy Warder，1924-2013）、M·鲍斯（Mandakranta Bose，1938-）等著名学者。

20世纪中期以来，《舞论》为代表的梵语诗学名著的翻译与研究呈现出国际合作趋势。所谓国际合作是指西方学者与印度学者的共同研究，这以加拿大多伦多大学东亚学系梵文学者 J·L·马松与其印度导师帕特沃丹（M. V. Patwardhan）的合作翻译与研究为典型。他们先后出版《平静味和新护的美学原理》（1969）、[75]《审美愉悦：〈舞论〉中的味论部分》（第1至2卷）。[76]1970年，马松在哈佛大学梵语与印度学系学习期间，完成了《韵光》和《韵光注》第1章的翻译和注解，当时的系主任、美国著名梵文学者英高思（Daniel H·Ingalls，1916-1999）审读后，同意马松以此译本获得博士学位。马松后来在印度呆了两年，与帕特沃丹教授继续合作，完成了《韵光》及《韵光注》的全部翻译。其中，较为简短的第4章译文在《美国东方学会学报》1977年（总

72 Maria Christopher Byrski, *Concept of Ancient Indian Theatre*, New Delhi: MunshiramManoharlal Publishers, 1974, p.186.

73 Maria Christopher Byrski, *Concept of Ancient Indian Theatre*, New Delhi: MunshiramManoharlal Publishers, 1974, p.187.

74 Bharata, *Natyasastra, Text with Introduction, English Translation and Indices in Four Volumes,* Vol.2, New Delhi: NBBC Publishers, 2014, p.586.

75 J.L. Masson, M.V.Patwardhan, *Santarasa and Abhinavagupta's Philosophy of Aesthetics,* Poona: Bhandarkar Matilal Oriental Research Institute, 1969.

76 J.L. Masson, M.V.Patwardhan, *Aesthetic Rapture: The Rasadhyaya of the Natyasastra,* Vol.1: Text, Poona: Deccan College, 1970; J.L. Masson, M.V.Patwardhan, *Aesthetic Rapture: The Rasadhyaya of the Natyasastra,* Vol.2: Notes, Poona: Deccan College, 1970.

第 97 卷，第 285 至 304、423 至 440 页）发表。[77]英高思对马松、帕特沃丹的《韵光》及《韵光注》全部译文做了修改、润色。该译本于 1990 年正式出版。这是世界梵学界的一大壮举，也是一个首创，因为印度国内学界迄今尚未出现《韵光》及《韵光注》的全译本。英高思在 1990 年出版的《韵光》及《韵光注》英文版"引言"中，以长达 39 页的篇幅对欢增、新护及其著作进行了阐释。他认为："印度的著述风格在西方罕见……从一个大的范围来说，在西方文学批评的经典（古希腊、罗马）传统中，没有什么能与欢增、新护提出的味和韵相对应的概念。"[78]

　　《审美愉悦：〈舞论〉中的味论部分》为两卷本，其中第 1 卷包括"序言"、42 页的论述和《舞论》第 6 章的全部译文，第 2 卷全部为上一卷所有引述或说明的注解。[79]第 1 卷是融研究与翻译于一体的著作。马松在第 1 卷"序言"开头说，此书最初源自探索新护《舞论注》第 6 章晦涩难解而又脱落难辨的文字部分的真实含义，这种探索使得作者开始叩问味论的诸多复杂内涵。他们试图发现和思考最有代表性的味论片段。这便是翻译的由来。他说："这里翻译的段落（指《舞论》的味论部分）常常显得非常难解，我们没有把握自己是否准确地理解了它的意思。当然，将来我们关于《舞论注》的许多译文会有提高，我们将为此不遗余力。"[80]遗憾的是，马松关于《舞论注》的翻译至今尚未面世。这自然与原文难以辨认、解读不易有关。该书第 1 卷分为两个部分，标题分别为："早期印度关于文学审美本质的思考"、"《舞论》的味论一章及《舞论注》选译"。通过核对可以发现，第二部分实际上为《舞论》第 6 章的全部译文，并无《舞论注》的

---

77 Daniel H. H. Ingalls, Jeffrey Moussaieff Masson, and M. V. Patwardhan, tr.,*The Dhvanyaloka of Anandavardhana with the Locana of Abhinavagupta*, "Foreword",Massachusetts: Harvard University Press, 1990, v.值得注意的是，J.L·Masson 这一名字在《韵光》及《韵光注》译本的封面上, 标明的是 Jeffrey Moussaieff Masson。这是同一学者姓名的不同写法。

78 Daniel H. H. Ingalls, Jeffrey Moussaieff Masson, and M. V. Patwardhan, tr. *The Dhvanyaloka of Anandavardhana with the Locana of Abhinavagupta*, " Introduction, "Massachusetts: Harvard University Press, 1990, p.38.

79 J.L. Masson, M.V.Patwardhan, *Aesthetic Rapture: The Rasadhyaya of the Natyasastra*, Vol.1: Text, Poona: Deccan College, 1970; J.L. Masson, M.V.Patwardhan, *Aesthetic Rapture: The Rasadhyaya of the Natyasastra*, Vol.2: Notes, Poona: Deccan College, 1970.

80 J.L. Masson, M.V.Patwardhan, *Aesthetic Rapture: The Rasadhyaya of the Natyasastra*, Vol.1: Text,"Preface,"Poona: Deccan College, 1970.

译文。[81]第 1 卷第一部分"早期印度关于文学审美本质的思考"以下述六个小标题展开论述:"《舞论》"、"《舞论注》"、"新护的老师及其对早期作者的借鉴"、"诗性世界"、"味:充满想象的体验"、"真实世界与戏剧世界"。马松与帕特沃丹在论述中,大量引述婆罗多、新护、欢增等人的观点,提出自己的见解。马松等通过对比得出结论:新护的《韵光注》比《舞论注》的辨认和解读难度小得多。[82]他们的一个判断是:"新护是第一个以文学批评理论讨论宗教问题、也以宗教讨论文学理论的印度学者。"[83]他们将 rasa(味)视为 the key word of all Sanskrit literary criticism(所有梵语文学批评理论的关键词)。[84]他们认为,与欢增的 dhvani(韵)受到同时代与后世学者质疑不同,味论"从来没有遇到此等争议。所有人都承认味的存在"。[85]通观该书第 1 卷的论述和第 2 卷的详细注解,二位论者体现了精深的梵学造诣和专业的理论修养,值得学界参考。这或许是当代梵学界普遍重视此书的基本原因。唯一的瑕疵是,第 1 卷的第二部分存在文不对题的现象。

　　加拿大梵学家 A·K·渥德尔认为:"随着比较文学的日益普及,尝试将印度文学理论批评的技术分析和术语引入英语圈是有好处的。印度文学应该以自己的方式将之向世界文学研究者、特别是那些印度研究专家进行传播,印度文学批评原理如那些探讨观众戏剧体验本质的理论尤其应该如此。"[86]渥德尔两卷本《印度古典文学》的第 1 卷专论印度古典诗学,也涉及《舞论》的介绍和简要评述。该书于 1972 在西方首版,1989 年、2009 年在印度两次再版。他在书中指出,印度学者倾向于将诗歌语言、风格和审美本质的研究与关于戏剧技巧和理论的研究截然分开。在他看来,这两种研究应该是相互交融的,印度古典诗学的源头便是如此:"《舞论》将戏剧创作视为一种综合

81 J.L. Masson, M.V.Patwardhan, *Aesthetic Rapture: The Rasadhyaya of the Natyasastra,* Vol.1: Text, Poona: Deccan College, 1970, pp.43-57.

82 J.L. Masson, M.V.Patwardhan, *Aesthetic Rapture: The Rasadhyaya of the Natyasastra,* Vol.1: Text, Poona: Deccan College, 1970, p.2.

83 J.L. Masson, M.V.Patwardhan, *Aesthetic Rapture: The Rasadhyaya of the Natyasastra,* Vol.1: Text, Poona: Deccan College, 1970, p.7.

84 J.L. Masson, M.V.Patwardhan, *Aesthetic Rapture: The Rasadhyaya of the Natyasastra,* Vol.1: Text, Poona: Deccan College, 1970, p.23.

85 J.L. Masson, M.V.Patwardhan, *Aesthetic Rapture: The Rasadhyaya of the Natyasastra,* Vol.1: Text, Poona: Deccan College, 1970, p.24.

86 A. K. Warder, *Indian Kavya Literature,* Vol.1, Literary Criticism," Preface ", Delhi: Motilal Banarsidass, 2009, IX-X.

性学问，我们此处所谓'诗学'显然只是其中很小的一个分支。"[87]他还认为：
"除了《舞论》外，佛教徒批评家（Buddhist critic）婆摩诃的《诗庄严论》是
现存最早的诗学著作……婆摩诃的大致立场与《舞论》不无关联。"[88]他在书
的最后指出："……古典诗歌（kāvya）是印度文明的传统遗产。在当前世界文
明交流融合的时代，如果我们珍视幸福和自身生存的话，全人类就必须合理
地利用这笔遗产。"[89]

　　加拿大英属哥伦比亚大学南亚与印度研究中心主任、英国皇家学会高级
研究员、荣休教授 M·鲍斯早年在加尔各答梵文学院和加尔各答大学学习梵
学，先后获得学士和硕士学位。后来她在牛津大学梵学教授托马斯·巴娄
（Thomas Burrow）指导下获得博士学位，并在加拿大温哥华的英属哥伦比亚
大学获得比较文学的研究生学位。1964 年，她在牛津大学完成的博士学位论
文题目是：《梵语舞蹈论著比较研究》（*A Critical and Comparative Study of
Sanskrit Texts Dealing with Dancing*）。[90]她有印度、英国和加拿大的三地学习
与研究经历。鲍斯长期致力于梵语舞蹈和戏剧艺术理论研究，也对《罗摩衍
那》和印度妇女问题研究感兴趣，先后出版英文工具书《印度古典舞蹈术语
汇编》（*The Dance Vocabulary of Classical India*）[91]和《话说舞蹈：印度论集》
（*Speaking of Dance: The Indian Critique*）等。[92]她还翻译过印度古典乐舞论
著《乐舞那罗延》。[93]鲍斯研究印度古典舞蹈艺术的代表作之一为《动作与模

87 A. K. Warder, *Indian Kavya Literature,* Vol.1, Literary Criticism, Delhi: Motilal Banarsidass, 2009, p.77.
88 A. K. Warder, *Indian Kavya Literature,* Vol.1, Literary Criticism, Delhi: Motilal Banarsidass, 2009, p.82.
89 A. K. Warder, *Indian Kavya Literature,* Vol.1, Literary Criticism, Delhi: Motilal Banarsidass, 2009, p.218.
90 信息来源参见：Mandakranta Bose, T*he Dance Vocabulary of Classical India*, Delhi: Sri Satguru Publications, 1995, p.270.
91 Mandakranta Bose, *The Dance Vocabulary of Classical India,* Delhi: Sri Satguru Publications, 1995. 笔者未掌握该书 1970 年初版，第一版书名为《印度古典舞蹈术语汇编》（Mandakranta Bose, *Classical Indian Dancing: A Glossary*, Calcutta: General Printers, 1970）。此书初版信息参见：Mandakranta Bose, *Movement and Mimesis: The Idea of Dance in the Sanskritic Tradition,* New Delhi: D. K. Printworld, 2007, p.3.
92 Mandakranta Bose, *Speaking of Dance: The Indian Critique*, New Delhi: D.K. Printworld, 2019.
93 Purosottama Misra, *Sangitanarayana,* Vol.1-2, New Delhi: Indira Gandhi National Centre for the Arts, 2009.

仿：梵语传统的舞蹈观》（*Movement and Mimesis: The Idea of Dance in the Sanskritic Tradition*）。[94]

英文工具书《印度古典舞蹈术语汇编》似乎与作者的博士学位论文存在某种联系。这是一部非常实用且具相当学术价值的工具书，它虽然并非专门论及《舞论》，但却以《舞论》为主要的文献来源与讨论对象。该书除了"序言"和"前言"、"结语"等内容外，正文部分由七个标题串联而成："引言"、"舞蹈的形式"、"主要部位、次要部位和小部位的动作"、"复杂动作"、"全身动作"、"组合体式"、"各种传统"。作者在分门别类地编制术语表前，还以长短不一的引语进行阐释和说明。大部分术语均有较为详细的解说，并附录其文献来源。作者采用的基本文献包括《舞论》、《表演镜》和《乐舞渊海》等梵语艺术理论名著。鲍斯对于古典文献如数家珍，这使其介绍很有深度。例如，她在分析婆罗多的舞蹈论时指出，婆罗多只提出主要部位（anga）和次要部位（upanga）的概念，没有提出小部位或曰附属部位（pratyanga）的概念。小部位是后来的梵语艺术理论家提出的。她继而将小部位归纳为 13 类：腹、腿、肘、手指、颈、脚趾、胫、膝、背、胳膊、手腕、面部、肩。[95]

和瓦赞妲等人的印度古典舞蹈艺术论著一样，鲍斯的论著《动作与模仿：梵语传统的舞蹈观》具有文献丰富、考证严密、论述有力等特色。在某些问题的论述上，鲍斯的论著似乎更见功力。该书除"序言"和"结语"外，正文包括七个部分，标题依次为："引言"、"舞蹈文献"、"《舞论》与舞蹈的概念"、"柔舞：一种戏剧艺术"、"情味舞与次色（次要剧种）"、"传统舞（bandha）与即兴舞（anibandha）"、"地方舞蹈传统"。该书主要以《舞论》的相关术语和理论思考为研究对象，体现了鲍斯的毕生所学，颇见其学术功力和锐意创新的学术意识。例如，鲍斯在思考婆罗多《舞论》第 4 章关于舞蹈基本体式、组合体式的相关叙述时指出："正是婆罗多第一次系统地论述舞蹈……这一界定基于五个重要术语：纯舞（nrtta）、刚舞（tandava）、群舞（pindibandha）、表演（abhinaya）、柔舞表演（sukumara prayoga）。"[96]关于婆罗多的柔舞（lasya）

94 Mandakranta Bose, *Movement and Mimesis: The Idea of Dance in the Sanskritic Tradition,* New Delhi: D. K. Printworld, 2007.

95 Mandakranta Bose, *The Dance Vocabulary of Classical India,* Delhi: Sri Satguru Publications, 1995, pp.31-32.

96 Mandakranta Bose, *Movement and Mimesis: The Idea of Dance in the Sanskritic Tradition,* New Delhi: D. K. Printworld, 2007, p.109.

概念，鲍斯指出："《舞论》作为证据以两种重要的方式，清楚地说明了柔舞的意思。首先，最初实践的柔舞既非纯舞（nrtta），也非独白剧（bhana）。相反，它是一种兼具二者特性的艺术形式，是联结舞蹈、戏剧的完全独立的艺术。其次，柔舞并不必然是女演员的保留艺术，尽管它可以表现女性情感。"[97]鲍斯对剧舞（natya，或译"传奇舞"、"叙事舞"）、纯舞和情味舞（nrtya）等重要术语的分析，常有令人耳目一新之感。可以说，研究《舞论》或印度古典艺术理论，如不参考鲍斯此书及她的其他著作，将会留下诸多遗憾。

美国梵学界的《舞论》研究似乎没有特别引人瞩目的专家，但是，检索文献仍可发现一些梵文学者对《舞论》有过一些或浅或深的研究。

美国华盛顿大学梵学家埃德温·格洛（Edwin Gerow，又译"埃德温·杰罗"）是美国梵学界研究梵语诗学的杰出代表之一。他的代表作之一是论著《印度诗学》。该书具有很多创见。该书是以诗学家为线索进行主题串联的，对于《舞论》的论述并不多。1979-1980年，《美国东方学会杂志》第99卷第4期及第100卷第3期刊登了格洛的文章，探讨梵语戏剧情节结构与味的关系。格洛通过婆罗多等人的味论分析梵语戏剧《沙恭达罗》。他认为："味论当然表现了这种有关戏剧成功的观点。在这部戏剧中，迦梨陀娑的天才是要表示一种味（如艳情味）与一种占主要地位的对抗性味（如英勇味）的和谐统一。"迦梨陀娑巧妙地插入戒指和诅咒的情节，表明了这样一个艺术原理："不管人物会有什么样的磨难，艳情味和英勇味的基本关系是和谐，而不是对立。"[98]

1974年春，在美国夏威夷大学"亚洲研究项目"的资助下，该校的"亚洲区域研究中心"（Area Center for Asian Studies）联合印度政府教育部举行了关于梵语戏剧表演的国际学术研讨会。会议召集人为夏威夷大学的鲍默（Rachel Van M. Baumer）和布兰顿（James R. Brandon），参会者包括前述的波兰学者M·C·布热斯基、加拿大多伦多大学的恩诺斯（Pragna Thakkar Enros）、美国芝加哥大学的埃德温·格洛、夏威夷大学的格拉沃特（Paul Gravath）、艾略特·多伊奇（Eliot Deutsch）、普林斯顿大学的鲍威尔斯（Harold S. Powers）、密西根州立大学的瑞奇门德（Farley Richmond）、宾夕法尼亚大

---

97 Mandakranta Bose, *Movement and Mimesis: The Idea of Dance in the Sanskritic Tradition*, New Delhi: D. K. Printworld, 2007, p.153.

98 （美）埃德温·杰罗："《沙恭达罗》的情节结构与味的发展"，刘建译，载季羡林主编：《印度文学研究集刊》（第二辑），上海：上海译文出版社，1986年，第356页。

学的罗切尔（Ludo Rocher）、弗吉尼亚州乔治·马松大学的斯万（Darius L. Swann）、印度政府文化部的瓦赞嫣和另一位印度学者 S·甘地（Shanta Gandhi）。会议召集人之一鲍默称这是"学者们第一次在西方一起探讨梵语戏剧问题。来自美国、印度和欧洲的学者们选读了研讨论文"。[99]在研讨会上，东西方学者对涉及《舞论》的相关理论也进行了探讨，如对《舞论》第 2 章关于侧房和前舞台、后舞台的争论以及对味论为印度独有还是普遍存在的争论，都值得学界注意。[100]

进入 21 世纪以来，西方梵学界不断推出新的研究成果。例如，曾经任教于芝加哥大学、现任哥伦比亚大学南亚研究系梵文教授的谢尔顿·波洛克（Sheldon Pollock）在前期研究基础上，推出了最新力作《人类世界中神的语言：前现代的梵语、文化与权力》。书中大量引用婆罗多、婆摩诃、檀丁、波阇、王顶等梵语戏剧学家、诗学家的著作，以说明印度古代语言和文化发展过程中的许多复杂现象和特殊规律。书后附录了波阇的《艳情光》和《辩才天女的颈饰》、王顶的《诗探》等诗学著作的片段选译。[101]2016 年，波洛克在美国哥伦比亚大学出版了《味论读本：印度古典美学》，次年又在印度新德里出版。该书主要选译《舞论》、《舞论注》、《十色》、《韵光》、《味海月》、《味河》等重要梵语文艺理论名著的味论部分，每一部分皆有波洛克的解说与论述。除"引言"外，该书的译文与解说共分六章，其标题依次为："公元 300 年的奠基性著作和 650 至 1025 年的早期理论家"、"1025 至 1055 年间波阇的卓越融合"、"900 至 1000 年的美学革命"、"1000 至 1200 年的新护及其流派"、"1200 至 1400 年间克什米尔之外的持续论战"、"1200 至 1650 年间现代世界初期的味论"。波洛克对婆罗多的味论做了简要介绍和评述后，选译了《舞论》第 6 章的代表性句子。[102]波洛克此书在向西方学界传播印度古典味论诗学方面做出了积极贡献。

除了上述国家的学者外，其他一些西方国家也有涉及印度古典文艺理论

99 Rachel Van M. Baumer and James R. Brandon, eds., *Sanskrit Drama in Performance*, "Preface",Delhi: Motilal Banarsidass Publishers, 1993, xi.

100 Rachel Van M. Baumer and James R. Brandon, eds., *Sanskrit Drama in Performance*, Delhi: Motilal Banarsidass Publishers, 1993, pp.78-79, 210-213.

101 Sheldon Pollock, *The Language of the Gods in the World of Men: Sanskrit, Culture, and Power in Premodern India,* New Delhi: Permanent Black, 2007, pp.581-596.

102 Sheldon Pollock, ed. & tr., *A Rasa Reader: Classical Indian Aesthetics,*NewDelhi: Permanent Black, 2017, pp.47-55.

研究的学者。例如，意大利著名梵学研究者 G·格罗尼（Ganiero Gnoli）的代表作是 1956 年在罗马出版的《新护的审美体验论》一书，它于 1985 年在印度出版了第三版。黄宝生翻译的《舞论注》第二部分即以该书所载梵文为底本，这说明它在促进中国梵语诗学翻译和研究的事业中发挥了积极的作用。新护的《舞论注》对《舞论》第六章进行了详细疏解，这便是著名的"味经注"。格罗尼为此撰写了一篇近四十页的长篇"序言"，对此进行说明。在序言中，格罗尼指出："《舞论》是一部具有深刻的心理洞察力的著作。"[103]

荷兰也有从事印度古典文艺理论研究的梵文学者，其代表人物为奎派尔（F. B. J. Kuiper）等。他的相关著作有《水神与丑角：梵语戏剧的起源》（*Varuna and Vidusaka: On the Origin of Sanskrit Drama*），其中涉及《舞论》的相关内容介绍。[104]

另一位荷兰学者即 N·摩诃康欣（Narinder Mohkamsing, 1958-）曾于 1980 年至 1985 年到印度学习印度古典音乐和古典印度学，后回到鹿特丹大学攻读印度哲学的学位。他的主要研究方向是印度古典音乐。他的主要代表作是 2003 年出版的《印度古代音乐节奏体系研究：婆罗多〈舞论〉的节奏体系论》。这是近年来世界梵学界独具特色、颇具新意的一本填补空白性的论著，因此笔者在此对该书的一些新观点予以重点介绍。

摩诃康欣在书中指出，至 19 世纪，开始有人研究婆罗多所代表的乐音与微分音体系，但到 20 世纪中期，才有人涉足节奏体系（tala）的研究。他发现了学术界的一个明显不足："早期的音乐节奏研究常常讨论现代鼓乐实践，几乎不涉及古代的（节奏）概念和理论。大多数研究只是肤浅地介绍当代的节奏运用，讨论一些专业术语，并与其他节奏体系进行比较。"[105]他在书中翻译了《舞论》第 31 章前 58 句（依据巴罗达本第 1 卷），并对这些内容作了详细的解说。[106]对于翻译之难，他的体会是："对节奏的探讨涉及大量的专业术

---

103 Raniero Gnoli, *The Aesthetic Experience according to Abhinavagupta*, "Preface", Varanasi: Chowkhamba Sanskrit Series Office, 1985, p.14.

104 F.B.J. Kuiper, *Varuna and Vidusaka: On the Origin of Sanskrit Drama*, Amsterdam: North Holland, 1979.

105 Narinder Mohkamsing, *A Study of Rhythmic Organisation in Ancient Indian Music: the Tala System as Described in Bharat's Natyasastra*, Leiden: Universiteit Leiden, 2003, p.2.

106 Narinder Mohkamsing, *A Study of Rhythmic Organisation in Ancient Indian Music: the Tala System as Described in Bharat's Natyasastra*, Leiden: Universiteit Leiden, 2003, pp.39-78.

语，如 aksara、guru、kala、matra、laya、marga、yati、pani 等。对这些术语的翻译有时会面临困难。例如，tala 何时译为'节奏'，何时译为'韵律'等。这类问题的解决，本质上常常取决于实际运用的语境，但多数时候是不译词语而规避这类问题。"[107]

《舞论》音乐论部分涉及的 yati（变速或变速风格）是一个独特的印度古典音乐术语，现代学者对其不易理解和领会。摩诃康欣对 yati 的解释较为详细："yati 可以因此解释为力度的控制，这是音乐作品中语音、乐调和节奏因素的运用力度……因此，yati 的实质概括为速度控制，它实际上影响到最小的音乐单位。它的强化与弱化，确实影响到速度的变化……因此，控制基本的文本单位（语音）、音调和节奏，最终达成速度的控制。这便是 yati 的含义：控制速度的流动变化。"[108]

17 世纪出现的梵语乐舞论著《乐舞那罗延》指出："弦鸣乐器归天神，气鸣乐器归乐神（Gandharva），膜鸣乐器归药叉，体鸣乐器归凡人。"（II. 137）[109]这种思想隐含着乐器间高低级差的观念，同时又涉及印度古典音乐理论最流行的乐器四分法。"印度乐器品种丰富，主要分为弦鸣乐器、革鸣乐器、体鸣乐器和气鸣乐器四类。其中七弦乐器维那琴、西塔尔琴、双面手鼓等都很有特色，也都具有丰富的表现力。"[110]印度的乐器种类繁多，是世界上乐器最丰富的国度之一。远在吠陀时期，便有关于各种乐器的记载。据不完全统计，现在的印度拥有 100 多种膜鸣乐器（革鸣乐器），如加上其他的弦鸣乐器、气鸣乐器和体鸣乐器，数量至少有 500 多种。印度人自称"印度是弦乐器之国"。印度古代自婆罗多始，主要根据每种乐器振动、发声的原理进行分类。印度古老的乐器分类法自有道理，现代印度的乐器分类参照古代乐器分类法进行。[111]婆罗多是印度古代乐器分类法的鼻祖，但非常奇怪的是，他在《舞论》中

---

107 Narinder Mohkamsing, *A Study of Rhythmic Organisation in Ancient Indian Music: the Tala System as Described in Bharat's Natyasastra*, "Preface", Leiden: Universiteit Leiden, 2003, xv.

108 Narinder Mohkamsing, *A Study of Rhythmic Organisation in Ancient Indian Music: the Tala System as Described in Bharat's Natyasastra*, Leiden: Universiteit Leiden, 2003, p.225. 斜体字为原文所有。

109 Purosottama Misra, *Sangitanarayana*, Vol.1, New Delhi: Indira Gandhi National Centre for the Arts, 2009, p.401.

110 刘建、朱明忠、葛维钧：《印度文明》，北京：中国社会科学出版社，2004 年，第 306 页。此处的"双面手鼓"应为塔布拉鼓（Tabla）。

111 陈自明：《印度音乐文化》，北京：中央音乐学院出版社，2018 年，第 103 页。

很少或几乎没有论及体鸣乐器（tala）。摩诃康欣对此进行了深入思考。

　　《舞论》第 30 章结尾写道："这些便是吹笛者应该熟悉的笛音规则。接下来我将讲述各种体鸣乐器。"（XXX. 13）[112]但是，《舞论》第 31 章标题是 Talavidhana，按照古往今来的写作逻辑，这一题目应该译为"体鸣乐器规则"，但其主要内容却是节奏体系论。耐人寻味的是，该章开头似乎在不经意间"剑走偏锋"，涉及名为"多罗"（tala）的体鸣乐器。换句话说，婆罗多在本该介绍体鸣乐器的一章里，"南辕北辙"地介绍与各种节奏因素相关的规则。"与对体鸣乐器的缄默不语相对应，《舞论》只重视节奏体系，这是与手、手臂和手指有关的节奏体系。"[113]这似乎说明体鸣乐器在婆罗多时代地位并不太高或并不常见。联系《舞论》对体鸣乐器的欲言又止、点到为止，《乐舞那罗延》认为体鸣乐器"归凡人"的这一说法，似乎不能完全用来解释婆罗多很少直接论及体鸣乐器的根本原因。

　　在对《舞论》和《舞论注》的各种写本、编订本以及其他相关的梵语乐舞论著进行仔细阅读、深入思考的基础上，摩诃康欣对这一问题做了说明。他指出，即便是《舞论》第 31 章的标题都有问题，因为 tala 一词暗示该章既讨论体鸣乐器和同名的节奏体系，因此经不住推敲。[114]新护为了替《舞论》作者婆罗多打圆场，曾将鼓乐中的 dardura 等曲解为体鸣乐器。摩诃康欣注意到这一点，但不予认可。他认为，四类乐器中，只有鼓为代表的膜鸣乐器（革鸣乐器）出现最早，《梨俱吠陀》中出现了 dundubhi（天鼓）的字样。与之相比，打击乐器或曰体鸣乐器出现较晚，至少没有多少直接证据证明远古时期的印度出现了铙钹等乐器。印度两大史诗中首次提及体鸣乐器，但铙钹等的出现在基督纪元（Common Era）前后即公元 1 世纪左右。这一时期，印度的冶炼技术无法把铜这种金属制造为乐器。因此，从乐器出现的顺序看，膜鸣乐器出现最早，鼓乐贯穿了整个印度文明史。击鼓者在雕像上出现的时间大约是公元前 5 世纪，比雕像中出现铙钹手早了数个世纪。铙钹等体鸣乐器在

112 Bharatamuni, *Natyasastra*, Vol.2, Varanasi: Chaukhamba Sanskrit Series Office, 2016, p.39.

113 Narinder Mohkamsing, *A Study of Rhythmic Organisation in Ancient Indian Music: the Tala System as Described in Bharat's Natyasastra*, Leiden: Universiteit Leiden, 2003, p.40.

114 Narinder Mohkamsing, *A Study of Rhythmic Organisation in Ancient Indian Music: the Tala System as Described in Bharat's Natyasastra*, Leiden: Universiteit Leiden, 2003, pp.108-109.

公元 1 世纪出现，这一时期印度的金属铜的质量有了提高，可以制造铙钹等，但这距离《舞论》的早期撰写晚了很多时间。这可以解释为何《舞论》在提到舞台表演时，对体鸣乐器的具体运用缄默不语。"在此背景下，《舞论》中提到 ghana（体鸣乐器或打击乐器）和 tala 并不非常令人信服，因此视为'可疑文字'（suspect）。"[115]摩诃康欣的结论是：从《舞论》第 30 章结尾和第 31 章开头可知，后者应论述体鸣乐器，但其实际内容却是节奏体系论。"晚期出现的一种乐器（体鸣乐器），居然勉强成为《舞论》第 31 章的重要主题（参见第 30 章最后一句》），这显然是文字窜入的结果，其动机是为了说明刚出现的体鸣乐器（ghana）或其亚类是主要的打击乐器，这类乐器也称 tala，此时已经占据了节奏论的核心。后《舞论》时期，将介绍体鸣乐器作为第 31 章主题的思想或许已经出现，因为此时人们已经意识到，体鸣乐器是音乐演奏中表达时间和速度的最合适的打击乐器。"[116]

摩诃康欣的思考是解开体鸣乐器论为何在《舞论》第 31 章基本"缺席"的重要线索。他的论述可谓弥补了《舞论》研究的一大空白。国内外研究《舞论》，特别是研究《舞论》音乐理论的学者，如抛开或忽略摩诃康欣的相关思考，必然是不明智的举措。

北欧地区也有一些梵学研究者。例如，1988 年，芬兰学者 K·维尔塔伦（Keijo Virtanen）出版《希腊与印度戏剧理论的净化观》（*The Concept of Purification in the Greek and Indian Theories of Drama*），书中涉及《舞论》和《舞论注》的相关味论分析与比较研究。[117]

克罗地亚等中东欧国家也有涉及《舞论》研究的学者。相关信息，可以参阅前述的 R·特里帕蒂主编的 2012 年世界梵学大会论文集。[118]

限于资料缺乏，此处对西方其他国家的《舞论》翻译和研究的介绍就此

115 Narinder Mohkamsing, *A Study of Rhythmic Organisation in Ancient Indian Music: the Tala System as Described in Bharat's Natyasastra*, Leiden: Universiteit Leiden, 2003, p.115.

116 Narinder Mohkamsing, *A Study of Rhythmic Organisation in Ancient Indian Music: the Tala System as Described in Bharat's Natyasastra*, Leiden: Universiteit Leiden, 2003, p.123.

117 Keijo Virtanen, *The Concept of Purification in the Greek and Indian Theories of Drama,* Jyvaskyla: Jyvaskyla Yliopisto, 1988, pp. 34-37, 52.

118 Radhaballabh Tripathi, ed., *Natyasastra in the Modern World, Proceedings of the 15th World Sanskrit Conference, Vol.3, Special Panel on Natyasastra*, New Delhi: D.K. Printworld, 2014, pp.63-76, 158.

打住。综上所述，一百多年来，西方学界在这一领域产出了不少精品力作，并受到印度梵学界的高度重视，加深了印度与西方学术界的文化联系和学术对话，也巧妙地传播了印度文化软实力。客观地看，由于各种复杂的因素，西方梵学界的《舞论》翻译和研究存在一些明显的缺憾。例如，迄今为止，西方学界没有《舞论》全译本，和印度学界相比，其研究《舞论》的专著较为少见，但在著作、论文中不同程度涉及《舞论》的情况较为常见。整体看，西方学界对《舞论》的研究似乎缺乏系统性，各国学者之间的学术联系较为松散。

第四节　《舞论》与《文心雕龙》的历史影响与跨文化传播比较

论者指出："《文心雕龙》是我国第一部系统阐述文学理论的专著。体例周详，论旨精深，清人章学诚称它'体大而虑周'，可以说是中肯的评语。"[119]《舞论》的产生要早于《文心雕龙》。关于《舞论》与《文心雕龙》的历史影响（以对文艺理论和文艺实践的影响为主）与跨文化传播（以跨文化译介和研究为主），是值得比较的一个重要议题。

1

先看看《舞论》的历史影响。印度学者瓦赞娅（Kapila Vatsyayan）指出："《舞论》一问世，就影响了批评理论和艺术创造，这不仅波及戏剧艺术、文学、诗歌、音乐和舞蹈，还涉及建筑、雕像和绘画。"[120]她还认为，可以推断婆罗多的《舞论》是印度文艺理论唯一的综合性文献来源。该书与其他同时代的著作一道，催生了各种传统著作，它们包括诗学、戏剧学、舞蹈学著作，也包括美术理论著作。"所有这些著作都全部或部分地借鉴了《舞论》……很明显，早在《舞论》成型之时，它便开始衍生出不同但却相关的支流。这些支流涉及诗学、戏剧、音乐、舞蹈、建筑、雕像和绘画论者。"[121]事实的确如此。

---

119 郭绍虞主编：《中国历代文论选》（第一册），上海：上海古籍出版社，2003年，第238页。

120 Kapila Vatsyayan, *Bharata: The Natyasastra,* New Delhi: Sahitya Akademi, 2015, p.102.

121 Kapila Vatsyayan, *Bharata: The Natyasastra,* New Delhi: Sahitya Akademi, 2015, pp.115-116.

以梵语戏剧理论为例。《舞论》主要围绕戏剧艺术展开理论叙述，因此它对婆罗多以后的梵语戏剧理论产生了巨大的影响，这种影响的深刻，甚至在很大程度上遮蔽了后世戏剧论者的刻意求新。婆罗多以后的戏剧理论家多以《舞论》的论述主题为准绳，建构自己的理论体系。就戏剧情味论而言，这是婆罗多《舞论》的一大核心。后来的戏剧学论著几乎无一不提及情味论，但更多的时候是以味论包含情论。例如，胜财这样定义味："通过情由、情态、真情和不定情，常情产生甜美性，这被称作味。"（IV. 1）[122]这和婆罗多关于味的定义有些差别，因为他在味的产生前提中加入了真情的因素。这应该视为对婆罗多理论的积极发展。辛格普波罗的《味海月》将会合艳情味分为 4 类：亲密的、混合的、圆满的和强烈的，从而对婆罗多味论作了引申。就戏剧角色论、语言论、表演论等而言，婆罗多对后人的影响也是显而易见的。

婆罗多的戏剧论原理不仅深刻地影响了梵语戏剧论者的相关理论著述，也对后来的戏剧名著产生了影响，这可视为《舞论》影响戏剧艺术实践的鲜活例证。例如，迦梨陀娑在戏剧《优哩婆湿》中谈到婆罗多教导的戏剧"含有 8 种味"。[123]薄婆菩提在戏剧《罗摩后传》中提到婆罗多的大名以示敬意："他（诗人）写了，只是没有公开。而其中某个部分饱含情味，适宜表演。尊敬的蚁垤仙人亲手写定，已经送往戏剧学大师婆罗多牟尼处。"[124]

再看《舞论》对梵语诗学、舞蹈论、音乐论的影响。

就现有材料看，梵语戏剧理论出现在前，梵语诗学出现在后，这已经成为一致公认的历史事实。《舞论》虽然着眼于戏剧各个要素的理论思考，但也将诗律、审美心理、音乐、舞蹈等因素纳入戏剧学范畴进行思考。正因如此，在公元 7 世纪左右独立出现的梵语诗学著作《诗庄严论》和《诗镜》中，不难瞥见《舞论》的影子。毫不夸张地说，如无《舞论》，梵语诗学便如无源之流，将很快干涸。

《舞论》对于梵语诗学的影响，主要体现在庄严论、味论、诗德论、诗病论上。婆罗多的庄严论催生了梵语诗学的第一个流派：庄严论派。这可视为《舞论》影响梵语诗学的第一大贡献。"在梵语文学理论发展史上，《舞论》

---

122 黄宝生译：《梵语诗学论著汇编》（上册），北京：昆仑出版社，2008 年，第 460 页。

123 C. R. Devadhar, ed., & tr. *The Works of Kalidasa: Three Plays,* Delhi: Motilal Banarsidass, 2015, p.53.

124 （印）薄婆菩提：《罗摩后传》，黄宝生译，上海：中西书局，2018 年，第 105 页。

的最大贡献是突出了味论。后来的梵语文学批评家将味论运用于一切文学形式。"[125]婆罗多开创的梵语戏剧学味论,不仅深刻地影响了后来的戏剧味论,也深刻地影响了梵语诗学家的味论诗学体系建构。综合来看,婆罗多味论对于新护、曼摩吒等为代表的梵语诗学家的话语影响更为典型。他们不仅继承了婆罗多八味说,还不断地推陈出新,使味论派成为梵语诗学或梵语文艺学千年发展史上最有影响力的理论流派。

1997 年,印度学者 P·帕特奈克出版了《美学中的味:味论之于现代西方文学的批评运用》一书。该书认为,运用味论评价当代作品,肯定会遇上一些困难。但理论是活生生的,它会在成长变化中适应时代的需要。他说:"希望味论这一宝贵的理论能被现代文论家继续运用,以使古老传统长存于世。"[126]这说明,味论不仅具有重要的比较研究价值,还是当代印度学者进行文学批评的有力工具。

婆罗多关于舞蹈的二分法即刚舞和柔舞,为后来的舞蹈论者普遍接受。婆罗多提出的 108 种经典的舞蹈基本动作和 32 种舞蹈组合动作,大多为后来的舞蹈论者所采纳。婆罗多之后的艺术论者大多都对婆罗多论述的基本动作和组合动作作了不同程度的改动或发展。《舞论》第 11 章介绍两类 32 种基本步伐,第 12 章介绍两类 20 种组合步伐,这些也为后世论者所采纳。就身体主要部位和次要部位的划分与表演方法而言,后世论者也遵从婆罗多的论述,但又多有不同程度的演变和发展。

《舞论》第 28 至 33 章分别论述乐音、微分音、弦乐弹奏、气鸣乐器规则、节奏类型、各种音乐体裁、乐鼓等。婆罗多的相关论述对后世梵语乐舞论者产生了极其深远的影响,当然也应看到,这种历史影响与后世学者的主动创新是彼此呼应的,它的学理背景是戏剧、音乐与舞蹈等艺术随着时代发展而不断发生变化。《舞论》不仅对戏剧、音乐和舞蹈论者产生了重要的历史影响,也对梵语建筑艺术论、绘画理论等产生过影响。

《舞论》对一些主要的现存印度古典舞产生过程度不一的历史影响。它对历史上保存古代梵语文化最有力的南印度古典舞或古典戏剧的影响更为典型,其中最为明显的是主要流行于南印度泰米尔纳德邦的婆罗多舞(Bharata

---

125 黄宝生译:《梵语诗学论著汇编》(上册),北京:昆仑出版社,2008 年,第 13 页。

126 P. Patnaika, *Rasa in Aesthetics: An Appreciation of Rasa Theory to Modern Western Literature*, New Delhi: D. K Print World, 1997, p.256.

Natya)。[127]除了婆罗多舞、库契普迪舞之外，其他古典舞如卡塔克舞（Kathak）、卡塔卡利舞（Kathakali）、奥迪西舞（Odissi）和曼尼普利舞（Manipuri）等不同程度地接受了《舞论》的影响。以卡塔卡利舞为例："从结构上看，它以《舞论》为基础，另外以《手相灯》和《表演镜》为补充。它的刚舞和柔舞均以独特的方式进行呈现。《舞论》所规定的三种基本舞蹈形式即纯舞、情味舞和叙事舞，构成了卡塔卡利舞和其他印度舞蹈的基础。"[128]

《舞论》不仅对一些有代表性的印度古典舞产生了程度不一的影响，也对一些重要的传统戏剧产生了不可忽视的影响。"在印度梵语戏剧史上，在喀拉拉邦表演广泛的库迪亚旦剧（Kuttiyattam）是一种独特的表演形式……库迪亚旦剧是一种典型的表演方式，它有自己的审美观和表演原则，以一种流行印度的戏剧传统的精神为坚实基础，体现了《舞论》所阐释的理论。"[129]2001年，库迪亚旦剧与中国的昆曲一道，被联合国教科文组织列入首批世界非物质文化遗产名录。这说明，《舞论》对梵语戏剧、地方语言戏剧的历史影响，与其对梵语文艺理论的影响一样，是继承加变异的一种历史辩证法的自然推演。

在古代东南亚地区，泰国文艺理论受《舞论》等印度古典文艺理论著作的影响最为典型。当代南亚国家和东南亚国家的文艺理论批评、文艺表演和文学创作等，均不同程度地受到《舞论》的影响。历史地看，《舞论》对中国古代的文艺理论建构与文艺实践没有产生影响，这主要是缺乏译介所致。

再看《文心雕龙》的历史影响。

《文心雕龙》产生之后，对于南朝的文学理论便有所影响。梁元帝萧绎（公元508-555年）的《金楼子》的某些内容明显地受到了刘勰的影响。颜之推的《颜氏家训》与《文心雕龙》"均以文学诸要素比拟人身内外构造与精神世界，颜之推似乎与刘勰文论颇有缘分"。[130]

---

127 江东：《印度舞蹈通论》，上海：上海音乐出版社，2007 年，第 107 页。

128 Enakshi Bhavnani, *The Dance in India: The Origin and History, Foundations, the Art and Science of the Dance in India-Classical, Folk and Tribal*, "Preface",Bombay: Taraporevala's Treasure House of Books, 1970, xiii.

129 Sudha Gopalakrishnan, *Kutiyattam: The Heritage Theatre of India*, New Delhi: Niyogi Books, 2011, p.17.

130 张少康、汪春泓、陈允锋、陶礼天：《文心雕龙研究史》，北京：北京大学出版社，2001 年，第 5 页。

根据学者们的研究可知，《文心雕龙》在唐初的文学革新中，曾经产生了相当深远的影响。唐代文学的发展基础是南北文风的交汇，而《文心雕龙》本身具有融汇南北文风的迹象。唐初文学非常重视艺术的构思、清丽的风格和声律、比兴等文学技巧，而这些都是《文心雕龙》所论述的主要内容。"诗歌词赋技巧，在唐初备受重视，这使得《文心雕龙》探讨文学技巧部分更有可资借鉴的现实意义。"[131]唐初史学家李延寿所撰《南史·文学传》涉及刘勰的述评，突出了《文心雕龙》的"论古今文体"。所谓的"论古今文体"，核心是执古以御今，李延寿以此疏解刘勰写作旨趣，正可"推测出唐初文坛需要从《文心雕龙》中汲取何种理论滋养，唐初文风之革新，关键是革除齐梁绮靡，转换成刘勰的理论语言，即反对'摒古竞今'，这也正是时代关注点之所在"。[132]

《文心雕龙》对盛唐、中唐文学思想的发展也有深刻的影响。宋代文论家们对刘勰的文学观念如"隐秀"等有不同程度的接受。"对《文心雕龙》进行校勘，明代学者筚路蓝缕，成就十分可观。而研究的兴盛与出版业的发达有直接的关系。"[133]这说明，《文心雕龙》在明代的影响，增加了校勘、批点的新内容。

不过，有的学者对《文心雕龙》的历史影响如何评价持谨慎态度。例如，叶文举指出，虽然两宋时期文人们对《文心雕龙》多有关注，但引用者较少，总体评价不高，影响不是很大。"明代以后，《文心雕龙》才引起人们足够的重视……但在明代之前，《文心雕龙》的影响并不大，人们关注不多，尤其在一流的文学家、批评家中庶无提及，这是一个值得我们思考的现象。某种意义上来说，《文心雕龙》对古代文学，尤其是创作意义并不是很大。"[134]这些判断虽然存在较为武断或片面的嫌疑，但也提醒学界不宜过于夸大《文心雕龙》的历史影响，不宜以当代"龙学"的勃兴遮蔽历史的还原。

---

131 张少康、汪春泓、陈允锋、陶礼天：《文心雕龙研究史》，北京：北京大学出版社，2001 年，第 6 页。

132 张少康、汪春泓、陈允锋、陶礼天：《文心雕龙研究史》，北京：北京大学出版社，2001 年，第 7 页。

133 张少康、汪春泓、陈允锋、陶礼天：《文心雕龙研究史》，北京：北京大学出版社，2001 年，第 42 页。

134 叶文举："《文心雕龙》对古代文学理论和创作的影响异议"，载《中华文化》，2014 年，第 2 期，第 9 页。

综上所述，与《舞论》的历史影响相比，《文心雕龙》似乎有些相形见绌。这是因为，婆罗多的理论影响遍及戏剧、诗歌（诗学）、舞蹈、音乐、绘画和建筑艺术理论等各个领域，也对文艺创作和艺术表演产生了深刻的影响，而刘勰的理论影响大多局限于古代的文学范畴，偶尔也波及艺术领域。例如，学者们指出："《文心雕龙》的影响也横跨文艺各个领域，这在书画艺术理论史上是早就有所反映的……艺术本是相通的，这也证明了《文心雕龙》理论价值非仅限于文学一个方面，它有着更为全面的理论指导意义。"[135]唐代张彦远与公元847年所作《历代名画记》之《叙画之源流》就明显有模仿《文心雕龙·原道》篇的痕迹，《论画六法》尤可发现影响的痕迹。如《论画六法》指出："夫象物必在于形似，形似须全其骨气。骨气形似，皆本于立意，而归乎用笔，故工画者多善书。"[136]《叙画之源流》开头便有《文心雕龙》的影子。

与《舞论》的历史影响范围和力度相比，《文心雕龙》确实稍逊一筹。当然，《文心雕龙》的历史影响也有《舞论》无法企及之处，这便是刘勰对古代史学家的深刻影响。"《文心雕龙》在唐初影响并不局限在文学的领域，它在文化史的诸多领域都曾经发生过不小的影响。这一点在刘知几《史通》与刘勰《文心雕龙》的关系上，尤为明显。"[137]叶文举的观点也可作为一种旁证："《文心雕龙》在隋唐两朝为人征引较少，同样说明了时人对其关注不够。尽管《文心雕龙》的一些思想与言论为人所袭用，但这种影响更多地是体现在史学方面，而在文学领域并不昭著。"[138]古代印度史学思维不发达，导致无法产生真正的古代史学。"中印两国都是历史悠久的文明古国，又互相毗邻，但古代文化的发展和表现形态迥然有别。就神话和历史而言，印度古代神话发达而史学不发达，中国古代史学发达而神话不发达，形成鲜明对照。个中原因，值得研究和探讨。"[139]因此，《舞论》的史学影响，也就无从谈起。中国古代史学发达和文史不分的传统，使得刘知几等人自觉吸纳刘勰的思想因子。

135 张少康、汪春泓、陈允锋、陶礼天：《文心雕龙研究史》，北京：北京大学出版社，2001年，第61页。

136 张彦远：《历代名画记》，朱和平译注，郑州：中州古籍出版社，2018年，第34页。

137 张少康、汪春泓、陈允锋、陶礼天：《文心雕龙研究史》，北京：北京大学出版社，2001年，第8页。

138 叶文举："《文心雕龙》对古代文学理论和创作的影响异议"，载《中华文化》，2014年，第2期，第6页。

139 黄宝生：《梵学论集》，北京：中国社会科学出版社，2013年，第241页。

《舞论》与《文心雕龙》的历史影响还有一个相似点值得注意，这便是后世某些学者的注疏、校勘与批点充满创造意识，这无形中延伸了经典的理论生命力。就前者而言，新护的《舞论注》是古代历史上唯一流传下来的、关于婆罗多文艺理论的阐发性注疏。"新护在其《舞论注》中作出了真正的贡献。他提出了一些问题并尝试给予令人信服的答案。尽管有时偏离了婆罗多，他仍为其著作撰写了最好的注疏。"[140] 当代学者解读《舞论》，一般不会抛开新护的《舞论注》，可见新护的疏解是何等的重要。

与《舞论》的注疏和批点只有一种流传至今不同，《文心雕龙》的古代校勘、批点本流传至今者绝非一种。在这些书中，杨慎的批点本较为独特。[141] 杨慎评述《文心雕龙》的价值，体现在以下几个方面：揭示《文心雕龙》以性情论诗的宗旨，批评宋诗的不良创作倾向；对刘勰形象化的理论术语，借用比喻加以参悟；发掘《文心雕龙》具有贯通性的文学思想；汇通刘勰的文论与书画理论；点评刘勰的文学史论和文体论。[142] "杨慎批点《文心雕龙》，在《文心雕龙》研究史上，具有比较特殊的意义，标志着明代较为系统地研究刘勰文学理论之开端……《文心雕龙》是一客观的文化存在，然而杨慎批点有时却难免有借机说法之嫌，其关于当代诗歌的种种意见常萦绕于怀，时时有所感发。"[143] 杨慎极其尊重文学本体，强调情感，突出形象思维的艺术特点，这些在他批点《文心雕龙》时有集中的体现，这也是其诗学观的核心内容。由此可见，杨慎与新护既尊崇经典，在某种程度上允许"六经注我"，又在很大程度上发挥主观能动性，以"我注六经"的思维发掘经典，独创新见，广布宏论。

2

从跨文化传播的地域看，《舞论》和《文心雕龙》的差异更加明显。前者主要影响印度、尼泊尔、斯里兰卡和孟加拉国等南亚各国的文艺理论和文艺实践，

---

140 Manjul Gupta, *A Study of Abhinnavabharati on Bharata's Natyasastra and Avaloka on Dhananjaya's Dasarupaka*, New Delhi: Gian Publishing House, 1987, p.108.

141 张少康、汪春泓、陈允锋、陶礼天：《文心雕龙研究史》，北京：北京大学出版社，2001 年，第 58 页。

142 张少康、汪春泓、陈允锋、陶礼天：《文心雕龙研究史》，北京：北京大学出版社，2001 年，第 58 至 61 页。

143 张少康、汪春泓、陈允锋、陶礼天：《文心雕龙研究史》，北京：北京大学出版社，2001 年，第 57 页。

也影响了泰国、柬埔寨等东南亚国家，但对东亚国家、西亚国家、欧美国家和非洲国家、拉美国家的跨文化传播力度和幅度较弱，但 19 世纪下半叶起，这一状况逐渐发生了变化；后者的历史传播主要局限于古代日本、朝鲜（包括现在的韩国和朝鲜）、越南等汉字文化圈，对于南亚、东南亚、西亚、欧美国家等的跨文化传播不太多见，但现代以来，这种情况也在逐步发生变化。

印度学者非常推崇《舞论》："如果从文化角度理解一个民族的成就，考底利耶的《政事论》、婆罗多的《舞论》和犊子氏的《爱经》，是研究印度古代文化最重要的三部著作，因为它们充分地体现了古代印度人的成就。"[144]《舞论》作为印度古典文艺理论的主要代表和重要源头，其抄本于 19 世纪后期被学者陆续发掘和介绍以来，一直受到印度国内外学者的高度重视。

《舞论》的发现，首先应归功于西方梵学界。"很遗憾，现代学者见不到《舞论》，直到 1865 年，美国印度学家霍尔（Fitz Edward Hall）才发现它。"[145]印度学者评价说："19 世纪对《舞论》的发现，是世界美学和戏剧史上最为重大的事件之一。"[146]

在《舞论》的文献发掘上，西方梵学界走在世界最前列。1890 年，法国印度学家 S·列维以《舞论》的基本内容为基础，写出了广为后世学者赞赏的法语著作《印度戏剧》（Le Theatre Indien）。印度古典梵剧的翻译和介绍吸引了西方戏剧学者的注意，他们开始热心关注印度戏剧研究。19 世纪最后 20 年里，德国和法国学者在《舞论》校勘编订史上分别留下了自己的足迹。20 世纪以来，英国、德国、法国、俄罗斯、波兰、美国、加拿大等西方国家的梵学家或印度学家先后开展了关于《舞论》的翻译或研究。[147]除了上述国家的学者外，荷兰、芬兰、克罗地亚等西方国家也有涉及《舞论》译介或研究的学者。

就印度的南亚邻国而言，《舞论》的文化辐射由来已久，例如，尼泊尔也有关于它的当地语言译本，尼泊尔的当地语言如尼瓦尔语等保存了大量的《舞

144 T. G. Mainkar, *Sanskrit Theory of Drama and Dramaturgy*, Delhi: Ajanta Publications, 1985, p.1.

145 Bharata, *Natyasastra*, Vol.1, "Introduction", Delhi: Parimal Publications, 2012, p.6.

146 Radhaballabh Tripathi, ed., *Natyasastra in the Modern World, Proceedings of the 15th World Sanskrit Conference, Vol.3,* "Introduction", New Delhi: D.K. Printworld, 2014, p.1.

147 参阅尹锡南：《印度诗学导论》，上海：上海古籍出版社，2017 年，第 325 至 336 页。

论》抄本。尼泊尔学者与艺术爱好者对于《舞论》的熟悉，似乎不亚于印度学者和艺术表演家。关于《舞论》的孟加拉语全译本早已问世，如 20 世纪 80 年代至 90 年代，《舞论》的孟加拉语四卷本先后在加尔各答新叶出版社（Nabapatra Prakashan）出版，译者为 P·巴苏（Prasun Basu）。这一系列译本成为孟加拉国的大学艺术系如吉大港大学艺术系师生的学习教材。斯里兰卡、不丹和马尔代夫等南亚国家乃至巴基斯坦，对于《舞论》的熟悉，应该只是程度的深浅而已。毫不夸张地说，《舞论》与《罗摩衍那》、《摩诃婆罗多》等印度古代文化经典一样，是沟通南亚次大陆心灵的一把"文化金钥匙"。

就东南亚国家而言，《舞论》也有深刻的历史影响和跨文化传播。例如，1968 年，泰国学者出版了《舞论》选译本 *Nattayasat*（舞论）。[148]这或许是迄今为止唯一的《舞论》泰语选译本。该书首版于 1968 年，1998 年重印。译者桑·蒙威吞（Saeng Monwithun）为供职于泰国政府艺术局的梵文学者。由于他仙逝于 1973 年，《舞论》的泰语全译本迄今未有。

日本历来是世界梵学研究的重镇，其研究重点自然是佛教典籍。不过，仔细考察仍可发现，日本学者对于婆罗多《舞论》为代表的印度古典文艺理论非但未加忽视，反而产出了许多有价值的日语著作或论文。例如，1990 年，日本东京大学东洋文化研究所的上村胜彦教授出版了研究《舞论》的著作《印度古典戏剧论中的美感体验》。[149]

除了泰国、缅甸、印度尼西亚、老挝、柬埔寨、马来西亚和越南等其他东南亚国家在历史上与印度文化有过或深或浅的交集，这些国家对《舞论》为代表的印度古典文艺理论应该不会陌生。期待未来有精通这些国家语言的中国学者，对其接受印度古典文艺理论的历史和现状进行考察和探索。至于蒙古、朝鲜和韩国等东亚国家，哈萨克斯坦等中亚国家和伊朗等西亚国家，其对《舞论》是否存在接受、在多大程度上并以何种方式进行接受，这些问题在国内学界似乎是完全的空白，期待未来有学者关注这些艰难而又迷人的课题并有所发现、有所思考。

在译介《舞论》等梵语文艺理论名著方面，金克木有开创之功。2008 年，

---

148 SaengMonwitun, *Nattayasat（《舞论》泰语译本）*, Bangkok: The Fine Arts Department of Silapakorn University, 1998.

149 （日）上村勝彦：《インド古典演劇論における美的經驗》，東京：東京大学出版会，1990 年。

黄宝生出版《梵语诗学论著汇编》(上、下册)。该书收录了《舞论》全部 36 章的 11 章(包括第 1、6、7、17、20、21、22、27、34、35、36 章)汉译。这为国内学界的相关研究提供了宝贵的文献资源。2019 年,黄先生出版了该书"增补本",其中的《舞论》译文增加到 30 章(只有六章音乐论未译出)。中国学者对《舞论》的研究主要以两位译者即金克木和黄宝生为主体,包括释惠敏在内的其他中国学者也有程度不一、角度各异的《舞论》研究。进入 21 世纪以来,国内学者对《舞论》的研究进入了更加活跃的时期。迄今为止,中国学界对《舞论》的翻译、介绍和研究取得了很多成就,但其存在的缺陷和遗憾也很明显,如没有关于《舞论》的全译本,尚未综合而系统地介绍和研究《舞论》的戏剧、音乐、舞蹈、诗律等,未就《舞论》对印度古典文艺理论的全面渗透和当代影响进行历史考察,等等。

跨越三个世纪的《舞论》翻译和研究,以欧洲近现代梵学家为先驱,以印度学者为大本营和中流砥柱,以中国、泰国、日本等亚洲国家的学者和欧美当代学者为侧翼,组成了世界"《舞论》学"的三驾马车。具体而言,欧美梵学界与亚洲学者的翻译和研究构成了《舞论》世界传播的生力军,而印度学者的相关翻译和研究既确保了古代文化传统的薪火相传,也为世界范围的《舞论》研究提供了充实的原料和动力。相比而言,中国学者的《舞论》译介和研究落在了西方和印度学者的后边,如对《舞论》音乐论、舞蹈论和诗律论等重要领域的研究、翻译,长期以来存在明显空白便是例证。

再看看《文心雕龙》的跨文化传播。

有学者指出,经过 15 个世纪的流传,《文心雕龙》的价值被越来越多的人所认识。《文心雕龙》研究不仅在中国取得了"显学"的地位,它还有了朝鲜文(韩文)、日文、英文和意大利文等外文全译本,且日语和朝鲜语译本不止一种。据不完全统计,到 1992 年为止,国内外出版的《文心雕龙》专著超过了 120 种,发表论文在 2500 篇以上,这些成果的 95%出现在东亚的几个国家和地区(如中国的香港和台湾地区)。"由于研究队伍的扩大,研究范围的广泛、系统和研究成果的丰硕,一门新的学科——'文心雕龙学',已名副其实地成了客观的存在。"[150]

历史上,《文心雕龙》跨文化传播的主要地带在东亚汉字文化圈。《文心

---

150 林其锬:"《文心雕龙》研究在海外的历史、现状与发展",载《社会科学》,1994 年,第 9 期。

雕龙》早在唐代就已经流传到日本。林其锬认为，尚难断定日本还是朝鲜最早接受《文心雕龙》。史实表明，《文心雕龙》传入日本当在公元897年之前，与传入朝鲜的时间不相上下。[151]编纂于公元751年的汉诗选集《怀风藻》、成书于公元809至820年的空海《文镜秘府论》、成书于公元905年的日本诗歌选《古今和歌集》等，都或明或暗地接受了《文心雕龙》的文化影响。[152]近代时期日本汉学家古城贞吉的《支那文学史》（1897年出版）曾对《文心雕龙》作了简要的介绍。20世纪20年代起，日本汉学界在《文心雕龙》研究方面发展迅速，最有成就的是京都大学教授铃木虎雄（1878-1963）。"《文心雕龙》传入日本已逾千年，但真正的研究始于本世纪（20世纪）的20年代，奠基人是铃木虎雄。"[153]20世纪日本的"龙学"研究代表性成果还包括：户田浩晓的《文心雕龙研究》（1942年至1985年的个人论文集）、目加田诚的《文心雕龙》译注和研究、斯波六郎的《文心雕龙范注补正》和《文心雕龙札记》、冈村繁的《文心雕龙索引》和相关论文、兴膳宏的《文心雕龙》译注和研究。其中，兴膳宏倾力探索《文心雕龙》，他在攻读博士学位期间开始译注《文心雕龙》，于1968年出版了《文心雕龙》的第一个日文详注全译本。[154]

　　《文心雕龙》传入韩国的时间也很早，如唐末的公元868年，崔致远坐船入唐留学，对《文心雕龙》有所熟悉。韩国学者李钟汉在《韩国〈文心雕龙〉研究的历史与现状》一文中指出："韩国对《文心雕龙》的正式研究，大概要推到本世纪（即20世纪）60年代中期以后，其草创之业绩，无疑应当归功于韩国当代著名的中国文学研究专家车柱环教授。尤其是他在1966、1967年间撰写的《文心雕龙疏证》一文，其内容虽然只限于由《原道》到《明诗》六篇，但曾获得了'考订精详，文字简练'的好评。"[155]车柱环的《文心雕龙疏证》先后发表于《东亚文化》第6期（1966年12月）和第7期（1967年

---

151 林其锬："《文心雕龙》研究在海外的历史、现状与发展"，载《社会科学》，1994年，第9期。

152 张少康、汪春泓、陈允锋、陶礼天：《文心雕龙研究史》，北京：北京大学出版社，2001年，第123页。

153 林其锬："《文心雕龙》研究在海外的历史、现状与发展"，载《社会科学》，1994年，第9期。

154 张少康、汪春泓、陈允锋、陶礼天：《文心雕龙研究史》，北京：北京大学出版社，2001年，第312页。

155 张少康、汪春泓、陈允锋、陶礼天：《文心雕龙研究史》，北京：北京大学出版社，2001年，第315页。

8 月）。韩国圣心女子大学国文系教授崔信浩将《文心雕龙》全部译为韩文，于 1975 年由岩玄社出版。这是继英译本、日译本之后的第三种外文全译本，对于《文心雕龙》在韩国的研究多有助益。该译本至 1990 年已经印刷六次，这充分说明《文心雕龙》在韩国是非常受欢迎的。译者写道："《文心雕龙》可称得上是东方的《诗学》……读完《文心雕龙》之后，为自己略知东方文学的坐标而欢喜不已。"[156]

新加坡是华人聚居的国家，虽然华文教育地位不高，但研究《文心雕龙》的有识之士仍不乏其人。代表性成果包括许云樵的《文心雕虫》第一、二集（1973 年、1980 年）等。

林其锬认为，以中国大陆、台湾和香港为主体，东到日本，北至韩国，南及新加坡，"文心雕龙学"研究阵容强大，成果丰硕，正在朝着深入、提高的方向发展。但是，在西方，主要由于东西方文化的差异，文化心理、思维方式、价值观念、审美意识不同，加上语言的巨大障碍，《文心雕龙》的接受和传播显然面临更大的难度。"综览世界'文心雕龙学'的发展，可以看到由于地缘和文化的差异，东西方的状况十分悬殊：东方的研究在相当深入的基础上已经进入艰难'爬坡'的阶段；西方则仍处于翻译、介绍、接受的发轫阶段。"[157]

正是由于东西方文化的差异和语法的巨大障碍，欧洲学者直至 19 世纪中期后才开始接触《文心雕龙》。根据意大利汉学家、米兰大学东方文化系珊德拉教授的《文心雕龙研究在欧洲》一文的介绍，最早介绍《文心雕龙》的是法国的卫烈亚历于 1867 年出版的《汉籍解题》。1926 年，苏联汉学家阿列克谢耶夫在巴黎法兰西学院开设系列讲座时，专题介绍《文心雕龙》。1937 年，他出版法文著作《中国文学》，首次把《文心雕龙·原道》篇译为法语。1952 年，巴黎大学北京汉学研究所出版了王利器的《文心雕龙新书》等"龙学"著作。费德林、艾德林和索罗金等苏联汉学家也在著作中提及《文心雕龙》，但成绩最显著、影响最大的是莫斯科大学教授波茨涅耶娃。她在 1970 年写的《中世纪东方文学》中用了较大篇幅介绍《文心雕龙》。意大利汉学家珊德拉从 1982

156 张少康、汪春泓、陈允锋、陶礼天：《文心雕龙研究史》，北京：北京大学出版社，2001 年，第 321 页。

157 林其锬："《文心雕龙》研究在海外的历史、现状与发展"，载《社会科学》，1994 年，第 9 期。

年起开始翻译《文心雕龙》，并于 1993 年前后出版意大利文全译本。欧洲的德国和匈牙利等国家也有学者从事《文心雕龙》的译介和研究。美国学者介绍《文心雕龙》始于 20 世纪 50 年代。1951 年，美国汉学家休斯首次把《文心雕龙·原道》译为英语，作为《文赋》英译本的附录。1959 年，华人学者施友忠（Vincent Yu-chung Shih）在纽约出版《文心雕龙》的英语全译本，题为 The Literary Mind and the Carving of Dragons。"施友忠的翻译是《文心雕龙》的第一个全译本，对《文心雕龙》的海外传播有着非同一般的影响，此后各国学者纷纷开始《文心雕龙》的翻译和研究。"[158]宇文所安（Stephen Owen）等美国学者也加入了译介和研究《文心雕龙》的队伍之中，如在其《中国文论：英译与评论》中译介了《文心雕龙》的 18 章。

综上所述，《舞论》和《文心雕龙》的跨文化传播存在一些相似的地方。例如，两书都是首先向自己的同质文化圈（即印度文化圈和汉字文化圈）而非异质文化圈进行传播的，这种历史传播以学术研究和译介等形式一直延续至今。这也提示人们重新思考跨文化传播的两层内涵：跨越同质文化圈和异质文化圈。《舞论》首先在包括古代印度和尼泊尔在内的印度次大陆流传，再延伸至泰国等东南亚国家，这与《文心雕龙》先在东亚的日本和朝鲜流传、再延伸至其他国家的情形是相似的。

两书在英语世界的跨文化传播还有一个引人注目的现象：《舞论》和《文心雕龙》英译者均为印度本土学者和华裔海外学者或中国本土学者。毋庸置疑，在解读印度古典梵语和中国古代汉语的原著方面，中印本土学者或移居海外的华裔、印裔学者具有天然的语言优势和文化理解优势。

就《舞论》的学术研究而言，印度本土学者是绝对的主力，海外印度学者与西方梵语学者是辅助力量，中国、日本、泰国等亚洲国家学者也有不同程度的贡献；就《文心雕龙》的研究而言，中国大陆、香港和台湾地区的学者是最主要的学术队伍，刘若愚、蔡宗齐、吴伏生等海外华裔学者和杜克义（Ferene Tokei）等西方汉学家是辅助力量。

新世纪之交，就《舞论》和《文心雕龙》的学术研究国际化而言，二者均有可喜的积极态势。作为中印两国古代文艺理论的巅峰之作，其当代研究的国际化趋势不可逆转，但细究可知，两书以国际学术研讨会的形式展开研究，

---

158 刘颖：《英语世界〈文心雕龙〉研究》，成都：巴蜀书社，2012 年，第 21 页。

均存在国际化程度不够的不利局面。相比而言，《文心雕龙》的情况更甚。

近年来，印度的《舞论》研究出现了引人瞩目的现象，那便是以国际学术研讨会的方式探讨该书。例如，2010 年，英国林肯大学（*University of Lincoln*）与英迪拉·甘地国立艺术中心、贝纳勒斯印度大学（BHU）联合，在位于北方邦印度教圣城瓦拉纳西的贝纳勒斯印度大学召开了第一届《舞论》国际学术研讨会。参会学者来自印度、美国、英国和波兰，这显示《舞论》研究正在步入国际化的新阶段。[159]2012 年 1 月 5 日至 10 日，新德里国立梵文研究院（Rashtriya Sanskrit Sansthan）组织了第 15 次世界梵学大会（World Sanskrit Conference），会议设立了《舞论》的专题研讨会，主题为"《舞论》在现代世界"（*Natyasastra in the Modern World*）。这些专题研讨会的成果后来被 R·特里帕蒂汇编成册出版，其所收集的九篇论文中，有三篇出自法国、克罗地亚和俄罗斯梵学家之手。特里帕蒂在论文集的"前言"中回顾道："四十多年来，在世界梵学大会的辉煌历史上，第一次（据我所知）设立了'《舞论》在现代世界'的专题（special panel），我是这个专题的召集人。"[160]笔者当时在德里大学东亚研究系访学，因此亲临会议现场并受益匪浅。

3

如何促进新世纪的"舞论学"与"龙学"，将是两国学术界未来面临的新问题。窃以为，中国"龙学"界可以借鉴印度的世界梵学大会设立《舞论》研究专题的做法，在世界汉学大会等国际学术研讨会上，设立《文心雕龙》研究专题，引领世界汉学研究的新潮流。此外，适时组织《文心雕龙》与《舞论》两大古代文艺理论巨著对话的中印学术研讨会，或许是另一种创新的思维，它必将助益于中印学界的相关领域研究，也必将促进两国学者加深对对方文艺理论名著的认识和了解。

遗憾的是，迄今为止，在印度各地举行的《舞论》或印度古典文艺理论研讨会上，似乎很难看见中国学者的身影，也难以在印度学者编撰的各种论文集中发现中国学者的相关论文。这与国内缺乏相关领域的研究人才不无关

159 Serenata Nair, ed., *The Natyasastra and the Body in Performance: Essays on Indian Theories of Dance and Drama*, "Acknowledgments", North Carolina: McFarland & Company Inc., 2015.

160 Radhaballabh Tripathi, ed., *Natyasastra in the Modern World, Proceedings of the 15th World Sanskrit Conference, Vol.3*, "Foreword", New Delhi: D.K. Printworld, 2014.

系。中国的《文心雕龙》国际学术研讨会，历来罕见印度学者参加，这也是印度汉学界翻译和研究中国古代文艺理论名著存在明显缺失的真实反映。期待中印两部巨著可以在新时代语境中直面对话，以促进中印学术心灵沟通。换句话说，"舞论学"和"龙学"这一对当代语境下的东方古典学，假如有朝一日走到一起，必将不亚于印度维那琴（或西塔尔琴）与中国扬琴跨文化对话的"精彩绝艳"。

这种美好的愿望，暂时只能停留在憧憬的阶段，因为印度与中国学界向西看的心态很难在短期内有所改观，他们在可以预见的一个时期，不可能在古典文艺理论领域进行卓有成效的对话与沟通。例如，有的学者在展望《文心雕龙》的未来研究方向时指出："《文心雕龙》既然是一部具有世界意义的伟大著作，是可以和亚里士多德的《诗学》相媲美的东方诗学代表作，我们更需要从中西比较的角度来研究《文心雕龙》，考察它在世界文学理论和美学思想发展中的重要地位，这也是研究《文心雕龙》的一个非常重要的方面。"[161]这种心态不能说是错的，但它以中国文学代表东方文学的姿态，无形中遮蔽了东方文学的丰富内涵与"和而不同"的历史真实，同时也会忽略开拓《文心雕龙》研究新视野的许多契机。

某些学者存在一种惯性思维：印度佛教思维是印度古代逻辑思维的唯一合法代表，它影响了《文心雕龙》的理论体系建构。这种思维将问题简单化，使人忽略追问这么一个看似简单、实则复杂的问题：印度佛教到底可在多大程度上代表印度古代的逻辑思维？印度佛教甚或古代文艺理论赖以产生的古代文化基础究竟包括哪些方面？窃以为，对于这些问题的探索，将在一个更为宏观的层面促进《文心雕龙》研究的相关思考。

摆脱中西比较这一狭隘的思维模式，进入东西比较或东方内部比较的领域，我们将发现，中印古代文艺理论比较，将给《文心雕龙》研究开辟一块块新的"疆土"。在新的时代条件下，全方位、多角度地对《舞论》和《文心雕龙》进行深入的比较研究，有助于解决中印学界面对西方强势话语时共同遭遇的某些传播障碍，或为思考相关解决方案寻求灵感与启迪。

麦永雄先生指出，包含中国与印度古典文艺理论的东方美学不仅通过汉语文献进入我们的视野，还通过外文尤其是英语文献进入国际视野，由此构

---

161 张少康、汪春泓、陈允锋、陶礼天：《文心雕龙研究史》，北京：北京大学出版社，2001年，第591页。

成国际东方美学当代研究的重要领域。杂语共生的当代国际文化空间为东西美学的汇通交流提供了秘响旁通的"千高原"。[162]因此,《文心雕龙》与《舞论》的跨文化对话,应该成为 21 世纪中印学术界有识之士共同追求的理想境界。愿中印学术界在"舞论学"与"龙学"平台上的直面对话早日来临。

---

162 麦永雄:"东方美学当代化与国际化的会通",载《中国社会科学报》,2019 年 4 月 9 日。

第二章　印度古代文学与文论研究在法国

印度学致力于阐释古代印度的语言、文学及文化。有学者尝试为印度学下一个明确的定义："十八世纪以来，欧洲东方学家们开启的以梵语文学为基础的，包括巴利语系、达罗毗荼语系在内的以古代语言、历史、宗教、哲学为基础的古典印度学。"[1]本文对印度学的界定大致参照此定义。欧洲印度学始于 18 世纪末，以 1784 年英国学者威廉·琼斯在加尔各答创建皇家亚洲学会为标志。英国的印度学开展得最早，鉴于该国与印度的殖民联系，其研究多以意识形态与现实目的为导向。德国学者也对印度产生了浓厚的兴趣，他们以探源印欧语系为宗旨，发展了历史比较语言学。法国印度学则以法兰西学院（L'Academiefrancaise）、索邦大学（Sorbonne Universite）、法国高等研究实践学院（Ecole Pratiques des Hautes Etudes）为阵地，产出大量研究成果。迄今为止，中国学界鲜有人对此进行系统介绍。鉴于此，笔者将主要依托法语文献，适当参考中英文材料，对 18 世纪末至今法国学界的印度古代文学及文论研究进行简介。

第一节　法国印度学的历史轨迹

欧洲与印度自古希腊时期就有联系。古希腊历史学家希罗多德曾在著作

---

[1] 郁龙余："从佛学、梵学到印度学：中国印度学脉络总述"，《深圳大学学报》（人文社会科学版），2018 年，第 6 期，第 5 页。

中描述印度。长期以来，甚少踏足印度的欧洲人，基于想象虚构了既神秘又恐怖的印度形象。13 世纪游历印度的法国圣方济各会传教士让·德·蒙特戈维诺（Jean de Monte-Corvino）在不通当地语言的情况下，把"印度没有书籍和法律"的信息带回法国。[2]17 世纪意大利耶稣会士诺比利（Robert de Nobili）是第一个掌握泰米尔语和梵语的传教士。他利用对当地风俗民情的了解推进传教工作。此后，来自欧洲各国的传教士纷纷效法诺比利，学习当地语言，并对印度地区的文化、社会、宗教、习俗进行介绍。

相较于欧洲其他国家，法国对南亚次大陆的探索开展得较晚。尽管法国人 16 世纪初便开始尝试前往印度进行商贸活动，但一直受制于葡萄牙人和西班牙人的势力。直到 17 世纪中叶，法国人的海外事业才有了起色。1642 年，法国东印度公司成立，多支船队抵达印度西部沿海，在本地治里等地建立贸易点。关于这些据点的治理权，英法两国争端不断，英国始终占据上风，法国人在印度的殖民活动屡屡受挫，只能转而从文化层面关注印度。这是法国印度学建立的社会历史背景。

首先看看法国印度学的萌芽。17 世纪末，法国传教士、旅行者游历印度，他们的著述不仅满足了民众对于神秘东方的猎奇心态，也提供了有关印度文化、政治、经济、宗教、风俗习惯的丰富知识，为法国印度学的建立积累了资源。弗朗索瓦·贝尔尼埃（Francois Bernier）于 1659 年到 1669 年间居留印度，在莫卧儿朝廷供职八年，他将所见所闻写成《大莫卧儿帝国旅行记录》（*Voyages dans les Etats du Grand Mogol*）[3]。这部游记对奥朗则布统治时期莫卧儿王朝的政治、科学、宗教、道德情况进行了百科全书式的介绍，在法国大受欢迎。贝尔尼埃是法国启蒙哲学家伽森狄（Pierre Gassendi）的拥护者。这部游记不仅提供了莫卧儿王朝历史转折时期的第一手资料，还受到伽森狄的唯物主义哲学影响，具有一定的思辨性。在该游记第一部分中，贝尔尼埃为君王奥朗则布和法国海军大臣科尔贝尔（Jean-Baptiste Colbert）立传，还评述了奥朗则布统治时期印度的政治、经济、战争情况。第二部分题为《贝尔尼埃先生的回忆录续篇》（*Suite des memoires du Sieur Bernier*）。这一部分由贝尔尼埃与朋友的往来书信组成。在这些书信中，贝尔尼埃与朋友探讨了印度

2 Jean Filliozat, "Les Premiers Etapes de l'Indianisme", *Bulletin de l'Association Guillaume Bude*, n°3，octobre 1953, p.82.

3 Francois Bernier, *Voyage dans les Etats du Grand Mogol*, Paris: Fayard, 1981.

城市治理、宗教哲学等诸多问题。有学者指出，这部游记由一系列发生在印度的道德故事组成："贝尔尼埃结合异国情调、理性主义和幽默的行文风格，展现了精湛的对话艺术和富有戏剧性的叙事能力。"[4]贝尔尼埃的著作影响了18世纪启蒙思想家有关东方的诸多观念的形成，"矛盾、暧昧、复杂"的印度形象也在法国民众心中生根发芽。[5]

　　传教士也对法国印度学的萌芽作出了贡献。例如，耶稣会士加斯东劳朗·科尔多（Gaston-Laurent Coeurdeux，1691-1779）对梵语与欧洲诸语言间的亲缘关系感兴趣，编撰了《泰卢固语、法语、梵语词典》。巴黎外方教会（Missions etrangeres de Paris）成员让安多尼·杜邦（Jean-Antoine Dubois，1766-1848）于18世纪末、19世纪初在印度逗留，出版《印度人的道德、制度和仪式》（*Moeurs, institutions et ceremonies des peuples de l'Inde*）。这些传教士不再单单以传教为目的，而是尝试从多个方面探索印度文明的特点。

　　法国印度学萌芽时期，法国传教士、旅行者首次将鲜活的印度展现在法国民众面前，产生了一定的影响力。遗憾的是，他们的著述或研究完全出于宗教信仰或个人兴趣，没有得到政府、教会、高等院校的支持，对印度问题的探讨难免片面化，学术价值有限。

　　进入18世纪，几位学者的工作使法国的印度学真正建立起来。首先是让保罗·比尼翁（Jean-Paul Bignon）、耶稣会士让·贾梅特（Jean Calmette）和让弗朗索瓦·彭斯（Jean-Francois Pons）为搜集东方文献作出的贡献。18世纪初，法国国王图书馆馆长让保罗·比尼翁委托汉学家傅尔蒙（Etienne Fourmont）整理一份涵盖中国、鞑靼、印度文献的图书目录，其中的印度部分由贾梅特和彭斯负责搜集。贾梅特在印度期间，掌握多种当地语言，获取当地人的信任，将完整的吠陀文献带回法国。彭斯搜集的文献包括吠檀多文献、两大史诗、往世书、法论、故事文学等，共有数百部贝叶经写本。返回法国后，他还将印度古代字典《长寿字库》翻译成拉丁文。最终，汇集了近乎全部印度古代文献的《东方典籍目录》（*Le Catalogue des Codices Orientales*）于1739年出版。这是此后法国乃至欧洲印度学家开展进一步研究的文献基础。

4　Isabelle Moreau, "Comptes Rendus", *Dix-Septieme Siecle*, Vol. 250, No. 1, 2011, p.173.
5　梁展："土地、财富与东方主义：弗朗索瓦·贝尔尼埃与十七世纪欧洲的印度书写"，《外国文学评论》，2019年，第4期，第59页。

同时期的安格迪尔杜贝隆（Abraham Hyacinthe Anquetil-Duperron）称得上第一位专业的印度学研究者。他曾是法国东印度公司士兵。居留印度期间，他搜集到 180 册书，全数捐给法国国王图书馆。他掌握了多种东方语言，根据彭斯翻译的《长寿字库》整理出版梵语语法教程[6]，翻译了波斯语文献《净达经》（Zend-Avesta）。有学者指出，这部经典正是《奥义书》的波斯语版本。[7]可以说，安格迪尔杜贝隆已经具有搜集、整理、翻译东方文献的自觉意识。他还对东方社会制度、东西方关系进行解读，出版《东方法》（*Legislation orientale*，1778）、《印度与欧洲》（*L'Indeen rapport avec l'Europe*，1798）两部专著。作为法兰西铭文与美术学院的成员，他参与了多个东方研究机构的创立。萨义德（又译"赛义德"）曾指出："在威廉·琼斯和安格迪尔杜贝隆之后，在拿破仑的埃及远征之后，欧洲开始更科学地认识东方，更权威、更系统地处理东方的事务。"[8]萨义德将安格迪尔杜贝隆和英国印度学开创者威廉·琼斯并称，更说明了安格迪尔杜贝隆对西方印度学专业化作出的卓越贡献。

总而言之，18 世纪末、19 世纪初的法国印度学逐渐走向专业化，《东方典籍目录》的编纂为印度学研究的进一步深入奠定了文献基础。为数不多的学者开始关注这一领域，并极力促成相关研究机构的建立。

19 世纪上半叶是法国印度学的确立时期。这一时期，诸多专业研究机构建立起来，这些研究机构培养了第一批专门研究印度学的人才。1795 年，法国国立东方语言文化学院（Institut national des langues et civilizations orientales）成立。1815 年，法兰西学院设立梵语教席，谢赛（Antoine-Leonard Chezy）是第一任讲师。印度学研究正式进入法国高等教育体系。1822 年，法国亚洲学会（Societe Asiatique de Paris）在巴黎成立。同年，《亚洲学报》（*Journal Asiatique*）创刊。除谢赛外，欧仁·布尔努夫（Eugene Burnouf）、亚历山大·朗戈洛（Alexendre Langlois）、希波利特·福什（Hippolyte Fauche）、埃米路易·布尔努夫（Emile-Louis Burnouf）都是这一时期最重要的印度学家。他们翻译、

6　Jean Filliozat, "Une Grammaire Sanscrite du XVIIIe Siecle et les Debuts de l'Indianismeen France", *Journal Asiatique*, 1937, pp.275-284.

7　Jean Bies, *LittératureFrnacaise et Pensee Hindoue, des Origines a 1950*, Paris: Librairie C. Klincksieck, 1974, p.51.

8　（美）爱德华·W·萨义德：《东方学》，王宇根译，北京：三联书店，1999 年，第 29 页。

解读了印度古代典籍，并对印欧语言学进行了初步探索。

谢赛自学梵语，曾尝试翻译《摩诃婆罗多》，编写了梵语语法教程和《巴利语、梵语、法语词典》，最终于 1814 年取得法兰西学院的首个梵语教席。1830 年，谢赛出版了《沙恭达罗》的首个法语译本，这个译本以语言典雅著称。谢赛自述在出版该译本前，已与《沙恭达罗》结缘近三十年："我当时读到如此精致、优美的文字（A·布鲁吉耶通过英译本转译的版本），认为这是世界上最道德、最优雅、最有灵性的人的思想。对此，我们羡慕不已，想要跟随这里的人追寻幸福。这些想法全然来自印度经典吗？还是源于译者出色的想象力？想要解答这些疑问，只能亲自学习梵语。"[9]

欧仁·布尔努夫于 1932 年接替谢赛的工作，成为法兰西学院第二任梵语讲师。他注重以科学方法研究文学，不仅翻译了《薄伽梵往世书》等古代典籍，还在佛教研究方面颇有建树。他与挪威-德国印度学家克里斯蒂安·拉森（Christian Lassen）合著《论巴利语》（*Essai sur le Pali*）。在 1844 年出版的《印度佛教史导论》（*Introduction a l'histoire du bouddhisme indien*）中，他重建了佛教历史，并证明了梵语与巴利语的亲缘关系。亚历山大·朗戈洛于 1835 年成为法兰西铭文与美术学院的成员，对《梨俱吠陀》、迦梨陀娑的戏剧有所研究，编撰了《印度文学大事记，或梵语文学集》（*Monuments litteraires de l'Inde, ou Melanges de litteraire sanscrite*）。这本专著系统介绍了印度古代文学。欧仁·布尔努夫的学生希波利特·福什完成了两大史诗的翻译工作。埃米路易·布尔努夫是欧仁·布尔努夫的表弟，对梵语语法有深入研究，编纂了第一部《梵法词典》[10]。他还对吠陀文献进行系统介绍，于 1863 年出版研究专著《论吠陀》（*Essai sur le Veda*）。

19 世纪下半叶，研究中心转移到法国高等研究实践学院，法国印度学研究进入发展时期。该学院首位梵语教授阿贝尔·贝盖涅（Abel Bergaigne）带领他的学生保尔·勒尼奥（Paul Regnaud）、西尔万·列维（Sylvain Levi）、埃米尔·塞纳尔（Emile Senart）等对印度古代文献进行了更为深入的探索。该学院还提倡更为广泛地关注印度文化及思想，将宗教哲学研究从传统文献研

9　Antoine de Chezy, *La Reconnaissance de Sacountala, DrameSanscrit et Pracrit de Calidasa*, Paris: Librairie de Dondey-Dupre, 1830, p.iii.

10　Emile-Louis Burnouf, *Dictionnaire Classique Sanscrite-Francaise Contenant le Devanagari, sa Transcription Europeenne, l'Interpretation, les Racines*, Paris: Maisonneuve, 1866.

究中分离出来。

贝盖涅是法国高等研究实践学院成立后的第一位梵语教授。他组织编纂了梵语教程，由此推动了法国梵语教学的系统化发展。他还与学生合作对《梨俱吠陀》进行了严格的语言学阐释。贝盖涅认为，应该在印度文化大背景中研究梵语文学。保尔·勒尼奥是贝盖涅的学生，他的博士学位论文以"梵语修辞学"为研究对象。勒尼奥毕业后执教于里昂大学文学院，致力于吠陀文献研究。他的学生约翰·格鲁塞（JonnayGrosset）受他影响，对印度古典音乐理论感兴趣，也是欧洲计划编订出版印度古典文艺理论著作《舞论》全本的第一人。

19、20世纪之交，法国印度学的代表人物是西尔万·列维。在他的带领下，巴黎成为世界印度学的中心，法国印度学走向成熟。1890年，列维出版题为《印度戏剧》的博士学位论文，这部500余页的皇皇巨著对印度古代戏剧理论进行了全面的梳理。1894年，他编撰了包含377个条目的古典梵语戏剧目录。19世纪末起，列维进入亚洲腹地，进行了三次卓有成效的探险。第一次探险始于1897年，他经由孟买、加尔各答，到达尼泊尔。回到法国后，他根据在印度和尼泊尔搜集的出土文献和铭文，撰写了三卷本的《尼泊尔：一个印度教王国的历史研究》（*Le Nepal: etude historique d'un royaumeh indou*，1905-1908）。1922年，列维再次出发去往印度、尼泊尔，还在学生路易·菲诺（Louis Finot）的陪同下，前往越南、柬埔寨及中国云南地区考察。1926年，列维在日本参与了佛教词典《法宝义林》（*Repertoire du canon bouddhiquesino-japonais*）的编撰。离开日本后，他经由爪哇、巴厘岛、印度、尼泊尔返回法国，在途中，他参观了婆罗浮屠寺庙群的浮雕。

列维擅长借用希腊、伊朗、波斯、中国的文献资源来辅助印度学研究。[11]在《印度戏剧》一书中，列维着重考察了希腊文化对印度戏剧的影响。列维还为接触一手汉译佛经资料学习汉语，并与汉学家沙畹（Edouard Chavannes）长期保持合作关系。有学者指出："列维将印度置于世界历史的中心，试图赋予印度文明以新的意义。"[12]列维还在研究中注入了哲学思辨精神。当代法国印度学家莉娜·邦萨布东曾对列维的一生进行总结，她说："列维的生活与工

11　（法）保罗·戴密微："法国汉学研究史概述"，秦时月译，《中国文化研究》，1993年，第131页。

12　Louis Renou, "Sylvain Lévi et son Oeuvre Scientifique", *Mémorial Sylvain Lévi*, Vol.1, Delhi: Motilal Banarsidass, 1996, pp.XXV-XXVI.

作紧密结合在一起，他将精力和热情完全转化为行动。在学术研究之外，列维还主动介入高校的管理及教学、社会政治和人道主义运动。他是一个世界主义者。"[13]

在列维的时代，作为重要的印度学研究中心[14]，巴黎吸引了众多来自全世界的印度学家，例如比利时学者拉瓦勒·普桑（Louis de la Vallee-Poussin）、印度学者师觉月（Prabodh Chandra Bagchi）、孟加拉学者哈利·尚德（Hari Chand Sastri）、苏博德·钱德拉·慕克吉（Subodh Chandra Mukerjee）等。1921 年，列维在印度国际大学交流讲学期间，师觉月跟随他学习汉语、藏语等东方语言。[15]1923 年到 1926 年，师觉月在巴黎完成博士学位。他的法语博士学位论文《中国佛教藏经：译者与译文》（*Le Canon Bouddhi queen Chine: Les traducteurs et les traductions*）于 1927 年在巴黎出版。印度学者师觉月在巴黎学习东方学，运用西方学术范式深入探索梵语佛经的汉译，为中、印、法三国的文化交流作出卓越贡献。两位孟加拉学者也在巴黎完成学位并发表关于印度诗学的法语论文。哈利·尚德于 1917 年出版《迦梨陀娑和他的诗歌艺术》（*Kalidasa et l'artpoetique de l'Inde*）；苏博德·钱德拉·慕克吉的博士学位论文题为《味：印度美学论集》（*Le Rasa: Essai sur l'esthetique indienne*）。

20 世纪的法国印度学稳步发展。有学者指出，19 世纪以来，在学者和学术机构的共同努力下，法国学界形成了底蕴深厚的印度学传统，积累知识、提出问题、建立学术范式："从布尔努夫到列维，法国学界的印度学传统逐渐形成。这是学者和研究机构共同努力的结果。印度学建立以来，法国学界累积东方知识，考察重要的印度问题。20 世纪初，在列维周围聚集了一个印度学家群体，这是一个主要由法国人组成的面向印度文明的群体，他们以统一的方法进行印度观察及研究。"[16]到 20 世纪，法国学界已建立了一套完整的印度学人才培养机制。青年学者在巴黎索邦大学接受西方文学和哲学教育后，

---

13 Jean-Luc Fournet (dir.), *Ma Grande Eglise&Ma Petite Chapelle*, Paris: Collège de France, 2020, p.178.

14 Jean-Luc Fournet (dir.), *Ma Grande Eglise&Ma Petite Chapelle*, Paris: Collège de France, 2020, p.174.

15 尹锡南："印度学者师觉月的汉学研究"，载《国际汉学》，2018 年，第 2 期，第 68 至 69 页。

16 Guillaume Bridet, *L'EvenementIndien dans la LitteratureFrancaise*, Grenoble: ELLUG, 2014, p.35.

再到法国高等研究实践学院进修梵语和印度文化课程，最后到国立东方语言文化学院学习印地语。若有条件，再到印度、巴基斯坦、尼泊尔、孟加拉等国家地区开展田野调查。学成之后，这些学者在《亚洲学报》、《法国远东学院简报》（*Bulletin de l'Ecolefrancaised'Extreme-Orient*，1910 成立）、集美博物馆创办的《亚洲艺术杂志》（*Revue des arts asiatiques*，1824 成立）、《宗教史研究期刊》（*Revue de l'histoire des religions*，1880 年成立）等期刊上发表文章，从多个角度探讨印度问题。保尔·戈特出版社（Paul Geuthe）和阿德里安·梅颂纳夫出版社（Adrien Maisonneuve）是专门出版东方研究著作的出版社。巴黎大学出版社（PUF）、奥诺雷·尚宾出版社（Honore Champion）也出版过一系列印度学家的专著。

以路易·勒努（Louis Renou）为代表的传统印度学研究者，他们以文献阐释为基本方法，对印度古代文化进行了全面的透视。勒努的学术成果集中发表于 20 世纪中期。他整理并翻译了吠陀文献及奥义书，撰写了大量评论文章。除此之外，他还主编了一系列介绍印度文明的通识类著作，如《梵语文选》（1947）、《梵语与文化》（1950）、《印度古代文明》（1950）、《印度文学》（1950）、《印度教》（1951）等，在法国大众间推广印度文化。同时期，以传统印度学路径展开研究的学者还有安娜玛丽·埃斯努（Anne-Marie Esnoul）、奥利维尔·拉康贝（Olivier Lacombe）、米歇尔·安戈（Michel Angot）等。

法国还涌现出一批以人类学、社会学方法观察印度社会的学者。他们以田野调查为主，文献研究为辅。还有一批专门研究印度哲学和思想史的学者如让·埃贝尔（Jean Herbert）、阿兰·达尼埃诺（Alain Danielou）、李兰·西比（LilanSilburn）等。勒内·居侬（Rene Guenon）是印度教哲学研究的代表人物，他的专著《印度教教义研究通论》（*Introduction generale a l'etude des doctrines hindoues*）提出了关于东方宗教的新观点。部分对印度文化感兴趣的传教士也参与了印度学研究。有学者指出，这一趋势在第一次世界大战结束后达到高潮："第一次世界大战后，在一片谴责声中，家长式统治让位，传教士开始认识到印度文明的内在价值。"[17]亨利·泰奥多尔·巴柔（Henri Theodore Bailleau）、于勒·蒙钱宁神父（Pere Jules Monchain）撰写了评论印

---

17 Guillaume Bridet, *L'EvenementIndien dans la Litterature Francaise*, Grenoble: ELLUG, 2014, p.60.

度宗教及社会现状的文章，发表在《外方传教会年刊》（*Annales des Missions etrangeres*）上。

综上所述可知，法国印度学大致经历了萌芽、确立、转型、成熟、稳步发展五个阶段。法国印度学萌芽于 17 世纪末，早期传教士、旅行者的著述为东方研究积累了丰富的资源，但学术价值有限。1739 年出版的《东方典籍目录》为印度学专业化提供了文献基础。安格迪尔杜贝隆有着搜集、整理、翻译东方文献的自觉意识，是法国第一位专业的印度学家。1814 年法兰西学院为谢赛设立梵语教席，这是印度学走向专业化的标志。19 世纪上半叶是法国印度学的确立时期，多个专业机构成立，还涌现出一批专门从事印度学研究的人才。这一时期的学术焦点是对古代文献进行比较语言学阐释，代表人物有谢赛、欧仁·布尔努夫。19 世纪下半叶，研究中心从法兰西学院转移到新成立的法国高等研究实践学院，研究范式也随之变化。阿贝尔·贝盖涅等人深化了前人的比较语言学研究，还将宗教哲学研究从传统文献学研究中分离出来。带领法国印度学走向成熟的学者是西尔万·列维，他具有广阔的全球视野，擅长用外部资料还原印度历史。20 世纪初，巴黎成为了世界印度学中心，吸引了来自世界各地的印度学人才。经过近两个世纪的发展，法国印度学已经形成了底蕴深厚的学术传统，具备了完整的人才培养机制，还受到了新兴学科如人类学、社会学的影响，学科分支进一步细化。综上所述，法兰西学院、巴黎索邦大学、法国高等研究实践学院等历史悠久的高等院校在法国印度学的发展中扮演了重要角色。法国学者从文学、美学、语言学、人类学、社会学、宗教及历史学、哲学等多个角度对印度文明的内涵进行挖掘。此外，法国印度学还与东方学的其他分支如汉学、日本学、伊朗学、埃及学、阿拉伯学相互促进、共同发展。

第二节　法国的印度古代文学研究

传统的印度学研究是在对文献的搜集和整理基础上展开的，属于广义上的文学研究。根据季羡林先生组织编撰的《印度古代文学史》[18]，印度古代文学大致可分为吠陀文学、史诗文学、梵语佛经、往世书文学、古典梵语文学等。笔者拟按文献类别对法国学界的印度古代文学研究作粗略分类，并进行

---

18 季羡林主编：《印度古代文学史》，北京：北京大学出版社，1991 年。

简介。此外，还有少数学者整理出版了印度古代文选及印度古代文学史，因而本节也将对此作一概述。

首先看看法国学界对吠陀文学的翻译及研究。吠陀文学包括四部吠陀本集《梨俱吠陀》、《娑摩吠陀》、《夜柔吠陀》、《阿闼婆吠陀》及阐释本集的梵书、森林书、奥义书。亚历山大·朗戈洛于 1838 年到 1851 年间完成对《梨俱吠陀》的翻译。[19]该法译本共 646 页，于 1872 年出版。有学者指出，尽管这个译本不太完善，却是此后很长一段时间法国学者进行研究"唯一可依托的译本"[20]。在此译本的辅助下，1850 年后的吠陀研究逐渐丰富起来，A·雷尼埃[21]、E·梅里尔[22]、F·布迪瑞[23]等学者从语言、历史、文化等多个层面解读吠陀经典。这一时期，成就最大的当属埃米路易·布尔努夫于 1863 年出版的专著《论吠陀》（*Essai sur le Veda*）。这部 400 余页的著作分为 16 章，对吠陀经典中蕴含的文化信息进行了全面的分析和总结。该专著前两章对产生吠陀文学的历史文化背景作了概述；第三、四章分别从比较语言学、诗歌美学的角度解读四部吠陀本集；第五、六章探讨了吠陀颂诗的作者、涉及地点的历史真实性等；第七至十五章探讨了古代印度的家庭模式、社会制度、宗教仪式等；最后，布尔努夫比较了吠陀宗教与希伯来宗教的异同。这部专著对后世学者产生了深远影响。在此基础上，阿贝尔·贝盖涅从语言学和宗教研究两方面解读吠陀经典，写成《论吠陀词汇》（*Essai sur le lexique du Rig-Veda*，1884）、《吠陀敬神仪式研究，兼论吠陀颂诗的格律》（*Recherches sur l'histoire de la liturgievedique. La formemetrique des hymnes du Rig-Veda*，1888）。路易·勒努也在语义学研究的基础上，强调吠陀文本的宗教哲学意义。[24]他的多卷本《吠陀研究》（*Etudes vediques*）分别于 1952 年、1980 年、1986 年出版。

19 Alexandre Langlois, *Rig-Veda, ou Livre des Hymnes*, 4 volumes, Paris: Maisonneuve, 1984.

20 Jean Filliozat, "Les Premiers Etapes de l'Indianisme", *Bulletin de l'Association Guillaume Bude*, n°3, octobre 1953, p.85.

21 Adolphe Regnier, *Etudes sur l'Idiome des Vedas et les Origines de la Langue Sanscrite*, Paris: C. Lahure, 1855.

22 Edemestand du Meril, *Etude Historique et Litteraire sur le Rig-Veda*, Paris: Bureaux de la Revue contemporaine, 1853.

23 Frederic Baudry, *Etude sur les Vedas*, Paris: Kessinger Publishing, 2010.

24 Pierre-Sylvain Filliozat, "Louis Renou (1896-1965)", *Ecole Pratique des Hautes Etudes. 4e section, Sciences Historiques et Philologiques*. Annuaire, 1969, p. 48.

路易·勒努还组织了奥义书的整理及翻译工作。《奥义书》的法译本分七卷出版，第一、六、七卷于 2005 年出版，包含了勒努翻译的《憍尸多基奥义书》、A·西比尔翻译的《白骡奥义书》、J·布斯克翻译的《疑问奥义书》、E·勒萨普翻译的《泰帝利耶奥义书》。第二、三卷于 2006 年出版，包含了勒努翻译的《由谁奥义书》、《伽陀奥义书》、《自在奥义书》。第四、五卷于 2016 年出版，包含了 J·莫里翻译的《剃发奥义书》、E·勒萨普翻译的《蛙氏奥义颂》。

还有部分学者从哲学和思想史层面解读奥义书及吠檀多文献，例如勒内·居侬的《吠檀多文献中的人与人的未来》（*L'homme et son devenirselon le Vedanta*）、奥利维尔·拉康贝（Olivier Lacombe）的《印度化：印度思想的历史和比较研究》（*Indianite: Etudes historiques et comparatives sur la pensee indienne*）。

再看看史诗文学的翻译及研究情况。法国学者对印度两大史诗《摩诃婆罗多》、《罗摩衍那》的关注始于 19 世纪中叶。希波利特·福什是两大史诗的首位法语译者。他于 1854 年到 1858 年间翻译出版《罗摩衍那》。他曾指出："这是根据实际情况进行删改的精简本，分为五卷。"[25]福什在导言中详细分析了印度古代诗体 "sloka"（输洛迦）一词的语源。《罗摩衍那》的法译本还有 A·胡塞尔于 1903 年到 1907 年间翻译出版的三卷本、萨德 1985 年版本、2011 年 M·比亚多等人编订的七卷本彩绘版。另外，学者 J·马尔塞翻译出版了根据《罗摩衍那》改编的泰国史诗《拉玛坚》。

希波利特·福什还于 1863 年到 1870 年间翻译出版了《摩诃婆罗多》。爱德华·福戈（Edouard Foucaux）补充了福什未翻译的 11 章内容。《摩诃婆罗多》的其他法译本包括 J·贝特福于 1985 年到 1986 年间翻译出版的精简本、M·比亚多等人于 2002 年组织编撰的全译本（共 2064 页）、加拿大拉瓦尔大学于 2004 年至 2009 年间出版的四卷本（共 3078 页）。

还有部分学者对印度史诗展开了专题研究。这方面的成果有 G·杜塞的《印度史诗中的梵语格言选》[26]、G·杜梅瑟的《神话与史诗：印欧史诗的三

---

25 Valmiky, *Le Ramayana*, Hippolyte Fauche(trad.), Paris: LibrairieInternationale, 1854-1858.
26 Guillaume Ducoeur, *Anthologie de ProverbesSanskrits: tires des Epopees Indiennes*, Paris: L'Harmattan, 2004.

种意识形态功能》[27]、D·霍辛拉的《〈摩诃婆罗多〉之匙》[28]等。

《摩诃婆罗多》中的哲学诗歌《薄伽梵歌》更是备受关注。由于《薄伽梵歌》内容凝练，蕴含着丰富的宗教哲学思想，许多法国学者将其作为打开印度文化大门的钥匙。《薄伽梵歌》的法译本多达十余个，F·波普、A·谢赛、E·塞纳尔、J·艾伯尔、A·埃斯努、O·拉贡布、G·德勒兹、A·波尔特、M·巴朗法都发表过相关研究专著或论文。

不少法国印度学研究者对梵语佛经感兴趣。欧仁·布尔努夫是最早的佛教历史研究者。他于 1844 年出版《印度佛教史导论》（*Introduction a l'histoire du bouddhismeindien*），并将《法华经》的法语译文作为附录一并出版。埃米尔·塞纳尔一直专注于佛典语言研究。他于 1882 年出版专著《论佛陀的传说》（*Essai sur la legende du Buddha*）。同年，他发表了题为《佛经中的俗语和梵语》（*Pracrits et sansrit bouddhique*）的专题演讲。1898 年，他发表《法句经》佉卢文写本的研究成果（*Le Manuscrit "kharosthi" du Dhammapada*）。西尔万·列维也在梵语佛经研究和佛教历史考证方面颇有建树。他多次游历亚洲，从尼泊尔带回多卷梵语佛经写本，其中包括《大乘庄严经论》、《天譬喻经》、《法句经》。1907 年到 1912 年间，列维修订出版这些佛经。他还将梵语写本和铭文作为还原尼泊尔地区历史的依据。

少部分学者认识到了往世书文献的重要性，并对其进行了翻译与研究。欧仁·布尔努夫翻译了《薄伽梵往世书》。该法译本分为五卷，于 1840 年到 1898 年间出版。布尔努夫对往世书有着极高的评价，他说："往世书涉及宇宙起源、神的谱系、形而上学、传奇故事等主题，是印度思想的最高体现。它的杂乱和无序中蕴含了丰富的思想。"[29]他还总结道："所有往世书作品的共同特点是对三位主神的虔诚。"[30]L·勒波于 1868 年出版《往世书范本：〈梵转往世书〉原文、转写、译文和评述》。[31]这个直译本完善了 1832 年朗戈洛通过德译本转译的《梵转往世书》。

27　Georges Dumezil, *Mythe et Epopee I, L'Ideologie des Trois Fonctions dans les Epopees des PeuplesIndo-Europeens*, Paris: Gallimard, 1968.

28　Dominique Wohlschlag, *Cles pour le Mahabharata*, Lausanne & Paris: Infolio, 2015.

29　Eugene Burnouf, *Le Bhagavata Purana: ou, HistoirePoetique de Krichna*, Volume 1, Paris: Hauvette-Besnault, 1840, p.496.

30　Eugene Burnouf, *Le Bhagavata Purana: ou, HistoirePoetique de Krichna*, Volume 1, Paris: Hauvette-Besnault, 1840, p.496.

31　L. Leupol, *Specimen des Puranas, Textes, Transcription, Traduction et Commentaire des PrincipauxPassages du Brahmavaevarta Purana*, Paris: Maisonneuve et Cie, 1868.

接下来看看法国学界对古典梵语文学的翻译及研究。古典梵语文学主要指公元 1 世纪到 12 世纪的梵语戏剧、诗歌、小说等。法国学者重点关注马鸣、迦梨陀娑、跋娑、首陀罗迦、戒日王、婆吒·那罗延等人的戏剧作品。部分研究涉及梵语小说及诗歌。

迦梨陀娑无疑是法国学者最熟悉的梵语戏剧家。《沙恭达罗》是第一部译介到法国的印度戏剧作品。A·布鲁吉耶首先将威廉·琼斯的英译本《沙恭达罗》翻译成法语，谢赛则依据梵语原典完善了这一转译本。谢赛用细腻优雅的法语还原了梵语原文的朦胧意境。他对文学作品的普世价值甚为强调。从此，《沙恭达罗》在法国广为传播，改编后在剧院中一再上演，甚至影响了浪漫主义的审美观念。

19 世纪中叶，希波利特·福什就出版了《迦梨陀娑作品选》（*Oeuvres choisies de kalidasa*）、《迦梨陀娑全集》（*Oeuvres completes de Kalidasa*）[32]。其中，《迦梨陀娑全集》收录的作品最为丰富，包括诗歌《时令之环》、戏剧《沙恭达罗》、《摩罗维迦与火友王》以及一些被推定为迦梨陀娑作品的戏剧残片。维克多·亨利于 1889 年重译了《摩罗维迦与火友王》，说明法国学界十分重视这部包含大量舞台表演术语的宫廷喜剧。

目前收录作品最丰富的古典梵语戏剧汇编是莉娜·邦萨布东（Lyne Bansat-Boudon）于 2006 年出版的《印度古典戏剧》。这部戏剧集收录了跋娑的《塑像》、《黑天出使》、《断股》、《宰羊》、《负轭氏的誓言》、《惊梦记》、迦梨陀娑的《沙恭达罗》、《优哩婆湿》、《摩罗维迦与火友王》、首陀罗迦的《小泥车》、戒日王的《璎珞记》、《妙容传》、婆罗菩提的《罗摩后传》、婆吒·那罗延的《结髻记》。[33]其中部分戏剧作品是首次译介到法国。译文用词优美、行文流畅，反映了邦萨布东对印度古代文化的深入理解。

部分古典梵语诗歌和小说也被翻译成法语，一些学者还对其进行了专题研究。A·迭朗善重点关注《五卷书》等印度故事在欧洲的传播与接受，出版专著《论印度寓言及其在欧洲的译介》（*Essai sur les fables indiennes et sur leur introduction en Europe*，1838）。谢赛试译了迦梨陀娑的诗歌《云使》，并分析

---

32 Hippolyte Fauche, *Oeuvres Completes de Kalidasa, Traduites et SanscritenFrançais pour la Premiere Fois*, Paris: Librairie de A. Durand, 1859.

33 LyneBansat-Boudon, *Theatre de l'IndeAncienne*, Paris: Bibliotheque de la Pleiade, 2006.

了该诗的格律[34]。希波利特·福什翻译了胜天的抒情长诗《牧童歌》。阿兰·布尔特翻译了迦梨陀娑的叙事诗《鸠摩罗出世》，并在导言中阐释说明梵语文论术语"诗"（kavya）、"大诗"（mahakavya）的内涵。

最后看看印度古代文学的汇编和印度古代文学史的撰写情况。在梳理印度文学史方面，亚历山大·朗戈洛和路易·勒努是比较有代表性的学者。朗戈洛于 1827 年出版《印度文学大事记，或梵语文学集》（*Monuments litteraires de l'Inde, ou Melangs de litteraire sanscrite*）。这是法国学界第一部系统梳理印度文学史的著作。该书共 288 页，朗戈洛用 50 页的篇幅回顾梵语文学的发展历程，接下来他翻译了《摩诃婆罗多》的附篇《诃利世系》，最后分章探讨了印度文学与宗教哲学的关系、希腊文化对印度文学的影响等。全篇旨在回答导言中提出的问题：梵语文学在怎样的社会历史语境中产生？朗戈洛认为，文学是社会的反映，梵语文学则是印度古代社会的一面镜子。[35]他还指出，祭祀是印度文化的核心，爱是梵语文学的永恒主题。他总结道，梵语文学想象丰富、情感强烈，但思想单一、缺乏细节："宗教是印度人唯一的思想，诗歌是印度人唯一的语言。"[36]

路易·勒努于 1947 年出版的《梵语文选》（*Anthologie sanskrit*）是迄今为止法国学界收录作品最全面的梵语文学选集。该文选共 406 页，收录了《梨俱吠陀》、《阿闼婆吠陀》、梵书、奥义书、《摩诃婆罗多》、《罗摩衍那》、往世书、密宗文献、法经法论等印度古代文献。它们全部由勒努亲自翻译。勒努还对尚未译介到西方的印度天文学、哲学、语法学、政治学、经济学文献进行简介和评述。遗憾的是，收录佛教及耆那教文献、古典梵语文学作品的第二卷未能按原计划出版。

法国学界的印度古代文学研究有以下特点。首先，法国学者进行了大量的翻译工作，基本完成对印度古代核心文献的译介。在此基础上，法国学者对吠陀文献、史诗文学、梵语佛经、往世书文献、古典梵语文学的语言、词汇、修辞、格律、文学及美学价值、宗教哲学内涵进行了深入的探讨。法国

---

34 Antoine-Leonard Chezy, *Analyse du Megha-Doutah, PoemeSanskrit de Kalidasa*, Paris: Hachette, 1817.

35 Alexandre Langlois, *Monuments litteraires de l'Inde, ouMelanges de litteraturesanscrite*, Paris: Chez Lefevre, 1827, p.3.

36 Alexandre Langlois, *Monuments Litteraires de l'Inde, ouMelanges de LitteratureSanscrite*, Paris: Chez Lefevre, 1827, p.7.

学者重点关注了吠陀文献、史诗文学和古典梵语戏剧。迦梨陀娑的诗歌及戏剧在法国的传播最为广泛。总体来说，他们对于印度古代文学的翻译成果远远多于专题研究。这说明法国学界的印度古代文学研究有待深入和完善。

第三节　法国的印度古代文艺理论研究

法国学者的印度古代文艺理论研究围绕《舞论》展开，重点探讨印度戏剧及诗学理论的发展沿革。除《舞论》外，路易·勒努还翻译出版了梵语诗学家王顶的《诗探》。[37]笔者将着重介绍《舞论》在法国的翻译及研究情况。

19 世纪下半叶，《舞论》的多个写本被陆续发现，引起了各国梵学界的关注。保尔·勒尼奥整理并翻译了十五章、十六章涉及诗学理论的部分内容、涉及语言表演的十七章全部内容。在完成题为《梵语修辞学》（*La rhetorique sanskrit*）的博士学位论文后，他又翻译了《舞论》第六、七章内容。他是法国最早关注《舞论》的学者，在其影响下，他的学生约翰·格鲁塞对这部文艺理论巨著进行了进一步探索。

西尔万·列维也对印度戏剧理论非常感兴趣。早年间，他翻译了《觉月升起》和《璎珞传》两部古典梵语戏剧。他的博士学位论文题为《印度戏剧》。该论文有 500 余页，主要依托列维掌握的四个《舞论》写本对印度戏剧及诗学理论进行了全面的梳理。这四个写本分别是：英国印度学家爱德华·霍尔保存的写本、伦敦亚洲学会保存的古兰塔文写本、比卡内尔王公图书馆收藏的写本及德干学院保存的王公图书馆写本的复本。该论文由三部分组成。在第一部分中，列维对《舞论》中的戏剧及诗学理论进行全面介绍。他强调印度古代文艺理论擅长分类的特点，并详述了形成这一特点的原因。[38]他还指出，《舞论》之后的文艺理论著作大都依附于婆罗多的权威，没有经历创造性和颠覆性的变革，因此，《舞论》在印度古代文艺理论体系中一直占据着核心地位。他还阐释说明了印度戏剧的三个重要元素：情节、主角和情感。论文第二部分是列维撰写的印度戏剧史。列维以时间为线索，分章介绍了迦梨陀娑、戒日王、首陀罗迦、婆罗菩提等古典梵语戏剧家的作品，那吒迦

---

37 Louis Renou, *La Kavyamimamasa: de Rajaekhara*, Paris: Cahiers de la Societeasiatique, 1946.

38 Sylvain Levi, *Le Theatre Indien*, Paris: Emile Bouillon, 1890, p.28.

（Nataka）、那底迦（Natika）、纷争剧（Vyayoga）等三种重要戏剧类型的起源及发展。该论文的第三部分对舞台演出的重要元素，如剧场及舞台、准备工作、化妆及道具、形体表演、音乐及舞蹈进行探讨。列维总结道："古典梵语戏剧是古代印度最高智慧的结晶。戏剧家将纷繁复杂的现实转换成一种纯粹的艺术形式。这种提纯的艺术强调的不仅是再现事实，而是传达情味。"[39]法国当代印度学家让·菲诺扎（Jean Filliozat）曾评论道："《印度戏剧》是法国印度学研究的一座里程碑，它将鲜为人知的亚洲知识转化为全体人类的共同财富。"[40]

约翰·格鲁塞是法国乃至欧洲计划编订《舞论》全本的第一人。早年间，他翻译了《舞论》第二十八章涉及音乐理论的内容，作为音乐理论研究著作的附录。[41]他于1894年编订出版《舞论》第一至十四章内容。这是《舞论》全本的第一卷。遗憾的是，格鲁塞没有按原定计划完成编订工作，但他的整理和注解为此后法国乃至世界的《舞论》研究奠定了基础。勒内·杜马尔（Rene Daumal）于1970年出版的《婆罗多与戏剧起源》（*Bharata: L'Origine du Theatre*）便是一例。杜马尔将格鲁塞修订的《舞论》第一章有关戏剧起源部分译为法语，并对印度戏剧的起源及发展进行探讨。孟加拉学者哈利·尚德与苏博德·钱德拉·慕克吉也在此修订本的基础上撰写了研究论文。

对印度古代文艺理论有深入研究的还有当代学者莉娜·邦萨布东。她是法国高等研究实践学院宗教科学系部的负责人，专注于梵语教学、印度古代文艺理论及湿婆教宗教哲学研究。她出版的梵语诗学研究著作有《印度戏剧诗学：解读〈舞论〉》（*Poetique du theatre indien: Lectures du Natyasastra*，1992）、《印度戏剧论》（*Pourquoi le theatre? La reponse indienne*，2004）。

《印度戏剧诗学》出版于1992年，是邦萨布东基于其博士学位论文修改而成的。这部专著由两部分组成。在第一部分中，邦萨布东全面介绍了《舞论》中的戏剧规则。她继承并发展了列维在《印度戏剧》中的某些观点，首先解读了戏剧起源，再分章阐述《舞论》中的重要概念及范畴，探讨了表演、音乐、歌唱的实践法则，分析了情味、情节、风格等诗学命题。她总结道："印

39 Sylvain Levi, *Le Theatre Indien*, Paris: Emile Bouillon, 1890, p.417.

40 Jean Filliozat, "Diversite de l'oeuvre de Sylvain Levi", *Hommage a Sylvain Levi: pour le Centenaire de saNaissance*, Paris: Institut de civilisationindienne, 1963, p.5.

41 Joanny Grosset, *Contribution a l'Etude de la Musique Hindoue*, Paris: Ernest Leroux, 1888.

度戏剧是一门综合性艺术，包括了表演、乐舞、角色、舞台等元素，其作用是让观众获得愉悦的审美体验。戏剧语言韵散结合、梵俗交错，产生了卓越的审美效果。印度戏剧在主题和形式上具有一致性，其生成和发展的规律完全不同于西方戏剧。"[42]

在该专著的第二部分中，邦萨布东首先翻译了《摩罗维迦与火友王》，再通过分析该戏剧作品前两幕内容，考察婆罗多的戏剧理论是否指导了古典梵语戏剧的舞台表演。在西方，人们普遍认为，违反"三一律"的梵语戏剧仅存在于文本中，不能被搬上舞台。邦萨布东通过分析女主角摩罗维迦的舞台表演与婆罗多戏剧理论的关联，证实了《舞论》中戏剧表演理论曾真实地指导过舞台表演，驳斥了"印度戏剧仅存在于文本中"这一观点。

《摩罗维迦与火友王》前两幕的具体内容如下：火友王爱上画中的宫娥摩罗维迦，王后发现这件事后，极力阻止二人见面，将摩罗维迦送到舞师处学习舞艺；国王的弄臣提议在舞师的弟子间进行舞艺比赛，这样国王就能见到思念之人。这里的"舞"即"Natya"，通常翻译作"戏剧"。第一幕"舞师指导摩罗维迦舞艺"一段包含了大量戏剧表演基本术语，可作为研究古代印度人如何运用戏剧理论的参考。邦萨布东重点考察了第二幕中摩罗维迦表演的"查利塔"（chalita）。通过对比分析剧中出现的"chalita"、"bhavika"等词，她认为，"查利塔"不是具体剧名，而是一种戏剧类型；这种剧类接近于柔舞支中的"相思"，运用了六种综合表演方法中除客观表演外的五种，它们分别是吟诵表演、阐发表演、情感表演、肢体表演和歌舞表演。[43]

邦萨布东还分析了剧中剧"查利塔"的作用。女主角摩罗维迦通过寓意为"相思"的表演暗中向火友王表达心意，从这一角度说，"查利塔"推动了情节的发展。迦梨陀娑也以此展现了自己对戏剧理论的熟练运用，向戏剧艺术的开创者婆罗多致敬。邦萨布东认为，戏剧是古代印度宫廷中一种重要的表演形式，发挥着娱乐和教化的作用，古代的戏剧作者如迦梨陀娑很可能研读了《舞论》，但他们掌握的《舞论》和如今保存下来的不是一个版本。总之，《舞论》不仅是一部文艺理论著作，更是一部为导演、演员、剧团工作人员

---

42 Lyne Bansat-Boudon, *Poetique du Theatre Indien : Lectures du Natyasastra*, Paris: Ecole Francaise d'Extreme-Orient, 1992, p.19.

43 Lyne Bansat-Boudon, *Poetique du Theatre Indien : Lectures du Natyasastra*, Paris: Ecole Francaise d'Extreme-Orient, 1992, p.438.

而写的实用手册。[44]

2004年出版的《印度戏剧论》与《印度戏剧诗学》探讨问题的侧重点不同。《印度戏剧诗学》着眼于婆罗多戏剧理论的实用性；《印度戏剧论》对印度戏剧的美学内涵和哲学意义进行探索。邦萨布东指出，该专著的研究目的是"从审美意识和哲学思辨层面阐释梵语戏剧学"[45]，依托的梵语原典是婆罗多的《舞论》和新护的《舞论注》。邦萨布东分章介绍了情味、乐舞、表演戏剧元素的美学特征，解读了它们与宗教哲学的关系。

首先看看印度戏剧的哲学意义。邦萨布东指出，戏剧是摩耶之幕（le voile de maya）。"摩耶"即"幻"，代表了绝对本体"梵"之外的现象世界，"幻"也是通向梵境的必由之路。也就是说，戏剧呈现了繁复的现象世界，观众穿透这层"摩耶之幕"，遂能体悟绝对本体的内在意义。而味（rasa）就是由"幻"入"梵"的手段。观众进入剧场，与日常生活分离开来，脱离主观自我，进入表演者所制造的幻境，品尝到特殊的情和味，获得喜悦与平静。[46]在印度戏剧中，美学与形而上学的界限并不存在，正如一位学者所说："当印度美学把神作为一切艺术的真正主旨时，美学达到了顶峰。"[47]

邦萨布东具有较强的比较意识。她引用柏拉图、马拉美、兰波、尼采等人的观点对梵语诗学概念进行阐发。她指出，印度戏剧美学与象征主义美学具有相似性，因为它们都强调世界的二元性，并在艺术中展现对现实的超越和对理想的追求。象征主义"关注语言，关注诗歌形式，关注唤起内心状态和理想世界，以及人类主观性的最隐秘之处。"[48]印度戏剧也通过对情味的体验，让灵魂升华到梵我同一的神秘境界。但她也指出印西戏剧艺术之间有着明显差异：印度与西方对于戏剧摹仿的观念大相径庭。柏拉图认为文艺是现实世界的镜像，也是理念世界的二重镜像，文艺与真理隔了两层。戏剧摹仿是一种伪装，让演员失去身份，让观众远离真相。受柏拉图的影响，西方思

---

44 Lyne Bansat-Boudon, *Poetique du Theatre Indien : Lectures du Natyasastra*, Paris: Ecole Françasie d'Extreme-Orient, 1992, p.19.

45 Lyne Bansat-Boudon, *Poetique du Theatre Indien : Lectures du Natyasastra*, Paris: Ecole Françasie d'Extreme-Orient, 1992, p.11.

46 Lyne Bansat-Boudon, *Pourquoi leTheatre? La Reponse Indienne*, Paris: Milles et une Nuits, 2004, pp.111-139.

47 邱紫华：《印度古典美学》，武汉：华中师范大学出版社，2006年，第37页。

48 （美）M·A·R·哈比布：《文学批评史》，阎嘉译，南京：南京大学出版社，2017年，第450页。

想家对戏剧摹仿抱持着审慎的态度。18 世纪启蒙思想家卢梭从社会政治学角度展开论述，反对把戏剧观赏作为娱乐活动。在他看来，戏剧是不真实的，不可能产生好的道德效果，反而会危及国家治理和个人生活。[49]相反，印度人不排斥戏剧艺术及其所展现的幻象，他们允许自由想象和时空跳跃，也承认戏剧的娱乐和教育意义。这与印度教的宗教哲学观念有关。印度教经典规定，现象世界是通向精神世界的必由之路，艺术也是抵达梵之境界的途径之一。

音乐理论是婆罗多文艺理论的重要组成部分，《舞论》第六章、第二十八到三十三章详细阐述了音调、音阶、调式等核心范畴，并系统介绍了各种器乐表演类型。约翰·格鲁塞、西尔万·列维、莉娜·邦萨布东都对婆罗多的音乐理论有所涉及。阿兰·达尼埃卢（Alain Danielou）对以婆罗多音乐论为中心的印度音乐理论进行了深入研究。他与印度学者巴特（N. R. Bhatt）合作出版著作《往世书音乐论研究》（*Textes des Purana sur la Theorie musicale*，1959）、《曲庄严：婆罗多音乐论原典》（*Le Gitalamkara. L'ouvrage origine de Bharata sur la musique*，1959）等。达尼埃卢指出："《舞论》是结合了两种音乐传统的综合之作"。[50]他还比较《曲庄严》与《舞论》、《乐舞蜜》、《乐舞顶饰宝》、《婆罗多疏解》等著作的异同。此外，达尼埃卢在梵文写本搜集、翻译和研究方面贡献颇多，打开了西方学界窥探印度音乐世界的大门。

综上所述，法国学界对印度古代文艺理论的关注程度远不及其对印度古代文学的关注。进入 20 世纪后，西尔万·列维、保尔·勒尼奥、约翰·格鲁塞、莉娜·邦萨布东、阿兰·达尼埃卢等少数学者认识到古典梵语文艺理论的独特价值，并以《舞论》为切入点，对印度古代文艺理论进行系统介绍。法国学者具有开阔的比较视野，以西释印，在承认差异的前提下总结西方和印度文论思想的共同点。在戏剧研究中，法国学者还特别重视戏剧理论与舞台实践的联系，为探索丰富多彩的印度文化增添了新的观察维度。

余论

法国学界也有深厚的汉学传统，中法两国学者已经对此进行了系统介绍。

---

49 （法）卢梭：《致达朗贝尔的信》，李平沤译，北京：商务印书馆，2011 年。
50 Alain Danielou, N.R.Bhatt, *Le Gitalamkara, L'ouvrage Original de Bharata sur la Musique*, Pondichery: Institut Francaisd' Indologie, 1959, p. 8.

尽管研究对象和内容不同，法国印度学和汉学的研究方法和发展轨迹仍有一定的相似性。《法国汉学史》将法国汉学从 17 世纪末至今的发展轨迹划分为草创（17 世纪末到 18 世纪）、确立（19 世纪）、从传统走向现代（20 世纪）三个时期。[51]笔者将法国印度学的发展轨迹大致划分为萌芽（17 世纪末到 18 世纪）、确立（19 世纪上半叶）、转型（19 世纪下半叶）、成熟（19 世纪末到 20 世纪初）、稳步发展（20 世纪）五个阶段。不难看出，法国印度学和汉学的发展脉络大致相同。

17 世纪末到 18 世纪初，游历东方的传教士、探险者开始了对东方文化的探索。19 世纪初，印度学和汉学正式进入法国高等教育体系，逐步走向专业化。1814 年，法兰西学院为谢赛设立梵语教席，同年，该学院为汉学家雷慕沙（Abel Remusat）设立汉学教席。有学者指出："'汉学'确立的标志之一是，相应机构的创建和职业汉学家队伍的形成。"[52]这一学科确立的标准也同样适合于 19 世纪上半叶的法国印度学。需要指出的是，部分东方研究机构如法国国立东方语言文化学院、亚洲学会等同时进行印度学和汉学研究，保证了两个学科间的交流与合作。汉学在第二次世界大战之后经历了由传统到现代的转变，在持续探索中国古典文化的基础上，加入了对中国现实的考察，戴密微（Paul Demieville）、谢和耐（Jacques Gernet）等学者开始关注中国近现代历史及现当代文学。[53]法国印度学的转向似乎更早一些。19 世纪下半叶，阿贝尔·贝盖涅将宗教哲学研究从传统文献学中分离出来。此后，法国学者从文学、人类学、社会学、宗教及历史研究、哲学及思想史研究等多个角度对印度地区古往今来的多重文化因素进行发掘。

法国汉学家和印度学家都擅长运用东方的古代文献研究印度文化史、佛教史。这种研究方法的第一位实践者是 18 世纪古叙利亚语教授约瑟夫·德·吉涅（Joseph de Guignes）。[54]19 世纪汉学家雷慕沙的译著《法显佛国游记》、儒莲（Stanislas Julien）的译著《玄奘大唐西域记》以探秘古代中国、印度及中亚关系为动因。精通多种东方语言的儒莲还编撰了《亚细亚地理与汉梵语文学文集》（1864）。20 世纪初，列维、蒲辛等印度学家与汉学家沙畹、伯希和

51 许光华：《法国汉学史》，北京：学苑出版社，2000 年，第 1 页。

52 许光华：《法国汉学史》，北京：学苑出版社，2000 年，第 8 页。

53 许光华：《法国汉学史》，北京：学苑出版社，2000 年，第 18 至 20 页。

54 （法）保罗·戴密微："法国汉学研究史概述（中）"，秦时月译，《中国文化研究》，1994 年，第 130 页。

等长期保持合作关系，在探讨佛教史、印度史、古代中印关系等方面有所成就。[55]

　　总而言之，法国印度学和汉学都是东方学的分支学科，两者具有一定的相似性。西方的东方学兴起于 17 世纪末，西方学者搜集、整理、翻译东方古代典籍，用科学方法观察、研究东方社会、政治、历史、文化。一方面，他们出于热情和兴趣对东西方文化交流作出的卓越贡献值得肯定。另一方面，东方学是西方人根据自身急速扩张的心态，建构出的一套话语机制，正如萨义德所说："关于东方的知识，由于是从强力中产生，在某种意义上创造了东方、东方人和东方人的世界。"[56]在东方主义话语中，东方人完全是失语的，只能屈从于被表述的命运。所幸中国学术复兴百年以来，已经有众多学者对东方学的多个分支学科进行探索。在印度学领域，汤用彤、金克木、季羡林等学者立足于中国现实，对印度文学、哲学、宗教、社会、历史进行了深入的探讨，这是中国学界"构建东方话语系统"的先声。[57]较之法国学者，中国学者在印度古代文艺理论研究领域的成就更为突出。金克木和黄宝生等学者对梵语文论史进行了系统梳理，译介了《舞论》、《诗庄严论》、《诗镜》、《韵光》等梵语名著。换一个角度看，"建构东方话语系统"还需要对世界范围内的东方学研究史进行梳理，借鉴经验、总结得失，从中摸索出中国东方学未来的研究方向。

55　（法）保罗·戴密微："法国汉学研究史概述（下）"，秦时月译，《中国文化研究》，
　　1994 年，第 131 页。

56　（美）爱德华·W·萨义德：《东方学》，王宇根译，北京：三联书店，1999 年，
　　第 50 页。

57　侯传文：《东方文化通论》，济南：山东教育出版社，2002 年，第 9 页。

中编　莎士比亚在印度

第三章　莎士比亚在印度的跨文化传播[1]

　　莎士比亚是英国最伟大的作家，也是英殖民帝国的象征。英国学者卡莱尔在 1840 年说过："我们不能没有莎士比亚！无论如何，印度帝国终究会消失的，但莎士比亚却不会，他永远与我们在一起。我们不能抛弃莎士比亚！"[2]莎士比亚与印度的文化因缘注定产生在殖民时期，并一直延伸到后殖民时期。"在印度对西方文学长达两个世纪的接受史上，莎士比亚肯定是最重要的人物。"[3]由于英印之间错综复杂的殖民纠葛，莎士比亚在印度文化语境中的传播便具有丰富的研究价值。鉴于国内学者对此了解甚少，本文试图从莎士比亚作品在印度的翻译改编、两个多世纪来印度作家和学者对莎士比亚作品的评价和研究等两个方面入手，简单地介绍和探讨一下莎士比亚在印度的跨文化传播情况。与莎士比亚是印度学界研究最多的外国作家相似，他也是中国最受关注的外国作家。"中国接受、传播莎士比亚的历史发展表明，在所有

1　本文原题"莎士比亚戏剧在印度的翻译改编及研究"，《青岛大学师范学院学报》，2011 年第 3 期，第 87 至 92 页。2009 年，四川大学外国语学院曹明伦教授就拙文初稿涉及莎士比亚著作的英文文献检索提供帮助，并就拙文的一些文字表述进行矫正，特此致谢！特别感谢四川外国语大学李伟民教授近期提供其几部莎学研究大作及其主编的各期《中国莎士比亚研究通讯》，他为笔者此次大幅扩充、修改 2011 年发表的原文提供了极大的帮助！

2　Harish Trivedi, *Colonial Transactions: English Literature and India,* Calcutta: Papyrus, 1993, p.25.

3　Sisir Kumar Das, "Shakespeare in India", Swapan Majumdar, ed., *Jadavpur Journal of Comparative Literature,* Vol.35, 1997-1998, Calcutta: Jadavpur University, p.41.

的域外文学家、戏剧家之中,莎士比亚是被中国人研究得最多的外国作家……自改革开放以来至 2010 年,在国内每年发表的莎学论文都居外国作家之首。"[4]因此,本文也尝试在比较视角下探讨莎学研究的创新或着力点所在。

第一节 莎士比亚作品的翻译和改编

印度学者认为:"莎士比亚在印度享有一种'文学运气'。"[5]的确如此。莎士比亚在印度的"文化登陆"比起他的作品在中国出现要早得多。这当然与英国对印度的殖民侵略有关。早在他的戏剧为印度次大陆所阅读或演出以前,他的名字就为来印的英国冒险家们不断传颂。1719 年,有人在印度南方城市马德拉斯发现了莎士比亚的戏剧作品。1750 年前后,加尔各答一家剧院上演了一出莎剧。到 18 世纪末,印度的英语学校已经把莎士比亚戏剧列入课程表。因此,到 19 世纪 30 年代,印度人已经很熟悉莎剧及其演出了。"殖民灾难更加巩固了莎士比亚在印度文学中的地位。卡莱尔的浮夸之辞证明是未卜先知:莎士比亚在印度比大英帝国长寿。"[6]有的学者认为,莎士比亚作品是在 1775 年即美国独立战争时期引入印度的。[7]还有人认为:"印度与莎士比亚的特殊关系肇始于 1588 年,当时一位英国人拉尔夫·费切(Ralph Fitch)出版了第一本印度游记《哈克鲁伊特》(Hakluyt)。"[8]

由于大英帝国对印度的英语殖民教育,莎士比亚被印度的知识精英视为文化偶像。这就为莎士比亚戏剧在印度的不断翻译、改编和演出奠定了心理基础。具体说来,这种翻译指莎剧被译为印地语、孟加拉语、泰米尔语、马拉

---

4 李伟民:《中国莎士比亚研究:莎学知音思想探析与理论建设》,重庆:重庆出版社,2012 年,第 7 页。

5 Swapan Majumdar, "Approximating the Other: Some Shakespearean Renderings in Indian Languages", Amiya Dev, ed., *Jadavpur Journal of Comparative Literature,* Vol.31, 1993-1994, Calcutta: Jadavpur University, p.55.相关译文也可参阅尹锡南译:《印度比较文学论文选译》,成都:巴蜀书社,2012 年,第 330 至 340 页。

6 Swapan Majumdar, "Approximating the Other: Some Shakespearean Renderings in Indian Languages", Amiya Dev, ed., *Jadavpur Journal of Comparative Literature,* Vol.31, 1993-1994, Calcutta: Jadavpur University, p.55.

7 Bhaben Barua, "Shakespeare, Indian Renaissance in Bengal, and Assamese Literature", D. A. Shankar, ed., *Shakespearein Indian Languages,* Shimla: Indian Institute of Advanced Study,1999, p.89.

8 Poonam Trivedi and Dennis Bartholomeusz, eds., *India's Shakespeare: Translation, Interpretation and Performance,* Newark: University of Delaware Press, 2005, p.13.

提语、坎纳达语等各种印度地方语言。"这种翻译给印度地方语言文学带来两个方面的现代化，这大致相当于文学和社会的西化。"[9]莎剧翻译带动了梵语戏剧的现代翻译。在此之前，梵语戏剧并未译为现代印度语言。"十九世纪梵剧翻译的突然出现，某种程度上体现了对莎剧的抵抗。"[10]莎剧的翻译传播与印度的新浪漫主义文学复兴和繁荣分不开，而这又来自于它与西方文学的会通和传统文学的复兴。此外，印度文学存在一种对经典如两大史诗不断进行改写的传统，这对莎剧的跨文化翻译改编不无影响。印度学者认为："在十九世纪和二十世纪初，印度很大一部分莎剧改编是这种传统的一部分。改编的目的是，像梵语史诗或波斯故事那样，使跨文化的莎士比亚在印度变得家喻户晓。"[11]还有学者认为："从英印殖民交流开始，威廉·莎士比亚的戏剧是印度所有受教育者的一大发现，我们也不例外。尽管每代人的特殊目的和策略各不相同，三代作家均通过翻译和改编，试图将莎翁戏剧挪用（appropriate）到自己的文学文化中。"[12]在这位学者看来，这种翻译改编可分三个阶段：1870至1920年为挪用和改编为主的阶段，1930至1960年为直译转换或曰文字传递（literal transfer）的阶段，1970年以后为创造性的自我表述（creative self expression）阶段。[13]

殖民时期的莎剧翻译还与复杂的政治语境纠缠在一起。莎剧中的西方观念被一些印度人用来质疑大英帝国对印度殖民统治的合法性。有的莎剧翻译者利用莎剧来增强民族自信，如1912年翻译过兰姆编的莎士比亚戏剧故事集的夏尔玛把莎士比亚称为"英国的迦梨陀娑"，并为梵语戏剧家、诗人迦梨陀娑比莎士比亚早生1000年感到自豪。夏尔玛一反东方学家和很多印度文化精英将迦梨陀娑称为"印度的莎士比亚"的做法，对莎士比亚进行了成功的"文化挪用"。因此，文学家莎士比亚被推到了政治的漩涡激流中重新接受审视。这是殖民语境中跨文化传播的题中应有之义："尽管一些印度翻译者通过莎士

9　Sisir Kumar Das, *Indian Ode to the West Wind: Studies in Literary Encounters,* Delhi: Pencraft International, 2001, p.65.

10　Sisir Kumar Das, *Indian Ode to the West Wind: Studies in Literary Encounters*, Delhi: Pencraft International, 2001, p.68.

11　Sisir Kumar Das, *Indian Ode to the West Wind: Studies in Literary Encounters*, Delhi: Pencraft International, 2001, p.76.

12　G.S. Amur, "Shakespeare in Kannada", D. A. Shankar, ed., *Shakespearein Indian Languages*, Shimla: Indian Institute of Advanced Study, 1999, p.116.

13　G.S. Amur, "Shakespeare in Kannada", D. A. Shankar, ed., *Shakespearein Indian Languages*, Shimla: Indian Institute of Advanced Study, 1999, p.116.

比亚的号角传播大英帝国的'美德'，其他的翻译者将其用作棍子敲打大英帝国。"[14]印度民族独立运动领导人之一尼赫鲁在其代表作《印度的发现》中曾经说道，两个英国来到印度。一个是代表野蛮殖民势力的英国，另外一个是莎士比亚和弥尔顿等文学家所代表的英国。"这便是两个英国，如同每个国家都存在民族性格和文明的两个方面。"[15]尼赫鲁的话代表了印度人对莎士比亚及其剧作的复杂心情：对莎翁及其作品的热爱与憎恨大英帝国殖民统治的心绪纠缠不清。总之，莎士比亚戏剧所蕴含的人文主义思想对于印度人认识大英帝国殖民政策的虚伪和残忍起到了极其有效的历史作用。这也可以解释为何莎士比亚戏剧的翻译、改编和演出在殖民时期如此频繁。

根据 1964 年一份资料统计，到莎士比亚诞生四百周年时，印度各地方语言的莎剧翻译和改编情况是：孟加拉语 128 种、印地语 70 种、坎纳达语 66 种、马拉提语 97 种、泰米尔语 83 种、泰卢固语 62 种、乌尔都语 48 种、古吉拉特语 34 种、马拉雅兰语 40 种、旁遮普语 13 种、奥里雅语 7 种、阿赫米雅语 15 种，另外还包括莎剧的 7 种梵语译作。1964 到 1994 年间，印度各地方语言文学的莎剧翻译增加了 90 种，其中百分之六十六是为纪念莎士比亚诞生 400 周年而译。根据印度学者的考证，第一个将莎剧译为印度语言的是加尔各答的一位英国文官查尔斯。他在 1808 年将莎剧《暴风雨》译为孟加拉语。此后，印度本土作家或学者一直不断地以各种地方语言翻译莎剧。按照翻译的频率来看，莎剧中的悲剧和喜剧被译为印度各种地方语言的次数最多。其中，《威尼斯商人》是各种印度语言版莎剧中最受欢迎的一种，被各种印度语言翻译改编 50 多次。悲剧中被翻译或演出最多的是《奥赛罗》、《罗密欧和朱丽叶》、《麦克白》和《哈姆雷特》等，其中《哈姆雷特》被译为各种印度语言亦达 50 多次。

一位印度的莎剧翻译者说："为了适合我国读者的胃口，我用本土模式努力呈现莎剧的故事情节和角色的本质特征。"[16]由于清醒地意识到东西方文化的巨大差异，大多数印度的莎剧翻译者不得不变翻译为改编，实行战略调整，

---

14 Harish Trivedi, *Colonial Transactions: English Literature and India*, Calcutta: Papyrus, 1993, p.32.

15 Jawaharlal Nehru, *The Discovery of India,* Bombay: Asia Publishing House, 1972, p.287.

16 Sisir Kumar Das, *Indian Ode to the West Wind: Studies in Literary Encounters,* Delhi: Pencraft International, 2001, p.80.

以使莎剧的阅读和演出适合印度人的宗教文化心理。因此，翻译和改编几乎
一致。这些莎剧翻译者改编的大胆有时达到令人惊讶的地步。他们的莎剧翻
译其实是对西方经典的摄食（cannibalization）和补充，是对莎士比亚成功的
文化挪用（appropriation）。这就不难理解，莎士比亚戏剧在印度翻译的第一个
阶段的特征是本土化或曰印度化。早期莎剧翻译采取了两种策略。一种是取
消莎剧的戏剧体而以叙事体译之，使之成为一种新的"伪梵语亚文类"（pseudo-
Sanskritic sub-genre）。例如，维迪雅萨迦在 1869 年翻译的莎剧《错误的喜剧》
便是一例。他改变了剧名，变换了角色和地名，清除了异国痕迹，用印度风
俗代替了莎剧涉及的西方风俗。剧中涉及猪或牛肉的字样要么省略，要么用
模棱两可的印度菜名取代之，以免伤害印度教徒和穆斯林的宗教感情。维迪
雅萨迦等人的"新文体"并未奏效。"它只是一种挪用的策略而已。它试图利
用更大的印度文学传统来复述莎剧。其成功是有限的。"[17]莎剧译本印度化的
另外一种路线是保留莎剧的戏剧形式，而对剧中涉及的道德哲学观念、乃至
戏剧背景和情节等各种元素大胆地进行改造。这些翻译改编者试图创造一种
新的艳俗娱乐剧，这在印度祆教徒剧作家的莎剧翻译改编中获得成功。祆教
版莎剧并未重视莎剧的心理冲突等因素，而是以动作的夸张等为基础来改编
莎剧。例如，在祆教版莎剧中，哈姆雷特的宫廷是印度中世纪式的，王子们
在此跳起印度的传统舞蹈，而安东尼在克莉奥佩特拉死后仍然活着，悲剧《李
尔王》改编为一出喜剧。祆教莎剧是莎剧原作完全印度化的典型，这类戏剧
的大多数演出都获得了商业成功，由此形成一种新的表演风格。祆教版莎剧
仍然潜移默化地影响着当今印度的莎剧改编。

　　在莎剧翻译的第一阶段即印度化阶段，坎纳达语戏剧《眼睛血红的姑娘》
最有代表性。这是由坎纳达语诗人、戏剧家库文布根据莎剧《哈姆雷特》翻
译改编的。该剧 1932 年初版，1993 年第十次再版。由此可见它的流行程度。
该剧的坎纳达语剧名为 Raktaksi（眼睛血红的姑娘），构成该剧名的两个词即
rakta 和 aksi 是梵语词，分别意为红色、眼睛。这部改编戏剧以积极的奥菲利
娅而非消极的哈姆雷特为主角，显示了改编者的大胆创新。这种表现重心的
转移与强调女性神秘"性力"（sakti）的印度宗教观念相吻合，也契合了女性
和男性平等、甚至比男性优越的现代女性主义观念。莎剧中的奥菲利娅在库

17 Sisir Kumar Das, *Indian Ode to the West Wind: Studies in Literary Encounters,* Delhi:
Pencraft International, 2001, p.70.

文布的改编剧中被命名为 Rudarmbe（愤怒的姑娘），rudra 的意思是愤怒，来自于吠陀中的神名，它体现了女主人公暴戾的性格。库文布将莎剧中的故事背景变换为印度南方卡纳塔克一个古代王族发生的内部纷争。一切地名和人名悉数被印度本土化。更为关键的是："任何为对象文化的故事结构所不能接受的价值观必须坚决抹掉……因此，在这一跨文化翻译过程中，在某个地方，失落的东西即使不在量上、也在质上得到了回报。"[18]这一"回报"便是印度观众的宗教文化心理所期待的东西。例如，在莎剧中，克劳迪斯和哈姆雷特的生身母亲的婚姻表面上是合法的，但那种乱伦婚姻是一些印度观众无法接受的。因此，库文布在设计《眼睛血红的姑娘》中王后和情人的畸恋情节时，没有让他们像莎剧那样公开结婚，而是处于秘密的地下状态。如果库文布反其道而行之，"这一情节可能会违背印度教的法律，因此不为印度教观众所接受，他们可能视其为无耻"。[19]

莎剧在印度的跨文化"旅行"和它在日本的情形颇为类似。日本著名导演黑泽明曾经将《李尔王》和《麦克白》分别改编为电影《乱》和《蛛网宫堡》。为照顾日本人的欣赏习惯，他对莎剧从剧名到角色人名、情节和主题等都作了较大改动。他注意了人物形象的民族化问题。除了用日本演员，让他们穿和服外，还对角色的内在本质作了改变，这主要体现在将日本特有的武士道精神融入莎剧，这与西方的骑士精神形成了对照。由此看来，莎剧的跨文化旅行走的是几乎相同的道路。

莎剧翻译和改编的印度化在后来遇到了一些人的质疑。这便开始进入20 世纪莎剧翻译的第二个阶段。它在时间上和第一阶段的莎剧翻译本土化时期不可截然分开。有的学者以莎剧的印度坎纳达语翻译为例指出："大体上，1920 年之前的莎剧翻译可以称为改写，而 1920 年之后的翻译可视为直译。这种直译显示出译文与原文的接近。"[20]第二阶段的莎剧印译大致可以称

---

18 Basavaraj Naikar, "Raktaksi: Cultural Adaptation of Hamlet", Swapan Majumdar, ed., *Jadavpur Journal of Comparative Literature,* Vol.41, 2003-2004, Calcutta: JadavpurUniversity, p.33.

19 Basavaraj Naikar, "Raktaksi: Cultural Adaptation of Hamlet", Swapan Majumdar, ed., *Jadavpur Journal of Comparative Literature,* Vol.41, 2003-2004, Calcutta: Jadavpur University, p.33.下边对日本莎剧改编的介绍，参考该文相关内容。

20 （印）T・S・萨提雅纳特："莎士比亚如何成为坎纳达语中的 SekhPir"，东方译，尹锡南、尚劝余、毕玮主编：《印度翻译研究论文选译》，成都：巴蜀书社，2013年，第 436 页。

作忠实直译期。这一时期，一些印度的莎剧翻译家、特别是孟加拉语的莎剧
翻译者激烈反对关于莎剧翻译改编的本土化模式以及选择性翻译，转而强调
莎剧翻译的文本忠实性问题。M·高士和S·穆科巴迪雅以孟加拉语分别翻
译的《麦克白》和《皆大欢喜》便是这一类型的代表译作。但由于印度传统
文化的强大影响，百分之百的忠实译作只能是一种理想罢了。因此，大多数
莎剧的翻译便取妥协折中的路线，在忠实直译和本土化翻译之间摇摆。如
G·C·高士翻译的孟加拉语版《麦克白》就是本土化翻译和忠实直译的妥协
产物。一方面，G·C·高士增加了5首歌曲，省略了几处表现幻觉的场景，
还竭力避免译出一些西方的地名。另一方面，他尽量保留了莎剧原作的对话，
想在孟加拉舞台上重新展示莎士比亚的戏剧世界。然而，这出戏剧的演出并
未成功。1952年，另一位译者N·雷再次以孟加拉语翻译了《麦克白》。这
个格外谨慎并尊重原作的新译本的确非常忠实原剧，没有删除、歪曲、浓缩
或增加什么内容。它体现了译者艰辛的学术诉求，但是，译本的语言干瘪无
味，让读者失望之极。这样看来，莎剧的忠实直译遇到了严峻挑战。印度学
者指出，对于印度翻译者而言，莎士比亚在印度文学记忆和体验中的出现就
是一种持久的挑战。当莎剧的可读性和可表演性均成为翻译的目标时，这种
挑战更加严峻。"英语文本的霸权是印度文学生活的明显事实，只有通过表
演才能有力地挑战这种霸权。文学翻译意味着满足视觉，而非满足听觉。这
种翻译自然排除莎士比亚文本的本质性。"按照这位学者的观察，20世纪后
期莎剧在印度的翻译大势是："鼓励对戏剧效果而非对戏剧文本的翻译。"[21]
由此可见，印度世纪之交的莎剧翻译带有回归第一阶段本土化翻译模式的色
彩。

　　在大量的莎剧翻译、改编基础上，印度民间的莎剧表演、电影改编（包
括印地语等现代印度语言的电影改编）等非常丰富，值得学界关注和研究。[22]

　　以上是印度翻译、改编莎翁作品的概况。接下来依据印度学者的相关成
果，简介印度学界研究莎士比亚的历史概况。

---

21 Sisir Kumar Das, *Indian Ode to the West Wind: Studies in Literary Encounters,* Delhi: Pencraft International, 2001, p.82.

22 相关的莎剧表演和电影改编情况，参阅 Poonam Trivedi and Dennis Bartholomeusz, eds., *India's Shakespeare: Translation, Interpretation and Performance*, Newark: University of Delaware Press, 2005, pp.171-290。

第二节　莎士比亚研究概况

　　莎士比亚已经成为现代印度文化发展的有机部分，成为印度人文学审美意识不可分割的西方载体。在印度对西方文学的接受史上，莎士比亚无疑是最有分量的文豪之一。这也不难解释，为何印度学者、作家对莎士比亚的评价和研究蔚为大观。[23]

　　19 世纪后期开始，在此前对莎剧大量翻译改编的基础上，印度的莎士比亚研究开始起步，并不断结出硕果。迄今为止，莎士比亚是印度学者和作家评说历史最为悠久、成果最为丰富的西方作家之一。印度的莎士比亚研究除了以论著、论文形式进行外，还有各种各样的莎士比亚讲座、莎士比亚研究学会，以及关于莎士比亚研究的刊物。这使印度莎学研究成为世界莎学领域不可忽视的重镇之一。他们的研究成果绝大多数以英文发表。这里先按时间顺序，择其要者，对印度学者关于莎士比亚的论著（以英文出版物为主）作一粗线条勾勒。

　　根据印度学者考证，莎士比亚最初是通过查尔斯·兰姆的《莎士比亚故事集》来到印度的，而孟买的学者 R·H·米斯特里是最先对莎士比亚进行学术评价的人之一。他在 1884 年出版了《详论兰姆的〈莎士比亚故事集〉》，该书对莎剧进行了有趣的点评。世纪之交，R·V·S·拉奥出版了《奥赛罗揭秘》和《哈姆雷特揭秘》，二书颇受当时印度和英国学术界好评。

　　S·杜特在 1921 到 1928 年间先后出版三本关于莎剧《麦克白》、《奥赛罗》和《哈姆雷特》的研究著作。他从印度视角出发，对莎剧的情节、角色、主题和观念等作了细致的探讨。与杜特的东方视角相似的莎评著作是 R·G·萨哈尼的《东方视野中的莎士比亚》。该著评价了莎士比亚在印度的地位，并以印度视角阐发莎士比亚的生活观念，由此认为莎士比亚悲剧观存在局限，莎士比亚本人缺乏宗教热忱。

　　20 世纪 30 年代是印度莎评成果最为丰富的时期之一。例如，1938 年，纳拉扬·C·梅侬教授出版了为当时西方莎学家所称誉的论著《莎士比亚评论

---

　　23 此处的印度莎学研究信息，主要参考 Vikram Chopra, *Shakespeare's Major Tragedies: A Study in the Context of Indian Approaches,* Thesis submitted to Sardar Patel University for the Degree of Doctor of Philosophy in English Literature, Supervisor D.S. Mishra, Department. of English, Sardar Patel University, Vallabh Vidyanagar, 1994, pp.27-78. 笔者于2004年访学印度期间，在古吉拉特邦萨达尔·帕特尔大学图书馆获得该博士论文复印本。

集》，该书体现了作者的很多创见，也体现了明显的印度视角。1932 年，A·皮拉伊出版《莎士比亚评论：从开端到 1765 年》，这是作者在 1929 年马德拉斯大学赞助的本地治理学院莎士比亚系列讲座基础上修订而成。皮拉伊将 1765 年为止的西方莎评向印度学界首次作了集中介绍。

20 世纪上半叶，对莎士比亚研究作出重要贡献的是印度著名诗人、亚洲第一个诺贝尔文学奖获得者泰戈尔和印度著名作家、评论家和宗教思想家奥罗宾多·高士。相对而言，泰戈尔的莎评没有奥罗宾多全面而系统。

在 1902 年写成的论文《沙恭达罗》中，泰戈尔从比较的视角思考莎剧。他认为，莎剧《暴风雨》和梵语戏剧《沙恭达罗》有相似之处，但更多的是差异。他的结论是："《暴风雨》中充满了暴力、裹胁和压迫，而在《沙恭达罗》则是爱情、宁静和善良。在《暴风雨》中，自然虽被拟人化了，但与人却不心心相通。在《沙恭达罗》中，甚至于树木花草、飞禽走兽都与人息息相关、互为依存。"[24]历史地看，泰戈尔是利用印度本土文化资源评价莎士比亚作品的先行者。1905 年，他在论文《历史小说》中创造性地利用梵语诗学味论评价莎士比亚："莎士比亚在读者心灵上所施加的魔力和通过虚构的历史所复制的历史情味，不会因为历史的新证据的发现而泯灭。"[25]后殖民时期，很多印度学者不约而同地选择以梵语诗学或印度文化观念为标尺研究莎士比亚作品，这无疑可溯源至泰戈尔。梵语诗学重视对作品蕴含的情味进行探索，莎士比亚在作品里描写的各种情感经过系统化味论的阐释，显出一番新的风貌。这种本土化的莎士比亚研究显示出印度学者独特的民族视角。

作为泰戈尔的同时代人，奥罗宾多·高士对莎士比亚研究论述颇丰。他称莎士比亚为英语诗歌界"最杰出的名字"。[26]他在文论集《未来诗歌》中，将莎士比亚与他的"未来诗歌"理论挂钩。与泰戈尔不同，奥罗宾多认为，莎士比亚的悲剧优于梵语戏剧。梵语戏剧形式优美，体现了印度古代文学家的创造才能。但美中不足的是："梵语戏剧没有达到希腊戏剧或莎士比亚戏剧的高度。这不是因为它缺乏悲剧……是因为它缺乏对重大事件和生活问题大胆

---

24 刘安武、倪培耕、白开元主编：泰戈尔：《泰戈尔全集》（第 22 卷），石家庄：河北教育出版社，2000 年，第 19 页。

25 刘安武、倪培耕、白开元主编：泰戈尔：《泰戈尔全集》（第 22 卷），石家庄：河北教育出版社，2000 年，第 133 页。

26 Sri Aurobindo, *The Future Poetry,* Pondicherry: Sri Aurobindo Ashram Press, 2000, p.191.

的戏剧性处理。"[27]在奥罗宾多眼中，最伟大的诗人都具有对自然和人生的敏锐洞察力和卓越的艺术表达力。他说："不管他们之间多么不同，荷马、莎士比亚、但丁、瓦尔米基和迦梨陀娑都具有这些杰出的基本品格。"[28]奥罗宾多似乎把莎士比亚和《沙恭达罗》的作者迦梨陀娑等量齐观，实则不然。印度学者指出，奥罗宾多对迦梨陀娑的评价比之莎士比亚显然有矮化之嫌。"在奥罗宾多眼里，迦梨陀娑尽管拥有一切戏剧天才，仍稍逊莎士比亚一筹，但他发现前者在两点上超过伊丽莎白巨人（莎士比亚）。"[29]这两点是指迦梨陀娑戏剧极为朴实的表现效果和再现平凡的魔力。

奥罗宾多对莎士比亚和惠特曼等西方作家曾经给以高度评价。当然，这种积极评价的背后，还是他的精神进化论充当了规范和尺度。奥罗宾多在回顾英国文学传统时认为，作为一位伟大的真正的戏剧诗人，莎士比亚不仅在自己的时代即伊丽莎白时代、也在整个英语文学史上独树一帜。"他的精神气质、创作方法和品格也相当独特。"他与其他英语诗人有着诸多不同："正是生命精神中纯粹的创造性欢喜（creative Ananda）才成就了莎士比亚。"[30]他认为，在莎士比亚身上，人类性格得以充分发育。"与其他所有诗人不同，莎士比亚在意念中完成了鲁莽的众友仙人的传奇功绩。他的境界力为他创造了一个'莎士比亚世界'（Shakespearian world）……即使他确有缺点和谬误，这也不能贬低他，因为他的创作风格确实具有一种神圣的力量，使得那些缺点和谬误可以忽略不计。"[31]这说明，莎士比亚的伟大首先还在于他具有与众不同的宏阔的人类视野。这种视野属于奥罗宾多心目中精神进化的高级境界。奥罗宾多因此认为，作为诗人，莎士比亚通过笔下人物成功地展现了自己，并写出了一个与个人想象不同的"具有普遍意义的世界"。[32]这个具有普遍意义

---

27 Sri Aurobindo, *The Renaissance in India and Other Essays on Indian Culture,* Pondicherry: Sri Aurobindo Ashram Press, 2002, p.365.

28 Sri Aurobindo, *The Future Poetry,* Pondicherry: Sri Aurobindo Ashram Press, 2000, p.32.

29 K.D. Sethna, *Sri Aurobindo on Shakespeare,* Pondicherry: Sri Aurobindo Ashram Press, 2000, p.46.

30 Sri Aurobindo, *The future Poetry,* Pondicherry: Sri Aurobindo Ashram Press, 2000, p.79.

31 Sri Aurobindo, *The future Poetry,* Pondicherry: Sri Aurobindo Ashram Press, 2000, p.80.
    众友仙人是印度神话传说中著名的七仙人之一。他与婆罗门争夺如意神牛而互相斗法的故事十分有名，这在《罗摩衍那》和往世书中皆有描述。参见黄心川主编：《南亚大辞典》，成都：四川人民出版社，1998年，第509页。

32 Sri Aurobindo, *The Future Poetry,* Pondicherry: Sri Aurobindo Ashram Press, 2000, p.118.

的世界就是"莎士比亚世界"的核心。

奥罗宾多还运用自己的批评标准，对心目中顶尖的十一位大诗人进行分类。印度两大史诗的作者瓦尔米基和毗耶娑、荷马、莎士比亚占据金字塔尖四席，中间是但丁、迦梨陀娑、埃斯库罗斯、索福克勒斯、维吉尔和弥尔顿，意外的是，德国大文豪歌德则屈居尾席。[33]这是一种严肃而又不失风趣的比较游戏。从这十一位作家处理重大题材多寡来看，迦梨陀娑次之，其余各位皆与史诗性题材有关，因此，这种游戏性排位只能说体现了奥罗宾多个人喜好，实质上也是他的精神进化论使然。[34]

综上所述，泰戈尔与奥罗宾多的莎士比亚论存在一定的差异，前者褒中有贬，后者无贬有褒，这似乎与其看待西方文学的视角差异相关，也与他们的理论思维不同有关。奥罗宾多从"精神进化论"过渡到"诗歌进化论"的思想立场在此充当了重要的角色。总之，这二人各具特色的莎评是20世纪上半叶印度学界研究西方文学的典型个案。

20世纪40到50年代，是印度从殖民时期走向获得民族独立的后殖民时期。也许是因为政治独立的严峻任务和独立后百废待兴的影响，二十多年里，印度的莎士比亚研究出现了一段明显的空白。这期间的莎评著作寥寥无几，乏善可陈。值得一提的是，R·B·沙尔玛于1955年出版《莎士比亚悲剧论文集》，对莎士比亚几大悲剧进行分析，深受学生欢迎。

从20世纪60年代开始，印度的莎学研究再次进入繁荣期。一批莎学论著不断涌现。60年代出现了这样一些论著，如：S·迈特拉分别于1960和1967年出版《莎士比亚的喜剧观》和《心理现实主义和原型：莎士比亚戏剧里的骗子》，分别探讨莎氏的喜剧观和莎剧人物福斯塔夫。1963年，A·达塔出版《莎士比亚悲剧观和艺术》。1964年，C·D·那拉辛哈主编并出版论文集《莎士比亚光临印度》。他在"编者的话"中指出："书名并非如此异想天开。我们回顾从英国来到印度的众多事物时会发现，从长远观点看，没有什么能比莎士比亚更重要。因为，英国的贸易、商业、帝国主义和法律不会长存，但坚固的'莎士比亚帝国'（Empire of Shakespeare）将与我们永远同

---

33 Sri Aurobindo, *The Renaissance in India and Other Essays on Indian Culture*, Pondicherry: Sri Aurobindo Ashram Press, 2002, p.270.

34 此处相关介绍，参阅尹锡南："作为'精神进化论'的'未来诗歌论'：奥罗宾多〈未来诗歌〉解读"，《外国文学评论》，2010年，第6期。

在。"³⁵同年，K·D·塞塔纳出版《奥罗宾多论莎士比亚》，而 K·R·S·艾因加尔出版《莎士比亚的世界与艺术》，这是印度第一部关于莎士比亚的全面系统的研究著作。1965 年，K·D·塞塔纳出版了《奥罗宾多论莎士比亚》，将目光投向莎士比亚在印度的文化传播。1968 年，P·C·高士出版《莎士比亚的混合剧》，探讨了莎士比亚打破悲剧喜剧界限的努力；N·曼辛哈出版《迦梨陀娑与莎士比亚》。J·查克拉沃迪于 1969 年出版了《莎士比亚的复仇观：兼论〈哈姆雷特〉》。他对莎士比亚悲剧、喜剧和历史剧中反复出现的复仇主题进行探索。

上世纪 70 到 80 年代，莎学研究成果有增无减。例如：1970 年，G·P·高士出版《华而不实的表演：莎士比亚人生观的变化研究》。1971 年，R·W·德赛出版《叶芝与莎士比亚》，论述叶芝受莎士比亚影响的问题。稍后，德赛还出版了《约翰·福斯塔夫骑士》，将福斯塔夫与哈姆雷特、亨利五世等莎剧人物进行比较。1975 年，R·C·沙尔玛出版《〈李尔王〉探讨》，重点探讨该剧的道德启示。1974 年，U·卡纳出版《莎士比亚戏剧的悲剧主人公：孤立的戏剧内涵》，探讨主人公的孤立状态与人类命运的关系问题。上世纪 70 年代里，印度老资格的莎学研究权威 S·C·达斯古普塔出版了多种莎学专著，如《莎士比亚悲剧面面观》、《莎士比亚喜剧》、《莎士比亚历史剧》、《莎士比亚指南》、《时间的循环：莎士比亚戏剧的持续问题》等，其中前二种价值更大。1978 年，P·L·皮里瓦尔出版《关于莎士比亚的东方式研究》。1978 年，P·B·阿查利亚出版《莎士比亚、迦梨陀娑和薄婆菩提的悲喜剧》。1979 年，D·C·比斯瓦斯出版《莎士比亚在他的时代》，将莎士比亚进行历史还原。同年，S·赫马乔杜里出版《莎士比亚评论：从德莱顿到摩根》。瓦尔特·迪亚斯是著名的莎学专家。他从 1972 年到 1980 年先后出版《莎士比亚悲剧世界的心理探索》、《莎士比亚的爱和婚姻》、《莎士比亚的声音：戏剧自传》和《莎士比亚杂论集》等四种著作。80 年代出版的莎学著作有：1981 年，S·乔杜里出版《浪得虚名：文艺复兴时期人的镜像》。1982 年，R·S·萨尔玛出版《国王与独裁者：〈李尔王〉中的君主制研究》。1983 年，S·辛哈出版《莎剧中的家庭关系和复辟喜剧的礼仪》，采取社会学和历史学相结合的研究方法，对莎剧进行颇有深度的研究。1985 年，K·切拉潘出版《作为悲剧作家的莎士比亚和伊昂

---

35 C.D. Narasimhaiah, ed., *Shakespeare Came to India*, "Editor's Note", Bombay: Popular Prakashan, 1964.

戈》。1987 年，由 S·纳伽拉贾和 S·维斯瓦纳塔主编的《莎士比亚在印度》
出版。这是根据 1984 年在海德拉巴举行的莎士比亚研讨会上提交的论文编辑
而成。1989 年，A·阿里出版《莎士比亚引论》。

20 世纪末到新世纪初，印度的莎学研究著作仍然在不断地涌现。引人瞩
目的是，自上世纪 80 年代以来，印度学者采取印度文化和印度文学理论视角
研究莎士比亚的趋势有增无减，这在世纪之交成为一个新的学术亮点。有的
学者站在世纪之交的坐标点上，开始对莎士比亚在印度的历史传播进行学术
梳理，勾勒出一幅比较完整的莎士比亚跨文化旅行地图。总之，研究层面的
不断拓宽，研究内容的不断深入，研究方法的不断创新，这一切，使得印度
的莎学研究越来越为世界莎学界所瞩目。

就印度独立以来的莎学研究而言，除了上述挂一漏万的论著例举外，还
有不少著名的学者在各种杂志上发表论文，对莎士比亚作品进行全方位的深
入探讨。例如，S·马宗达和 S·K·达斯等印度比较文学专家在《贾达瓦普
尔比较文学》上先后发表莎士比亚研究论文，分别对莎士比亚戏剧在印度的
翻译和文学影响进行探索。还有一些著名的比较文学学者如 S·K·达斯在论
文集《印度的西风颂》中探索莎士比亚与印度的文化关系。

一些印度学者的学位论文也选取莎士比亚为研究对象。（无独有偶，近年
来，中国学者以莎士比亚作品为对象写作博士学位论文者越来越多，1996 年
至 2012 年，七位学者还先后以与莎学研究相关的选题获得国家社会科学基金
的立项资助）[36]例如，维克拉姆·乔普拉（Vikram Chopra）于 1994 年完成的
博士学位论文《莎士比亚主要悲剧的印度式研究》（Shakespeare's Major
Tragedies: A Study in the Context of Indian Approaches）、N·阿鲁尔于 1997 年
完成的博士学位论文《关于莎士比亚戏剧在泰米尔语中的翻译改编的研究》
和 S·莫汉蒂（Sangeeta Mohanty）于 2005 年在瑞士巴塞尔大学完成的博士学
位论文《〈哈姆雷特〉在印度的反响：莎士比亚在印度的接受和梵语诗学视角
下的〈哈姆雷特〉研究》（The Indian Response to Hamlet: Shakespeare's Reception
in India and a Study of Hamlet in Sanskrit Poetics）就是此类研究的代表。[37]印

---

36 参阅李伟民：《中国莎士比亚研究：莎学知音思想探析与理论建设》，重庆：重庆
　　出版社，2012 年，第 450 至 451 页。
37 特别感谢西安电子科技大学外语学院刘建树博士给笔者提供莫汉蒂博士论文的
　　电子版。

度学者还积极参与国际莎学会议，向世界传达印度的莎学研究信息。例如，1996 年 4 月，S·K·达斯参加国际莎士比亚学会在美国洛杉矶举行的学术会议，并提交英文论文《莎士比亚在印度接受的复杂性和挪用》。

迄今为止，印度已经创办了好几种莎士比亚研究杂志，如《莎士比亚季刊》（*Shakespeare Quarterly*）和《莎士比亚概览》（*Shakespeare Survey*）等。1979 年由 R·W·德赛创办、至今仍在继续出版的半年刊《哈姆雷特研究》（*Hamlet Studies*）也许是世界上唯一一家专门研究莎剧人物的杂志。

印度的各种莎士比亚研究机构或学会先后问世。印度莎士比亚学会早已成立。此外，莎士比亚戏剧很早就进入大学课堂，印度大学举办的各类学术研讨会常常涉及莎士比亚。例如，1989 年 12 月，德里大学英语系联合英国理事会（British Council）和印度莎士比亚协会（Shakespeare Society of India），在德里举办了国际莎士比亚学术研讨会。1996 年 5 月，印度西姆拉高级研究院联合迈索尔大学相关机构，主办了题为"印度语言中的莎士比亚"的为期三天的学术研讨会。这些都给印度莎学的繁荣增添了无穷的动力。

第三节　莎士比亚研究的特点

通观 19 世纪后期以来印度的莎士比亚研究，除了 20 世纪 40 到 50 年代的短暂沉寂外，它大部分时间处于繁荣兴旺的状态。印度学者关于莎士比亚的研究内容十分丰富，并积累了很多具有创新价值的研究成果。重要的是，印度学者的东方文化背景使得很多莎评打上了跨文化视野的烙印。因此，印度和西方学者的莎士比亚研究相比，既有一些相似之处，也有一些不同的特点。

莎士比亚悲剧是包括中国莎学在内的世界莎学的重点研究领域。[38]印度学者也不例外。他们将莎士比亚悲剧作为重点研究对象。例如，前述 1989年的德里国际莎士比亚研讨会出版了题为《莎士比亚面面观》（*Shakespeare: Varied Perspectives*）的论文集。该论文集由三部分组成，第一部分为跨文化、跨学科视角的莎士比亚研究，第二部分为莎士比亚的思想和艺术研究，

---

38 关于 20 世纪中国的莎士比亚悲剧批评概况，参阅李伟民、杨林贵："莎士比亚悲剧批评在中国"，李伟民主编：《中国莎士比亚研究通讯》，2015 年，第 21 至 25 页。

第三部分为作品研究。第三部分十五篇论文中的九篇标题与莎士比亚四大悲剧相关。这显示了印度学者对莎翁悲剧的高度重视。[39] 1998 年，印度学者 R·B·夏尔玛（Ram Bilas Sharma）出版研究莎士比亚四大悲剧的论文集《莎士比亚悲剧论集》，他在书中指出，从各个方面看，《哈姆雷特》是一部"独特的悲剧"（a unique tragedy）。它是四大悲剧中痛苦程度最轻的一部，结尾有一种胜利感，其他三部悲剧缺乏这一点。[40] "《哈姆雷特》是莎士比亚创造的最高尚的悲剧英雄……这部戏剧的社会意义和艺术魅力同样出色。"[41]

很多印度莎评者们关注西方同行所关注的问题。他们对莎剧在英国以外的国家的翻译和改编、以及莎剧蕴含的文学、文化、政治、历史、性别等方面的诸多复杂信息均给予关注。前述各种莎学研究著述充分显示了这点。例如，莎士比亚十四行诗中的"Fair friend"（英俊男子）和"Dark lady"（黑发女郎）被称为难解的"莎士比亚式斯芬克斯之谜"。1966 年和 1984 年，S·P·森古普塔和 K·D·塞塔纳先后出版了《莎士比亚十四行诗面面观》与《两个恋人和珍贵的笔：莎士比亚十四行诗之谜》，试图找寻莎士比亚隐藏诗中的"斯芬克斯之谜"的答案。其中，塞塔纳认为，英俊男子是指威廉·赫伯特勋爵，而黑发女郎是指意大利人安娜塔西娅。

由于莎士比亚是西方文化的产物，再加上大英帝国对印度长期的文化殖民，西方学者的莎评方法或理论范式是印度学者进入莎评领域的第一张通行证。这就不难理解为何一些印度学者在评价莎士比亚作品时，首先是借鉴西方同行的研究成果。他们的莎士比亚研究在理论方法上紧跟西方。[42]

39　Vikram Chopra, ed., *Shakespeare: Varied Perspectives,* Delhi: B.R. Publishing Corporation, 1996.

40　Ram Bilas Sharma, *Essays on Shakespearean Tragedy*, Delhi: Anamika Publishers, 1998, p.76.

41　Ram Bilas Sharma, *Essays on Shakespearean Tragedy*, Delhi: Anamika Publishers, 1998, p.113.

42　中国学者在 20 世纪晚期，也开始了莎学研究的方法论转换，后殖民理论、女性主义理论等后现代理论视角下的莎学研究层出不穷。参阅李伟民：《中西文化语境里的莎士比亚》，上海：上海外语教育出版社，2009 年，第 208 至 307 页。再如查日新探讨莎剧的性政治，邵雪萍探索莎剧母亲形象的文化内涵，肖锦龙以新历史主义探讨莎剧，许勤超讨论莎评的种族政治倾向，他们也显示了方法论转向趋势。上述四人论文的主要观点参见李伟民主编：《中国莎士比亚研究通讯》，2012 年，第 85 至 90 页。

西方学者指出，20 世纪的莎士比亚批评历经布雷德利时代、形式主义批评和历史分析、边缘化批评等几个阶段。[43]在政治性分析占据莎评上风的时代，以前解读莎士比亚的主流方法被迫退居二线，以前的中心现已成为边缘，以前的边缘现在成了主流。"因此，对一些女性主义批评家来说，莎士比亚悲剧犹如一种苦涩的快感（a bitter pleasure）……20 世纪后期的女性主义达成共识（feminist consensus），倾向于将莎士比亚悲剧视为一种焦虑的雄性人质，它们在男性、女性（也在莎士比亚作品中）阻挠和消解女性视角。男性畏惧女人的女性气质（femininity）和她们自身的女性要素。"[44]欧洲学者是积极采纳意识形态批评或文化研究方法评价莎士比亚的主力军。例如，一位德国学者的著作《德国与日本对莎士比亚的接受和翻译》，在回溯德日两国的莎士比亚作品翻译史基础上，探讨潜藏在翻译中的政治以及亚文本、原始文本与戏剧文本之间的关系，并以后殖民理论解读莎翁剧作。[45]在这一时代背景下，心理分析、新历史主义、后殖民主义、女性主义、[46]马克思主义等为西方莎学研究者采用的理论均被印度学者用于莎评。

1967 年，S·迈特拉出版《心理现实主义和原型：莎士比亚戏剧里的骗子》，便是以心理分析和原型批评相结合的方法探讨莎剧人物福斯塔夫。德里大学英语系教授、印度比较文学学会副会长哈里西·特里威迪在 1993 年出版的论文集中，探索莎士比亚在大英帝国殖民语境中与印度发生的文化联系。他以"文化挪用"的后殖民话语分析某些印度人的莎剧改编，说明了莎剧改编者"逆写帝国"的姿态。他说："莎士比亚至此被某些英国人视为民族的一大丰功伟绩，体现英国全球霸权的一种方式，英国文化传统的一大象征。莎士比亚的传播实际上可以视为白人的文明负担的一部分。这在印度得到具体

---

43 同时可参阅张冲编著：《莎士比亚专题研究》，上海：上海外语教育出版社，2004 年，第 461 至 468 页；贾志浩等著：《西方莎士比亚批评史》，北京：社会科学文献出版社，2014 年，第 265 至 266 页；程雪猛、祝捷编著：《解读莎士比亚戏剧》，武汉：武汉大学出版社，2008 年，第 316 至 330 页；华全坤等著：《莎士比亚新论：新世纪，新莎士比亚》，"前言，"上海：上海外语教育出版社，2007 年，第 26 至 34 页。

44 Michael Taylor, *Shakespeare Criticism in the Twentieth Century,* New York: Oxford University Press, 2001, pp.194, 200.

45 Friederike Von Schwerin-High, *Shakespeare, Reception and Translation: Germany and Japan,* London and New York: Continuum, 2004.

46 例如：Bhim S. Dahiya, ed., *Postmodern Essays on Love, Sex and Marriage in Shakespeare,* New Delhi: Viva Books, 2008.

的、甚而相当突出的表现。"[47]他还认为，莎士比亚在当代印度的传播，与殖民时期一样，也在很大程度上为非文学因素所左右。那时是大英帝国，现在是作为国际语言的英语霸权在起作用。英语不仅是日益面临经济和文化压力的整个非英语世界学习的语言，也与印地语一道成为印度的两种官方语言之一。后殖民时代的印度知识分子认识到祖辈在殖民时代获取优势的价值所在。"就印度的莎士比亚学术研究和批评趋势而言，整体上是一丝不苟地追随西方的批评模式，自打西方模式进口到边缘地区、对时差反应稍作调整之后便是如此。紧紧追赶大都市研究模式而尘土满面地在后尾随，那种想法永远应该受到指责。"[48]

　　德里大学现代语言与文学研究系教授Ｔ·Ｓ·萨提雅纳特（T.S. Satyanath）在一篇论文中说，有的梵文学者常称印度古代梵语作家迦梨陀娑为"印度斯坦的莎士比亚"。对这两位东西方作家的研究，常被人为地嵌入殖民权力关系。他接着以印度画家奈都（R. S. Naidu）所画的迦梨陀娑与莎士比亚素描为例写道："迦梨陀娑和莎士比亚展现出友好亲切的表情姿态，手挽手并肩站立。他们的穿着优雅得体。他们的服饰恰如其分地代表了各自所属的世界。迦梨陀娑手里握着贝叶经，莎士比亚则手握卷轴。一切看上去都是那么完美，似乎表明了东方与西方的一种和谐交流。'但请稍等片刻！/是否有人察觉不对：莎士比亚怎比迦梨陀娑稍高一点！/或者是，莎士比亚看上去像个雄赳赳的英国男人！/再看看迦梨陀娑，他看上去似乎有点像个女人！/而且，这四周也没有白人女子（为了我们看着舒服）！/那没关系，迦梨陀娑画在右边，莎士比亚在他左近。'我们都知道，在印度传统肖像画中，与画在右边的人物相比，左边的人物通常显得卑微。正如奈都的素描，许多早期莎剧翻译或许都在有意无意之间经历过这种程序。从这些艺术再现中究竟读出什么信息，只能取决于观众和读者。"[49]

47 Harish Trivedi, *Colonial Transactions: English Literature and India*, Calcutta: Papyrus, 1993, p.35.

48 Harish Trivedi, *Colonial Transactions: English Literature and India*, Calcutta: Papyrus, 1993, p.36.

49 （印）Ｔ·Ｓ·萨提雅纳特："莎士比亚如何成为坎纳达语中的 Sekh Pir"，东方译，尹锡南、尚劝余、毕玮主编：《印度翻译研究论文选译》，成都：巴蜀书社，2013年，第455至456页。此处有少量文字变动。插图见该书第457页。

迦梨陀娑和莎士比亚

印度学者 A·古哈在分析《安东尼与克莉奥佩特拉》的莎评论文中明显采取了后殖民理论的分析手法。古哈认为："因为在殖民统治的话语中女性和外国人都是被统治的属下（sub-alterns），关于克莉奥佩特拉的形象建构便沾染了性别与种族主义的偏见……因此，克莉奥佩特拉体现了殖民话语中女性和非欧洲人的所有复杂的刻板印象。"[50]总之，在古哈看来，莎剧文本是一个极佳的后殖民批判文本，因为，在这出浪漫色彩浓厚的莎剧中："东方被建构成心灵渴望的领土。"[51]上述几位学者研究莎士比亚或莎翁在印度的传播状况，或多或少带有后殖民批评色彩。由此可见，印度学者的莎士比亚研究与世界莎学研究的新潮同步。

泰戈尔和奥罗宾多评价莎士比亚的平行比较法为后来很多印度学者所采纳。[52]例如，有的学者就莎士比亚和梵语戏剧家薄婆菩提展开比较。[53]有

50 Anasuya Guha, "Rome-Egypt Constructs in Antony and Cleopatra: Antithesis and Resolution", Swapan Majumdar, ed., *Jadavpur Journal of Comparative Literature*, Vol.38, 2000-2001, Calcutta: Jadavpur University, p.24.

51 Anasuya Guha, "Rome-Egypt Constructs in Antony and Cleopatra: Antithesis and Resolution", Swapan Majumdar, ed., *Jadavpur Journal of Comparative Literature*, Vol.38, 2000-2001, Calcutta: Jadavpur University, p.25.

52 中国莎学界关于莎士比亚与汤显祖的平行比较之类的选题非常流行，这与泰戈尔对莎翁与泰翁的平行比较非常相似。例如，龚重谟、孙法理和谭冰雪等近期发表了汤显祖与莎翁的平行比较论文。三人论文参阅李伟民主编：《中国莎士比亚研究通讯》，2016 年，第 127 至 138 页。

53 R.K.Dhawan, ed., *Comparative Literature*, Delhi: Bahri Publications, 1991, pp.198-209.

的就莎士比亚与迦梨陀娑进行比较，并对一些印度学者将莎士比亚与迦梨陀娑并提但却暗中贬低莎士比亚、抬高迦梨陀娑，以展现印度教特性的做法表示质疑，称这种做法只是无意中认可了"莎士比亚带来的殖民文化的普遍存在"。[54]

有的学者扩大比较范围，将莎士比亚和迦梨陀娑、薄婆菩提这两位伟大的梵语戏剧家进行比较。这便是 P·B·阿查利亚于 1978 年出版的《莎士比亚、迦梨陀娑和薄婆菩提的悲喜剧》。作者认为，三位生活在不同时代的东西方戏剧家都在创作最后阶段着力表现一种悲喜剧意识。三人都取法于古典作品。三人都在创作中打破了时空界限，都在剧中表现人与命运妥协的意识。当然，三人也存在很多差异。例如："迦梨陀娑的戏剧世界首先是一个浪漫之爱、美丽和纯朴的世界，薄婆菩提的则是一个不断纷扰人生的严肃责任和严酷反讽构成的世界，而莎士比亚的悲喜剧世界则要更加宏大，它涵盖了前二者的戏剧世界。"[55]

如果说平行研究使印度的莎学研究结出很多硕果的话，那么，影响研究和跨学科研究同样使印度的莎学研究成绩斐然。例如，有的印度学者着力探索莎士比亚戏剧在印度电影中的改编问题，这是跨学科的莎学研究。有的学者探索莎士比亚对印度各个地方语言文学发生的影响作用。这对全面认识莎士比亚在世界文学中的跨文化传播无疑具有重要的意义，它丰富了世界莎学的内容。例如，J·P·米什拉于 1970 年出版《莎士比亚对印地语文学的影响》，S·K·米特拉于 1983 年以孟加拉语出版《莎士比亚与孟加拉戏剧》。二著分别探讨莎士比亚对印地语文学、孟加拉戏剧发展的影响。P·阿兰加萨米（PalanyArangasamy）于 1994 年出版《莎士比亚的泰米尔语译本评析》，N·阿鲁尔于 1997 年完成博士论文《关于泰米尔语莎剧翻译改编的研究》，二著均属影响研究范畴。根据阿兰加萨米的统计，三十七部莎剧中的二十四部出现了七十三种泰米尔语散文体和诗体译本。二十四部被译的莎剧包括四部喜剧、四部主要悲剧和最后一部莎剧，但除《理查二世》外的历史剧均未翻译。"可以揣测历史剧未被翻译的缘由：对泰米尔语观众和读者而言，英

---

54 Sirshendu Majumdar, "Tagore's Kalidasa& Shakespeare", *The Visva Bharati Quarterly*, No.3-4, Vol.13, 2006, p.68.

55 P. B. Acharya, *The Tragicomedies of Shakespeare, Kalidasa and Bhavabhuti,*Delhi: MeharchandLachhmandas, 1978, p.252.

国的历史题材显得陌生。"[56]他还指出："在泰米尔纳杜（Tamilnadu）的莎士比亚翻译史上，可以发现许多泰米尔语学者向莎士比亚寻求灵感和指南。他们在精选的莎剧中寻觅灵感，将泰米尔语戏剧的中世纪背景改造为现代场景。"[57]

第四节　本土视角的独特阐发

印度学者对于古典梵语诗学非常推崇。他们认为，梵语诗学"应该成为世界文化遗产的一部分"。[58]在印西美学与诗学的深层比较中，印度学者建立了一种文化自信，即古典梵语诗学与西方现代诗学一样，皆具现代运用价值，二者可以互补，前者可以解决后者力所不逮的问题。印度学者认为："如果一种理论能够满足一切情况，那它就只是一种理论而已……不过，（梵语诗学）味论能够用来评价现代文学这一事实，显示了它的普世性、超越时间的品质和富含的潜力。希望无比珍贵的味论能为现代批评家继续采用，以使古老文化传统长存于世。"[59]

一百年来，以泰戈尔等人为起点和代表，印度学者利用梵语诗学理论如味论、韵论、庄严论、曲语论、合适论等分析评价东西方文学已经蔚然成风。可以将泰戈尔以来的梵语诗学批评运用命名为"梵语批评"或曰"梵语诗学批评"。[60]梵语诗学批评是一个备受争议且引起国际学术界关注的现象。《逆写帝国》的几位西方作者早在20世纪末就对这一现象进行追踪："印度学者和批评家曾经纠缠于这样的争论中：传统的东西在多大程度上适合于印度文学的现代批评。"换句话说，传统的味论、韵论、庄严论等在评价印度文学或西方文学时是否比"进口"的西方理论更加合适。《逆写帝国》的几位作者判断

---

56 PalanyArangasamy, *Shakespeare in Tamil Versions: An Appraisal,* Thanjavur: Muthamizh Nilayam, 1994, p.145.

57 PalanyArangasamy, *Shakespeare in Tamil Versions: An Appraisal,* Thanjavur: Muthamizh Nilayam, 1994, p.148.

58 C. D. Narasimhaiah, ed., *East West Poetics at Work,* New Delhi: Sahitya Akademi, 1994, p.36.

59 （印）普里雅达什·帕特奈克："反思味论之于西方现代文学的批评运用"，尹锡南译：《20世纪印度比较诗学论文选译》，成都：巴蜀书社，2016年，第271页。

60 参阅尹锡南："梵语诗学的现代运用"，《外国文学研究》，2007年，第6期。下边介绍也参考该文相关内容。

说："至少在一定程度上，这种争论是关于解殖的争论。"[61]这种解殖风潮直接影响到印度当代的莎士比亚研究，其表现特征大致可以命名为梵语诗学批评或印度式单向阐发。

在泰戈尔之后，一批印度学者先后采纳本土视角评价莎士比亚。例如，R·G·萨哈尼在印度独立前出版的《东方视野中的莎士比亚》，便以印度视角阐发莎士比亚悲剧观。独立以后，随着印度民族自信心不断增强，随着后殖民时期政治和文化解殖潮流的奔涌，很多印度学者不约而同地选择了泰戈尔开创的道路，以梵语诗学或印度文化观念为标尺，对莎士比亚作品重新进行思考和探索。他们以本土文化视角对莎士比亚作品进行阐发，得出很多令人耳目一新的结论。这种秉承泰戈尔莎评思维的本土化视角是中国莎学界所缺乏的。它开拓了世界莎学研究的疆域，丰富了莎学研究的内容。这里对此做一简介。

1972 年，S·C·S·古普塔在其出版的莎士比亚论著最后专设一章《印度诗学烛照下的哈姆雷特》。他通过印度古典诗学和西方诗学的视角分析得出结论："结合东西方诗学概念，我们可以说，我们在《哈姆雷特》中面对一种厌恶味，它吸纳和吸收了所有其他情感、观念和情绪，使我们强烈地认识真谛；它也是一部悲剧，因为通过情节与角色的互动，它同时表现了人类思想、情感和努力的卓越与徒劳。"[62]

1988 年，M·S·库斯瓦哈编辑出版《印度诗学和西方理论》一书。他在序言中抨击印度评论界唯西方理论马首是瞻、甘愿充当西方理论注脚的现状。他引用别人的话发问，为什么"没有产生文学批评的印度学派"？[63]他在书中收录了大量有关梵语诗学与西方诗学比较的论文，还收入了S·C·古普塔的一篇文章即《印度诗学烛照下的哈姆雷特》。该文认为："哈姆雷特对奥菲利娅的态度显然是矛盾费解，但是，如果我们如果将它视为一种心理状态中的厌恶味，困难就减轻了。"[64]梵语诗学重视对作品蕴含的情味进行探索，莎士

---

61 Bill Ashcroft, Gareth Griffiths & Helen Tiffin, *The Empire Writes Back: Theory and Practice in Post-colonial Literature,* London and New York: Routledge, 1989, p.117.

62 S.C.Sen Gupta, *Aspects of Shakespearian Tragedy,* Calcutta: Offord University Press, 1972, p.172.

63 M. S. Kushwaha, ed., *Indian Poetics and Western Thought,* "Preface", Lucknow: Argo Publishing House, 1988.

64 M. S. Kushwaha, ed., *Indian Poetics and Western Thought,* Lucknow: Argo Publishing House, 1988, p.254.

比亚在作品里描写的各种情感经过系统化味论的阐释，显出一番新的风貌。

1993 年，K·N·艾耶尔（K. N. Iyer）自费出版独具特色的莎学论著《以商羯罗的吠檀多钥匙破解莎士比亚及其神秘人格、思想的秘密》（The Secret of Shakespeare and His Baffling Personality and Philosophy: Their Samkara-Vedantic Key）。[65]该书的跨文化解读意味深长。一位泰米尔语学者以泰米尔诗学理论解析十二部莎剧。[66]

1994 年，印度古吉拉特邦沙达尔·帕特尔大学英语系博士生 V·朱普拉在导师 D·S·米什拉指导下完成学位论文《印度视角下的莎士比亚主要悲剧研究》（Shakespeare's Major Tragedies: A Study in the Context of Indian Approaches）。作者以印度古典梵语诗学和文化观念解读莎士比亚。[67]乔普拉不仅将梵语诗学运用于莎评之中，还把印度文化经典如《奥义书》等包含的宗教哲学原理如"业报轮回"（Karma）、"明"（Vidya）、"无明"（Avidya）及数论哲学的"三德"即"闇性"（Tamas）、"忧性"（Rajas）和"喜性"（Sattva）等概念均用来分析哈姆雷特、麦克白和李尔王等莎剧角色。这种完全本土化的莎士比亚研究与莎剧翻译第一阶段的印度化模式十分吻合，显示出印度学者研究西方文学的一种民族视角。虽然说这种改换评论视角的做法引人争议，但是，它毕竟为世界莎学研究带来了一种有别于运用西方理论进行莎评的新视野、新方法，其探索和尝试是值得肯定的。

进入上世纪 90 年代后，印度学者的梵语诗学批评稳步前进，并时有"惊人之作"面世。1991 年 1 月，由印度文学院与迈索尔"韵光文学理论中心"联合主办了一次历史性的学术研讨会，主题与后来结集成册的书名相同："East West Poetics at Work"（东西诗学批评实践），非常鲜明地体现了印度学者化古典为实用、从清谈到实践的思路。与会者包括 C·D·纳拉辛哈、勒沃普拉萨德·德维威迪、K·拉扬、K·克利希那穆尔提、M·S·库斯瓦哈等二十五位学者，其中包括了梵语、英语和各种印度语言的学者。I·N·乔杜里

65 K.N.Iyer, *The Secret of Shakespeare and His Baffling Personality and Philosophy: Their Samkara-Vedantic Key*, Patan, 1993.作者自费出版，因此无出版社名称。

66 PalanyArangasamy, *Shakespeare in Tamil Versions: An Appraisal,* Thanjavur: Muthamizh Nilayam, 1994,p.147.

67 Vikram Chopra, *Shakespeare's Major Tragedies: A Study in the Context of Indian Approaches*, Thesis submitted to Sardar Patel University for the Degree of Doctor of Philosophy in English Literature, Supervisor D.S. Mishra, Departmentof English, Sardar Patel University, Vallabh Vidyanagar, 1994.

在开幕式致词中呼吁印度学界尽快重建文学评论标准，以利西方读者以合理方式欣赏印度文学。他承认这是一项巨大的工程。纳拉辛哈发言表示支持。K·克利希那穆尔提认为，过去三十年间，批评家们对梵语诗学的兴趣日增，这主要是因为"英语教师们非常睿智地开始运用梵语文论阐释西方经典"。[68] 这次研讨会是梵语诗学批评史上的标志性事件。与会大多数学者提交的论文多以梵语诗学原理阐释印度与西方的文学作品，如 R·穆克吉的《韵论的运用：评〈希腊古瓮颂〉》、D·梅农的《味韵诗学能否有助于我们理解济慈的作品》、C·N·室利纳塔的《霍普金斯诗歌中的曲语》、V·R·拉奥的《印度诗学视野中的洛丽塔》等。这些论文的特点是，打破了以往集中于味论和韵论运用的格局，将合适论、曲语论等其他理论运用在文本批评中。这次集体亮相吹响了梵语诗学现代运用的进军号。R·拉马钱德拉在《梵语诗学烛照下的〈李尔王〉》中认为："如果说情味体验（Rasanubhava）是一切优秀文学的目的话，那就很难在西方文学中找到另外一本像《李尔王》这么从美学、情感和心灵上愉悦人心的作品了。"[69]

前述 1989 年德里国际莎学研讨会论文集于 1996 年出版，它收录了文集主编 V·乔普拉本人的一篇论文《〈李尔王〉中的基督与克里希纳》和前述的 K·N·艾耶尔的论文《从商羯罗哲学看莎士比亚的"知梵者"角色》。[70] 从论文标题可以看出，两位印度学者观察和论述莎士比亚的印度文化视角一目了然。乔普拉在文章的最后指出："（辩喜的导师）尊敬的罗摩克里希纳·波罗摩汉萨说：'基督是克里希纳的小兄弟。'莎士比亚的人类意识（human understanding）和宏伟视野（inclusive vision）融汇了基督与克里希纳的思想观点。"[71]

前述 1996 年为期三天的"印度语言中的莎士比亚"学术研讨会于 1999 年出版同名论文集《印度语言中的莎士比亚》。该文集的前边部分收录了五篇以梵语诗学或印度文化观念解读莎士比亚及其作品的论文：《印度莎评新

---

68 Ragini Ramachandra, ed., *Literary and Cultural Explorations at Dhvanyloka,* Mysore: Dhvanyaloka Publication, 2007, p.150.

69 C. D.Narasimhaiah, ed., *East West Poetics at Work,* New Delhi: Sahitya Akademi, 1994, p.239.

70 Vikram Chopra, ed., *Shakespeare: Varied Perspectives,* Delhi: B.R. Publishing Corporation, pp.35-63, 445-460.

71 Vikram Chopra, ed., *Shakespeare: Varied Perspectives,* Delhi: B.R. Publishing Corporation, p.460.

机遇》、《莎剧的味和韵》、《关于〈麦克白〉的印度式解读》、《莎士比亚〈哈姆雷特〉的一种梵语改编》、《味韵论与莎剧》。其中一篇写道："与《李尔王》一样，《麦克白》也是除了艳情味之外的所有重要味即滑稽味、英勇味、悲悯味、暴戾味、恐惧味、厌恶味、奇异味和平静味的有效且具说服力的例证。"[72]另一篇文章提到这样一个事实：1992 年，印度普纳的著名电影导演 M·V·克里希那斯瓦米在美国著名梵文学家英高斯（Ingalls）协助下，将莎剧《哈姆雷特》改编为梵语剧本《身陷困境的年轻国王月军》（*Candrasenah DurgadesasyaYuvarajah*），月军（Candrasenah）便是梵语化的哈姆雷特。这个三幕剧旨在从印度诗学（Kavya Mimamsa）、印度美学（SaundaryaMimamsa）和印度哲学（Tattva Sastra/Darshana）等三个维度进行跨文化阐释。该剧"序言"称莎士比亚为"诗人群中顶饰宝"（kavikulasiromani）。"首先，哈姆雷特被视为真理寻觅者（tattvanveshi），他不只是一个痴迷于哲学思考者，还是哲学家中的一位王子（a Prince among philosophers）。"[73]月军所代表的哈姆雷特表现三德中动态占优的喜性，麦克白代表忧性，而李尔王代表闇性。按此逻辑，剧中最著名的一句独白"to be or not to be"便可转换为印度式问题"to act or not to act"。[74]在这么一种"无为成就"（Naishkarma siddhi）的语境中，哈姆雷特的迟钝懒散（inaction）确乎变为"一种美德（virtue）而非缺陷（flaw）"。[75]印度学者因此说："从印度玄学观点看，哈姆雷特身上被视为'悲剧缺陷'（tragic flaw）的东西，成了一种哲学的美德

---

72 Ragini Ramachandra, "An Indian Reading of Macbeth", D. A. Shankar, ed., *Shakespearein Indian Languages,* Shimla: Indian Institute of Advanced Study, 1999, p.58.

73 S. Ramaswamy, "Shakespeare's Hamlet in a Sanskrit Adaptation", D. A. Shankar, ed., *Shakespearein Indian Languages,* Shimla: Indian Institute of Advanced Study, 1999, p.72.

74 中国译者对"to be or not to be"的翻译大同小异，如朱生豪译为"生存还是毁灭，这是一个值得考虑的问题"；梁实秋译为"死后还是存在，还是不存在，——这是问题"；卞之琳译为"活下去还是不活：这是问题"；方平译为"活着好，还是死了好，这是个问题"；许国璋译为"是生，是死；这是问题"。引文均见李伟民：《光荣与梦想：莎士比亚在中国》，香港：香港天马图书有限公司，2002 年，第 112 至 113 页。由此可见，中国译者主要从儒家生死观出发理解哈姆雷特的矛盾心理，而印度译者主要从印度教人生四要的正法原则出发理解其困境，附会其内涵。

75 S. Ramaswamy, "Shakespeare's Hamlet in a Sanskrit Adaptation", D. A. Shankar, ed., *Shakespearein Indian Languages,* Shimla: Indian Institute of Advanced Study, 1999, p.75.

(philosophical virtue)。"[76]该剧还用《薄伽梵歌》的相关思想阐释哈姆雷特，因此可以得出这么一种结论："梵语改编剧是对莎剧的一种文化移植（cultural transplanation）。"[77]反观中国学界，有的学者指出，《哈姆雷特》的戏剧独白是其精华所在，是理解该剧及其核心人物哈姆雷特的"一把钥匙"。[78]印度学者以印度文化的"钥匙"，打开了通往莎剧合理内核的一扇门，这虽在意料之外，又在情理之中。人们常说"一千个读者就有一千个哈姆雷特"，印度学者借用本土文化"显微镜"所打量的哈姆雷特，似乎也可视为合理的千分之一。

M·S·库斯瓦哈于 2000 年主编出版《印度和西方的戏剧理论与实践》，该书收录了印度国内外学者撰写的论文，它们包括《莎士比亚戏剧中的味韵》、《哈姆雷特的独白：以〈舞论〉为标准评价其本质和功能结构》等。从题目可以看出，库斯瓦哈在提倡梵语批评的同时，也在进行一种大胆的尝试，这就暗合中国学者提倡的"双向阐释"。库斯瓦哈在前言中直截了当地说："我们需要一种双向的文学话语。"[79]这是印度梵语诗学批评的新动向，莎士比亚作品在此充当了极佳的"试验品"或"模拟对象"。

在利用梵语诗学或印度文化尺度评价莎士比亚作品的过程中，不乏一些反思、审视的声音。例如，K·R·S·艾因加尔的相关思考就是如此。他认为："在印度，过去一百到一百五十年间，我们被迫接受或主动接受西方文学和文论，这两种接受方式最初是合二为一的。接下来，我们对印度文学重新产生兴趣，作为学习西方文学与文论的结果，我们拥有了新的灯光和眼光，并产生了新的困惑，有了一些后见之明（hindsight）。与《伊里亚特》并列考察，《罗摩衍那》似乎结构混乱，《摩诃婆罗多》更是条理不清。自然，还有迦梨陀娑，歌德曾经赞扬过他的《沙恭达罗》。那么，迦梨陀娑就是我们的莎士比亚，印度的莎士比亚。这些称呼听来顺耳，随着这种满足感不断地获得，我

---

76 S. Ramaswamy, "Shakespeare's Hamlet in a Sanskrit Adaptation", D. A. Shankar, ed., *Shakespearein Indian Languages,* Shimla: Indian Institute of Advanced Study, 1999, p.77.

77 S. Ramaswamy, "Shakespeare's Hamlet in a Sanskrit Adaptation", D. A. Shankar, ed., *Shakespearein Indian Languages,* Shimla: Indian Institute of Advanced Study,1999, p.76.

78 张冲：《探究莎士比亚：文本、语境、互文》，上海：复旦大学出版社，2012 年，第 29 页。

79 M. S. Kushwaha, ed., *Dramatic Theory and Practice Indian and Western,* "Preface", Delhi: Creative Books, 2000.

们的兴趣日渐浓厚。米切尔·墨图苏登·杜塔就是印度的弥尔顿……在显微镜下以文本批评模式剖析和审视文学作品，结果发现，就像莎士比亚的十四行诗作者不一，《薄伽梵歌》也出现了很多的作者。罗摩故事的历史真实性受到质疑……如果按照亚里士多德诗学进行研究并发现，《摩诃婆罗多》存在缺憾，如果我们不情愿地承认，梵语戏剧缺乏悲剧（兴许《断股》和《龙喜记》是例外），那么，当我们明白这一点时，自尊心会得到满足：罗摩刚好在即位登基的那天被流放，悉多被罗波那拐骗而走恰好是她苦苦期盼罗摩与金鹿一起归来的日子，这些和索福克勒斯的《俄狄浦斯王》和《安提戈涅》一样，都是完美的悲剧情境。"[80]接着，他调侃道，如果在亚里斯多德的火炬光焰照耀下能够发现印度古典文学价值的话，为何不可按照《舞论》和《韵光》的标准来阐释斯宾塞、肖伯纳、T·S·艾略特、尤金·奥尼尔等西方作家？部分印度学者曾在《罗摩衍那》的《阿踰陀篇》和《森林篇》里搜寻亚里士多德式的"错误"（hamartia，或译"过失"）、"突转"（perepeteia）、"发现"（anagnorisis）和"净化"（katharsis，或译"卡塔西斯"、"泄疏"、"宣泄"）。十车王或罗摩的溺爱妻子是否就是推动悲剧前进的"错误"？但是，《罗摩衍那》的作者压根不知道古希腊悲剧观或错误、突转与净化的概念，而且，索福克勒斯在创作悲剧杰作时也没有考虑这些东西。艾因加尔说："如果愿意的话，我们可以尝试运用味韵（rasa-dhvani）论研究西方文学，但就像在《沙恭达罗》或《昔拉波品》中臆断'错误'或'净化'一样，这也大体上只是一种知性行为，有趣倒是无疑，但并不必然带来什么新鲜的启示或提高诗歌欣赏的质量。长期以来，在一种文化环境里形成的这种并不幽默的批评运用，这种普罗克拉斯提斯式的"强制阐释"模式，既不可取，也不会富有成效。如果说通过布拉德雷（Bradley）的理论考察莎士比亚偏离了真实一层，那么，通过《舞论》解读莎士比亚或许只能证明偏离真实两层。最好直接阅读莎士比亚自己的作品。"[81]这说明，艾因加尔对梵语诗学的跨文化运用保持谨慎的态度，他或许主张梵语诗学与西方文学理论必须在印度文学批评实践中有机地统一起来。这一点，我们在国内学界的莎评著作中偶有发现。例如，一位学者以中国古代文化、西方文化观念解读《哈姆雷特》的著名"天问"即 to be or not to be，颇具新

---

80 M. S. Kushwaha, ed., *Indian Poetics and Western Thought*, Lucknow: Argo Publishing House, 1988, pp.1-2.

81 M. S. Kushwaha, ed., *Indian Poetics and Western Thought*, Lucknow: Argo Publishing House, 1988, p.2.

意，启迪心智。[82]

上述本土化的莎士比亚研究与莎剧翻译第一阶段的印度化模式十分吻合，显示出印度学者研究西方文学的一种独特的民族视角。它将莎士比亚作品的开放性阐释到极致，从一个侧面展示了印度式的"莎味"和"莎意"。[83]虽然说这种改换评论视角的做法引人争议，但是，它毕竟为世界莎学研究带来了一种有别于运用西方理论进行莎评的新视野、新方法，其探索和尝试是值得肯定的。例如，18世纪的欧洲莎评者塞缪尔·约翰逊（Samuel Johnson, 1709-1784）为莎士比亚戏剧创作"犯规"辩解时指出，莎剧既非悲剧，亦非喜剧，而是一种"特殊类型的创作"。[84]在此若以梵语诗学较为完备的八味或九味论评价莎剧，也许不失为一条现代的东方良策。

综上所述，莎士比亚在印度长达几个世纪之久的跨文化传播的确结出了丰硕的果实。莎剧在印度各种地方语言中被以"创造性叛逆"的方式翻译、改编和演出，使它在东方文明土壤中以新的面貌生根发芽、开花结果。这给比较文学研究者提供了极其丰富的研究素材。印度学者历史悠久的莎学研究既在一些层面上追随西方，又在一些层面上超越西方同行。他们不拘一格的创新研究给世界莎学增添了活力。

第五节　从印度莎学看中国莎学

客观地看，莎士比亚在印度的翻译、改编和研究，对研究莎士比亚在中国的传播有着极好的参照价值，因为莎士比亚在中国与印度的传播皆为跨异质文明的传播，必然遵循某种跨文明传播的基本规律。这种规律首先表现为某种程度的相似。

就以"创造性叛逆"为特征的初期莎剧翻译而言，中印两国翻译家都刻意增删莎剧原文，在失落原语言蕴含的文化信息后，又"赢得"新的文化信息。这种翻译手段潜藏着译者文化观念的考量，一种为本国读者或观众负责的道德判断。例如，在翻译莎剧《罗密欧与朱丽叶》"有伤风化"的句子时，

---

82 张沛：《哈姆雷特的问题》，北京：北京大学出版社，2006年，第177至193页。

83 此处两个词语，转引自陆谷孙：《莎士比亚研究十讲》，上海：复旦大学出版社，2005年，第72页。

84 参阅贾志浩等著：《西方莎士比亚批评史》，北京：社会科学文献出版社，2014年，第56至57页。

有的中国翻译家便心生踌躇，下笔艰难，其译句令人费解。例如，莎剧中的这个句子是："He made you a highway to my bed; But I, a maid, die maiden widowed. (III,ii,134-135)"[85]朱生豪译为："他要借着你做接引相思的桥梁，可是我却要做一个独守空闺的怨女而死去。"[86]而如果忠实原文的话，可以译为："他本要借你做捷径，登上我的床；可怜我这处女，守活寡，到死是处女。"[87]无独有偶。在印度翻译家那里，也同样存在这种"曲线救国"似的、隐晦费解的莎剧翻译法。例如，莎剧《哈姆雷特》中的哈姆雷特和奥菲利娅有这样几句对话：

> Ham. Lady, Shall I lie in your lap?
>
> Oph. No, my lord.
>
> Ham. I mean, my head upon your lap? (III,ii,112-114)[88]

中国译者的译文是：

> 哈姆雷特：小姐，我可以睡在您的怀里吗？
>
> 奥菲利娅：不，殿下。
>
> 哈姆雷特：我的意思是说，我可以把我的头枕在您的膝上吗？[89]

印度译者的马拉提语译文是：

> H. apalyasejari jaga dela ka?
>
> O. He kayemaharaj.
>
> H. Bhiunaka mi dusretisrekahikaritnahi
>
> Apalyapayavar doke tektoteku kana ko.

印度译者的译文大意是：

> 哈姆雷特：你能让我坐你身边吗？
>
> 奥菲利娅：大王啊，为什么？
>
> 哈姆雷特：别怕。我什么也不会做的。我可以把头枕在你的

85 William Shakespeare, "Romeo and Juliet", Evans, G. Blakemore & others, eds.,*The Riverside Shakespeare*, Boston: HoughtonMifflin Company, 1974, p.1078.感谢四川大学外国语学院曹明伦教授提供莎翁作品英文出处。

86 朱生豪译：《莎士比亚全集》（5），南京：译林出版社，1998 年，第 146 页。

87 方平先生译文，参见方平：《欧美文学研究十论》，上海：复旦大学出版社，2005 年，第 371 页。

88 William Shakespeare, "Hamlet, Prince of Demark", Evans, G.B Blakemore & others, eds., *The Riverside Shakespeare,*Boston: Houghton Mifflin Company, 1974, p.1163.

89 朱生豪译：《莎士比亚全集》（5），南京：译林出版社，1998 年，第 337 页。

脚上吗？[90]

由上述两位中印译者的译文比较来看，印度译者的译文明显地属于"信息失落"与"文化获得"相结合的曲线而保守的译法。这样来看，他与中国译者的译笔相映成趣，由此看来，如果把莎剧的中译和印度译文进行比较，我们将会得到很多新的启迪。

再如，印度学者常常在"印度的莎士比亚"（多指梵语作家迦梨陀娑）或"英国的迦梨陀娑"（指莎士比亚）等命题上做文章，而国内学者则常在何为"中国的莎士比亚"的所谓"伪问题"上做文章，如有的学者便探讨了汤显祖、关汉卿等是否中国的莎士比亚这一话题或曰"伪问题"。[91]倘若中印学者在探讨各自的话题时，主动加入对方即第三者要素，思路定会开阔一新。这样，东方印度这个比较文学研究的第三者参照便显得非常重要。如此说来，学术研究只重中西比较的"中西中心主义"思维模式确有危害。

中印两国的莎学发展史或莎士比亚接受史也有很多差异。[92]例如，莎士比亚的名字是1856年首次进入中国人视野的，而第一部全面系统地介绍莎士比亚的著作即周越然的《莎士比亚》出现于1929年。这在时间上均晚于莎士比亚在印度的传播。非但如此，与莎士比亚在印度长期受到礼遇或膜拜不同，他在中国的境遇截然不同。"总的说来，莎士比亚从最初被引入后的近90年里，中国对他的接受显得格外迟缓，进展不大。并且，莎士比亚不但没有获得好运，还明显受到排斥。"[93]再看莎评。一位中国学者研究莎士比亚笔下的女性群像后得出结论，莎翁既非"原初女性主义者"，亦非"厌女主义者"。她还认为："在莎学研究史上，主流莎评的视角一直是男性视角。"[94]这与部分印度甚或西方女权主义者的莎评有些相似，但有出入。

90 Sisir Kumar Das, *Indian Ode to the West Wind: Studies in Literary Encounters,* Delhi: Pencraft International, 2001,p.84.

91 张沛：《哈姆雷特的问题》，北京：北京大学出版社，2006年，第208至227页。

92 关于中国莎评、莎士比亚接受史的概况，参阅李伟民：《中国莎士比亚研究：莎学知音思想探析与理论建设》，重庆：重庆出版社，2012年，第7至78、446至482页；李伟昉：《梁实秋莎评研究》，北京：商务印书馆，2011年，第51至105页。

93 李伟昉：《梁实秋莎评研究》，北京：商务印书馆，2011年，第57页。

94 王玉洁：《莎士比亚的"性别之战"：莎翁戏剧作品的女性解读》，厦门：厦门大学出版社，2013年，第206至207页。

有学者指出，莎学素有"国际学术奥林匹克"之称。[95]遗憾的是，由于各种学术或非学术的原因，中国莎学界参与上述"奥林匹克竞赛"者对印度学者历史悠久且丰富多彩的莎学研究成果所知甚少。相反，令人汗颜的是，印度比较文学元老、2003 年仙逝的 S·K·达斯先生却在 2001 年出版的比较文学论文集中，根据中国西北大学"莎士比亚研究中心"于 1996 年出版的一本介绍莎士比亚中国传播史的书，向印度介绍了莎剧初登中国舞台的概况。[96]他写道："我很感兴趣地发现，1913 至 1915 年间，在中国早期翻译莎剧的所谓'文明戏'时期，中国改编版《威尼斯商人》有几个不同的剧名，如《一磅肉》、《女律师》和《肉契》。'文明戏'的主要情节来自兰姆的《莎士比亚戏剧故事集》，它们是后来照顾舞台上出现的'真实莎剧'的前身。"[97]

与上述情况类似，国内学界对莎士比亚在日本的传播似乎不太重视，虽有零星论文涉及，但至今尚未出现专题著作对此进行系统而深入的探讨。事实上，日本的莎士比亚接受史或曰莎士比亚日本传播史非常值得探讨，日本学者在莎学研究领域也非常活跃。例如，1991 年，在东京举行的第五届世界莎士比亚大会（the Fifth World Shakespeare Congress）上，便有两个议题与日本戏剧或包括日本戏剧的东方戏剧有关："莎剧与东方戏剧的表演和语言"、"莎剧与日本歌舞伎中的女性表演"。[98]

---

95 华全坤等著：《莎士比亚新论：新世纪，新莎士比亚》，"前言"上海：上海外语教育出版社，2007 年。

96 笔者咨询西安电子科技大学外语学院刘建树博士得知，西北大学似乎没有"莎士比亚研究中心"。已故的 S.K. 达斯先生（Sisir Kumar Das）或许出现笔误。达斯先生还在论述比较文学时，提到原在上海外语学院工作、后来出国的学者远浩一关于比较文学中国学派的观点。笔者为此咨询上海外国语大学文学研究院张煜教授，证实了此人的存在。达斯先生这样写道："如果文学流派的批评家们相信，法国学派和美国学派已经解决所有关于比较文学的基本问题，那么，他们就是在暗示，这两个学派没有遇到或思考过的问题，要么应该不假思索地排除在比较文学之外，要么就以普罗克拉斯提斯方式（Procrustean manner）强行纳入固定的研究模式。然而，问题如此之多，我们对他们的立场不敢苟同。非洲和拉美文学的问题，以及包括中国文学在内的东方文学的问题可能受到忽视。"S.K. 达斯：《印度的西风颂》'引言'"，参见尹锡南译：《印度比较文学论文选译》，成都：巴蜀书社，2012 年，第 309 页。

97 Sisir Kumar Das, *Indian Ode to the West Wind: Studies in Literary Encounters,* Delhi: Pencraft International, 2001, p.83.

98 信息来源参见：Minoru Fujita and Leonard Pronko, eds. *Shakespeare East and West,* "Preface", Richmond: Japan Library, 1996。

一位印度学者关注到莎剧在日本的本土化改编和演出情况，他曾观看过日本的歌舞伎（かぶき，kabuki）版《哈姆雷特》表演。他发现，哈姆雷特和奥菲莉娅的聚会场景被完全重新设计，哈姆雷特和雷欧提斯（Laertes）最后施行了日本式的荣誉自杀即剖腹（はらきり，Harakiri）。这与原著大不相同。他的结论是："文化特性的变异无法避免（the culture-specific alterations are inevitable）。"[99]一位美国学者对日本的歌舞伎版莎剧很感兴趣，他在与日本学者藤田稔（Minoru Fujita）主编的书中撰写长文《通过歌舞伎理解莎士比亚》分析这一现象。[100]他指出："歌舞伎版莎士比亚使我们有机会摆脱自己的欧洲中心狭隘意识，向我们展示已经浮现的未来……表演歌舞伎版莎士比亚的真实理由令人兴奋……它将重新创造莎士比亚时代的戏剧世界。"[101]

在上述印度学者关注中国与日本的莎剧接受的背景下，中国学者对印度与日本的莎士比亚接受史或莎学研究史的忽视、漠视非常明显。有学者在分析中国版莎剧《夜宴》与《喜马拉雅王子》的不理想效果后指出："此间，主客体的倒置与错乱，间或显现一份不无急迫性的文化议题：中国文化如何结束高度中空化的状态，尝试获取差异性的主体重建？同时，这也是全球性的面向，美国/好莱坞式的普范价值被危机动摇，替代性的选择究竟何在？"[102]这些话隐含两位作者的焦虑，这便是：中国电影的文化价值与身份认同需尽快确立，而最佳策略尚未发现，参照系并非轻易可寻。仔细查阅该书，发现两位作者已经关注到印度演员参与拍摄的电影如《莎剧演员》等，并对其有所评述。[103]不过，有些自相矛盾的是，该书归纳 1900 年以来世界范围主要的《哈姆雷特》电影改编版时，虽然列出了《哈姆雷特》的三部印度版电影（1935年乌尔都语版、1954 年印地语版，1990 年米佐兰语版），但其相当于参考文

---

99 S. Ramaswamy, "Shakespeare's Hamlet in a Sanskrit Adaptation," D. A. Shankar, ed., *Shakespearein Indian Languages,* Shimla: Indian Institute of Advanced Study, 1999, p.78.

100 Leonard C. Pronko, "Approaching Shakespeare through Kabuki", Minoru Fujita and Leonard Pronko, eds., *Shakespeare East and West,* Richmond: Japan Library, 1996, pp.23-40.

101 Leonard C.Pronko, "Approaching Shakespeare through Kabuki", Minoru Fujita and Leonard Pronko, eds., *Shakespeare East and West,* Richmond: Japan Library, 1996, p.24.

102 戴锦华、孙柏：《〈哈姆雷特〉的影舞编年》，上海：上海人民出版社，2014 年，第 192 页。

103 戴锦华、孙柏：《〈哈姆雷特〉的影舞编年》，上海：上海人民出版社，2014 年，第 99 至 104 页。

献的"延伸阅读书目"只列举中国与西方学者的莎学论著，并无一本印度学者的莎评著作。笔者近期查阅中国学者的许多莎学研究著作，发现其基本上均是如此。这种对东方邻居的集体无意识"健忘症"值得深思。"可以说，在21世纪的今天，不但有话剧莎剧、戏曲莎剧的改编，而且有电影莎剧的改编，中国的改编者是以更加开放、放松、多元的心态来进行莎剧改编的。"[104]在此背景下，如能以比较视角较为系统地考察莎士比亚在中印两国或中日两国的传播，必然具有学理、现实的双重意义。但是，环顾学界，对于印度、日本等东方国家的莎学研究似乎乏人关注，[105]这种比较文学框架下的大视野自然难以成型。

中国学者指出："中国的莎士比亚评论虽然历史并不很长，但仍然做出了独具特色的贡献。目前的主要问题是：如何使中国莎学进入世界莎学并获得相应的注意、承认和地位？中国莎学如何表现出对当代世界莎学在各方面进展的意识？如何在以具有自身特色的话题、话语、方法的莎评丰富世界莎学总体的同时，在各方面与世界莎学'接轨'，以更有效地参与世界莎学这一大话语过程？"[106]将这位学者的话与笔者上述介绍两相对照，不难读出我们自己的某种尴尬：我们的大部分学者无法像印度莎学研究者那样，以英语发表或出版国外学者看懂的论文、论著，以便获得"相应的注意、承认和地位"；我们关注的是西方所代表的"世界莎学总体"，我们关心的是如何与西方所代表的"世界莎学"接轨。

有的学者指出："环顾近年来的中国莎学研究状况，我认为急需扩大中国莎学研究的外延，深入莎氏作品的深处，而用比较文学研究方法研究莎作，外延与内涵均能兼顾。"[107]他认为，中国学者引用英文资料居多，而很少运用俄语、德语资料。"俄文、德文的引文数量合起来实际不足 1%，说明我们对其他莎学大国如俄罗斯、德国甚至法国、日本、印度的莎学研究了解较少。

---

104 李伟民：《中国莎士比亚研究：莎学知音思想探析与理论建设》，重庆：重庆出版社，2012 年，第 78 页。

105 也有少数例外，如李伟民："日本莎剧演出与研究一瞥"，李伟民主编：《中国莎士比亚研究通讯》，2013 年，第 59 页；尹锡南："莎士比亚戏剧在印度的翻译改编及研究"，《青岛大学师范学院学报》，2011 年第 3 期，第 87 至 92 页。

106 张冲编著：《莎士比亚专题研究》，上海：上海外语教育出版社，2004 年，第 469页。

107 李伟民：《光荣与梦想：莎士比亚在中国》，香港：香港天马图书有限公司，2002年，第 45 页。

中编　莎士比亚在印度
第三章　莎士比亚在印度的跨文化传播

实际上这些国家的莎学研究也很活跃，他们的研究对我国莎学研究有指导和参考作用。因此应该努力扩大上述国家的莎学文献情报源的搜集。"[108]他还建议以世界莎学、国别莎学的视角来促进 21 世纪中国莎学的创新研究，"寻求中国莎学的重大突破和更全面的创新……实现对中国莎学的微观分析与宏观研究的统一把握，以期以莎学大国的面貌参与世界莎学对话"。[109]

鉴于此，笔者斗胆建议国内莎学界同仁，尽快组织力量集体攻关（如申请国家社科基金重大项目的资助），早日写出"莎学在世界"、"区域莎学"或"国别莎学"丛书（李伟民教授等曾以各种方式表达过类似观点），简介中国、日本、印度、韩国、美国、欧洲国家、西亚国家、东南亚国家、以西班牙语为主体语言的拉丁美洲国家甚或非洲国家等的莎士比亚接受史或莎学研究史，以便学界尽早形成科学合理的世界莎学观，达到与世界各国莎学研究者平等、科学、严谨对话的理想境界。

---

108 李伟民：《光荣与梦想：莎士比亚在中国》，香港：香港天马图书有限公司，2002年，第 228 页。

109 李伟民：《光荣与梦想：莎士比亚在中国》，香港：香港天马图书有限公司，2002年，第 263 页。

第四章　莎士比亚戏剧在印度电影中的改编与挪用

　　印度学者认为，文学和电影是"连体的双生子"，文学文本的影视化本质上是一种文学翻译，不同的是："以文字呈现的转换文本通常被称为'翻译'，而以电影胶片呈现的一般称为'改编'。"[1]诚如该学者所言，自电影诞生以来，迄今已有大量文学经典被搬上电影屏幕。纵观世界电影发展史，莎士比亚戏剧这一"笼罩一世、凌越千古"[2]的"全人类文明的永恒瑰宝"[3]为世界各国电影产业提供了取之不竭的素材与灵感，以至于美国电影理论家道格拉斯·布朗德在《电影中的莎士比亚》中说："莎士比亚的剧本与其说是戏剧著作，不如说是电影剧本，是在电影诞生三个世纪前写作的电影剧本。"[4]早在1899年，英国便拍摄了世界电影史上第一部莎剧电影短片《约翰王》。该片虽然只有短短4分钟，但却预示了莎士比亚戏剧与电影胶片的百年情缘。此后，东西方各国电影人纷纷展开莎剧影视改编。他们或以现当代语境对莎剧进行整本改编，或挪用莎剧经典情节和主题书写自己的艺术主张，或

1　Debayan Deb Barman, ed., *Shakespeare in India: Criticism, Translation and Performance*, Kolkata: Ashadeep, 2016, pp.204-205.

2　吴洁敏、朱宏达：《朱生豪传》，上海：上海外语教育出版社，1990年，第263页。

3　刘翼斌：《概念隐喻翻译的认知分析——基于〈哈姆雷特〉平行语料库研究》，北京：中国社会科学出版社，2011年，第1页。

4　转引自徐红："莎剧改编：从戏剧到电影"，《电影文学》，2007年，第5期，第24至28页。

借用莎剧形象或台词等元素丰富自己的电影作品，形式不一而足。

借助胶片媒介，莎剧表演脱离了舞台演绎的时空局限，并以史无前例的速度在全球开疆拓土。在美国，以好莱坞为代表的电影产业相继推出了众多莎剧改编影片，其中既有传奇巨星劳伦斯·奥利弗导演或演绎的《哈姆雷特》、《亨利五世》、《奥赛罗》、《理查三世》及《罗密欧与朱丽叶》等不朽经典，也不乏改编自《罗密欧与朱丽叶》的融歌舞和黑帮元素于一体的《西区故事》（*West Side Story*，1961），还有散发着《哈姆雷特》意蕴的动画电影《狮子王》（*The Lion King*，1994），展现了莎剧银幕改编的多元特色。在日本，黑泽明根据莎剧《麦克白》和《李尔王》改编的电影《蜘蛛宫堡》（*Throne of Blood*，1957）和《乱》（*Ruan*，1985）不仅是世界影史上的不朽经典，也让全球观众在莎士比亚的戏剧范式中领略到了日本能剧传统和武士道精神的魅力。在中国，改编自《哈姆雷特》的《夜宴》和《喜马拉雅王子》又以极具中国特色的武侠风骨和藏域风情再次证实了莎士比亚戏剧的经典性和文化适应性。毫无疑问，以电影为媒介的莎剧改编极大地推进了莎剧在全球范围内的跨文化传播和跨时空传承，同时又赋予了莎剧以新的美学和文化维度。

印度是莎剧影视化改编最早的亚洲国家之一。早在 1923 年，印度就推出了改编自莎剧《辛柏林》的电影《骞卜拉吉·哈度》（*ChamprajHado*）。自该片上映至今，莎士比亚戏剧与印度电影银幕的情缘已走过了约一个世纪。从默片到有声电影，从黑白胶片到彩色数字电影，从古典改写到后现代挪用，莎士比亚戏剧为印度民族电影产业的发展提供了不竭的动力和资源，莎剧改编电影也已成为印度电影不可分割的重要组成部分。为厘清莎剧在印度跨文化传播的全貌，我们有必要系统梳理莎剧在印度电影中的改编和挪用史。

第一节　莎剧在印度银幕上的百年改编史

长期以来，莎士比亚如"魅影"[5]一样充斥着宝莱坞银幕。据学者R·M·G·帕里雅格统计，截止 2007 年，印度共有莎剧改编电影 88 部，其中仅宝莱坞（Bollywood）就有印地语莎剧改编影片 66 部，以印度其他地方

5　Rosa Maria Garcia Periago, *Shakespeare, Bollywood and Beyond*, Universidad de Murcia, 2013, p.72.

语种和英语呈现的影片 22 部。[6]据印度知名莎士比亚研究学者普南·特里维迪等统计，从 1923 到 2016 年，印度共有各语种莎剧改编电影 115 部。[7]

仔细比较上述两位学者的统计不难发现，二者的统计不仅数量出入甚大，电影篇目也不尽相同。究其原因，这与不同学者对文学作品电影改编的评判标准密不可分。事实上，文学影视改编理论研究目前依然处于发展阶段，相关理论术语如"改编"的内涵和外延依然模糊。这为界定部分影片是否属于莎剧改编作品带来了困难。电影改编理论学者约翰·M·德斯蒙德（John M. Desmond）等曾根据忠实程度将文学作品的电影改编分为紧密型、松散型和居中型三类。紧密型改编将文学作品中的大部分故事元素保留在电影中，只放弃或添加很少部分元素。松散型改编只将文学作品作为一个出发点，其中大部分情节都被舍弃。居中型改编介于紧密型改编和松散型改编之间，它既不完全符合也不完全分离于文学作品。[8]学者迈克尔·克莱因和吉莉安·帕克也提出过类似观点。在他们看来，文学作品的电影改编也分为三种：一种改编从字面意思上"把文学作品转换成电影中的语言"（紧密型）；一种改编是"重新演绎故事，但是保留故事的核心结构……源文本"（居中型）；一种改编是"仅仅把原著视为原材料，只简单拿出原创作品中的一个情景"（松散型）。[9]亦有中国学者曾将莎剧在电影中的"面孔"分为三类：完美还原、本土移植和后现代颠覆。在该学者看来，完美还原式改编"不仅尊重原著主题，而且注重保持莎剧原汁原味的舞台风格"；本土移植式改编"取莎剧立意，将其民族化和导演风格个人化"；而后现代颠覆式改编"适应拥有丰富影像经验的当代观众，……莎剧被肆意拆解、拼贴、变形和颠覆"。[10]不难看出，上述东西方学者对"改编"的界定近乎相同，但对忠实之"程度"的界定则比较模糊。因此，要在当前年产量逾千的印度电影产业中系统梳理莎剧改编史确非易事，因为仅仅"在宝莱坞，女主角的哥哥杀死男主角的电影至少有 50 部，而展示

6　Rosa Maria Garcia Periago, *Shakespeare, Bollywood and Beyond*, Universidad de Murcia, 2013, pp.372-379.

7　Poonam Trivedi & ParomitaChakravarti, eds., *Shakespeare and Indian Cinemas: "Local Habitations"*, New York and London: Routledge, 2019, pp. 328-332.

8　（美）约翰·M.德斯蒙德、彼得·霍克斯：《改编的艺术：从文学到电影》，李升升译，北京：世界图书出版公司，2015 年，第 3 至 4 页。

9　转引自约翰·M.德斯蒙德、彼得·霍克斯：《改编的艺术：从文学到电影》，李升升译，北京：世界图书出版公司，2015 年，第 4 页。

10　金晓菲："莎剧的三种电影面孔"，《中华读书报》，2007 年 3 月 12 日。

男女主角悲剧爱情的电影也不少于 500 部。"[11]

迄今为止,东西方学界有关莎剧在印度电影中的改编和挪用的系统梳理依然罕见。究其原因,这与印度多语共生的电影生态不无关系。印度是典型的多语种国家,其繁荣的电影产业亦呈现出多元语言特征。虽然以孟买为中心的印地语宝莱坞是印度电影产业的最强者,但除宝莱坞外,印度还形成了以金奈为中心的泰米尔语"考莱坞"(Kollywood)、以海德拉巴为中心的泰卢固语"托莱坞"(Tollywood)、以特里凡得琅(喀拉拉邦首府)为中心的马拉雅兰姆语"莫莱坞"(Mollywood)和以班加罗尔为中心的坎纳达语"桑达坞"(Sandalwood)等十多个电影产业。近百年来,印度各大电影产业中均不乏莎剧的身影。迄今为止,印度银幕上不仅产生了印地语、泰米尔语、坎纳达语、泰卢固语、马拉雅兰姆语、孟加拉语、乌尔都语、马拉提语、旁遮普语、阿萨姆语和古吉拉特语等多种本土官方语言改编的莎剧(或涉莎)电影,还出现了米佐语(Mizo)和图卢语(Tulu)等地方小语种莎剧影片。毫无疑问,纷繁复杂的语言生态也给梳理印度电影中的莎剧改编和挪用带来了困难。

此外,默片时代电影数据的失佚和部分莎剧电影在不同语种中的多次翻拍也给统计梳理带来了一定困难。尽管如此,毋庸置疑的是,印度繁荣的电影产业在过去近百年间以整本改编、情节再现和元素挪用等不同形式制作了大批与莎剧相关的电影。它们为莎剧在印度的广泛传播和接受做出了重要贡献。据笔者统计,截止 2018 年,印度莎剧改编电影的数量应不低于150 部。[12]

虽然莎剧在印度电影中的改编和挪用历史悠久且产量众多,但有关印度莎剧改编电影的系统研究依然不多见。诚如普南·特里维迪等学者所言,"虽然有关莎剧在电影和电视银屏上的改编已经成为一项重要且成熟的研究课题,但有关莎剧在印度电影中的改编研究依然鲜见"。[13]理查德·伯特(Richard Burt)在探讨印度电影银幕上的莎剧身影时也曾指出,"不仅莎剧在印度殖民地时期和后殖民时期电影中的改编记录不多见,有关其在印度银幕上的改

11 Rosa Maria Garcia Periago, *Shakespeare, Bollywood and Beyond*, Universidad de Murcia, 2013, p.66.

12 完整统计见本文附录:"印度莎剧改编电影(涉莎电影)一览表"。

13 Poonam Trivedi & Dennis Bartholomeusz, eds., *India's Shakespeare: Translation, Interpretation and Performance*, Newark: University of Delaware Press, 2005, p.269.

编的学术研究更为少见"。[14]这与莎剧电影批评诞生较晚不无关系。虽然莎剧与电影胶片早在 19 世纪末便已结缘，但全球"第一部标准长度的莎剧电影研究作品直到 1968 年才诞生"。[15]整体来看，目前有关印度莎剧电影改编的学术研究成果既不丰富，也不系统。相关研究成果主要见于《莎士比亚在印度的表演》（*Performing Shakespeare in India*）、《莎士比亚在印度：批评、翻译、表演》（*Shakespeare in India：Criticism，Translation and Performance*）、《莎士比亚在亚洲：当代表演》（*Shakespeare in Asia: Contemporary Performance*）等论文集。虽然也有《宝莱坞的莎士比亚》（*Bollywood Shakespeares*）和《莎士比亚与印度电影：本土改编》（*Shakespeare and Indian Cinemas: "Local Habitations"*）等专题研究著作，但其形式依然是论文集，内容也多限于单部电影文本研究。系统深入的研究成果目前仅有一部，即学者 R·M·G·帕里雅格的博士论文《宝莱坞内外的莎士比亚》（*Shakespeare, Bollywood and Beyond*）。虽然该作对印度电影中的莎剧改编进行了较为系统的梳理分析，但所探讨的影片主要是宝莱坞的印地语电影，并未论及印度其他语种中的莎剧影片。此外，从研究对象看，当前学界的研究主要以探讨宝莱坞著名导演维夏·巴德瓦杰（Vishal Bhardwaj）根据《麦克白》、《奥赛罗》和《哈姆雷特》改编的《马克布》（*Maqbool*，2003）、《奥姆卡拉》（*Omkara*，2006）和《海德尔》（*Haider*，2014）等影片为主，对其他莎剧改编电影的关注并不多。

印度电影银幕上的莎剧改编始于默片时代。这一时期共诞生了改编自莎剧《辛柏林》、《威尼斯商人》、《哈姆雷特》、《第十二夜》和《麦克白》的无声黑白电影 7 部。此外，还有一部涉及《威尼斯商人》的影片。[16]整体而言，这一时期的莎剧改编电影相对粗糙，但它们开启了莎剧在东方电影银幕上不断增长的新时代。[17]

---

14 Kennedy, Dennnis& Yang Lilan, eds., *Shakespeare in Asia: Contemporary Performance*, Cambridege: Cambridge University Press, 2010, p.73

15 Shaughnessy, Robert, ed., *Shakespeare on Film*."Preface", New York: Palgrave, 1998, p.5. 该书前言指出，全球第一部标准长度的莎剧电影研究作品是 R.H.波尔（Robert Hamilton Ball）所撰的《无声电影中的莎士比亚》（*Shakespeare on Silent Film*）。

16 详见附录"印度莎剧改编电影（涉莎电影）一览表"。

17 Greg Colon Semenza, "The Globalist Dimensions of Silent Shakespeare Cinema", *Journal of Narrative Theory*, No. 3, 2011, p.325.

1931 年，印度第一部有声电影问世，[18]印度电影银幕上的莎剧改编亦进入有声时代。印度最早的有声莎剧电影可追溯至 1932 年的印地语影片《萨蒂·娑娜》(Sati Sone)。该片翻拍自印度最早的莎剧改编电影，即 1923 年改编自《辛柏林》的默片《骞卜拉吉·哈度》。随后，一大批改编自莎剧《驯悍记》、《第十二夜》、《威尼斯商人》、《麦克白》、《安东尼和克莉奥佩特拉》、《罗密欧与朱丽叶》、《约翰王》和《哈姆雷特》的有声电影相继诞生，且以印地语、乌尔都语、泰米尔语和马拉提语等多种语言呈现。不过，由于"早期的印度电影和'莎剧改编'电影都深受帕西剧的影响"，这一时期的莎剧影片基本都是帕西剧莎剧的舞台录影，[19]其社会反响均不大。

20 世纪 40 年代，印度民族独立运动高涨，印度也从殖民地时期转入后殖民时期。这一时期，莎剧彰显的人文思想对印度人认清英帝国殖民政策的伪善本质起到了积极作用，部分学者也以"逆写帝国"的姿态利用莎剧中的西方观念质疑英帝国在印度的殖民统治，以此来增强民族自信。[20]在反帝国主义情绪和独立后百废待兴的社会现实影响下，印度电影人也积极运用本土文化对莎剧展开"去殖民化"改写。改编自《威尼斯商人》、《一报还一报》、《辛柏林》、《罗密欧与朱丽叶》、《李尔王》、《第十二夜》等的泰米尔语、印地语、乌尔都语和泰卢固语影片相继登陆电影银幕。

随着印度民族独立运动的胜利，50 年代的印度莎剧改编电影呈现繁荣之势。印度电影界从《驯悍记》、《哈姆雷特》、《安东尼和克莉奥佩特拉》、《麦克白》、《第十二夜》、《罗密欧与朱丽叶》和《皆大欢喜》等莎剧中汲取灵感，先后推出了莎剧改编影片（含涉莎影片）14 部。其中，改编自《驯悍记》的印地语电影《刁蛮公主》(Aam，1952) 和改编自《罗密欧与朱丽叶》的泰米尔语影片《安比卡帕西》(Ambikapathy，1957) 最为经典。

20 世纪 60 年代，受印度新电影运动的影响，大量外国影片引入印度。在西方先进电影技术的推动下，印度电影产量倍增[21]，莎剧电影改编亦焕发出新

---

18 印度首部有声电影《阿拉姆阿拉》(Alam Ara) 诞生于 1931 年。该电影的上映标志着印度电影进入有声时代，但直到 1934 年，印度仍然有大量默片上映。

19 Craig Dionne & Parmita Kapadia, eds., *Bollywood Shakespeares*, New York: Palgrave Macmillan, 2014, p.22.

20 尹锡南、王冬青："莎士比亚作品的印度传播及其对中国的启示"，中国人民大学复印报刊资料《外国文学研究》，2018 年，第 10 期，第 24 至 29 页。

21 Anil Saari, ed., *India Cinema 1994*, New Delhi: Mayar Printers, 1995, pp.7-8.

的生命力。20世纪后40年间，印度共推出了各类莎剧改编影片60余部。改编次数最多的是《罗密欧与朱丽叶》，共计被改编了约20次。其中，较为经典的改编影片有《痴情鸳鸯》（*Bobby*，1973）、《驯马师的爱情故事》（*Betaab*，1983）、《冷暖人间》（*Qayamat Se Qayamat Tak*，1988）、《真爱在我心》（*Maine Pyar Kiya*，1989）、《以爱之名》（*Saudagar*，1991，又名《生死交易》）、《爱在烽火云起时》（*1942 A Love Story*，1994）和《孟买之恋》（*Bombay*，1995）等。

　　在喜剧方面，《错误的喜剧》于这一时期以《巴哈兰迪·比拉斯》（*Bhranti Bilas*，1963）为名被首次搬上印度银幕。随后，多部改编自该剧的影片如《成为多尼·沙尔》（*Do Dooni Chaar*，1968）、《安古尔》（*Angoor*，1982）、《乌尔塔·帕尔塔》（*Ulta Palta*，1997）等相继诞生。虽然《错误的喜剧》在印度电影中的改编相对较晚，但却"是过去五十年间印度电影银幕上最受欢迎的莎剧"。[22] 此外，这一时期还出现了一系列改编自莎翁经典悲剧的影片，如改编自《奥赛罗》的《婚配》（*Saptapadi*，1961）和《卡利亚塔姆》（*Kaliyattam*，1997），改编自《哈姆雷特》的《哈姆雷特：丹麦王子》（*Hamlet:Prince of Denmark*，1989）和《陌生人阿古塔克》（*The Stranger Aguntak*，1991）以及改编自《李尔王》的《棉花重量》（*Rui Ka Bojh*，1997）等。

　　进入21世纪，在国际竞争转向文化软实力博弈的背景下，印度电影文化产业空前发展。过去二十年间，热衷于莎剧改编的印度电影人先后推出了近50部莎剧改编电影。就剧种而言，这一时期的电影改编以莎翁悲剧居多。就改编频率而言，改编次数最多的依然是《罗密欧与朱丽叶》，诞生了《双城风波》（*Josh*，2000）、《爱火硝烟》（*Ishaqzaade*，2012）、《罪爱》（*Issaq*，2013）、《枪林弹雨里的爱情》（*Goliyon Ki Raasleela Ram-Leela*，2013）、《猪》（*Fandry*，2013）、《镜之城》（*Arshinagar*，2015）和《命中注定》（*Sairat*，2016）等多部影片。在经典悲剧方面，出现了改编自《哈姆雷特》的《爱情魔咒》（*Agni Varsha*，2002，又名《火与雨》）、《危局》（*Danger*，2002）、《异能缉凶》（*8*10 Tasveer*，2009）、《瑜伽因缘》（*Karmayogi*，2012）、《海德尔》（*Haider*，2014）和《希曼塔》（*Hemanta*，2016），改编自《麦克白》的《马克布》（*Maqbool*，2003），改编自《李尔王》的《园丁》（*Baghbaan*，2003）、《第二代》（*Second Generation*，2003）和《戏剧之王》（*Natsamrat*，2016/2018），改编自《奥赛罗》的《奥赛

---

22 Poonam Trivedi & Paromita Chakravarti, eds., *Shakespeare and Indian Cinemas: "Local Habitations"*, New York and London: Routledge, 2019, p.251.

罗的世界》（*In Othello*，2003）、《奥姆卡拉》（*Omkara*，2006）和《我们的奥赛罗们》（*We Too Have Othellos*，2014，又名《奥赛罗》），改编自《安东尼和克里奥佩特拉》的《坎纳奇》（*Kannaki*，2001）等。在经典喜剧方面，这一时期诞生了改编自《驯悍记》的《斯里玛缇·巴彦卡里》（*Srimati Bhayankari*，2001）和《只在今生》（*Isi Life Mein*，2010），改编自《错误的喜剧》的《双重麻烦》（*Double Di Trouble*，2014），改编自《无事生非》的《情缘》（*Hum Tum*，2004），改编自《第十二夜》的《情系板球》（*Dil Bole Hadippa*，2009）和改编自《仲夏夜之梦》的《10毫升的爱》（*10ml Love*，2010）等。此外，还有改编自历史剧《理查三世》的《宝莱坞歌舞片〈理查三世〉》（*Richard III: A Bollywood Musical*，2003）等。

　　整体而言，从1923到2018年，共有18部莎士比亚剧作被搬上了印度电影银幕。从影片与原作的关系来看，本土移植式改编相对较多，后现代颠覆式松散型改编次之，而完美还原原作的紧密型改编较少。从戏剧类型来看，悲剧改编最多，历史剧最少。[23]从戏剧文本来看，《罗密欧与朱丽叶》改编次数最多，共计32次。其它依次为《驯悍记》23次、《哈姆雷特》16次、《错误的喜剧》13次、《奥赛罗》7次、《麦克白》6次、《第十二夜》和《辛柏林》各5次、《李尔王》和《威尼斯商人》各4次、《安东尼和克莉奥佩特拉》3次、《无事生非》、《约翰王》、《一报还一报》、《皆大欢喜》、《理查三世》和《仲夏夜之梦》各1次。此外，涉及各类莎剧或与莎剧人物、情节等构成互文关系的影片共计28部。[24]在全面了解了印度莎剧电影的百年改编史后，笔者接下来将按照悲剧、喜剧和其他剧种等不同类别对莎剧在印度电影中的改编进行梳理分析。

---

23 本文有关莎士比亚悲剧、喜剧、传奇剧和历史剧的划分以《莎士比亚全集》（河滨版）为标准。根据该版本的划分，莎士比亚悲剧包括《罗密欧与朱丽叶》、《哈姆雷特》、《奥赛罗》、《麦克白》、《李尔王》、《安东尼和克莉奥佩特拉》、《裘力斯·凯撒》、《雅典的泰门》、《泰特斯·安德洛尼克斯》和《科里奥兰纳斯》10部；莎士比亚喜剧包括《错误的喜剧》、《驯悍记》、《维洛二绅士》、《爱的徒劳》、《仲夏夜之梦》、《威尼斯商人》、《温莎的风流娘儿们》、《无事生非》、《皆大欢喜》、《第十二夜》、《特洛伊罗斯和克瑞西达》、《终成眷属》和《一报还一报》13部；其传奇剧包括《辛柏林》、《冬天的故事》、《暴风雨》、《两位贵亲戚》和《泰尔亲王佩里克里斯》5部；其余剧本如《约翰王》和《理查三世》等均属于历史剧。详见 William Shakespeare, *The Riverside Shakespeare(Second Edition)*, Evans, G. Blakemore & others, eds., Boston & NewYork: Houghton Mifflin Company, 1997，pp.ix-xi。

24 详见本文附录"印度莎剧改编电影（涉莎电影）一览表"。

第二节　莎士比亚悲剧在印度电影中的改编与挪用

截止 2018 年，莎士比亚悲剧在印度银幕上的改编电影共计达 70 余部，几乎占印度莎剧改编电影总量的一半。它们主要基于《罗密欧与朱丽叶》、《哈姆雷特》、《奥赛罗》、《麦克白》、《李尔王》、《安东尼和克莉奥佩特拉》6 部悲剧改编而来。由于《罗密欧与朱丽叶》"包含了一部'马沙拉'电影所需要的必要元素：命运、苦难和爱情"[25]，使得该剧成为印度众多电影的灵感来源，其在印度电影银幕上的改编次数也最多。但讽刺的是，虽然"在宝莱坞，女主角的哥哥杀死男主角的电影至少有 50 部，展示男女主角悲剧爱情的电影也不少于 500 部。却没有任何一部是完全照搬《罗密欧与朱丽叶》的"。[26]诚如该学者所言，印度电影中的《罗密欧与朱丽叶》改编几乎无一例外的都是松散型本土化改编。其中，早期印度电影银幕上的《罗密欧与朱丽叶》改编主要依托该剧主人公"爱而不得"的悲剧故事，旨在重述印度民间故事和历史传说中类似的爱情悲剧。后期基于该剧的改编影片大都只沿用了该剧男女主人公"天生有仇、注定相爱"的虐恋范式和"一见钟情"、"阳台诉衷肠"或"私奔"等情节。它们大部分都根植于印度社会现实，将阻碍罗密欧与朱丽叶爱情的"世仇"进行了印度化和现代化改写，旨在借用《罗密欧与朱丽叶》的爱情故事揭露和思考印度的社会现实问题。

印度最早的《罗密欧与朱丽叶》改编电影是泰米尔语影片《安比卡帕西》（*Ambikapathy*，1937）和乌尔都语影片《危情》（*Pukar*，1939）。两部电影均将罗密欧与朱丽叶的悲剧爱情与印度本土的历史和传说相融合，构成了莎剧在印度电影银幕上的早期本土化叙事。《安比卡帕西》通过将《罗密欧与朱丽叶》的多个情节与印度历史故事巧妙融合，讲述了 11 世纪朱罗王朝时期泰米尔语宫廷诗人坎巴尔之子安比卡帕西与公主阿玛拉瓦蒂的悲剧爱情故事。《危情》讲述了印度 17 世纪贾汉吉尔统治时期两大世仇家族后代的悲剧爱情。但该片的核心旨趣并非讲述悲剧爱情故事，而是通过两个故事展示国王贾汉吉尔的公正法治。1948 年，受美国米高梅莎剧改编电影《罗密欧与朱丽叶》影响，印度电影人阿柯塔尔·侯赛因（Akhtar Hussain）推出了印地语电影《奥

25　Rosa Maria Garcia Periago, *Shakespeare, Bollywood and Beyond*, Universidad de Murcia, 2013, p.72.

26　Rosa Maria Garcia Periago, *Shakespeare, Bollywood and Beyond*, Universidad de Murcia, 2013, p.66.

朱曼》(*Aujuman*, 1948)。该片受帕西剧传统影响很大,增添了大量歌舞,是莎剧与印度戏剧美学相结合的典范之作。1957 年,P·尼纳阚坦(P. Neelakantan)翻拍了 1937 年的同名泰米尔语电影《安比卡帕西》,影片内容及情节与原片如出一辙。1970 年,著名导演切丹·阿南德(Chetan Anand)推出了影片《希尔与南贾》(*HeerRaanjha*, 1970)。该片将莎剧故事与旁遮普地区的民间传说融为一体,打造了旁遮普版的《罗密欧与朱丽叶》。严格上说,上述电影均不能称之为真正意义上的莎剧改编电影。在这些影片中,莎剧仅仅是印度本土文化叙事的重要媒介。

从 20 世纪 70 年代开始,受官僚主义、贪污腐败以及英迪拉·甘地执政时期的决策影响,印度社会问题丛生,民众心中的负面情绪越来越深。面对复杂丛生的社会问题,印度电影人开始通过电影媒介揭露社会现实。从这一时期开始,印度银幕上的《罗密欧与朱丽叶》改编不再从印度民间传说和历史故事中汲取资源,而是将莎剧故事重构于印度现实社会。改编也主要集中于对原作中的"世仇"冲突进行改写,旨在揭露印度的文化陋习和现实弊病等。影片《丽西玛与谢拉》(*Reshma Aur Shera*, 1971)和《冷暖人间》(*Qayamat Se Qayamat Tak*, 1988)虽然都沿用了莎剧原作中的"世仇"冲突,但前者着墨于印度寡居女性的萨蒂(Sati)殉夫传统和生存问题,而后者则将阶级差距和黑帮暴力元素纳入其中。在《驯马师的爱情故事》(*Betaab*, 1983)和《真爱在我心》(*Maine Pyar Kiya*, 1989)中,家族"世仇"被改写为"贫富差距"。不同的是,前者的主人公是农家青年和富家女,而后者则是富家子弟与农场女。影片《堵车》(*MaroCharitra*, 1978)和翻拍自该片的《天造地设》(*EkDuujeKeLiye*, 1981)都聚焦印度各地域之间的文化差异。《堵车》讲述了说泰米尔语的男孩和说泰卢固语的邻家女孩彼此爱慕,后因家长阻扰以悲剧收场的爱情故事。《天造地设》则将《堵车》中单一的语言差异进一步丰富,讲述了一个跨阶级、跨语言、跨文化、跨地域的悲剧爱情故事。在该片中,朱丽叶出身于果阿印地语高级知识分子家庭,而罗密欧是说泰米尔语的南印租客,导致二人爱情悲剧的不是家族"世仇",而是双方家庭迥异的荤素饮食习惯等。在《痴情鸳鸯》(*Bobby*, 1973)中,导演将社会阶层、贫富差距和宗教差异融为一体,讲述了印度教富家子与基督教渔家女的虐恋故事。

在这一时期的改编影片中,《冷暖人间》(*Qayamat Se Qayamat Tak*)是"印地语电影产业中最成功的莎剧商业改编电影"。[27]该片不仅在印度收获了过亿卢比的总票房，还被视为"印度电影产业从 70 年代关注暴力复仇主题转向80、90 年代关注浪漫爱情题材的重要标志"。[28]与此前众多取材于莎剧的印度电影一样，该片的创作团队并未在任何场合直接说明其与莎翁原作的关系。事实上，虽然"在众多印度电影中都能发现《罗密欧和朱丽叶》的身影，但它们与莎剧的关系很少被提及"。[29]就《冷暖人间》而言，"无论是在电影的宣传海报上，还是在电影碟片的封面上，亦或是在电影的片头或片尾，都丝毫未曾提及或影射过莎士比亚"。[30]但从影片内容来看，该片包含了大量和《罗密欧与朱丽叶》相同的元素和情节，如家族血仇、男女主人公一见钟情且秘密相爱、女主人公被包办婚姻、私奔并私自成婚、殉情等。大量的相似情节使得该片看起来是"一部忠实的《罗密欧与朱丽叶》改编电影"。[31]

　　20 世纪 90 年代以来，改编自《罗密欧与朱丽叶》的影片不断增多，对原作中"世仇"冲突的改写也更加多元。部分影片如《以爱之名》（*Saudagar*，1991）和《痴情鸳鸯》（*Bobby*，2002）[32]依然沿用"家族世仇"书写。《以爱之名》讲述了祖辈因联姻不成结下血仇，导致孙辈爱情受阻的故事，《痴情鸳鸯》（2002）展现了血仇阴影下的黑帮首领女儿与富家子的虐恋。改编自 1978 年同名影片的《堵车》（*Maro Charitra*，2010）依然聚焦文化差异，但将故事构筑于印度之外，展现了海外印度人对印度文化的矛盾态度。影片《海娜》（*Henna*，1991）、《孟买之恋》（*Bombay*，1995）和《爱火硝烟》（*Ishaqzaade*，2012）将原作中的"世仇"改写为印度教和伊斯兰教之间的教派冲突。《爱在烽火云起时》（*1942 A Love Story*，1994）则将其改写为印度独立运动时期亲英派和独立革命者之间的信仰差异和政治冲突。2000 年，改编自好莱坞经典

---

27 Poonam Trivedi & Paromita Chakravarti, eds., *Shakespeare and Indian Cinemas: "Local Habitations"*, New York and London: Routledge, 2019, p.251.

28 Poonam Trivedi & Paromita Chakravarti, eds., *Shakespeare and Indian Cinemas: "Local Habitations"*, New York and London: Routledge, 2019, p.251.

29 Rosa Maria Garcia Periago, *Shakespeare, Bollywood and Beyond*, Universidad de Murcia, 2013, p.79

30 Rosa Maria Garcia Periago, *Shakespeare, Bollywood and Beyond*, Universidad de Murcia, 2013, p.79

31 Rosa Maria Garcia Periago, *Shakespeare, Bollywood and Beyond*, Universidad de Murcia, 2013, p.78.

32 该片与 1973 年的影片《痴情鸳鸯》（*Bobby*）同名，二者均改编自莎剧《罗密欧与朱丽叶》。不同的是，前者（2002）讲述的是黑帮首领女儿与富家子的悲剧故事，后者（1973）呈现的是印度教富家子与基督教渔家女的虐恋故事。

莎剧改编电影《西区故事》的影片《双城风波》(*Josh*) 将黑帮体裁的《罗密欧与朱丽叶》带上印度银幕，并由此催生了一系列凸显帮派利益冲突的影片如《罪爱》(*Issaq*，2013)、《枪林弹雨里的爱情》(*Goliyon Ki Raasleela Ram-Leela*，2013) 和《镜之城》(*Arshinagar*，2015) 等。《猪》(*Fandry*，2013) 和《命中注定》(*Sairat*，2016) 均聚焦种姓差异。其中，《猪》讲述了达利特男孩与高种姓女孩的爱情故事，而《命中注定》展现了渔家子弟和政治家女儿的跨种姓、跨阶级爱情。

与《冷暖人间》一样，影片《枪林弹雨里的爱情》再现了《罗密欧与朱丽叶》的诸多情节，如家族仇恨、一见钟情、秘密相爱、包办婚姻、私奔和殉情等。但《枪林弹雨里的爱情》不仅直接注明了其改编自莎剧《罗密欧与朱丽叶》，其本土化改写也比《冷暖人间》更大胆、更多元。就影片风格来看，该片将《罗密欧与朱丽叶》的悲剧爱情与暴力电影体裁相结合，上演了一场充满暴力元素的印度本土莎剧。故事发生在一个枪支泛滥的古吉拉特小镇。在这里，男女主人公身后两大黑帮家族的世仇已经延续了数百年。为了保护各自利益，分属两大家族保护的小镇人民几乎人人都枪不离手。大街上林立的商店肆无忌惮地公开贩卖军火，街头的调侃斗勇常常以开枪互射结束，无知幼童在街边小便也能引发一场街头枪战，庆典的掌声和欢舞的鼓点都以枪声代替，就连男女主人公的悲情虐恋也与暴力紧密相连。二人不仅枪不离身，甚至在初次见面时便举枪相对，最终也因无法面对双方家族即将爆发的大规模冲突而相拥举枪殉情。

在人物塑造方面，该片通过大胆改写，形塑了多个有别于朱丽叶和印度传统女性的力量女性形象。与原作不同，女主人公莉娜身后庞大的家族（凯普莱特家族）由其母亲丹克尔·巴掌控。在她的铁血管理下，帮中几乎无人不服，就连仇家拉姆家族（蒙太古家族）也不敢轻易来犯。与朱丽叶的柔弱相比，莉娜展现了女性的刚强。面对母亲对她私自结婚的责难，她平静地递上自己带着婚戒的无名指，任由母亲将其剪掉。同时，她强硬地告诉对方，剪断手指并不能斩断其对拉姆（罗密欧）的爱。在母亲遇袭昏迷之际，莉娜开始接手家族事务。不仅如此，片中两位同时失去丈夫的女性——莉娜的寡嫂亚诗娜和拉姆的寡嫂凯萨尔——也展现了女性的坚强。面对家族血仇，二人都以聪明才智极力维护和平。亚诗娜鼓励莉娜追求真爱，希望打破两大家族永不通婚的敌对僵局。为此，她不惜以身犯险，只身去给拉姆送信。面对流氓的调戏和威逼，她厉声呵斥并极力反抗。在婆婆遇袭、帮内群龙无首之际，也是她劝服莉娜接手家业。同样，凯萨尔也没有采取以暴制暴的方式为夫报仇。面对仇家的围追堵截，她以矫健的身姿和聪明才智化解危机。她不仅教育儿子要心怀和平，还在两大家族大规模冲突前夕，带着儿子勇敢地站到了仇家丹克尔·巴面前，成功平息暴乱，使两大家族握手言和。

与《罗密欧与朱丽叶》干净纯美的爱情描写相比，片中大量的性暗示描写让影片散发出浓浓的艳情味。受印度传统戏剧表演理论等影响，印度银幕上的拥抱、接吻等亲密动作被认为会使印度人道德败坏。随着电影审查制度的加强，以接吻为代表的亲密动作在印度银幕上极为罕见。但在影片中，男主人公拉姆不仅肆无忌惮地与朋友谈论性爱、讲情色笑话、观看情色影片，还在警察上门查抄军火时以色情光碟相贿。甚至连男女主人公谈情说爱的戏份，也散发出浓浓的情色气息。在舞会初见时，二人便当众调情。在电话传情时，拉姆公开询问并谈论莉娜的身材和三维尺寸。此外，片中多次出现的"阳台诉衷肠"情节也几乎无一例外地都发展为床上嬉戏。通过改编，《枪林弹雨里的爱情》中大量的"情色"元素再一次拓宽了莎剧的文化适应性。

《哈姆雷特》也是印度银幕上改编次数最多的莎翁悲剧之一，其改编也可分为两个时期。截止到 20 世纪 50 年代末，印度银幕上的《哈姆雷特》改编影片共有 7 部，分别是默片《库恩·纳克》（Khoon-e-Nahak，1928）、乌尔都语影片《以血还血》（Khoon-ka-Khoon，1935）、泰米尔语影片《曼诺哈拉》（Manohara，1936）、印地语影片《库恩·纳格》（Khoon-e-Nahag，1954）、泰米尔语影片《曼诺哈拉》（Manohara，1954）[33]、印地语影片《爱莎》（Aasha，1957）和泰卢固语影片《马库坦王》（Raja Makutam，1959）。其中，《库恩·纳格》是印度莎剧改编的早期经典。从服装、妆容到表演，该片都深受好莱坞经典莎剧改编电影《哈姆雷特》（1948 年劳伦斯·奥利弗版）影响。虽然该片因缺乏"印度性"而受到了学界的批评[34]，但它依然继承了早期印度莎剧电影的帕西剧改编传统，是"帕西剧印度风味和好莱坞莎剧改编影片"碰撞融合

---

33 该片翻拍自 1936 年的同名泰米尔语影片，1954 年同时发行了泰卢固语和印地语版本。

34 Kenneth Rothwell, *A History of Shakespeare on Screen: A Century of Film and Television*, Cambridge University, 2004, p.161.

的结果。[35]学者拉吉夫·威尔玛（Rajiva Verma）在探讨印地语电影中的莎士比亚时，曾将该片与另外两部深受帕西剧传统影响的莎剧改编影片《库恩·纳克》和《以血还血》进行比较分析。在他看来，《哈姆雷特》是帕西剧舞台上"最受欢迎"的莎士比亚悲剧作品。[36]与原作相比，该片中的哈姆雷特更有野心，更希望继承王位。此外，原作中的部分人物如罗森格兰兹和吉尔登斯吞等均被删除。1954 年的泰米尔语影片《曼诺哈拉》翻拍自 1936 年的同名电影。两部影片均根据帕玛尔·桑般达·慕达莱尔（PammalSambandhaMudaliar）的莎剧改写本改编而成。影片《爱莎》仅仅挪用了原作中的"演戏寻真凶"情节，与莎翁原著的关系不甚紧密。《马库坦王》的情节结构与《哈姆雷特》基本雷同。但由于寡妇再嫁与印度寡妇殉夫的萨蒂传统格格不入，原作中王后再嫁的情节在影片中被尽数删除。不仅如此，王后还参与了王子的复仇行动，形塑了一位忠贞的印度女性形象。此外，影片结尾也被改编为喜剧。

在随后的半个世纪里，《哈姆雷特》的身影在印度银幕上几乎消失，只出现了《哈姆雷特：丹麦王子》（*Hamlet: Prince of Denmark*，1989）一部影片，且在印度国内外影响不大。直到 2009 年，随着影片《异能缉凶》（*8 x 10 Tasveer*）的上映，《哈姆雷特》才回归印度银幕。随后，印度各电影产业相继推出了马拉雅兰姆语影片《瑜伽因缘》（*Karmayogi*，2012）、印地语影片《海德尔》（*Haider*，2014）和孟加拉语影片《希曼塔》（*Hemanta*，2016）等。整体而言，这一时期的影片都沿袭了原作"追查真凶，为父报仇"的叙事结构。

与印度银幕上的大多数改编莎剧一样，影片《异能缉凶》的创作团队并未在任何场合提及《哈姆雷特》。虽然"在该片所有的海报和宣传册上都未曾提及其与莎士比亚的关系"，[37]但其故事情节和人物设置与《哈姆雷特》几乎相同：父亲意外过世、母亲与他人关系暧昧、叔父被怀疑投毒谋杀父亲、儿子严厉斥责母亲的不忠并想方设法追查父亲的死亡真相。从内容上看，该片删除了原作中的波洛涅斯父子等角色，因此原作中哈姆雷特误杀波洛涅斯后遭遇其子雷欧提斯复仇的情节也被尽数删除。但通过人物增添和改写，影片

---

35 Rosa Maria Garcia Periago, *Shakespeare, Bollywood and Beyond*, Universidad de Murcia, 2013, p.69.

36 Poonam Trivedi & Dennis Bartholomeusz, eds., *India's Shakespeare: Translation, Interpretation and Performance*, New Dehli: Pearson Longman, 2005, p.244.

37 Poonam Trivedi & ParomitaChakravarti, eds., *Shakespeare and Indian Cinemas: "Local Habitations"*, New York and London: Routledge, 2019, p.182.

又为哈姆雷特的复仇故事注入了新的内容。随着故事的展开，叔父（克劳狄斯）自杀，真凶被证实是贾伊（哈姆雷特）失散多年的双胞胎弟弟。为了夺取父亲的全部财产，当年失足山崖却大难不死的弟弟栖身暗处，计划利用自己电影编剧兼导演的才能设局杀死哥哥贾伊，后因计划有变而杀死了父亲（国王哈姆雷特）。

　　通过改写部分情节和人物，《异能缉凶》补足甚至丰富了原作的故事内容。通过添加双胞胎弟弟归来设局谋杀哥哥的情节，该片"不仅重构了原作中的双重复仇结构，还以一个新的兄弟相残的故事强化了原作中国王哈姆雷特与克劳狄斯之间的手足之争"。[38]在构筑新故事时，影片充分利用了原作中哈姆雷特编写剧本并设置"戏中戏"的情节，将弟弟的身份设定为电影编剧兼导演，编织了一部复仇悬疑剧。影片虽然删除了波洛涅斯父子的故事，但却塑造了一个新的奥菲利娅形象即悉拉。悉拉是真凶的情人。她不仅直接参与了谋夺家产的一系列行动，还潜伏于贾伊身边刺探"敌情"。影片以"温柔陷阱"改写了原作中波洛涅斯利用女儿奥菲利娅帮克劳狄斯试探哈姆雷特是否疯癫的情节。在该片中，观众不难发现两段弑兄故事和两个哈姆雷特形象。就"弑兄"而言，密谋弑兄的弟弟构成了另一个"克劳狄斯"；就"复仇"来说，弟弟的形象又与哈姆雷特重合。此外，电影还塑造了两个被怀疑的"叔父"形象：叔父和父亲生前的好友。其中，叔父践行了原作中的"下毒"行为，而父亲的好友则与母亲关系暧昧。就现代性改编而言，该片聚焦于当代海外印度人（加拿大印度裔）的家庭纷争，去掉了《哈姆雷特》中的政治色彩。原作中的政权争夺与权力交替在电影中也被改写为家族财产争夺。此外，原作中的"灵异"情节也被新世纪电影常用的"空间穿越"（主人公灵魂穿越到照片之中）叙事所取代，赋予了该剧以未来科技感。

　　与《异能缉凶》不同，V·K·普拉卡什（V. K. Prakash）的《瑜伽因缘》在电影开头就注明了其改编自莎剧《哈姆雷特》。影片伊始，导演就以"湿婆神（Shiva）的上帝之音"点明了莎士比亚与印度本土社区的关系及影片背景："在全世界的文学中，威廉·莎士比亚永世不朽。其剧作《哈姆雷特》已经陪伴着我们走过了 400 余年。今天，在我们的电影中也将上演一场《哈姆雷特》。故事发生在喀拉拉北部的瑜伽信徒群体中，这里充满了古老的仪典和习

---

38 Poonam Trivedi & Paromita Chakravarti, eds., *Shakespeare and Indian Cinemas: "Local Habitations"*, New York and London: Routledge, 2019, p.183.

俗。……《瑜伽因缘》催人行动，坚守责任，不再犹疑。"[39]就内容而言，该片虽然在人物设置、故事情节和叙事结构方面紧贴《哈姆雷特》，但也对莎翁原剧进行了多处改写。笈达埉（波洛涅斯）并非被卢德兰（哈姆雷特）所杀，而是被巴依拉万（克劳狄斯）杀害后嫁祸于卢德兰。国王卢德兰·瓦力亚古鲁卡拉是被毒蛇咬死，而非被下毒。卢德兰也不是哈姆雷特那样具有诗人忧郁气质的人文主义者，而是剑术高超且行动迅捷的武士。虽然卢德兰在复仇过程中也表现出了哈姆雷特式的行为延宕，但其行动迟疑与哈姆雷特有所不同。在原作中，哈姆雷特的犹疑不决与其忧郁的人文主义气质构成因果关系，而卢德兰的行为延宕则是由于对家族衰落的失望。为了说明这一点，导演利用家庭内部和外部空间的转换来展示卢德兰形象的矛盾性。在家里，卢德兰内心迷茫，行动迟缓，不仅多次复仇失败，还被对手嫁祸杀人。但在旷野、山谷、神庙及丛林中，卢德兰却思维敏捷、行动迅速，表现出毫不犹疑的果敢。最终，卢德兰也是在旷野中成功为父报仇。为了强化家庭概念，影片弱化了莎翁原剧中的政治权利斗争，着重渲染家族内部成员的紧张关系。王后的形象也与原作有所不同。虽然影片保留了原作中的王后再嫁情节，但当她得知新夫巴依拉万的恶行时，她毅然参与了儿子的复仇行动。在巴依拉万逃跑时，她不惜以生命为代价全力阻拦，并在临死之前嘱咐儿子一定要为亡夫报仇。

　　该片最突出的本土化改写是对印度神话传说和宗教元素的运用。在影片开头的旁白中，导演就提到了有关苦行者（一种瑜伽修士）的传说。在该传说中，湿婆因杀死了一名婆罗门而不得不化身为苦行者苦修 12 年。苦修期间，苦行者不仅要以行乞为生，还必须保持绝对的缄默。[40]与哈姆雷特以假意疯癫掩护追查行动不同，卢德兰效法湿婆神，伪装成一名苦行者。不仅如此，影片还充满了大量具有宗教神话特征的地方戏剧表演。卢德兰学成归来时，庆典表演呈现的正是湿婆化身苦行者的传说。《哈姆雷特》中揭露杀人真相的"戏中戏"在影片中也是以具有宗教意蕴的仪典歌舞呈现。此外，影片中还多次出现了祭祀老国王的宗教仪典。神话传说和宗教仪典为哈姆雷特的复仇故事注入了一种新的玄学维度。甚至有学者认为，"推动卢德兰复仇的并非其身为人子的责任和良心不安，而是巴依拉万、村民、撒昆尼和科玛帕尼克等

---

39 Poonam Trivedi & Paromita Chakravarti, eds., *Shakespeare and Indian Cinemas: "Local Habitations"*, New York and London: Routledge, 2019, pp.84-85.

40 Poonam Trivedi & Paromita Chakravarti, eds., *Shakespeare and Indian Cinemas: "Local Habitations"*, New York and London: Routledge, 2019, p.85.

人不断重复祭拜老国王的宗教行为增强了其内心的负疚感。"[41]

　　该片结尾也呈现出浓郁的印度教特色。虽然卢德兰和哈姆雷特都选择为父报仇（To be），但其结果截然不同。哈姆雷特的复仇以自己的悲剧死亡收场，而卢德兰在手刃仇人后没有继承父亲的权位，而是选择自我放逐，成为一名真正的瑜伽苦行者。因此，有学者认为该片"不仅仅是为父报仇和维护家族荣誉的问题，也是实现个体内心潜在需要的问题"。[42]卢德兰的复仇故事，完美体现了"四期"、"四要"及"业力轮回"的印度宗教思想。印度教的人生四行期指人生的四个阶段：梵行期、家居期、林栖期和遁世期。影片伊始，卢德兰离开父母，在外苦练剑术，对应了"生活简朴，潜心修学"的梵行期。得知父亲离世，卢德兰归来"护养家庭"，对应了"履行家庭责任"的家居期。假扮苦行者时，卢德兰褪去华服，栖身林间，行踪不定，对应了林栖期。大仇得报后，卢德兰放下一切，走向荒野，对应了遁世期。印度教倡导信徒通过人生的四个阶段实现人生之法、利、欲和解脱"四要"。[43]卢德兰归来复仇，宗教礼法的约束造成了其行动迟疑，而家庭责任又使他行动果敢。维护家族荣誉，享受与穆努玛妮（奥菲利娅）的爱情时光，卢德兰收获了"利"和"欲"。但在父仇得报和爱人离世之后，卢德兰挣脱了一切束缚，选择离尘避世，走向超凡解脱。毫无疑问，卢德兰的复仇之旅也是其自我解脱和自我成就的过程。在此过程中，他逐步弃绝一切凡世羁绊，收获了放下一切的力量。影片还通过卢德兰伸张正义后获得解脱和巴依拉万因恶而毁灭的对比，彰显了印度教'业'分善恶，善有善报，恶有恶报的业力轮回思想。[44]

　　《海德尔》是维夏·巴德瓦杰继《马克布》（*Maqbool*，2003）和《奥姆卡拉》（*Omkara*，2006）之后的第三部莎士比亚悲剧改编电影。该片是印度银幕上最成功的莎剧改编电影之一。批评家维克拉姆·辛哈·塔库尔（Vikram Singh Thakur）曾指出，"虽然莎士比亚曾有意或无意地'启发了'无数宝莱

41　Poonam Trivedi & Paromita Chakravarti, eds., *Shakespeare and Indian Cinemas: "Local Habitations"*, New York and London: Routledge, 2019, p.86.

42　Poonam Trivedi & Paromita Chakravarti, eds., *Shakespeare and Indian Cinemas: "Local Habitations"*, New York and London: Routledge, 2019, p.88.

43　有关人生四要的论述，详见郁龙余等著：《印度文化论》（第二版），北京：北京大学出版社，2016年，第135至141页。

44　郁龙余等著：《印度文化论》（第二版），北京：北京大学出版社，2016年，第130至134页。

坞影片，但是只有'后维夏现象'才使'宝莱坞的莎士比亚'成为一项重要的严肃研究"。[45]从人物关系和故事叙事来看，《海德尔》与《哈姆雷特》颇为相似。医生海拉尔·弥尔（国王哈姆雷特）因救治并收留与印度政府军作战的克什米尔激进分子而遭到身为政府军秘密特工弟弟库拉姆（克劳狄斯）的出卖。随后，海拉尔一家遭到政府军袭击，家园被毁，其本人也不知所踪。获悉父亲失踪，远在阿里格尔（Aligarh）求学的海德尔（哈姆雷特）回到克什米尔，却意外撞见了母亲嘉扎娜（乔特鲁德）和叔父的暧昧关系。愤怒的海德尔在女友阿思雅（奥菲利娅）的陪同下找遍了当地所有的停尸房、警察局和军队驻地，并意外从神秘人鲁达尔口中得知父亲已被政府军虐杀的真相。通过一场戏中戏，海德尔证实了叔父的恶行。为了复仇，他加入了克什米尔伊斯兰圣战队伍，并上演了一场与叔父的较量和对决。通过对故事背景的再创作，导演维夏将哈姆雷特的复仇故事嵌置于1995年动荡的克什米尔地区，探讨了"社会政治冲突下的个体生存危机和区域未来"。[46]

　　该片最突出的改编是对叙事空间的本土重构。通过改写，影片向观众展示了一个冲突频发、死神常驻、动荡不安的克什米尔。在这里，人与人的关系因政局不稳而极度紧张。虽然片中所有人物的姓名首字母发音都与《哈姆雷特》中的角色一致，但影片对他们的职业和身份进行了改写。海德尔是具有诗人气质的印度学生，父亲海拉尔是信奉生命至上的良医，叔父库拉姆是印度政府军中负责监视民众的秘密特工，帕尔维兹·洛尔（波洛涅斯）是警务系统的高官，女友阿思雅是个性独立的记者。通过改写，弱势群体和掌权者泾渭分明，人物的行为活动也与权力政治紧密相连。父亲因治病救人而触犯政府法规，叔父通过滥用公权弑兄夺嫂。兄弟二人的冲突不再是原作中丹麦皇室内的个人利益和皇权争夺，而是印度政府和圣战分子争夺克什米尔管理权的政治冲突。海德尔的复仇也不再是哈姆雷特那样的内心斗争和家庭纷争，而是一场与腐败暴力的警务系统和军队组织的战争。海德尔的悲剧也不再是其个人的家庭悲剧，而是生活在克什米尔地区所有民众的悲剧。由于激进分子和政府军之间流血冲突频繁发生，印度政府为维

45 Craig Dionne & Parmita Kapadia, eds., *Bollywood Shakespeares*, New York: Palgrave Macmillan, 2014, p.22.
46 Debayan Deb Barman, ed., *Shakespeare in India: Criticism, Translation and Performance*, Kolkata: Ashadeep, 2016, p.184.

护稳定于 1990 颁布了《武装特权法案》(The Armed Forces Special Power Act, 简称 AFSPA Bill)。该法案规定"军队有权在未经提前告知和解释的情况下拘留任何人"[47],殊不知这样的规定引发了克什米尔无处不在的恐慌不安和暴力冲突。影片中,生活在克什米尔的每个人都活在监视之中。人们随时随地都会遭遇警察、军队和政府人员的身份盘查。甚至连海德尔在学校的研究课题都成了审查的对象。遍及全境的监控和暴力让生活在当地的普通民众陷入无尽的痛苦和等待。和海德尔父亲一样无缘无故消失的普通民众不计其数。人们期盼失踪的家人回归,也期待和平的到来。然而,克什米尔归属的争端让众人毫无归属感,战争和死亡成为人们无法摆脱的永恒劫难。

影片还通过环境的变化营造了无处不在的暴力氛围和生活无望的悲剧情绪。在海德尔的故乡克什米尔,教育已被叫停,学校已被政府军征用;城市的大街小巷都暗藏着随时会发动袭击的激进分子;暗无天日的集中营正在以残酷的手段拘禁和审问无辜的民众。从自然环境的营造来看,该片的大部分叙事都发生在秋冬季节。叔父库拉姆于秋末冬初之时在地区竞选中获胜。季节的转换预示着克什米尔地区的政治局势将更加残酷,人们的生活将更加绝望。万物凋零之际,死亡如期接踵而至。父亲被证实已经死亡,帕尔维兹父子先后被杀,爱人阿思雅也在寒冬中死去,海德尔与叔父最后的对决也发生在了无生机的冰天雪地,绝望的母亲嘉扎娜也选择在此时引爆身上的炸弹,以自杀的方式将库拉姆炸残。

借助《哈姆雷特》的复仇故事,该片真正的旨趣在于探索克什米尔地区的和平之路,叩问人类栖居的诗意家园。影片伊始,导演即通过嘉扎娜之口点明了家园的意义:"家是父亲、母亲以及兄弟姐妹的合集,是无私奉献、善良分享和充满爱的地方"。[48]在影片结尾,海德尔面对只剩半副残躯在雪地里哀嚎的叔父,没有扣动扳机,而是放低枪口转身离去。通过对《哈姆雷特》的本土化改写,影片昭示人们,在战乱频发之地,温馨的家园是人们最遥不可及的奢侈向往。政府军与激进分子无休止的争夺最终将会导致克什米尔走向

---

47 Debayan Deb Barman, ed., *Shakespeare in India: Criticism, Translation and Performance*, Kolkata: Ashadeep, 2016, p.194.
48 Debayan Deb Barman, ed., *Shakespeare in India: Criticism, Translation and Performance*, Kolkata: Ashadeep, 2016, p.195.

末路，"武力对抗和流血冲突永远无法带来真正的解放与和平"。[49]

《奥赛罗》是"莎士比亚最动人的悲剧之一"[50]，在印度电影产业中亦颇受欢迎。迄今为止，印度电影银幕上共推出了7部《奥赛罗》改编电影，如《婚配》（*Saptapadi*，1961）、《卡利亚塔姆》（*Kaliyattam*，1997）、《奥姆卡拉》（*Omkara*，2004）和《我们的奥赛罗们》（*We Too Have Our Othellos*，2014，又名《奥赛罗》）等。其中，影片《奥姆卡拉》最为知名，影响也最广。

《婚配》是印度电影银幕上的首部《奥赛罗》改编电影。该片以剧中剧的形式讲述了一个类似于《奥赛罗》的爱情故事。自命不凡的"英国化"女孩雷娜·布朗瞧不起孟加拉学生克里希能都（Krishnendu，意为"黑月"或"暗月"），并贬称对方为"小黑"。但当克里希能都成功演绎了校园舞台剧《奥赛罗》中的奥赛罗时，雷娜被他深深吸引，并逐渐爱上了他。与此同时，克里希能都也爱上了雷娜。但他们的爱情很快遭到了双方家长的阻挠。雷娜的英国父亲要求克里希能都改信基督教才肯同意二人相爱，而克里希能都虔诚的印度教父亲也坚决反对二人相恋。为了分开二人，两位父亲使尽了各种手段。影片最后，历经波折的二人再度相逢，重拾爱情。

纵览《婚配》全片，与其说该片改编自莎剧《奥赛罗》，不如说是多部莎剧的杂糅。片中男女主人公遭到双方家族阻扰的爱情与《罗密欧与朱丽叶》的爱情悲剧极为相似；而故事的大团圆结局似乎又与《终成眷属》和《冬天的故事》构成互文。相关印度学者将其定义为《奥赛罗》改编影片，或许是因为该片突出地挪用了原作的"种族差异"主题，也或许是通过《奥赛罗》之名，"该片能有效推动更大的世俗主义议题，即宪法和法规确立前印度各区域的平等问题"。[51]通过改编，影片不仅再现了原作中的种族差异主题，还探讨了印度本土的种姓、阶级、民族身份和信仰冲突等问题。

《卡利亚塔姆》又名《神之戏》（*The Play of God*）。该片融莎剧《奥赛罗》与印度喀拉拉邦马拉巴尔（Malabar）地区的泰岩舞剧（Theyyam）于一体，

---

49 Debayan Deb Barman, ed., *Shakespeare in India: Criticism, Translation and Performance*, Kolkata: Ashadeep, 2016, p.190.

50 Oneil Biswas, *Shakespeare at Home and Abroad*, Calcutta: Sanjoy Chakraborty at Chakraborty Centerprise, 1999, p.205.

51 Shormishtha Panja & Babli Moitra Saraf, eds., *Performing Shaksepeare in India*, New Delhi: Sage Publications India Pvt. Ltd, 2016,p.101.

是莎剧与印度"地方神话、传说和仪式表演"[52]的艺术结合。泰岩舞剧由印度教的祭祀仪式衍生而来，近似于地方性神秘教派，常用于祭祀"神灵、祖先、英雄、古代战士、烈士，也常常用以祭拜树木、动物、蛇类、母神和村庄的守护神等"。[53]泰岩舞剧表演不受种姓制度限制，包括低种姓在内的任何人都可以扮演泰严，即神的角色。表演时的人神转换不仅能短暂实现演员社会地位的变化，他们还能通过自身所扮演的神祇之口赐福、诅咒和谴责等。

影片将《奥赛罗》的故事嵌置于印度喀拉拉邦的北部村庄，故事情节和人物关系与原剧基本一致。卡南·帕努马拉言（奥赛罗）是当地著名的泰岩剧演员，受到所有村民的喜爱。演员帕尼岩（伊阿古）嫉妒卡南的能力和名气，但由于自身能力有限只能表演一些次要角色。为了获得更好的角色，帕尼岩决心除掉卡南和另一位优秀演员阙撒（凯西奥）。当他从乌尼·萨姆浦南（罗德利哥）口中得知卡南和当地高种姓地主的女儿萨玛娜（苔丝狄蒙娜）在一起后，他和伊阿古一样，开始设局挑拨离间，并最终害死了卡南夫妇。

影片与《奥赛罗》一样，讲述了一个充满渴望、嫉妒、怀疑、欲望、野心和绝望的悲剧故事，其人物塑造也与莎翁原作如出一辙。帕尼岩与伊阿古一样邪恶，萨玛娜与苔丝狄蒙娜拥有相同的美德，卡南与奥赛罗一样轻信易怒。不仅如此，该片的"情节发展和对白亦紧贴原作。卡南杀死妻子萨玛娜之前的对白几乎就是原作的直译。"[54]

在保留原作基本情节结构和人物的同时，该片的印度本土化改编特征也非常明显。由于影片中的主要人物基本都是泰岩剧演员，他们的妆容、语言、动作和着装都呈现出泰岩剧独有的特征。在泰岩剧中，几乎所有角色的面部和身上都会画上不同的图案。当卡南杀死萨玛娜时，其胸前就画着蛇形图案。该图案不仅彰显了该片独特的印度地域文化特征，还凸显了该戏剧情节的悲剧色彩和紧张感。在该片开头和结尾都出现了"火"的形象。如果说开头的火是泰岩剧的开场仪式，那么影片最后的火则是卡南悔悟后的牺牲，或曰殉

52 Poonam Trivedi & Paromita Chakravarti, eds., *Shakespeare and Indian Cinemas: "Local Habitations"*, New York and London: Routledge, 2019, p.78.

53 Poonam Trivedi & Paromita Chakravarti, eds., *Shakespeare and Indian Cinemas: "Local Habitations"*, New York and London: Routledge, 2019, p.79.

54 Poonam Trivedi & Paromita Chakravarti, eds., *Shakespeare and Indian Cinemas: "Local Habitations"*, New York and London: Routledge, 2019, p.81.

情。当他走入火中时，其自我牺牲与印度教文化中的萨蒂殉夫文化构成了互文。不仅如此，导演还创造性地植入了印度本土神话元素。影片中共出现过两次神迹情节。第一次，一位泰岩神出现在卡南对面的山顶，然后又摔下了悬崖。第二次，一群戴着面具的神祇一起出现在卡南面前，又迅速离他而去。神祇的跌落和远去预示着神灵对卡南的抛弃，是卡南弃绝内心信仰的外在表现，也是其被挑唆后道德失范杀人的先兆。此外，该片还沿袭了印度电影的歌舞传统，引入了大量歌舞来强化影片中的庆典氛围，凸显恐惧和担忧，表达绝望，触发回忆等。

学者阿努拉达·沃瑞尔（Anuradha Warrier）指出，"（导演）迦亚拉吉（Jayaraj）将莎士比亚的悲剧与本土风味融为一体。在他手中，莎士比亚笔下的悲剧故事不再仅仅是种族差异造成的，而是种姓、阶级、嫉妒和不信任相互撕扯的结果。"[55]以印度本土的种姓冲突改写原作中的种族差异，《卡利亚塔姆》"虽然探讨了种姓分离和等级制度，但却并没有过分凸显该主题，而是着力探讨泰岩剧艺人群体间的嫉妒、怀疑、野心和欲望……影片突出表现了职场嫉妒和婚姻中的不信任，种姓和社会分化问题则被边缘化了。"[56]将印度文化与莎剧经典进行解构性重组，导演不仅保留了原作的核心故事和主题旨趣，还通过其自身对原作的思考和解读，使"一个发生在威尼斯（和塞浦路斯）的故事在喀拉拉邦的荒野和民间艺术中重获新生。"[57]这也是该片对莎剧改编最成功的地方。

《奥姆卡拉》是维夏·巴德瓦杰继《马克布》（*Maqbool*，2003）之后的第二部莎剧改编电影，也是印度电影史上为数不多的为东西方电影界认可的莎剧改编电影之一。整体而言，该片保留了莎翁原作的所有人物和故事情节，是对原作忠实的视觉化改编。同时，为了让更多的印度观众能看懂莎士比亚的悲剧故事，实现欧洲文本的印度本土转化，维夏对莎翁原著的故事背景、情节、语言、服装、妆容、道具、戏剧冲突以及人物姓名、人物身份和人物关系等进行了不同程度的本土化改写。

---

55 Poonam Trivedi & Paromita Chakravarti, eds., *Shakespeare and Indian Cinemas: "Local Habitations"*, New York and London: Routledge, 2019, p.83.

56 Poonam Trivedi & Paromita Chakravarti, eds., *Shakespeare and Indian Cinemas: "Local Habitations"*, New York and London: Routledge, 2019, p.82.

57 Poonam Trivedi & Paromita Chakravarti, eds., *Shakespeare and Indian Cinemas: "Local Habitations"*, New York and London: Routledge, 2019, p.83.

　　通过改写，维夏将发生在欧洲封建时代贵族群体内部的《奥赛罗》故事移植到印度北方邦的现代黑帮，原作"充满诗性和隐喻"的语言也被当地"粗陋的方言"所取代。[58]故事中的人物关系也发生了些许变化。原作中的奥赛罗孤身一人，并无任何亲人。而在影片中，原作中的艾米丽化身为奥姆卡拉的妹妹茵杜。不仅如此，影片还颠覆了原作中的"肤色"结构。在原作中，黑皮肤的奥赛罗是生活在白人统治社会的他者。而在影片中，肤色白皙的多莉（苔丝狄蒙娜）成为了以奥赛罗为代表的褐色皮肤群体中的异类。通过改写，影片强化了多莉与奥赛罗群体的隔阂，也暗示了二者之间的种姓差异。随着"他者"形象的置换，影片将原作中的种族差异成功改写为印度本土的种姓差异，还点明了作为他者的多莉必将死亡的种姓原因。

　　影片对原作的另一重要改编是对"手帕"的改写。在原剧中，奥赛罗新婚之时赠予苔丝狄蒙娜一方手帕作为定情信物。而在电影改编中，手帕被置换为奥姆卡拉家族的传家宝——宝石腰饰（或曰腰封、腰带）。与手帕相比，贴身的腰饰与女子的贞洁联系更为紧密。通过将手帕置换为腰饰，影片赋予了原作以独具印度特色的艳情味。不仅如此，通过对手帕进行置换，影片赋予了多莉（苔丝狄蒙娜）之死以更多原因。在原作中，奥赛罗杀死苔丝狄蒙娜的主要原因是怀疑妻子对自己的不忠。而在《奥姆卡拉》中，奥姆卡拉杀死多莉不仅出于对妻子不忠的怀疑，还是对家族荣誉的维护。因为腰饰作为印度女子挂在腰间的贴身饰品，它"不仅是感情的象征……还代表着女性的生殖力，是家族荣誉、门庭兴旺和香火延续的象征"。[59]茵杜偷走多莉腰饰的原因也正是因为对家族荣誉的贪欲。在她看来，作为家族传家宝的腰饰即是家族荣誉的象征。

　　此外，影片结尾亦与原作明显不同。奥姆卡拉虽然在朗达·塔亚吉（伊阿古）的阴谋挑拨下杀死了妻子多莉，但当真相揭晓后，他没有像奥赛罗一样选择复仇。"与奥赛罗试图复仇但以失败告终不同，奥姆卡拉直接放弃了为荣誉复仇"。[60]虽然奥姆卡拉放下了对准仇人的枪，但复仇的任务并未结束，

58　Debayan Deb Barman, ed., *Shakespeare in India: Criticism, Translation and Performance*, Kolkata: Ashadeep, 2016, p.207.

59　Craig Dionne & Parmita Kapadia, eds., *Bollywood Shakespeares*, New York: Palgrave Macmillan, 2014, p.97.

60　Craig Dionne & Parmita Kapadia, eds., *Bollywood Shakespeares*, New York: Palgrave Macmillan, 2014, p.100.

而是让渡于其妹妹茵杜手中。随着复仇者角色的变化，茵杜成为影片高潮部分的中心。按照印度早期悲剧和印地语电影传统，"复仇者角色应当由男性来充当"。[61]但在该片中，当茵杜向罪恶的朗达举起刀时，这种传统被彻底改写。有印度学者指出，"在印地语电影中，女性复仇者常常与杜尔迦（Durga），即猎魔女神，紧密相连。"[62]不难看出，复仇人角色的改写是印度宗教神话叙事的结果，也是导演印度民族文化意识的重要体现。同时，女性角色的复仇成功，也是导演女性叙事的结果。

2016 年，由阿萨姆语导演赫曼塔·库马尔·达斯（Hemant Kumar Das）执导的影片《我们的奥赛罗们》（又名《奥赛罗》）上映。该片是印度银幕上迄今为止唯一的一部阿萨姆语莎剧改编电影。在谈及为何要改编《奥赛罗》时，该片制片人马那本迪拉·雅迪卡拉（ManabendraAdhikary）说道："我是威廉·莎士比亚的忠实粉丝……当我读到剧本《我们的奥赛罗们》时，我被震撼了。我将这个重构于阿萨姆异质社会语境中的莎士比亚悲剧文本《奥赛罗》通读了很多遍。而且这是第一部阿萨姆语莎剧电影。因此我决定推出该片。"[63]

《我们的奥赛罗们》将《奥赛罗》的故事重构于印度 20 世纪 90 年代阿萨姆联合解放阵线与印度军队的暴力冲突语境之中。与莎翁原作突出种族差异主题不同，该片重点挪用了原作中的"他者"主题。"（在原作中），摩尔人（奥赛罗）置身于白人主宰的威尼斯。黑皮肤的他在白人社会通过自身的努力、优势和智慧成为了将军"。[64]但影片编剧兰吉特·萨尔玛（Ranjit Sarma）却试图为他的《奥赛罗》注入新的意义。在《我们的奥赛罗们》中，主人公"穆恩（奥赛罗）是一名患有白化病的人力车夫，是黑人社会的白人"。[65]通过肤色置换，影片强化了穆恩格格不入的他者身份。正如电影片名《我们的奥赛罗们》所示，该片中的"奥赛罗"不止穆恩一人。在编剧和导演的精心改编下，影片中的另外两位主人公班吉姆父子也都是"奥赛罗"。班吉姆年轻时

61 Gregory D. Booth, "Traditional Content and Narrative Structure in the Hindi Commercial Cinema", in *Asian Folklore Studies* 54, 1995 (2), p.102

62 Gregory D. Booth, "Traditional Content and Narrative Structure in the Hindi Commercial Cinema", in *Asian Folklore Studies* 54, 1995 (2), pp. 180-181.

63 Poonam Trivedi & Paromita Chakravarti, eds., *Shakespeare and Indian Cinemas: "Local Habitations"*, New York and London: Routledge, 2019, p.273.

64 Poonam Trivedi & Paromita Chakravarti, eds., *Shakespeare and Indian Cinemas: "Local Habitations"*, New York and London: Routledge, 2019, p.274.

65 Poonam Trivedi & Paromita Chakravarti, eds., *Shakespeare and Indian Cinemas: "Local Habitations"*, New York and London: Routledge, 2019, p.274.

曾是阿萨姆地区共产主义组织的革命人士。患有阿兹海默症的他经常忘记事情，但却一直无法忘记过去。他在家里反反复复为马克思、卡斯特罗和列宁等共产主义革命斗士塑像，以此显示他对组织的忠诚。但事实上，他在年轻时就已经被组织除名。阿朱恩是班吉姆的非婚生子，是新一代的革命者。他虽然坚守共产主义信仰，但却对共产主义事业中的左翼运动毫无信心。不难看出，穆恩、班吉姆和阿朱恩三人都是和奥赛罗一样的社会"他者"。班吉姆是游走于梦想与现实之间的失意共产主义者，阿朱恩不仅对自己的信仰持矛盾心态，还承受着非婚生子的身份危机，而穆恩则因其白化肤色而遭到社会的冷遇和排挤。

除了主题挪用外，该片还以各种形式强化了其与莎剧《奥赛罗》的改编和挪用关系。为妹妹婚礼出钱出力的穆恩因为肤色泛白而不允许出席。为此，其老友笑话他是身处褐色人群中的白皮肤奥赛罗。穆恩也将其人力车命名为奥赛罗，以展示其自身的与众不同。当他们在班吉姆家为买了新的人力车庆祝时，穆恩为大家播放了英文电影《奥赛罗》。班吉姆见此情景，称穆恩为"黑人土地上的奥赛罗"。而穆恩也回敬对方，"你也是奥赛罗。你虽然参加过运动，但也被囚禁过。你的组织也开除了你。现在你每天只知道做雕像，这个社会接受你了吗？"面对阿朱恩发问"谁是苔丝狄蒙娜"时，班吉姆的租客蒂娜表明她自己就是。[66]与苔丝狄蒙娜不同，蒂娜不是片中任何一位"奥赛罗"的情人或妻子，而是一位性工作者。较之于原作中顺从却绝望的苔丝狄蒙娜，蒂娜显得更为积极主动，其社会边缘人身份更加明确。她不属于任何人，甚至没有姓，只有名。从这个角度来说，蒂娜似乎不是苔丝狄蒙娜，而是和其他众人一样的社会"他者"，甚至可以说是女版的奥赛罗。

从肤色重置到性别改写，《我们的奥赛罗们》聚焦《奥赛罗》的"他者"主题。通过将片中所有的"奥赛罗们"聚集在一起观看英文电影《奥赛罗》，影片以拼贴和杂糅手法将跨越时空的东西方奥赛罗形象置于同一艺术空间，直观地将不同社会文化语境下的《奥赛罗》并置在一起，完成了印度文化对莎剧的有效改编与挪用，展示了现代印度社会边缘群体的生存状态，也构建起了阿萨姆社会文化与西方文化的心灵对话。

《麦克白》在印度电影中共被改编了 6 次。早期的改编影片主要有默片

---

66 Poonam Trivedi & Paromita Chakravarti, eds., *Shakespeare and Indian Cinemas: "Local Habitations"*, New York and London: Routledge, 2019, pp.276-279.

《王权》（*Khooni Taj*，1930）、印地语影片《迦瓦剌》（*Jwala*，1938）和泰米尔语影片《玛尔马犹基》（*Marmayogi*，1951）等。其中，《迦瓦剌》的故事情节与《麦克白》甚为相似，讲述了忠心的将军因为巫师的蛊惑而弑君篡位的故事。但与《麦克白》不同的是，将军的妻子和朋友都不满其暴行而选择与民众一起推翻其统治。影片《玛尔马犹基》虽然也讲述了一个弑君篡位的权欲故事，但与《麦克白》的联系较为松散。国王的情人乌尔瓦希谋杀了国王玛尔马犹基父子后自立为王。为了巩固王权，她杀死知悉篡位内情的情人，并在境内实施残暴统治。多年后，一位名叫卡里卡兰的罗宾汉式勇士率领人民反抗女王的暴政。同时，一位圣人带着儿子维尔澜甘和养女卡拉来到宫廷，成为女王的谋臣。女王任命维尔澜甘为军队指挥，并派遣卡拉潜伏到卡里卡兰身边刺探敌情。不料美丽善良的卡拉选择与民众一起反抗女王。在圣人的帮助下，卡里卡兰掳走了女王。不幸的是，维尔澜甘发现了父亲为卡里卡兰传递消息的秘密，便设计将二人抓获。重获王位的女王决定处死众人。在刑场上，圣人自揭国王身份，揭穿了乌尔瓦希当年谋杀自己的阴谋，同时也揭开维尔澜甘和卡里卡兰的王子身份。女王在惊恐之中摔下台阶而死，玛尔马犹基重登王位，卡里卡兰和卡拉也有情人终成眷属。不难看出，该片对《麦克白》进行较大程度的本土化重构。除故事背景、建筑、服装等都被本土化外，该片对原作的人物关系和故事情节也进行了重构。国王（邓肯）并未死去，而是异装之后归来复仇。谋取王位的不再是受到蛊惑怂恿的麦克白，而是心怀权欲的"麦克白夫人"。惑乱人心的也不是女巫，而是乌尔瓦希的情人。不仅如此，《玛尔马犹基》还是多部莎剧杂糅的结果。片中多次以鬼魅形象出现的国王与《哈姆雷特》构成了互文，而卡里卡兰多番戏弄乌尔瓦希又契合了《驯悍记》的"驯悍"主题。

后期印度电影中的《麦克白》改编主要有《马克布》（*Maqbool*，2003）和《勇者为王》（*Veeram*，2016，又名《实力》）等。其中，维夏·巴德瓦杰的《马克布》最为经典。该片是维夏的首部莎剧改编电影，也是"首部被认可的宝莱坞莎剧改编电影"[67]。影片不仅受到了印度电影界的好评，还"扩大了印地语电影的疆界"，在西方电影界收获了广泛好评和可观的票房。[68] 虽然影

67 Craig Dionne & Parmita Kapadia, eds., *Bollywood Shakespeares*, New York: Palgrave Macmillan, 2014, p.80.

68 Craig Dionne & Parmita Kapadia, eds., *Bollywood Shakespeares*, New York: Palgrave Macmillan, 2014, p.79.

片开篇便注明了其改编自莎士比亚戏剧《麦克白》，但导演对原作进行了大刀阔斧的现代性改编。与日本导演黑泽明的古典改编《蜘蛛宫堡》不同，《马克布》将发生在古苏格兰的《麦克白》故事移植于现代孟买，讲述了穆斯林黑帮组织内部的"欲望和背叛"故事。影片"沿袭了印度帕西剧莎剧改编传统，保留了原作的主要情节和人物"，[69]但对故事背景、主题和部分人物进行了改写。马克布（麦克白）是孟买穆斯林黑帮组织内部的中层头目，与首领阿巴吉（又名贾汉吉尔，即邓肯）情如"父子"。妮米（麦克白夫人）不是马克布的妻子，而是阿巴吉的情人兼宝莱坞演员。原作中的班柯化身为卡卡，弗里恩斯化身为印度教男孩谷渡，麦克德夫化身为博提，邓肯之子马尔康和道纳本变身为阿巴吉的独女萨米拉，而三位蛊惑人心的女巫则化作孟买警察署的两名警察。

　　影片伊始，原作中有关三位女巫的超自然书写被巧妙地改写为两名警察为阿巴吉清除对手的杀人情节。一名警察以印度古老的占星术在车窗上画下网状图案。随着一声枪响，车窗上的网状图案很快被鲜血覆盖。以官匪勾结代替女巫蛊惑，影片构建了一个黑暗腐败的暴力世界。与《麦克白》中蛊惑人心的女巫一样，两位警察假借占星神谕之名告知马克布他不出半年就能得到阿巴吉的一切，以此激起马克布的权欲。不仅如此，他们还有意向马克布透露，阿巴吉是通过谋杀前任头目才坐拥如今的首领之位，以此暗示他也可以通过暴力谋杀来达到掌权的目的。与麦克白因权欲野心杀人不同，影片还以马克布与妮米的情感纠葛，为马克布的谋杀行动增添了情欲原因。马克布深爱着妮米，但却极力避免与她之间的"类似乱伦"关系。而妮米引诱马克布也并非出于爱情。妮米作为阿巴吉的情人多年，不但没有妻子的名分，也没有一儿半女。色衰爱弛之际，妮米为了自己的将来，有意向马克布透露萨米拉和谷渡相爱的事实，并直言谷渡将会成为帮派的新领袖，以此激起马克布的危机感。为了挑起马克布的情欲的权欲，妮米多次设计与其独处，并以爱的名义迫使其杀人夺权。与麦克白因权欲而背叛不同，马克布篡权夺位是权欲和情欲共同作用的结果，"是这些复杂的动机促使马克布在谷渡和萨米拉订婚前夜杀死了阿巴吉"。[70]

69　Craig Dionne & Parmita Kapadia, eds., *Bollywood Shakespeares*, New York: Palgrave Macmillan, 2014, p.64.

70　Suddhaseel Sen，"Indigeninzing Macbeth: Vishal Bahardwaj's Maqbool", *Borrowers and Lenders: The Journal of Shakespeare and Appropriation*, 2009(4).

　　值得注意的是，虽然影片沿用了原作的结尾，马克布被杀身亡，但通过改编，妮米在死前为马克布生下了儿子。有学者研究认为，该片关于新生儿情节的改写是受到了日本导演黑泽明的莎剧改编影片《蜘蛛宫堡》的影响。[71] 在《蜘蛛宫堡》中，鹫津浅茅（麦克白夫人）的孩子虽然胎死腹中，但"怀孕"情节的添加早已成为莎剧影视改编史上不容忽视的创新。也有学者认为这一改编是受到了印度另一部《麦克白》改编本的影响。在该改编本中，蔓尔勒（麦克白夫人）同样产下一子，但很快便被仇家所杀。[72] 虽然妮米也经历了麦克白夫人的精神错乱，但与二者不同，妮米死于产后虚弱，她的孩子不但顺利降生，还由新婚的谷渡夫妇抚养。新生儿的出生虽然埋下了新一轮权力争夺的种子，但同时也预示着新生的希望。

　　该片最突出的本土化改编是印度宗教元素的运用。与原作凸显权欲主题不同，《马克布》更注重宗教冲突。就背景而言，该片的故事发生在印度北方邦的一个穆斯林黑帮组织内部。为了彰显穆斯林文化语境，影片精心打造了伊斯兰风格的着装、妆容、建筑、装饰、语言、宗教仪式和婚礼仪式等。甚至连马克布和阿巴吉的名字贾汉吉尔都属于常见的穆斯林人名。有学者认为，贾汉吉尔这一名称的使用影射了印度历史上的伊斯兰国王贾汉吉尔。[73] 考虑贾汉吉尔的王权和穆斯林身份，导演通过人物命名营造穆斯林语境的意图不言自明。然而，在打造伊斯兰文化语境的同时，影片又精心植入了印度教元素。纵览全片，故事中共出现了卡卡、谷渡、警察潘迪特和普罗希特四位印度教徒。两位警察游走于官匪之间，虽然表面上臣服于阿巴吉，但其真正的目的是为了"让水火相抗以达到权利平衡"，[74] 从而实现官方对黑帮的有效管控。为了动摇黑帮内部的权利结构，消解穆斯林统治权力，他们多次推波助澜，暗示马克布篡权夺位。另一方面，随着阿巴吉和马克布两位穆斯林掌权人的离世，萨米拉的丈夫谷渡将会成为帮会的下一任掌权人。鉴于谷渡的印度教教徒身份，权利的转移意味着新的宗教秩序和权利结构的建立。考虑到

71　Orfall Blair, "From Ethnographic Impulses to Apocalypti Endings: Bahardwaj's *Maqbool* and Kurosawa's *Throne of Blood* in Comparative Context", *Borrowers and Lenders: The Journal of Shakespeare and Appropriation*, 2009(4).

72　Sonia Massai, ed., *World-wide Shakespeares: Local Appropriations in Film and Performance*, London and New York: Routledge, 2005, pp.47-57.

73　Antony R. Guneratne, *Shakespeare, Flim Studies, and the Visual Cultures of Modernity*, New York: Palgrave Macmillan, 2008, p.71.

74　Craig Dionne & Parmita Kapadia, eds., *Bollywood Shakespeares*, New York: Palgrave Macmillan, 2014, p.65.

该片改编的时代背景即 2001 年 911 事件之后，影片的宗教主题便愈显突出。通过展示穆斯林权利结构的分崩离析及其与印度教权利的交接，导演对印度教和伊斯兰教的差异态度不言自明。

《勇者为王》在影片片头就言明了其与莎剧《麦克白》的改编关系，还称其为"对莎士比亚《麦克白》的一次全新的大胆解读"。[75]与《马克布》的现代改编不同，《勇者为王》呈现出浓郁的印度古典特色。该片将麦克白的故事与印度喀拉拉邦北部的民间传说相结合，讲述了一个《麦克白》式的"背叛"故事。武士骞坦（麦克白）通过格斗平息了各部落间的纷争。鉴于其勇武之名，权贵家族的埃罗芒·切克瓦尔（邓肯）将其任命为格斗队长。骞坦深爱着埃罗芒的妹妹乌妮娅姹，但却遭到了对方的鄙视和唾弃。在一次与死敌的对战之中，埃罗芒选择让骞坦随行。由于敌方的利诱，骞坦在埃罗芒的剑上做了手脚，但埃罗芒依然凭借精湛的武艺以残剑战胜了对手。在归程途中，一计不成的骞坦寻机杀害了埃罗芒。愤怒的乌妮娅姹发誓要为哥哥报仇。在她的鼓励下，埃罗芒之子（马尔康和道纳本）向骞坦发起挑战，并成功为父报仇。

"叛贼骞坦"的故事源于印度喀拉拉邦北部的民间传说。《勇者为王》沿用了该传说的故事主线，是"马拉雅兰姆语电影中有关'北部传说题材'的杰作"。[76]为了"与莎士比亚的戏剧故事保持一致"，导演仅仅对传说做了细微的改写，增添了少量的场景和角色。[77]和莎剧原作一样，电影始于骞坦得胜归来被埃罗芒任命为格斗队长，结束于埃罗芒之子复仇成功。骞坦的贪欲也和麦克白一样，都受到了巫师的激发。与莎剧不同的是，影片增设了乌妮娅姹等角色。乌妮娅姹不仅武艺精湛，还精心栽培并鼓励侄子向仇人挑战。通过改写，影片赋予了原作以女权意蕴。此外，改编还展示了骞坦与乌妮娅姹的情欲纠葛，赋予了莎剧以独具印度特色的"艳情味"。

虽然该片宣称改编自莎剧《麦克白》，故事内容也与莎翁原作大致相同，都凸显了"战争"、"贪欲"和"罪恶"等主题，但影片高度的印度性使其看上

75　《勇者为王》（*Veeram*，2016）预告片。详见 https://www.imdb.com/video/vi32528 62745?ref_=tt_pv_vi_aiv_1。2020 年 10 月 5 日上网查询。

76　Poonam Trivedi & Paromit Chakravarti, eds., *Shakespeare and Indian Cinemas: "Local Habitations"*, New York and London: Routledge, 2019, p.90.

77　Poonam Trivedi & Paromita Chakravarti, eds., *Shakespeare and Indian Cinemas: "Local Habitations"*, New York and London: Routledge, 2019, p.90.

去更像是借用《麦克白》讲述的印度传奇故事。从拍摄场景来看，该片故事发生在印度著名的世界文化遗址埃洛拉石窟（Ellora Caves）。印度历史遗址空间的有效运用"使得该片呈现出一种历史的史诗质感，各色人物也更具传奇色彩"。[78]不仅如此，影片中多次出现的格斗场面均以南印度喀拉拉邦的战舞卡拉里帕亚图（Kalarippayattu）呈现。主人公脸上和身上的各色图案展现了卡拉里帕亚图古典舞的妆容特征，半裸的身姿向世界展示了印度战舞独特的身体美学。毫无疑问，该片是印度电影借西方经典弘扬印度民族文化、"向大众普及本国（印度）文化遗产"的有利尝试，[79]是对莎剧的成功挪用。

《李尔王》在印度电影银幕上的改编亦可分为两个时期。其中，早期的改编仅有一部，即1949年的泰卢固语影片《古娜苏达莉·卡塔》（*Gunasundari Katha*）。在印度电影发展之初的40年里，神话元素是其最重要的特色之一。受印度本土神话传说及历史故事影响，这一时期的印度莎剧改编电影常常呈现出"英印混合"的特征，《古娜苏达莉·卡塔》便是其重要典型。该片"以本土传说重构莎剧故事"[80]，融《李尔王》与印度本土神话传说于一体，既保留了莎剧的基本情节，又赋予了莎剧以印度本土风味。与李尔王一样，影片中的国王乌格拉萨那也育有三女。妻子过世后，国王为了专心养育女儿，不仅拒绝再婚，甚至疏于政事。多年后，两位长女都已嫁作人妇，只有小女儿古娜苏达莉依然待字闺中。为了女儿的幸福，国王准备在自己六十岁的寿宴上为小女儿择婿。寿宴当天，国王让女儿们依次当众说出对自己的爱。两位巧舌如簧的长女与《李尔王》中的高纳里尔和里根一样，都虚伪地表明了自己对父亲无人可比的敬爱之情，而小女儿诚实的回答却让父亲极为不满。与《李尔王》不同，影片《古娜苏达莉·卡塔》展示了女儿们不同的成长历程。自孩提时起，乌格拉萨那的两位长女便耽于物质享乐，而安静内向的小女儿则喜欢阅读有关悉多（Sita）、萨蒂（Sati）和萨维特里（Savitri）等贞女德妇的故事。正是由于性格和成长差异，才导致了小女儿与众不同的回答。在小女儿心中，女性一旦成婚，就应以贞女德妇为榜样，将丈夫视为生命中最重

78 Poonam Trivedi & Paromita Chakravarti, eds., *Shakespeare and Indian Cinemas: "Local Habitations"*, New York and London: Routledge, 2019, p.90.

79 （美）约翰·M·德斯蒙德、彼得·霍克斯：《改编的艺术：从文学到电影》，李升升译，北京：世界图书出版公司，2015年，第18页。

80 Poonam Trivedi & Paromita Chakravarti, eds., *Shakespeare and Indian Cinemas: "Local Habitations"*, New York and London: Routledge, 2019, p.68.

要的人。面对小女儿对自己的轻视，乌格拉萨那对她的惩罚比李尔王对考狄利娅的诅咒更重。他不仅将小女儿嫁给了又瞎又聋又哑的瘸腿乞丐，还将二人逐出王宫，发誓要其赎罪一生。放逐小女儿后，乌格拉萨那的生活与李尔王大同小异，不仅受到的长女们的冷遇和虐待，还摔伤致病。得知消息的古娜苏达莉和考狄利娅一样伤心。她诚心向天神祷告，希望父亲尽快康复。当小女婿得知有一种仙草可以挽救岳父时，心地善良的他出门寻找。不幸的是，他费尽辛苦找到的仙草被两位连襟夺走，自己还受到诅咒变成了熊。在古娜苏达莉虔诚的祈祷声中，天神湿婆（Shiva）和雪山女神帕尔瓦蒂（Parvati）赐福人间。国王恢复健康，小女婿不仅容颜得复，还恢复了邻国王子的身份。最后，知悉一切的乌格拉萨那将王位传给了小女婿。与《李尔王》不同，该片仅保留了原作的单线叙事，格罗斯特的家族纷争被尽数删除。此外，影片还以喜剧结尾，且将纷乱的平息归功于天神赐福。该片不仅具有印度早期电影的颂神特色，还体现了印度文化的"贞妇"精神和果报思想。

继《古娜苏达莉·卡塔》之后近半个世纪，印度银幕上再未出现过改编自《李尔王》的莎剧电影。这一局面直到20世纪末才有所改变。1997年，导演苏巴什·阿格拉瓦尔（Subhash Agrawal）推出了电影《棉花重量》（*Rui Ka Bojh*）。该片讲述了老人稷山·沙哈的晚年故事。日渐衰老的沙哈将自己的财产分给了子女，并决定与小儿子一起生活。不幸的是，沙哈与儿子儿媳相处得并不融洽。出于自尊，老人决定去往寺庙了却残生。但在去往寺庙的路上，老人回想起过去美好的家庭生活，毅然回家。与《古娜苏达莉·卡塔》一样，该片仅保留了《李尔王》的单线叙事，葛罗斯特家族的纷争也被尽数删除。但与原作"国事"兼"家事"的二重结构不同，《棉花重量》主要围绕"养老"这一极富现实意义的"家事"或曰"社会问题"展开。

或许是受到了《棉花重量》的影响，或许是受到20世纪后半叶全球日趋严峻的人口老龄化问题影响，新世纪印度电影银幕上的《李尔王》改编多以"晚年养老"为主题展开。改编电影主要有《园丁》（*Baghbaan*，2003）和《戏剧之王》（*Natsamrat*，2016）等。[81]

《园丁》讲述拉吉·马尔胡特拉的晚年故事。拉吉夫妇倾尽所有养育了四个儿子和一个养子。退休后的拉吉夫妇准备投靠儿子以享天伦。不幸的是，

---

81 2018年，该片被翻拍为古吉拉特语同名影片《戏剧之王》（*Natsamrat*，2018）。

没有任何一个儿子愿意一力承担照顾二人之责。他们商量决定将两位老人分开赡养，每位老人每家住六个月。此后，夫妻二人饱受分离之苦，还受尽儿子儿媳的冷眼。除了孙子和孙女外带来的慰藉外，夫妻二人几乎没有感受到任何温暖。为了排遣苦闷，拉吉将其对妻子的爱、自己如何抚养儿子、儿子们如何对待他、以及夫妻分离之痛写成了小说。六个月后，饱受分离之苦的两位老人在维查耶纳迦（Vijaynagar）车站转乘时终于相见。幸运的是，他们在途中意外遇见了养子。养子不仅将二人接回家中，还给了他们在亲生儿子家里不曾有过的尊重和礼遇。拉吉的小说成功出版，引起轰动并大卖。精于算计的儿子儿媳们为了分取一杯羹，纷纷前来请求老人的原谅。但历经苦难的夫妻二人拒绝接受他们的道歉，还与他们断绝了关系。最后，他们在离养子不远的地方安家，并与孙子孙女生活在一起。

与《园丁》一样，《戏剧之王》（2016）讲述了一位古典莎剧演员的晚年生活。酷爱表演的甘巴特在舞台上塑造了无数莎剧形象，不仅为自己赢得了"戏剧之王"的美誉，还收获了大量财富。在事业如日中天之时，甘巴特决定退休。他不顾朋友的劝阻，将房产和存款全部给了子女，准备享受天伦之乐。但随着孙女的长大，甘巴特直言不讳的性情让儿媳心生不满，于是设计将两位老人赶出了家门。甘巴特带着妻子投奔女儿。然而，甘巴特直言不讳的习惯不仅在宴会上冒犯了女婿的上司，还直言批评了对方儿子改编的莎剧《奥赛罗》。为此，他曾视为掌上明珠的女儿开始对夫妻二人颐指气使。他们不仅被挪至仆人居住的外屋，甚至还被污蔑偷了家里的钱。当真相揭晓时，女儿依然毫无悔过之心。在一个风雨交加的夜晚，伤心的甘巴特带着羸弱的妻子悄悄离开了女儿的家。不幸的是，妻子在途中因病离世。遭遇妻离子散的甘巴特如李尔一样，陷入疯癫。年轻善良的擦鞋工拉贾将他带回自己住的桥洞，照顾其饮食起居，还为他在茶摊找了一份工作。甘巴特上茶时念叨莎剧台词的习惯引起了年轻戏剧人悉达斯的注意。甘巴特意外得知一家剧院被大火焚毁，于是匆匆赶往。在舞台的废墟中，甘巴特回忆起自己的戏剧人生。当儿女赶到并祈求原谅时，在疯癫和清醒间徘徊的老人拒绝了他们的请求，然后在铿锵的莎剧台词声中轰然倒地、与世长辞。

除上述根据《罗密欧与朱丽叶》、《哈姆雷特》、《奥赛罗》、《麦克白》和《李尔王》改编的影片外，印度银幕上的莎士比亚悲剧改编还有根据《安东尼和克莉奥佩特拉》改编的电影《克莉奥佩特拉》（*Cleopatra*，1950）和《坎

纳奇》（*Kannaki*，2001）等。但它们在印度国内外的反响均不大，相关评论和
记录亦不多见。

第三节　莎士比亚喜剧在印度电影中的改编与挪用

印度电影中的莎士比亚喜剧改编主要集中于《驯悍记》和《错误的喜剧》。
截止 2018 年，《驯悍记》共计被改编了 23 次，《错误的喜剧》13 次。

《驯悍记》在印度电影银幕上的改编始于 1932 年的印地语影片《哈希
莉·杜尔罕》（*Hathili Dulhan*）。该片改编自帕西剧同名舞台剧，片源已经失
佚。1952 年上映的《刁蛮公主》（*Aam*）是印度莎剧电影改编的经典之作。该
片将《驯悍记》构筑于印度封建社会末期某土邦王宫之中，讲述了平民子弟
贾伊驯服傲慢公主拉吉室莉的故事。贾伊因为驯服了公主的烈马而获得了国
王的丰赏，但却没有因为击剑败给了国王的弟弟沙姆希尔而被惩罚。不满的
沙姆希尔因此谋杀了国王，并与公主一起肆无忌惮地欺压平民。贾伊带领人
民反抗王室的暴行，并数次潜入王宫戏耍公主。在公主率军屠村时，贾伊设
计将其绑架，并迫使其磨面、做饭、打水、喂马、做女红，不仅让她明白了底
层人民的艰辛，还将其变成一个勤劳、善良、顺从的印度女性。最后，公主与
民众一起推翻了哥哥沙姆希尔的暴政。整体而言，该片虽然凸显了"驯悍"
主题，但讲述的却是一个印度本土的"驯悍"故事。与原作驯服悍妻的家庭
事件不同，《刁蛮公主》改写了"悍妇"的身份，赋予了作品以抗击暴政的英
雄色彩和家国情怀。片中的印度歌舞、语言、服装、地理风情和印度特有的
动植物元素，展现了莎剧跨越文化藩篱在印度文化语境中的本土化改写。影
片中的西式服装、猎枪、汽车等现代元素，也体现了莎剧百年传承后的现代
变异。除《刁蛮公主》外，50 年代印度银幕上的《驯悍记》改编还有《爱在
烧》（*ChoriChori*，1956）等。在这些影片中，跨越异质文化的"悍妇"形象
也不断变化。她们化身为富商骄纵刁蛮的女儿，亦或是富翁恶毒的遗孀和刁
蛮的继女。虽然形象不一，但她们大部分都沿袭了原作主人公凯瑟丽娜的"悍
妇"特征。

在随后的 40 年间，印度银幕上共出现了《卡拉里》（*Junglee*，1961）和
《团圆幸福一家亲》（*Mard*，1985）等 16 部《驯悍记》改编影片。与 50 年代
的改编电影一样，它们都以女性题材为主，且重点突出"驯悍"主题。但与原

作中的"悍妻"不同，改编影片中的"悍妇"形象各有不同，且身份各异。她们化身为控制欲极强的母亲、地主骄纵的女儿、不愿结婚而合约租夫的富家女、不守婚约且傲慢无礼的富家小姐，以及受西方文化熏陶、身着迷你裙、抽烟喝酒、不屑于印度文化的英裔印度人或归国印度人等。虽然这些身份各异的"悍妇"形象都表现出各种不同的"悍"，但她们最终都和原作中的凯瑟丽娜一样，被成功"驯化"为温柔体贴，满足印度社会期待的传统女性。恶毒的母亲变得仁慈善良，地主家骄纵的女儿结婚后成为贤妻良母，不愿守婚约和不愿嫁人的"悍妇"最终都陷入爱情，并嫁为人妇。

进入 21 世纪，印度电影中的《驯悍记》改编开始减缓，只诞生了《斯里玛缇·巴彦卡里》（*Srimati Bhayankari*，2001）和《只在今生》（*Isi Life Mein*，2010）两部影片。《斯里玛缇·巴彦卡里》基于 20 世纪 70 年代上演周期最长的孟加拉语同名舞台剧改编而成。该剧舞台剧改编本发表于 1976 年，于 1978 年由罗宾·高士（Robi Ghosh）搬上舞台。该剧曾在剧院连续上演近三年，且上座率极高。印度著名莎士比亚研究学者、贾达普大学比较文学系教授帕拉米塔·恰克拉瓦尔蒂（Paramita Chakravarti）曾在一次纪念莎士比亚诞辰 450 周年的研讨会上指出，《斯里玛缇·巴彦卡里》证明了莎士比亚戏剧在印度商业大众文化时代的流行。而该剧的流行主要得益于"驯化悍妇"这一主题。虽然从译本第二版开始，译者古塔姆·雷（Goutam Ray）不曾注明其与莎剧的关系，甚至舞台表演和电影改编都不曾注明其莎剧源头，但雷曾在改编本的首版中注明了其改编自莎剧《驯悍记》。电影《斯里玛缇·巴彦卡里》对原作做了进一步改编。虽然故事的前半部分情节紧贴原作《驯悍记》和舞台剧《斯里玛缇·巴彦卡里》，但其后半部分却充满了家庭剧式的冲突、误解、争吵、自杀以及最终的和解。[82]《只在今生》与《驯悍记》的关系比较松散，甚至讲述了一个与"驯悍"主题相反的女权故事。纳吉娜迪妮·坎德瓦尔是生活在拉贾斯坦邦传统印度教富裕家庭的乖乖女。中学毕业后，纳吉娜迪妮本该按照父亲的计划早早嫁人，但母亲以学好厨艺好嫁人为由将其送往孟买学习。进入大学的她在多元发展的校风影响下加入了戏剧社。为了备战全国戏剧大赛，戏剧社选择排演莎剧《驯悍记》，并意外选中了纳吉娜迪妮出演"悍妇"凯瑟丽娜一角。戏剧彩排释放了纳吉娜迪妮的自由天性，还在其心中埋

---

82 Shoma A Chatterji, "The Bard in Bengali Films", see https://upperstall.com/features/bard-bengali-film/。2020 年 6 月 8 日上网查询。

下了追逐爱情和自由的种子。然而在正式演出前，纳吉娜迪妮的父亲发现了一切，并强行将其带回家中。不敢违拗父亲的纳吉娜迪妮只得接受父亲安排的婚姻。面对利欲熏心的新郎一家和纳吉娜迪妮一众好友的劝说，幡然醒悟的父亲及时取消了婚礼，还带着全家观看了女儿的精彩演出，并支持女儿继续出国留学。较之于原作对离经叛道的凯瑟丽娜的驯化，影片《只在今生》借用莎剧《驯悍记》完成了纳吉娜迪妮对自我女性身份、爱情、梦想的重新认知，也完成了对印度传统父权思想的"驯化"式解构。这在一定程度上反映了莎剧对印度社会的积极影响。

与其他莎剧相比，《错误的喜剧》"在印度的电影改编相对较晚"。[83]1963年，导演马努·森（Manu Sen）将该剧以《巴哈兰迪·比拉斯》（Bhranti Bilas）为名首次搬上银幕。随后，一系列改编自该剧的影片如《成为多尼·沙尔》（Do DooniChaar，1968）、《安古尔》（Angoor，1982）、《乌尔塔·帕尔塔》（UltaPalta，1997）等陆续上映。60年代以前，印度虽然已经诞生了数十部莎剧改编电影，但鲜有影片会直接注明其与莎剧的关系。而这一时期大部分改编自《错误的喜剧》的电影不仅最大程度地保留了原作的故事情节，甚至在《安古尔》和《乌尔塔·帕尔塔》等影片的片头，导演都直接注明了其与《错误的喜剧》改编关系。《巴哈兰迪·比拉斯》虽然并非直接改编自莎剧或帕西剧，但该片"改编自十九世纪孟加拉社会活动家伊仕瓦尔·钱德拉·维德亚萨伽（Ishwar Chandra Vidyasagar）根据《错误的喜剧》改写而成的剧本"。[84]影片情节紧扣原作，但片中人名、地名、服装以及情节等也都做了相应的印度化改编。该片删除了原作第一幕第一场叙拉古商人伊勤的戏份，将故事从原作中的海滨商业都市以弗所替换为现代印度内陆的某个小镇，讲述了孟加拉商人带着仆人离开加尔各答前往小镇洽谈生意的故事。剧中充满了汽车和火车等现代交通工具、现代化建筑以及警署等现代机构。不仅如此，影片还对原作情节做了适当调整。在原著中，阿德里安娜和露西安娜同时遇到大安提福勒斯，并将其认错。而在电影中，是出门寻找姐夫的毕拉什先将对方认错，并将其强行带回家中，也由此开始二人之间的爱情故事。在"市场"这一空间的构建上，影片《巴哈兰迪·比拉斯》呈现了一个典型的印度乡间集市，

83 Poonam Trivedi & Paromita Chakravarti, eds., *Shakespeare and Indian Cinemas: "Local Habitations"*, New York and London: Routledge, 2019, p.253.
84 Poonam Trivedi & Paromita Chakravarti, eds., *Shakespeare and Indian Cinemas: "Local Habitations"*, New York and London: Routledge, 2019, p.253.

集市上的剧场还上演了"安罕利亚（Ahalya）错将因陀罗（Indra）的化身误认为丈夫"的木偶戏，为后文"错误的喜剧"埋下伏笔的同时，赋予了该剧以"艳情味"。

该片的改编策略还影响了后来的影片《安古尔》和《乌尔塔·帕尔塔》。不同的是，《安古尔》的改编保留了原作开头伊勤的部分故事。该片始于富商拉吉带着妻子和双胞胎儿子出游，并在途中收养双胞胎弃婴，而非原著中的归乡途中买下穷人的双生子。

事实上，早在《巴哈兰迪·比拉斯》上映前，《错误的喜剧》中因双胞胎长相相似而引发喜剧的母题就已影响了众多印度电影，如泰米尔语、印地语、孟加拉语电影中均不乏因双胞胎错误而引发的喜剧。虽然"部分电影的某些情节确实受到了莎士比亚的影响"[85]，但这些电影与《错误的喜剧》关系都不大，片中的双胞胎形象也各有不同。如《孪女天分》（Chaalbaaz，1989）讲述的是双胞胎女孩的故事，而影片《迈克、马达拉、卡玛和拉吉》（*Michael Madana Kama Rajan*，1991）则是一部四胞胎犯罪喜剧电影。

除了上述基于《驯悍记》和《错误的喜剧》改编的影片外，印度电影银幕上还诞生了众多基于喜剧《威尼斯商人》、《第十二夜》、《皆大欢喜》、《仲夏夜之梦》、《无事生非》以及《一报还一报》改编的电影。

《威尼斯商人》的改编电影集中出现在印度独立前，如《心商》（*DilFarosh*, 1927）、《心商》（*DilFarosh*，1937）[86]、《夏洛克》（*Shylock*，1940）和《残暴的商人》《*ZalimSaudagr*，1941》等。在影片《骞卜拉吉·哈度》（1923）被发现之前，1927年的影片《心商》曾一度被誉为印度最早且直接改编自莎剧的改编电影。影片基于麦德·哈山·阿苦（Mehdi Hasan Ahsan）1900年的帕西剧改写本《心商》（*Merchant of Heart*）改编而成。该剧的帕西舞台剧版本曾是20世纪初印度最受欢迎的帕西剧之一。1937年的同名印地语影片《心商》也是基于《威尼斯商人》改编而来。影片《夏洛克》（1940）的剧本由莎士比亚学者奇内玛·拉姆（Kinema Ramu）改写。该片忠于原著，剧中人物、服饰和地名都沿袭了欧洲传统，但由于印度观众对片中的欧洲元素不熟悉，导致该片反响不大。此外，1941年的印地语电影《残暴的商人》也是基于莎翁原

85 Poonam Trivedi & Paromita Chakravarti, eds., *Shakespeare and Indian Cinemas: "Local Habitations"*, New York and London: Routledge, 2019, p.254.
86 该片翻拍自1927年的同名电影《心商》（*DilFarosh*）。

作《威尼斯商人》改编而成。

　　改编自《第十二夜》的影片有《迷局》（*BhulBhulaiya*，1929）、《一路欢笑》（*BhoolBulaiyan/ HansteRahna*，1933）、《女仆的恋人》（*KanniyinKathali*，1949）和《情系板球》（*Dil Bole Hadippa*，2009）等。其中，1929 的《迷局》基于麦德·哈山·阿苦（Mehdi Hasan Ashan）1896 年的剧本《迷宫》（*BhoolBhulaiyan/Labyrinth*）改编而来。该剧曾在孟买的戏剧舞台上连续上演近三年，主要讲述了双胞胎兄妹的错误喜剧。由于该剧融莎剧《错误的喜剧》和《第十二夜》的情节和人物设定于一体，使得部分学者对该片的改编原文本产生异议。有学者认为该剧改编自《错误的喜剧》，亦有学者认为该剧改编自《第十二夜》。[87]无独有偶，1933 的影片《一路欢笑》也讲述了双胞胎兄妹的错误喜剧，因此同样引起了学界关于其改编原文本的争议。[88]鉴于上述两部影片都聚焦于双胞胎兄妹的故事，笔者认为其受《第十二夜》影响更大。《女仆的恋人》是著名导演 K·拉姆罗特（K. Ramnoth）进入朱庇特电影公司（Jupiter Pictures）后创作的第一部影片。该片是《第十二夜》印度本土化的结果，其故事情节和人物关系与原剧基本相同，只对故事中的人名和地名等进行了印度化改写。公主昌德里卡和哥哥因海难而分离。被渔民所救的昌德里卡无依无靠，只能女扮男装化名为卡莱玛尼进入王子的宫殿，以宫廷诗人身份存身。在与王子的相处中，昌德里卡逐渐爱上对方，而王子却心属他人。与《第十二夜》一样，该片充分运用了异装和双胞胎身份元素，讲述了一个啼笑皆非的爱情故事。不仅如此，该片也与莎翁原作一样，以有情人终成眷属的喜剧结尾。但该片的民众反响不大。影片《情系板球》与《第十二夜》的联系比较松散，仅保留了异装与爱情元素。该片故事发生在新世纪的印巴边境小城阿姆利则。通过维娜女扮男装参加印巴板球对抗赛的故事，探讨了女权、梦想、家庭及印巴和平等主题。

　　除此之外，印度电影荧幕上的莎士比亚喜剧改编影片还有改编自《一报还一报》、《皆大欢喜》、《无事生非》和《仲夏夜之梦》的电影等。其中，较为突出的有改编自《无事生非》的《情缘》（*Hum Tum*，2004）和改编自《仲夏夜之梦》的《10 毫升的爱》（*10 ml Love*，2010）等。值得注意的是，两部影

87　Poonam Trivedi & Paromita Chakravarti, eds., *Shakespeare and Indian Cinemas: "Local Habitations"*, New York and London: Routledge, 2019, pp.122-123.

88　Poonam Trivedi & Paromita Chakravarti, eds., *Shakespeare and Indian Cinemas: "Local Habitations"*, New York and London: Routledge, 2019, pp.122-123.

片均以英语呈现。其中，《10 毫升的爱》在影片开头便明确注明了其与莎剧《仲夏夜之梦》的改编关系。该片讲述了孟买街头的假药商人（仙王奥布朗）为了挽回妻子的心而炮制致幻剂，并被妻子和即将举行婚礼的年轻人误食，导致妻子与他人春宵一度、两对即将成婚的年轻人也一夜错乱爱情的故事。虽然该片对原作中的仙王和仙后及其故事进行了现实化改写，以现代孟买喧嚣的都市取代了原作中的神秘仙境，但其基本故事结构与《仲夏夜之梦》相似。在故事的后半段，导演为了使其贴合原作，还将误服致幻剂之后的故事构筑于森林和荒野之中。但有评论者认为，这样的改编有"让人失望的偷懒之嫌"。不过在该评论者看来，虽然"该片的拍摄一般、改编牵强、表演也不出彩，但也让莎士比亚的传奇剧作绽放光芒"。[89]

第四节　莎士比亚传奇剧、历史剧等在印度电影中的改编

较之于悲剧和喜剧，印度电影银幕上的莎士比亚传奇剧和历史剧改编相对较少。迄今为止，印度电影中的莎剧传奇剧改编主要围绕《辛柏林》展开，且大都集中于印度独立前。其中，1923 年上映的默片《骞卜拉吉·哈度》（*ChamprajHado*）是印度银幕上目前可追溯的最早的莎剧改编电影。该片基于古吉拉特现代戏剧奠基人瓦格吉·阿沙拉姆·奥兹（VaghjiAsharamOza）的同名剧本改编而成。奥兹从詹姆士·托德（James Tod）的《拉贾斯坦邦年鉴与传说》（*Annuals and Antiquities of Rajasthan*）中"发现了一个与伊摩琴相似的形象，便将莫卧儿时期拉贾斯坦邦的地方传说与莎士比亚的《辛柏林》融为一体，编织了一个崭新的故事。"[90]与《辛柏林》一样，该片讲述了一个有关女性忠贞的故事。骞卜拉吉（波塞摩斯）向众人讲述其妻子娑娜·拉妮（伊摩琴）的种种美德时，遭到了他人的质疑。与原作中的伊摩琴一样，娑娜的人生也历经波折，其忠贞最后也得到了证实。不仅如此，娑娜还被阿克巴大帝收为义女以彰其德行。1928 和 1929 年，利特电影公司（Little Film Company）曾两次发行电影《库萨姆·库玛里》（*Kusum Kumari*）。该片源片已经失佚，

---

89 Raja Sen, "Review: *10ml Love* is Silly but Sweet", https://www.rediff.com/movies/report/review-ten-ml-love-is-silly-but-sweet/20121207.htm。2020 年 9 月 5 日上网查询。

90 Poonam Trivedi & Paromita Chakravarti, eds., *Shakespeare and Indian Cinemas: "Local Habitations"*, New York and London: Routledge, 2019, p.120.

亦没有任何文字信息表明该片与莎剧《辛柏林》的直接关联。但在 1874 年，加尔各答的民族剧院（National Theater）上演过由甘德拉卡里·高士（Ghandrakali Ghosh）改编的同名舞台剧。有学者"基于印度早期电影'由舞台到银幕'的改编传统"推断，认为"两次发行的同名影片应该与改编自《辛柏林》的剧本《库萨姆·库玛里》有关。"[91]1930 年，电影《甜蜜的毒药》（*MithaZahar*）上映。该片改编自穆室·穆斯塔法·赛雅达利（Munshi Mustafa Saiyadalli）改编的同名乌尔都语帕西剧。学者达拉梅西（Dharamesy）曾在其论文中提及该片，指出其"改编自莎士比亚的《辛柏林》"，并称该剧是帕西戏剧舞台上最受欢迎的戏剧之一。[92]1932 年，导演马丹拉伊·瓦基尔（Madanrai Vakil）将《骞卜拉吉·哈度》翻拍为《萨蒂·娑娜》（*Sati Sone*）。该片是印度第一部有声莎剧改编电影。在翻拍版中，故事背景被置换为拉杰普特（Rajput）。1947 年，导演 T·G·拉贾瓦恰里（T. G. Raghavachari）根据桑卡拉达斯·斯瓦米加尔（SankaradasSwamigal）的改写本《辛柏林》推出了泰米尔语电影《卡塔卡姆》（*Katakam*）。该片印度特色浓郁，融入了十二首极富印度本土特色的歌舞。

在历史剧改编方面，印度银幕上的电影改编不多。其中，最早的历史剧改编是 1936 年著名导演索拉博·莫迪（Sohrab Modi）推出的印地语、乌尔都语影片《哈瓦斯的萨伊德》（*Said e Havas*）。该片基于翻译家阿加·哈什尔·卡什米里（Agha Hashr Kashmiri）的《约翰王》改写本改编而成，与莫迪执导的其他影片如《以血还血》（*Khoon-ka-Khoon*）一样，该片也是帕西剧改编莎剧的舞台录影。此外，印度银幕上的莎士比亚历史剧改编还有根据《理查三世》改编的《宝莱坞歌舞片〈理查三世〉》（*Richard III: A Bollywood Musical*, 2003）。

除上述影片外，印度电影银幕上还诞生了大量涉及莎剧的影片。如涉及《威尼斯商人》的《放债人诉讼》（*Savkari Pash*, 1925），涉及《奥赛罗》的《安卜》（*Anbu*, 1953）、《埃扎特》（*Izzat*, 1968）和《奥赛罗的世界》（*In Othello*, 2003），涉及《罗密欧与朱丽叶》的《森林中的日与夜》（*Aranyer Din Ratri*, 1970）和《怦然心动》（*KuchKuchHota Hai*, 1998），涉及《哈姆雷特》的《卡兹》（*Karz*, 1980）、《当哈姆雷特来到米佐拉姆》（*When Hamlet Went to Mizoram*,

91 Poonam Trivedi & Paromita Chakravarti, eds., *Shakespeare and Indian Cinemas: "Local Habitations"*, New York and London: Routledge, 2019, p.120.

92 Poonam Trivedi & Paromita Chakravarti, eds., *Shakespeare and Indian Cinemas: "Local Habitations"*, New York and London: Routledge, 2019, p.121.

1990）和《再生缘》（*Om Shanti Om*，2007），涉及《麦克白》的《乡村醉恋》（*Matru ki Bijli ka Mandola*，2013），涉及《裘力斯·凯撒》的《索尔卡姆》（*Sorkkam*，1970），涉及《李尔王》的《漫长的旅程》（*Such a Long Journey*，2002）、《第二代》（*Second Generation*，2003）、《最后的李尔》（*The Last Lear*，2007）和《生活在继续》（*Life Goes On*，2009）等。不仅如此，印度银幕上还诞生了一系列同时涉及多部莎剧的影片，如《乔林吉巷子 36 号》（*36 Chowringhee Lane*，1981）同时涉及到《第十二夜》和《李尔王》，《心归何处》（*DilChahta Hain*，2001）同时涉及《无事生非》和《特洛伊罗斯和克瑞西达》，《皇家护卫》（*Eklavya*，2007）同时涉及《哈姆雷特》、《李尔王》和《麦克白》，《莎剧演员》（*Shakespeare Wallah*，1965）同时涉及《罗密欧与朱丽叶》、《奥赛罗》、《哈姆雷特》和《第十二夜》等多部莎剧。

纵览上述涉莎电影，它们与莎剧的联系大致可分为四类。其一，影片中出现莎剧。如在《乔林吉巷子 36 号》中，学生在课堂上分角色朗读了《第十二夜》。《当哈姆雷特来到米佐拉姆》通过排演《哈姆雷特》，以纪录片形式展示了该剧在印度米佐拉姆地区（Mizoram）的传播。《奥赛罗的世界》以德里英语剧团排演《奥赛罗》为背景，探讨人际危机和职业危机等主题。其二，影片援引了莎剧台词。在《好莱坞有个宝莱坞》（*Bollywood / Hollywood*，2002）中，主人公的奶奶一直莎剧台词不离口。如出自《皆大欢喜》的"整个世界都是一个舞台，所有的男男女女都只是演员"等。同样，在影片《最后的李尔》中，作为莎剧演员的主人公哈利希也经常吟诵着莎剧台词。如出自《麦克白》的"明天、明天、再一个明天"等。作为一名演绎了三十多年莎剧的舞台剧演员，哈利希不屑于当代电影艺术，却将每一部莎剧故事和每一句莎剧台词都熟记于心。在他眼中，莎剧是世上最伟大的作品，舞台表演是演员和导演向观众传递信息和情感的最佳艺术形式。然而，电影艺术的兴起却将莎剧舞台剧表演逐步边缘化。这让哈利希无所适从。但随着与电影的接触不断加深，哈利希逐步放下了对电影艺术的偏见和芥蒂，完成了自我戏剧人生的救赎。该剧是根据印度莎剧翻译（改编）家和表演大师乌特帕尔·道特（UtpalDutt）的戏剧人生改编而成，一定程度上反映了印度莎剧表演从舞台到电影银幕的转移。其三，影片挪用了莎剧的经典情节。如《森林中的日与夜》再现了《罗密欧与朱丽叶》的"阳台诉衷肠"情节，《卡兹》和《再生缘》成功挪用了《哈姆雷特》中"演戏寻真凶"的叙事策略。其四，影片本身与莎剧关系不大，但其故事叙事与莎剧颇为相似，构成互文书写。这一类影片比较多，如《放债人诉讼》等。该片改编自哈利·纳拉扬·阿普特（Hari Narayan Apte）的小说《放债人的诉求》（*SavkariHaak*），与《威尼斯商人》并无实质性关系。小说讲述了贫穷农民因无法偿还高利贷而被迫流落城市，受尽苦难的故事。在神话电影流行时期，影片《放债人诉讼》以现实主义手法将印度乡村和城市底层人民的苦难生活展现得淋漓尽致。由于片中的高利贷放债人与夏洛克一样冷酷无情，因此该片常常被冠之以"印度夏洛克"[93]之名。从本质上看，"印度夏洛克"这一称呼是印度文化对莎剧《威尼斯商人》的成功挪用。将本土文学与莎翁经典著作相连，这在一定程度上有助于印度向全世界介绍本国的文化遗产，弘扬其文学及文化。1936年，该片被重新翻拍为有声电影。无论是默片版还是有声版，该片都受到印度人民的喜爱，引起了巨大反响。有学者认为该片"间接受到了莎剧《威尼斯商人》的影响"。[94]同样，涉及《李尔王》的影片《漫长的旅程》、《第二代》、《最后的李尔》和《生活在继续》亦多属此类。

第五节　印度莎剧电影改编的"本土化"特征

曹顺庆先生认为，"在国际文学关系和相互影响中，由于不同的文化、心理、意识形态、历史语境等因素，译介、流传和接受过程中存在着语言、形象、主题等方面的变异。文学从一国传到他国，必然会面对语言翻译以及接受方面的变异等问题，会产生文化过滤、误读或翻译上的'创造性叛逆'，甚至发生'他国化'的变异，而这些都是文学流传、影响和接受中不可回避的变异现象"。[95]从16、17世纪的英国舞台到20、21世纪的印度银幕，跨越时空的莎士比亚不仅会面临语言、风格、伦理和内容等多重文化过滤，还会形成时间上的现代变异。事实上，受印度历史、文化、美学和译者等诸多因素影响，莎士比亚在印度"既不是严谨地翻译，也不是呆板地模仿，而是有机

93　Poonam Trivedi & Dennis Bartholomeusz, eds., *India's Shakespeare : Translation, Interpretation and Performance*, Newark: University of Delaware Press, 2005, p.325.

94　Poonam Trivedi & Dennis Bartholomeusz, eds., *India's Shakespeare : Translation, Interpretation and Performance*, Newark: University of Delaware Press, 2005, p.122.

95　曹顺庆："变异学确立东西方比较文学合法性"，《中国社会科学报》，2011年7月5日。

地移植"[96]。为了促进莎剧在印度的有效传播与接受，印度戏剧人"或是将姓名和形象印度化，或是将故事背景改换为印度的某一特殊历史时期，或是添加歌舞和增删人物、场景、剧情，或是完全按照印度传统戏剧形式表演莎剧"[97]，对莎剧展开了全方位的"本土化"改写和挪用。

与莎剧在印度的翻译、教学和舞台传播一样，莎剧在印度电影中的本土化改编首先体现在众语纷呈的本土语言转换上。如前所述，印度是典型的多民族多语种国家。繁荣的印度电影产业也以印地语、泰米尔语、泰卢固语、马拉雅兰姆语和坎纳达语等为中心，形成了多语共生的"宝莱坞"、"考莱坞"、"托莱坞"、"莫莱坞"和"桑达坞"等十多个电影产业。迄今为止，印度银幕已经诞生了印地语、泰米尔语、坎纳达语、泰卢固语、马拉雅兰姆语、孟加拉语、乌尔都语、马拉提语、旁遮普语、阿萨姆语、古吉拉特语、米佐语和泰卢语莎剧影片（含涉莎影片）150 余部。受印度各电影产业艺术风格和创作特色影响，跨越文化障碍的印度莎剧电影呈现出多种不同的地域特色。宝莱坞的歌舞片、考莱坞的商业片和托莱坞的文艺片倾向，分别赋予了它们以不同的印度元素和艺术特征。

歌舞"一直是宝莱坞美学最显著的特征，也是印度电影'他者'特性和民族身份"[98]最突出的文化符号。有学者指出，"提及宝莱坞电影，就一定会谈到电影中的歌舞"[99]，但并非只有宝莱坞电影才有歌舞元素。受印度戏剧表演传统如帕西剧的影响，印度各大电影产业都积极运用歌舞元素以突出其民族和地域特色。印度多语共生的语言环境虽然给各电影产业间的交流和跨语种观众的观影带来了阻碍，但"歌舞"艺术元素独特的融通性在一定程度上消弭了语言带来的隔阂。受歌舞表演传统影响，印度莎剧表演从舞台到银幕都添加了大量的歌舞。贾维德·马利克在探讨帕西剧对莎剧的改编时，将其改编策略归纳为四种：一、插入大量歌舞；二、改变原作故事情节顺序，融入其他莎剧主题，对莎剧故事进行改写或重新编排，以此简化莎剧复杂的叙事

---

96 Sisson, C. J., *Shakespeare in India: Popular Adaptations on the Bombay Stage*, London: The Shakespeare Association, 1926, p.8.

97 Poonam Trivedi & Dennis Bartholomeusz, eds., *India's Shakespeare : Translation, Interpretation and Performance*, Newark: University of Delaware Press, 2005, p.15.

98 Craig Dionne & Parmita Kapadia, eds., *Bollywood Shakespeares*, New York: Palgrave Macmillan, 2014, pp.67-68.

99 Sangita Gopal & Sujata Mooriti, eds., *Global Bollywood: Travels of Hindi Songs and Dance*, Minnesota: University of Minnesota Press, 2008, p.1.

结构，使其符合印度观众的喜好和价值观；三、用乌尔都诗体或散文体改写莎剧无韵体；四、将莎翁悲剧结尾以喜剧进行重构。[100]在该学者看来，莎剧表演印度本土改编最重要的民族书写手法即歌舞添加。事实上，在几乎所有的印度莎剧改编影片中都插入了大量的本土歌舞。如影片《古娜荪达莉·卡塔》添加了 12 首歌曲，《刁蛮公主》添加了 10 首歌曲，《痴情鸳鸯》（1973）添加了 8 首歌曲，《以爱之名》添加了 8 首歌曲，《卡利亚塔姆》添加了 9 首歌曲，《枪林弹雨里的爱情》添加了 11 首共计长达 47 分钟的歌曲，《双重麻烦》添加了 6 首歌曲，《海德尔》添加了 9 首歌。即使是在歌舞相对较少的电影如《马克布》、《奥姆卡拉》和《戏剧之王》（2016）中，导演也分别植入了 2 到 3 首歌曲。部分电影如《情系板球》等甚至直接以歌曲开场。虽然这些歌曲中不乏西方音乐元素，但多以印度本土音乐元素为主。如泰米尔语影片《安比卡帕西》（1957）的音乐创作就遵循了印度本土音乐的"拉格"传统。整体而言，歌曲元素的添加，起到了"渲染氛围、塑造人物和推动情节发展的作用"[101]，同时还彰显了印度的民族艺术特色。另一方面，印度电影的音乐通常伴之以舞蹈。在众多早期莎剧改编电影如《安比卡帕西》（1957）中，导演均添加了印度极具本土特色的古典舞蹈。虽然印度的音乐和舞蹈艺术在 20 世纪后半叶受到的西方音乐和舞蹈的影响，但融入西方元素的歌舞依然保留着印度独有的本土特色。

如前所述，在学者贾维德·马利克所归纳的改编策略中，以喜剧重构莎士比亚悲剧结尾是印度莎剧改编的重要策略之一。与亚里士多德的悲剧"净化论"不同，以《舞论》为代表的印度传统戏剧理论崇尚"味"。婆罗多认为："味产生于情由、情态和不定情的结合"。[102]也就是说，"戏剧艺术通过语言和形体表演展示情由、情态和不定情的结合，激起常情，观众由此品尝到味"。[103]通过情和味的传递，演员、戏剧和观众融为一体，形成情感共鸣。一般而言，印度古典戏剧学中的味分为八种，即艳情味、滑稽味、悲悯味、暴戾味、英勇味、恐怖味，厌恶味和奇异味，它们分别与人的八种常情即爱、笑、悲、

100 Craig Dionne & Parmita Kapadia, eds., *Bollywood Shakespeares*, New York: Palgrave Macmillan, 2014, p.27.

101 Debayan Deb Barman, ed., *Shakespeare in India : Criticism, Translation and Performance*, Kolkata: Ashadeep, 2016, p.207.

102 黄宝生：《印度古典诗学》，北京：北京大学出版社，1993 年，第 48 页。

103 黄宝生：《印度古代文学》，北京：中国社会科学出版社，2020 年，第 544 页。

怒、勇、惧、厌和惊相对应。虽然悲悯味对应常情悲,但与西方悲剧却大有不同。印度传统戏剧如迦梨陀娑的《莎恭达罗》等均包含悲剧情节,但通常以类似中国古典戏剧的大团圆收尾。不仅如此,印度戏剧表演的喜剧倾向还受到了宗教哲学的影响。根据以《舞论》为代表的印度传统戏剧理论的规定,死亡、血腥、杀戮及悲剧结尾均不宜直接呈现在观众面前,因为它们与印度宗教哲学观念相悖。因此,印度导演在改编莎翁悲剧时,大都选择对其结尾进行"去悲剧化"重构,使其"符合印度的价值系统,并吸引更多的观众"[104]。纵览印度莎剧改编电影,以喜剧化改写结尾最多、最典型的为《罗密欧与朱丽叶》。如《痴情鸳鸯》(1973)、《真爱在我心》、《爱在烽火云起时》和《孟买之恋》等电影,导演都将其"改写为悲喜剧,并附以喜剧结尾"[105]。在马拉雅兰姆语电影《瑜伽因缘》中,王子卢德兰并没有像哈姆雷特一样为复仇而毁灭,而是在家国秩序恢复时走向丛林成为了一名瑜伽修士,重获新生。在泰卢固语电影《古娜苏达莉·卡塔》中,国王乌格拉萨那和公主谷娜逊达莉(考狄利娅)均不曾死去,皇权还被授予谷娜逊达莉的丈夫戴瓦迪纳姆,父女关系和国家秩序均得以修复,印度教果报思想得以充分展示。

受印度宗教和社会现实影响,印度莎剧电影改编还呈现宗教化和"去贵族化"的双重特征。莎士比亚戏剧中的冲突类别繁多,如《罗密欧与朱丽叶》聚焦家族世仇、《奥赛罗》凸显种族差异、《麦克白》书写权利欲望,它们大都体现了英国封建时代的伦理冲突。但印度电影对莎剧的改编发生在殖民和后殖民时期,原作中的冲突范式与印度文化及社会现实格格不入。只有对莎剧进行本土化改编,印度电影人才能制作符合民众欣赏情趣的莎剧影片。在宗教林立且教派冲突频发的印度,莎剧中的冲突常被代之以宗教差异。在《痴情鸳鸯》(1973)中,阻碍主人公爱情的并非家族世仇,而是印度教和基督教之间的冲突。在《孟买之恋》中,这种阻碍又化为印度教与伊斯兰教之间的冲突。在《马克布》中,虽然导演极力渲染权利和情欲冲突,但人物之间的命运纠葛依然与其各自的宗教背景密切相关。不仅如此,众多印度莎剧电影还直接引入印度神话,使其宗教意蕴更加浓郁。在《古娜苏达莉·卡塔》中,故事始于湿婆神向其妻子雪山女神帕尔瓦蒂讲述的"李尔王"故事,其喜剧结

---

104 Rosa Maria Garcia Periago, *Shakespeare, Bollywood and Beyond*, Universidad de Murcia, 2013, pp.72-73.

105 Rosa Maria Garcia Periago, *Shakespeare, Bollywood and Beyond*, Universidad de Murcia, 2013, p.73.

尾亦是源于两位神祇的恩赐。[106]通过将戏剧冲突宗教化，印度莎剧影片呈现出浓郁的"印度"特征。同时，为了使莎剧故事更贴近印度生活，印度电影人在戏剧背景和空间的构筑上多倾向于"去贵族化"和"去都市化"手法。在莎剧原作中，大量的故事都发生在王室等贵族家庭或繁华的商业都市。但在印度，跨域语言藩篱和文化滤镜的莎剧电影却多聚焦于本土区域团体、族群或普通家庭内部的爱恨情仇。《马克布》和《奥姆卡拉》都不再发生在《麦克白》和《奥赛罗》中的权贵家庭，而是发生印度孟买和北方邦的黑帮组织内部。《巴哈兰迪·比拉斯》和《成为多尼·沙尔》中因双生子引发的错误喜剧亦不是发生在莎士比亚笔下的海岸商业城市，而是发生在印度的乡野小镇。《坎纳奇》将《安东尼和克莉奥佩特拉》重构于印度的偏远乡村，而《海德尔》也将《哈姆雷特》的复仇故事嵌构于战火纷飞的克什米尔地区一个普通家庭。

　　除艺术风格和戏剧冲突外，印度莎剧电影的本土化还集中表现在内容和主题的改写方面。仅在印地语电影"文艺复兴者"维夏·巴德瓦杰的莎翁悲剧改编电影中，导演就创造性地植入了腐败暴力、女性力量和希望重生等主题。在《马克布》中，黑帮首领阿巴吉（邓肯）因权欲谋杀前任首领、操控孟买电影产业、与警方私相授受、强抢妮米（麦克白夫人），马克布（麦克白）又因权欲和情欲谋杀阿巴吉。在《海德尔》中，导演将故事构筑在战乱的克什米尔这一极度暴力空间。印度教和伊斯兰教的冲突随时爆发，人人都生活在暗无天日的监视之下。海德尔的医生父亲因救人而遭拘禁杀害，住房被炸成废墟，其本人也受伊斯兰圣战分子鼓动而卷入仇杀。通过莎剧改编，维夏"似乎是在竭尽全力地揭露现代印度社会的暴力癌症"。[107]在女性形象塑造方面，虽然维夏电影中的悲剧女性也都受到了暴力侵扰，但她们都不再是莎翁原作中的"男性主宰的他者"，而是更"积极主动"且充满力量的自我。[108]《马克布》中的妮米（麦克白夫人）是阿巴吉的情人，但却以枪械迫使马克布（麦克白）接受她的爱。《奥姆卡拉》中的多莉也比《奥赛罗》中的苔丝狄蒙娜更大胆地追求自己的爱情。茵杜（艾米丽）在得知兄嫂之死都是因为丈夫朗达

106 Poonam Trivedi & Paromita Chakravarti, eds., *Shakespeare and Indian Cinemas: "Local Habitations"*, New York and London: Routledge, 2019, pp.62-73.

107 Poonam Trivedi & Paromita Chakravarti, eds., *Shakespeare and Indian Cinemas: "Local Habitations"*, New York and London: Routledge, 2019, pp.23-24.

108 Poonam Trivedi & Paromita Chakravarti, eds., *Shakespeare and Indian Cinemas: "Local Habitations"*, New York and London: Routledge, 2019, pp.24.

（伊阿古）的阴谋陷害时，瞬间化为猎魔女神杜尔迦将其乱刀砍死。嘉扎娜（乔特鲁德）看到儿子海德尔（哈姆雷特）与新夫互相残杀时，不惜身缚炸弹，以自杀式袭击将新夫炸残。而阿思雅（奥菲利娅）手里把玩的鲜花亦被换成了手枪。虽然众多印度改编莎剧都植入了暴力和腐败主题，但它们却没有像原著一样以悲剧结尾，而是按照印度戏剧美学的价值取向，赋予了故事以生的希望。《马克布》中妮米的孩子不但活了下来，还被萨米拉夫妇收养。《海德尔》中的海德尔面对血泊中哀嚎的叔父没有扣动扳机，而是放下手枪转身离去。通过改编，悲剧《麦克白》在印度焕发出新的生机。整体而言，印度银幕上的莎剧改编电影多了一份对印度现实社会的观察和思考。

除此之外，印度电影还在语言、服装、人物、情节、人名、地名等多方面对莎剧展开了全方位的本土化改编，具体体现有待进一步深入研究。

综上所述，从文学文本到电影文本，莎剧在印度银幕上的百年改编和挪用主要以居中型为主，松散型次之，紧密型改编相对较少。其中，居中型以《罗密欧与朱丽叶》的改编电影最为典型。几乎无一例外，它们都在印度文化语境中重现演绎了莎剧"天生有仇（差异），注定相爱"的故事。在保留原作核心故事的同时，部分电影还重新演绎了原作中的"阳台诉衷肠"和"私奔"等重要情节。紧密型则以维夏的莎剧电影《马克布》、《奥姆卡拉》、《海德尔》以及改编自《错误的喜剧》的影片最为突出。它们不仅最大程度地保留了原作的故事情节，还直接注明了其与莎剧的改编关系。松散型以《驯悍记》的改编影片为代表。《驯悍记》是印度银幕上改编次数最多的莎剧之一，但大部分电影改编仅仅保留了原作的"驯悍"主题。此外，松散改编还包括大量涉及莎剧的电影如《莎剧演员》和《乔林吉巷子36号》等。虽然此类影片与莎剧的关系不甚紧密，其精神主题、情节结构以及人物设置都与莎剧关系不大，但毫无疑问，它们对莎剧在印度的广泛传播与接受有着不可忽视的重要意义。总而言之，莎剧在印度电影银幕上以整本改写、情节再现或元素挪用等多种形式呈现。虽然不乏紧密型改编佳作，但它们大都通过语言的地方化、戏剧冲突的宗教化、空间场景的世俗化、以及歌舞元素的添加等本土化改写，使跨越文化藩篱的莎剧作品呈现出浓郁的印度特色。

附录：印度莎剧改编电影（涉莎电影）一览表[1]

序号	年份	电影名称	莎剧名称	导演	语言	电影公司
1	1923	ChamprajHado	《辛柏林》	Nanubhai B. Desai	无声（黑白）	Star Films Company
2	1925	Savkari Pash / The Indian Shylock	涉及《威尼斯商人》	Baburao Painter	无声（黑白）	Maharashtra Film Company
3	1927	DilFarosh	《威尼斯商人》	M. Udwadia	无声（黑白）	Excelsior Film Company
4	1928	Khoon-e-Nahak	《哈姆雷特》	K. B Athavale	无声（黑白）	Excelsior Film
5	1928 & 1929	Kusum Kumari	《辛柏林》	Saki	无声（黑白）	Little Film Company; Madan Theatres Ltd

---

1 本表基于 R·M·G·帕里雅格、普南·特里维迪等学者的统计以及笔者本人在印度的田野考查整理而成。据 R·M·G·帕里雅格统计，截止 2007 年，印度共有莎剧改编电影 88 部。据普南·特里维迪等统计，从 1923 到 2016 年，印度共有莎剧改编电影 115 部。R·M·G·帕里雅格和普南·特里维迪的统计详见 Rosa Maria Garcia Periago, *Shakespeare, Bollywood and Beyond*, Universidad de Murcia, 2013, pp.372-379 和 Poonam Trivedi &ParomitaChakravarti , eds., *Shakespeare and Indian Cinemas: "Local Habitations"*, New York and London: Routledge, 2019, p.2&328-332。基于笔者的田野调查，此处对二位学者的统计略有调整。

6	1929	BhulBhulaiya	《第十二夜》	VithaldasPanchaotia	无声（黑白）	Sharda Film Company
7	1930	MithaZahar	《辛柏林》	A. P. Kapur	无声（黑白）	Sharda Film Company
8	1930	Khooni Taj / All for the Crown	《麦克白》	RaktachaRajmukut	无声（黑白）	United Pictures Syndicate
9	1932	Sati Sone / ChamprajHado / Sone Rani	《辛柏林》	Madanrai Vakil	印地语（黑白）	Imperial Film Company
10	1932	Hathili Dulhan	《驯悍记》	J. J. Madan	印地语（黑白）	
11	1933	BhoolBulaiyan / HansteRahna (Laugh all the Way)	《第十二夜》	Jayant Desai	印地语（黑白）	Ranjit Film Company
12	1935	Khoon-ka-Khoon	《哈姆雷特》	Sohrab Modi	乌尔都语（黑白）	Minerva Movietone
13	1936	Said e Havas	《约翰王》	Sohrab Modi	印地语/乌尔都语（黑白）	Modi's Stage Film Company
14	1936	Savkari Pash	《威尼斯商人》	Baburao Painter	马拉提语（黑白）	Shalini Cinetone
15	1936	ZanMureed / Kafir-e-Ishq	《安东尼和克莉奥佩特拉》	Shanti Kumar	印地语	
16	1936	Manohara	《哈姆雷特》	P. Sambandam Mudliar	泰米尔语	
17	1937	DilFarosh	《威尼斯商人》	D. N. Madhok	印地语（黑白）	
18	1937	Ambikapathy	《罗密欧与朱丽叶》	Ellis Dungan	泰米尔语（黑白）	Salem Shankar Films
19	1938	Jwala	《麦克白》	Vinayak	印地语（黑白）	Huns Pics
20	1939	Pukar	《罗密欧与朱丽叶》	Sohrab Modi	乌尔都语（黑白）	Minerva Movietone

21	1940	Pak Daman / Shaheed-e-Naaz	《一报还一报》	Rustom Modi	乌尔都语 / 印地语（黑白）	
22	1940	Shylock	《威尼斯商人》	Kinema Ramu&Seru kalathurSam a (Sama-Ramu)	泰米尔语	Bharat Pictures
23	1941	ZalimSaudagr	《威尼斯商人》	J. J. Madan	印地语（黑白）	Radha Film Company
24	1947	Katakam	《辛柏林》	T. G. Raghavachari	泰米尔语	
25	1948	Aujuman / Romeo and Juliet	《罗密欧与朱丽叶》	Akhtar Hussein	印地语 / 乌尔都语（黑白）	Nargis Arts
26	1949	Gunasundari Katha	《李尔王》	Kadiri Venkata Reddy	泰卢固语（黑白）	Vauhini Studio
27	1949	KanniyinKathali	《第十二夜》	K. Ramnoth	泰米尔语	Jupiter Pictures
28	1950	Cleopatra	《安东尼和克莉奥佩特拉》	Raja Nawthe	印地语	
29	1951	Marmayogi	《麦克白》	K. Ramnoth	泰米尔语（黑白）	
30	1952（1953）	Aam (Aan)	《驯悍记》	Mehboob Khan	印地语（彩色）	Mehboob Productions
31	1953	Anbu	涉及《奥赛罗》	M. Natesan	泰米尔语（黑白）	
32	1954	Hamlet / Khoon-e-Nahag	《哈姆雷特》	Kishore Sahu	印地语（黑白）	Hindustan Chitra
33	1954	Manohara	《哈姆雷特》	L. V. Prasad	泰米尔语翻拍自1936年版本	NH studioz
34	1955	UranKhatola	《第十二夜》	S. U. Sunny	印地语	NH studioz
35	1956	ChoriChori	涉及《驯悍记》			

36	1957	Aasha	《哈姆雷特》	M. V. Raman	印地语	Roman Productions
37	1957	Ambikapathy	《罗密欧与朱丽叶》	P. Neelakantan	泰米尔语	
38	1958	Mane ThumbidaHennu	《驯悍记》	B. Vittalacharya	坎纳达语	
39	1959	SolluThambiSollu	《皆大欢喜》	T. V. Sundaram	泰米尔语	D. V. S. Productions
40	1959	Raja Makutam	《哈姆雷特》	B. N. Reddi	泰卢固语 / 泰米尔语	Vauhini Studio
41	1959	Abba!AHudgi	《驯悍记》	H. L. N. Simla	坎纳达语	
42	1961	Junglee	《驯悍记》	Subodh Mukherji	印地语	Subodh Mukherji Productions
43	1961	Saptapadi	《奥赛罗》		孟加拉语	Alochhaya Productions
44	1962	Gundmma Katha	《驯悍记》	Kamalakara Kameswara Rao	泰卢固语 翻拍自 1958 年版本	Vijaya Pictures
45	1962	ManithanMaravillai	《驯悍记》	Aluri Chakrapani	泰米尔语 翻拍自 1958 年版本	
46	1963	RathaThilagam	《奥赛罗》	RathaThilagam	泰米尔语	
47	1963	Bhranti Bilas	《错误的喜剧》	Manu Sen	孟加拉语	
48	1963	PeriyaIdathu Penn	《驯悍记》	T. R. Ramanna	泰米尔语	
49	1963	Arivaali	《驯悍记》	A. T. Krishnaswami	泰米尔语	
50	1965	Shakespeare Wallah	涉及《罗密欧与朱丽叶》、《奥赛罗》、《哈姆雷特》和《第十二夜》等多部莎剧	James Ivory	英语 / 印地语	Merchant Ivory Productions

51	1966	Kumari Penn	《驯悍记》		泰米尔语	
52	1968	Do DooniChaar	《错误的喜剧》	Debu Sen	印地语	Bimal Roy Productions
53	1968	Izzat	涉及《奥赛罗》	T. Prakash Rao	印地语	Pushapa Pictures
54	1969	GustakhiMaaf	《错误的喜剧》	Raj Kumar Bedi	印地语	Anand Pictures
55	1970	HeerRaanjha	《罗密欧与朱丽叶》	Chetan Anand	印地语	Himalaya Films
56	1970	Purab Aur Pachhim	《驯悍记》	Manoj Kumar	印地语	V. I. P. Films
57	1970	Aranyer Din Ratri	涉及《罗密欧与朱丽叶》	Satyajit Ray	孟加拉语	Priya Films
58	1970	Sorkkam	涉及《裘力斯·凯撒》	T. R. Ramanna	泰米尔语	
59	1971	Reshma Aur Shera	《罗密欧与朱丽叶》	Sunil Dutt	印地语	Ajanta Arts
60	1971	SavaleSamali	《驯悍记》	Mallaiyam Rajagopal	泰米尔语	
61	1972	PattikkadaPattanama	《驯悍记》	P. Madhavan	泰米尔语	
62	1973	Bobby	《罗密欧与朱丽叶》	Raj Kapoor	印地语	R. K. Films Ltd.
63	1973	Manchali	《驯悍记》	Raja Nawathe	印地语	Percept Enterprises
64	1973	RajapartRangadurai	涉及《哈姆雷特》	P. Madhavan	泰米尔语	
65	1974	Mr. Romeo	《罗密欧与朱丽叶》	Subhash Mukherjee	印地语	Subodh Mulerji Productions
66	1974	EraduKanasu	涉及《罗密欧与朱丽叶》	Dhorairaj Bhagavan	坎纳达语	
67	1975	Ponga Pandit	《驯悍记》		印地语	
68	1975	Romeo in Sikkim	《罗密欧与朱丽叶》	Harikrishna Kaul	印地语	

69	1975	Sholay	涉及《罗密欧与朱丽叶》	Ramesh Sippy	印地语	United Producers Sippy Films
70	1976	Romeo	《罗密欧与朱丽叶》	S. S. Nair	马拉雅兰姆语	Jeevan Pictures
71	1976	BahaddurGandu	《驯悍记》	A. V. Sheshgiri Rao	坎纳达语	
72	1978	MaroCharitra	《罗密欧与朱丽叶》	K. Balachander	泰卢固语	Andal Productions
73	1980	Hum Paanch	《哈姆雷特》		坎纳达语	
74	1980	Karz	涉及《哈姆雷特》	Subhash Ghai	印地语	
75	1981	EkDuujeKeLiye	《罗密欧与朱丽叶》	K. Balachander	印地语	Prasad Productions Ltd.
76	1981	36 Chowringhee Lane	涉及《第十二夜》和《李尔王》	Aparna Sen	孟加拉语／印地语／英语	Film-Valas
77	1982	Sanam Teri Kasam	《罗密欧与朱丽叶》	Narendra Bedi	印地语／泰米尔语	Barkha Movies
78	1982	Angoor	《错误的喜剧》	Sampooram Singh Gulzar	印地语	A. R. movies
79	1982	Yeh to Kamal Ho Gaya	《错误的喜剧》			
80	1983	Betaab	《罗密欧与朱丽叶》	Rahul Rawail	印地语	
81	1983	NaukarBiwi Ka	《驯悍记》			
82	1985	Mard	《驯悍记》			
83	1988	Qayamat Se Qayamat Tak / From Doom to Doom	《罗密欧与朱丽叶》	Mansoor Khan	印地语／乌尔都语	Nasir Hussain Films
84	1989	Hamlet : Prince of Denmark	《哈姆雷特》	S. Nathan	英语	
85	1989	Maine Pyar Kiya / When Love Calls	《罗密欧与朱丽叶》	Sooraj R. Barjatya	印地语	Rajshri Productions

86	1989	NanjundiKalyana	《驯悍记》	M. S. Rajashekar	坎纳达语	
87	1990	MahajananikiMaradaluPilla	《驯悍记》	Vijaya Bapineedu	泰卢固语	Poornima Enterprises
88	1990	Agneepath / The Path of Fire	涉及《麦克白》	Mukul Anand	坎纳达语	Dharma Productions
89	1990	When Hamlet Went to Mizoram	涉及《哈姆雷特》	Pankaj Butalia	英语 / 米佐语 Mizo	Vital Films
90	1991	Henna	《罗密欧与朱丽叶》	Randhir Kapoor	印地语 / 乌尔都语	R. K. Studios Chembur
91	1991	Michael Madana Kama Rajan	《错误的喜剧》	Singeetam Srinivasa Rao	泰米尔语	P. A. Arts Productions
92	1991	The Stranger Aguntak	《哈姆雷特》			
93	1991	Saudagar	《罗密欧与朱丽叶》	Subhash Ghai	印地语	Multa Arts
94	1994	1942: A Love Story	《罗密欧与朱丽叶》	Vidhu Vinod Chopra	印地语	Vinod Chopra Productions
95	1995	Bombay	《罗密欧与朱丽叶》	Mani Ratnam	印地语泰米尔语	Aalayam Productions
96	1996	Family	涉及《李尔王》			
97	1996	Mr. Romeo	《罗密欧与朱丽叶》	K. S. Ravi	泰米尔语 / 印地语	
98	1997	Rui Ka Bojh	《李尔王》	Subhash Agrawal	印地语	National Film Development Corporation
99	1997	UltaPalta	《错误的喜剧》	N. S. Shankar	坎纳达语	
100	1997	Kaliyattam / The Play of God	《奥赛罗》	Jayaraj	马拉雅兰姆语	Jayalakshimi Films

101	1998	UltaPalta	《错误的喜剧》	Relangi Narasimha	泰卢固语	
102	1998	Bade MiyanChoteMiyan	《错误的喜剧》	David Dhawan	印地语	Tips Industries
103	1998	Dil Se	《罗密欧与朱丽叶》	Mani Ratnam	印地语	India Talkies
104	1998	KuchKuchHota Hai	涉及《罗密欧与朱丽叶》	Koran Johar	印地语／乌尔都语	Dharma Producations
105	1999	Anari No. 1	《错误的喜剧》		马拉雅兰姆语	
106	1999	HeeralalPannalal	《错误的喜剧》	Kawal Sharma	印地语	NH studioz
107	2000	Josh	《罗密欧与朱丽叶》	Manssor Khan	印地语	United Seven Combines
108	2000	Snip	诵念莎剧的理发师			
109	2001	DilChahta Hain	涉及《无事生非》和《特洛伊罗斯和克瑞西达》		印地语／英语／乌尔都语	Excel Entertainment
110	2001	Yellamma	《麦克白》	Mohan Koda	泰卢固语	
111	2001	Srimati Bhayankari	《驯悍记》	Anjan Banerjee	孟加拉语	Angel Digital Private Limited
112	2001	Kannaki	《安东尼和克莉奥佩特拉》	Jayaraj	马拉雅兰姆语	
113	2002	Such a Long Journey	涉及《李尔王》	Sturla Gunnarsson	英语／印地语	Amy International Artists
114	2002	Agni Varsha	《哈姆雷特》		泰卢固语	
115	2002	Danger	《哈姆雷特》			
116	2002	Bobby	《罗密欧与朱丽叶》	Sobhan	泰卢固语	
117	2002	Bollywood/Hollywood	涉及《裘力斯·凯撒》和《皆大欢喜》等	Deepa Mehta	英语／印地语	Different Tree Same Wood

118	2003	Maqbool	《麦克白》	Vishal Bhardwaj	印地语	Kaleidosc ope Entertain ment
119	2003	Richard III: A Bollywood Musical	《理查三世》	Serge Tampalini	马拉雅兰姆语	
120	2003	Baghbaan / The Gardener	《李尔王》	Ravi Chopra	印地语	NH Studioz
121	2003	Second Generation	《李尔王》	Jon Sen	英语／孟加拉语	The Oxford Flim Company
122	2003	In Othello	《奥赛罗》	Roysten Abel	英语	
123	2004	Hum Tum	《无事生非》		英语	
124	2006	Omkara	《奥赛罗》	Vishal Bhardwaj	印地语	Shemaroo Vedio Pvt. Ltd.
125	2007	Eklavya / The Royal Guard	涉及《哈姆雷特》、《李尔王》和《麦克白》等	Vidhu Vinod Chopra	印地语	
126	2007	The Last Lear	涉及《李尔王》	Rituparno Ghosh	英语／孟加拉语／印地语	Planman Motion Pictures
127	2007	Om Shanti Om	涉及《哈姆雷特》	Farah Khan	印地语	
128	2008	Shakespeare M. A. Malayalam	涉及《罗密欧与朱丽叶》等	ShaijuAnthi kkad	马拉雅兰姆语	Kamalam Films
129	2009	8*10 Tasveer	《哈姆雷特》	Nagesh Kukunoor	印地语	Sahara One Motion Pictures
130	2009	Dil Bole Hadippa	《第十二夜》	Anurag Singh	印地语	Yash Raj Films
131	2009	Life Goes On	涉及《李尔王》	Sangeeta Datta	英语	SD Films
132	2010	10 ml Love	《仲夏夜之梦》	SharatKatari ya	印式英语	

133	2010	MaroCharitra	《罗密欧与朱丽叶》	Ravi Yadav	泰卢固语	Matinee Entertainment
134	2010	Isi Life Mein	《驯悍记》	Vidhi Kasliwal	印地语	Rajshiri Productions
135	2012	Karmayogi	《哈姆雷特》	V. K. Prakash	马拉雅兰姆语	Creative Land Pictures
136	2012	Ishaqzaade	《罗密欧与朱丽叶》	Habib Faisal	印地语	
137	2012	AamaitAsalEemaitKusal	《错误的喜剧》	Ranhan Shetty	图卢语 Tulu	Yodha Entertainment
138	2013	Issaq	《罗密欧与朱丽叶》	Manish Tiwary	印地语	AhavalGada Productions
139	2013	Goliyon Ki Raasleela Ram-Leela	《罗密欧与朱丽叶》	Sanjay Leela Bhansali	印地语	Bhansali Productions
140	2013	AnnayumRasoolum	《罗密欧与朱丽叶》	Rajeev Ravi	马拉雅兰姆语	
141	2013	Matru ki Bijli ka Mandola	涉及《麦克白》	Vishal Bhardwaj	印地语	
142	2013	Fandry	《罗密欧与朱丽叶》	Nagraj Manjule	马拉提语	Holy Basil Productions
143	2014	Haider	《哈姆雷特》	Vishal Bhardwaj	印地语	UTV Motion Pictures
144	2014	HridMajharey	《奥赛罗》	Ranjan Ghosh	孟加拉语	Ayaan Priyanshi Films Private Limited
145	2014	We Too Have Othellos (Othello)	《奥赛罗》	Hemanta Kumar Das	阿萨姆语	
146	2014	Double Di Trouble	《错误的喜剧》	Smeep Kang	旁遮普语	Mudra Arts

147	2014	JyobintePustha kam	涉及《李尔王》	Amal Neerad	马拉雅兰姆语	Amal Neerad Productio ns
148	2015	Arshinagar	《罗密欧与朱丽叶》	Aparna Sen	孟加拉语	SVF Entertain ment
149	2016	Hemanta	《哈姆雷特》	Anjan Dutt	孟加拉语	
150	2016	Veeram	《麦克白》	Jayaraj	马拉雅兰姆语／印地语／英语	
151	2016	Natsamrat	《李尔王》	Mahesh Manjrekar	马拉提语	Fincraft Media & Entertain ment
152	2016	Sairat	《罗密欧与朱丽叶》	Nagraj Manjule	马拉提语	
153	2018	Natsamrat	《李尔王》	Jayant Gilatar	古吉拉特语	Jhamu Sunghand Productio ns

下编　英美作家与印度

第五章　英国文学中的印度书写：
以保罗·司各特为例

　　一位英国学者指出："英国与印度的联系是历史上尤为引人瞩目的事件之一。"[1]另一位学者大卫·鲁宾（David Rubin）说："一个多世纪以来，人们将目光集中在东西方互相理解的问题上，特别是关注最典型地表现了这些复杂问题和展示了欧亚之间观念冲突和对立的英印关系。"[2]后殖民理论创始人萨义德（Edward W. Said，又译赛义德，1935-2003）则认为："只要考虑东方就无法回避印度。"[3]这三位学者传达给当今世界比较文学研究者非常明显的信息是，必须注意东西方互动在英印文学关系中的典型再现。正因如此，英国文学中的印度书写具有重要的研究价值。本文以曾经获得布克奖（Book Prize）的著名作家保罗·司各特（Paul Scott，1920-1978）为例，对当代英国作家的印度书写进行简介。[4]

第一节　引言

　　就国外学者关于英国作家印度书写的研究成果而言，长期以来要远远多

1　A.J. Greenberger, *The British Image of India: A Study in the Literature of Imperialism:1880-1960*, Oxford: Oxford University Press,1969,p.1.

2　David Rubin, *After the Raj: British Novels of India since 1947,* "Preface", London: University Press of New England, 1986.

3　（美）爱德华·W·萨义德：《东方学》，王宇根译，北京：三联书店，1999 年，第 97 页。

4　本章内容参阅尹锡南：《英国文学中的印度》，成都：巴蜀书社，2008 年，第 165 至 194 页。

于中国。下述著作便是此类成果：

（英）罗伯特·森科特的《英语文学中的印度》（Robert Sencourt, *India in English Literature*，1920）；

（印）布帕尔·辛哈的《英印小说概观》（Bhupal Singh, *A Survey of Anglo-Indian Fiction*, London:Oxford University Press，1934）；

（英）A·J·格林伯格的《英国的印度镜像：1880-1960 年间的帝国主义文学研究》（A. J. Greenberger, *The British Image of India: A Study in the Literature of Imperialism:1880-1960*，1969）；

（印）M·K·奈克主编的《西方创作的印度镜像》（M. K. Naik, ed., *The Image of India in Western Creative Writing*，1971）；

（印）K·维丝瓦纳塔的《英语小说的印度主题》（K. Viswanatham, *India in English Fiction*，1971）；

（印）A·S·布拉尔的《印度神话与真实：英国作家小说中的印度形象》（Avtar Singh Bhullar, *India: Myth and Reality, Images of India in the Fiction by English Writers*，1985）；

（英）大卫·鲁宾的《殖民统治之后：1947 年以来英国的涉印题材小说》（David Rubin: *After The Raj: British Novels of India Since 1947*，1986）；

（印）K·C·贝利亚帕的《英语小说中的印度形象》（K. C. Belliappa, *The Image of India in English Fiction*，1991）；

（印）巴拉钱德拉·拉江的《在西方的注视下：弥尔顿到麦考雷时期的印度主题》（BalachandraRajan: *Under Western Eyes: India from Milton to Macaulay*，1999）；

（印）普拉比·潘沃尔的《吉卜林与福斯特、奈保尔作品中的印度：后殖民思考》（Purabi Panwar: *India in the works of Kipling, Forster and Naipaul: Postcolonial Revaluations*，2000）；等等。

由上述成果看，西方与印度学界对于英国作家、特别是殖民时期英国作家的印度书写给予了格外的重视，但他们又能跳出这一时间局限，将其与后殖民时代英国作家（含印裔）的印度叙事进行纵向追踪和比较研究。从印度与西方学者的研究成果看，英国文学中的印度书写早已成为其重要的学术生长点。

在西方对印度的书写历史上，英语文学占有不可忽视的重要地位。英国与印度发生紧密的政治、经济和文化关系是近代以来的事情。如果把目光聚焦在英国殖民印度时期，我们会发现，由 1907 年英国第一个诺贝尔文学奖获得者吉卜林（Rudyard Kipling，1865-1936）等开创的殖民文学是英语文学的一个重要分支。他们影响了后来的许多西方作家。吉卜林开创了英语文学的新领域。吉卜林等人站在英国主流文化的立场，用传统的英语写作，反映殖民时期海外生活。他们对殖民地印度的描写沾染了帝国主义的意识形态，他们认同白人殖民者文化立场和价值观念。因此，殖民文学实际上是白人作家对殖民地素材和话语权的篡夺和盗用。[5]随着殖民体系解体，后殖民地如印度、斯里兰卡等国家纷纷独立，在这些国家中成长起来的作家有的坚持用英语写作。他们的文学创作反映了后殖民时期民族独立解放和去殖民化的艰难曲折。他们的创作一定程度上收回了民族素材和民族话语的阐释权，记述了后殖民地的变迁。这是以新角度表现后殖民地新世界。另外，前殖民地印度的一批移居西方英语世界的作家也以英语为工具，加入后殖民文学创作的"大合唱"。他们构成了后殖民文学的主力军，其中的代表作家包括印裔英国作家奈保尔（V. S. Naipaul，1932-2018）、拉什迪（Salman Rushdie，1947-）、N·C·乔杜里（Nirad C. Chaudhuri，1897-1999）等，以及有印度血统或与印度联系紧密、后来移居美国等地的阿妮塔·德赛（Anita Desai，1937-）、芭拉蒂·穆克吉（Bharati Mukherjee，1940-2017）、露丝·贾布瓦拉（Ruth Prawer Jhabvala，1927-2013）、卡玛娜·玛拉康达娅（Kamala Markandaya，1924-2004）等。后殖民时期，仍有一批英国的白人作家如保罗·司各特、法雷尔（J. G. Farrell）等坚持书写东方主题，对印度进行艺术叙事。这一艺术活动与印裔英国作家的后殖民叙事构成一幅文学万花筒。

20 世纪 60 年代，英国无可奈何地承认自己在国际上处于次要地位。在美苏对抗的冷战年代，英国只能扮演追随美国的角色。虽然后来英国的社会经济有所发展，但英国人要找回吉卜林时代的自信，几乎是不可想象的事情。正因如此，一些英国作家对于昔日的殖民地印度，具有一种怀旧的"乡愁"情绪，有的则有理智的反思。

印度独立后，英国作家的印度书写有了许多新的变化。大卫·鲁宾认为，独立后书写印度的英国作家以下述三人为标志，即"表现地狱状态的露丝·杰

5　关于涉及印度题材的殖民文学与后殖民文学，笔者以 1947 年印度独立作为其时间范围的分界。

哈布瓦拉，表现炼狱状态的保罗·司各特，在近期小说中表现近乎天堂的、东西方最终达成和谐的卡玛娜·玛拉康达娅"。[6]

笔者曾经尝试将 19 世纪以来英国作家印度书写分为三个时段进行研究：自信期中英国作家携带种族优越意识进行的印度书写（1858-1914）、怀疑期内在忧郁沮丧中进行的印度书写（1914-1947）、印度独立后"眷恋期"到"解构期"内英国本土作家和印裔英国作家对殖民印度历史的反思以及对印度文明的解构性思考（1947 以后）。司各特自然属于"眷恋期"的涉印题材英国作家。[7]

大卫·鲁宾说："英国文学对印度的关注当然并未随着殖民统治崩溃而消失……存在许多反思大英帝国在印殖民统治得失的小说。"[8] 这以保罗·司各特最有代表性。另外一些作家如 J·G·法雷尔等则以印度为背景，探索英印人群体在印度的言行举止，还有一些作家继承贝恩等人的写法，将印度塑造为浪漫国度。保罗·司各特最后一部小说命名为《眷恋》（*Staying On*，1977），书名包含了诸多重要信息，这说明他的涉印题材创作具有十分丰富的政治和文化内涵。

保罗·司各特（下简称司各特）是 20 世纪英国文坛继吉卜林、福斯特之后最重要的涉印题材英国本土作家。司各特曾四次去印度：1943-1946 年，他在英属印度服役；另外三次均属短暂访问，时间分别是 1964 年、1969 年和 1972 年。他一生创作了十三部长篇小说，多属涉印题材作品。他是"眷恋期"内书写印度的典型一员。1977 年即司各特逝世前一年，他以反映后殖民时期英印复杂关系的《眷恋》获得英国的布克小说奖。1984 年，伦敦图书销售理事会开展第三届"我们时代的最佳小说"评选活动，司各特的《统治四部曲》（*The Raj Quartets*，1966-1975）和《眷恋》与威廉·戈尔丁（William Golding，1911-1994）的《蝇王》（*Lord of the Flies*，1954）等作品一起，被列入 30 部"战后最著名的文学作品"之列。司各特的《统治四部曲》成为后殖民时期西方英语世界反思和总结殖民时期英印关系亦即东西关系的最重要之作。它包括情节联系紧密的四部长篇小说即《皇冠上的宝石》（*The Jewel in the*

---

6 David Rubin, *After the Raj: British Novels of India since 1947,* London: University Press of New England, 1986,p.6.

7 尹锡南：《英国文学中的印度》，成都：巴蜀书社，2008 年，第 10 页。

8 David Rubin, *After the Raj: British Novels of India since 1947,* London: University Press of New England, 1986,p.1.

Crown，1966）、《毒蝎的日子》（*The Day of The Scorpion*，1968）、《沉默之塔》
（*The Towers of Silence*，1971）和《分赃》（*A Division of the Spoils*，1975）。
《统治四部曲》是"以大英帝国为主题的英印小说支流中的最有力度的作品"。
[9]司各特研究专家认为，尽管《统治四部曲》第一部《皇冠上的宝石》是 1924
年 E·M·福斯特的《印度之行》出版以来的最佳涉印题材小说。但令人尴尬
的是，没有人研究这位重要作家的作品。"司各特没有获得学术界的认可。"
[10]与西方学术界对司各特的冷落一样，中国学者对其亦不加重视。如一本《英
国文学通史》没有涉及保罗·司各特，而该书主编在"内容概述"里声称本书
是"古往今来英国文学重要作家作品研讨的集大成者"。[11]很长一段时期，中
国大陆的外国文学研究刊物也罕见刊文研究这位英国作家。

　　解构主义者将文字学扩张为书写论，在书写论中提倡书写的思维。解构
批评否定意义的终极性，倡导意义的游戏性。解构主义姿态使文本呈现一种
开放、解放的状态。结构主义者把自己视为阐释作品的仆人，而解构主义者
则将文本置于自己对立面，自己是阅读、阐释乃至书写文本的主人。[12]因此，
"书写"一词具有颠覆和重新阐释文本的意趣。以这一词汇观察英语世界对
东方的表述，本身就暗示了殖民与后殖民文本必须且可以受到颠覆和再释。
笔者秉承这一旨趣，对保罗·司各特书写印度的文本进行解构分析。

第二节　历史反思：印度叙事的基点

　　保罗·司各特的印度书写浸透了沧桑的历史意识，这与他数次近距离观
察印度次大陆的风云变幻密不可分。《统治四部曲》第一部题为《皇冠上的
宝石》，这一书名将人们带往大英帝国殖民历史的深处。1877 年，英国保守
党领袖迪斯累利任首相时，拥戴英女王维多利亚加冕为印度女皇，并称"印
度是英国皇冠上最大的宝石"。四部曲中屡屡出现的梵语词 Raj（原形为
raja），暗示了殖民地印度和宗主国大英帝国的历史联系。Raj 意为"国王"

9　Hilary Spurling, *Paul Scott: A Life of the Author of The Raj Quarter,* New York: W.W. Norton & Company, Inc., 1991, p.374.

10　Francine S Weinbaum, *Paul Scott: A Critical Study,* "Preface", Austin: University of Texas Press, 1992.

11　侯维瑞主编：《英国文学通史》，上海：上海外语教育出版社，1999 年。

12　关于解构主义的相关介绍，参阅朱立元主编：《当代西方文艺理论》，上海：华东师范大学出版社，1999 年，第 296 至 341 页。

等。[13]该词后来进入英语辞典，表示"统治"。Raj 放在历史语境中，表示"大英帝国对印殖民统治"。

司各特将历史意识倾注到小说人物上。意味深长的是，四部曲最后一部《分赃》的核心人物是一位历史学家盖依·皮隆。他毕业于剑桥大学，研究兴趣在英帝国历史和印度史。1943 年，皮隆来到印度。他以历史研究者的审慎和睿智，思考大英帝国在印殖民统治的夕阳西下和崩溃趋势。通过分析潜藏在英国化的印度人库马尔和梅里克冲突中的内在矛盾，皮隆得出结论：库马尔这个麦考莱心目中理想的"褐色英国人"和梅里克这位纯种英国人之间的冲突，就是英印关系发展的历史。皮隆的结论是："殖民主义是不道德的。"[14]他还认为，英国人应为发生在印度的屠杀事件负责。在小说结尾，即将离开印度的皮隆写道："我回家了，思索着另一个地方……即将到来的春天仿佛幻影一般，幻梦一场，从未圆满，绝难圆满。"皮隆想起被英国人"遗弃"的印度，不由忧从中来："英国人能带上什么回家？"[15]这里非常生动地揭示了印度独立前夕英国人的复杂心态。

保罗·司各特虽然为风云变幻的历史发展而着迷，但他不愿被人们归入历史小说家之列。事实上，司各特是位优秀的历史小说家。他的优秀在于，他以前所未有的恢弘气度和鞭辟入里的批判姿态，对殖民时代英印关系史进行了艺术的探索。在这一点上，他丝毫不逊色于前辈作家 E·M·福斯特。"保罗·司各特将自己变成了一位研究大英帝国的非常博学的历史学家。"[16]尽管无意成为历史小说家，但他在创作四部曲时尊重历史、还原历史的态度却是有目共睹的。不光是皮隆这个专业的历史研究者，就连英国姑娘萨拉也有一种审视历史与现实的眼光。四部曲临近结尾时，萨拉对自己爱着的穆斯林小伙艾赫迈德·卡西姆（下简称艾赫迈德）无辜死于教派仇杀进行分析。在她看来，其直接原因是国大党与穆斯林之间的权力争斗。"我认为这一混乱该由我们负责，一百年来还有这种混乱存在，这是我们的失败。"[17]这种历史反思比之前辈作家有了长足的进步。在动手创作《皇冠上的宝石》之前，司各特

13　Vaman Shivram Apte, *The Practical Sanskrit-English Dictionary,* Delhi: Motilal Banarsidass Publishers, 2004, p.798.

14　Paul Scott, *A Division of the Spoil,* New York: Avon Books, 1979, p.230.

15　Paul Scott, *A Division of the Spoil,* New York: Avon Books, 1979, p.622.

16　Hilary Spurling, *Paul Scott: A Life of the Author of the Raj Quarter,* New York: W.W. Norton & Company, Inc.,1991, p.362.

17　Paul Scott, *A Division of the Spoil,* New York: Avon Books, 1979, p.616.

便清楚，自己需要一种历史的视角，因此，他将故事的起点放在 1942 年。这一年，"圣雄"甘地领导印度人民发起针对大英帝国的"退出印度"运动。这是"东方和西方在印度的最后大碰撞"。[18]四部曲的最后一部小说《分赃》则将时间分别锁定在 1945 年和 1947 年，它们一为二战结束的年份，一为印度独立且伴随印巴分治流血冲突的年月。司各特最后一部小说《眷恋》则将时间定在后殖民时期的印度。他在小说中对《统治四部曲》里出现的英印人命运进行追踪。这一手法拓展了作家对英印关系的思考空间。由此，英国文学中的印度书写在正常的时间序列中向前发展。

司各特为求真实，尽量占有第一手资料，并请求他的印度朋友和英国同胞对史实进行核对。《皇冠上的宝石》以发生在比比加尔花园的英国护士达芙妮·曼纳斯被强奸一案为主线展开。这一强奸案对小说乃至整个四部曲的情节发展起着至关重要的作用。事实上，这一强奸案以 1919 年发生在印度阿姆利则一位白人少女被强暴的事件为依据。小说中对印度人友善的修女卢德米拉是以特里莎修女为原型而塑造的。1979 年诺贝尔和平奖获得者特里莎出生于阿尔巴尼亚，12 岁时始为修女，后加入印度国籍。从 20 世纪 50 年代开始，她在加尔各答等地从事救济贫民等慈善活动。司各特到过印度多次，对于她的善举不会陌生。小说中的英国将军雷德开枪镇压马雅浦尔印度民众暴动，而其名"Reid"是将英国将军"Dyer"的名字反拼而成，正是此人于 1919 年 4 月 13 日制造了著名的阿姆利则惨案。令印度平民死伤千人以上的阿姆利则惨案曾让印度大文豪泰戈尔愤然放弃英国女王赐予的爵士称号。在司各特的四部曲中，印度现代史上的风云人物几乎均已涉及，如甘地、尼赫鲁、苏·鲍斯等。司各特作品还直接描述或影射"退出印度"运动、1942 年"八月革命"、1945 年美国轰炸日本长崎、1947 年印巴分治等历史事件。《统治四部曲》的确浸透了历史意识。

在《统治四部曲》出版之前，司各特创作了象征色彩浓厚的长篇小说《天堂之鸟》（*The Birds Of Paradise*，1962）。主人公康威的话似乎可以表明司各特自己的心迹："我最喜欢学习的课程是英国在印度的殖民历史。"[19]四部曲印证了康威的话。从《皇冠上的宝石》开始，司各特将故事背景设计在 1942 年

18　Hilary Spurling, *Paul Scott: A Life of the Author of the Raj Quarter,* New York: W.W. Norton & Company, Inc.,1991, p.306.

19　Paul Scott, *The Birds of Paradise,* London: Heinemann, 1962, p.34.

8 月甘地领导"退出印度"运动的关头。当时，英国殖民当局开始大规模逮捕印度人，针对英国人的暴动此起彼伏。这使小说充满了悬念和张力。司各特裁取了一段又一段历史事件，对其进行艺术加工。他对印度的历史书写呈现出立体浮雕的印象。例如，《毒蝎的日子》开头描写国大党要员卡西姆。他是穆斯林，但他为了印度独立运动，坚决拒绝了总督要求他声明退出国大党的建议，坦然走向监狱。某种程度上，卡西姆是在为印度的民族和宗教团结信念而战，因为总督利用真纳施压暗示了国大党和穆斯林联盟的水火不容。卡西姆成为一个悲剧性的艺术形象。1940 年 3 月，全印穆斯林联盟在拉合尔举行会议，正式通过了建立穆斯林国家的决议。拉合尔决议以"巴基斯坦决议"闻名于世。[20]它虽然没有提出后来建立的国家（即巴基斯坦）的名字，但却播下了日后印巴分治的种子。卡西姆的悲壮还在于，他知道自己的一个儿子参加了 S·C·鲍斯（Subhas Chandra Bose）领导的联日抗英的"印度国民军"。这对他维护印度民族团结、宗教和睦的决心是一个更沉重的打击。1941 年起，反英决心强烈的鲍斯在德国组建印度国民军。1943 年 10 月 21 日，在日本当局支持下，鲍斯在新加坡成立了自由印度临时政府，自任总理。他致电甘地，表示联日抗英的印度国民军的最终目标是赶走英国殖民者、维护印度独立。甘地和国大党赞扬鲍斯的爱国主义热情，但认为他走的是一条错误的道路。因为："与法西斯合作谋求独立无异于与虎谋皮……自己成了他人掌上玩物却又坚信能保持自主，这是鲍斯的悲剧所在。"[21]

　　总之，以上这些充满张力的情节发生在英国对印殖民统治摇摇欲坠的时期，它使作品的色调更加丰富多彩。就反思英国在印殖民统治而言，司各特比 E·M·福斯特前进了一大步。他在四部曲中，通过冷静客观的叙述，通过对英国殖民者道德沦丧、残酷自私而又傲慢无比的艺术描绘，暗示了殖民统治大厦倾覆的历史必然。在《皇冠上的宝石》中，司各特借女主人公曼纳斯的话说出了英国人的担心："我现在相信，对于我们来说，一切已到尽头。我指的是白人。"[22]

　　司各特还运用自己擅长的象征和隐喻手法，揭示殖民统治崩溃的历史宿命。在《天堂之鸟》里，他用"天堂鸟"的动物隐喻，影射了大英帝国的困兽

20 林承节：《殖民统治时期的印度史》，北京：北京大学出版社，2004 年，第 422 页。

21 林承节：《殖民统治时期的印度史》，北京：北京大学出版社，2004 年，第 456 页。

22 Paul Scott, *The Jewel in the Crown,* London: Panther, 1973, p.430.

犹斗："人们认为，天堂鸟是太过漂亮的一种动物，它不能生活在自然世界。要是证据充分的话，它应该属于超自然的世界，而且它也该缺足少腿。没有腿脚，飞翔劳顿时，它怎么栖息倦翼？"[23]这里巧妙地表现了大英帝国的必然失败。小说《毒蝎的日子》借用毒蝎被围火中而身亡的寓言，暗示英国人处境岌岌可危。仿佛是一种回应，在小说结尾，因丈夫战死而发疯的苏珊竟将自己的儿子置于火圈中央。1967 年 5 月 7 日，保罗·司各特在写给朋友的信中说，关于毒蝎的描写实则是关于英印帝国的一个"隐喻"。由此可见，司各特的许多书名本身就象征和隐喻着对大英帝国殖民统治的历史反思或人道主义批判。司各特的艺术手法就是美国新历史主义者海登·怀特所欣赏的姿态："历史是象征结构、扩展了的隐喻，它把所报道的事件同我们在文学和文化中已经很熟悉的模式串联起来。"历史叙事"利用真实事件和虚构中的常规结构之间的隐喻式的类似性来使过去的事件产生意义。历史学家把史料整理成可提供一个故事的形式，他往那些事件中充入一个综合情节结构的象征意义。"[24]

　　大卫·鲁宾认为，研究《统治四部曲》，从历史角度入手是非常有利的，原因是："一连串的历史事件赋予司各特四部小说外部结构，推动他的历史理论的发展，给他提供作为历史牺牲品的人物角色，使他成功地或不太完美地就大英帝国在印统治失败进行全面而清晰的认识。"[25]实际上，就司各特而言，用来充当其小说背景和提供框架结构的历史是次要的，他主要是通过笔下过往的历史烟云表现人类命运，从而在更高的层面或境界完成对历史的超越。

　　司各特作为一位历史意识丰富的小说家，还有一点值得一提。他在《毒蝎的日子》中，采取现代史学新方法进行叙述，其中最明显的是对口述史学方法的运用。他在小说第二部分，用了整整 84 页叙述官员们审讯库马尔的情节。[26]整个审讯过程都是在问答中进行，当然更多的是库马尔的自叙。通过他或平静或激动的叙述，英国殖民势力的代表梅里克对印度人的傲慢偏见和残

23 Paul Scott, *The Birds of Paradise,* London: Heinemann, 1962, p.247.

24 张京媛主编：《新历史主义与文学批评》，北京：北京大学出版社，1993 年，171页。

25 David Rubin, *After the Raj: British Novels of India since 1947,* London: University Press of New England, 1986, p.120

26 Paul Scott, *The Day of the Scorpion,* London: Heinemann, 1968, pp.223-307.

酷无情慢慢地呈现在读者眼前。令人称道的是，司各特将已死的曼纳斯小姐的伯母曼纳斯夫人安排在暗室中旁听整个审讯进程。曼纳斯夫人可以视为作者化身的历史学家，她通过对库马尔口述的分析，得出了公正的结论。口述史学具有生动性、广泛性和民主性等优点，它为历史研究开拓了广阔的天地，提供了新的研究渠道，使历史研究变得"更具民主色彩"。[27]司各特深得其中三昧，也就娴熟运用并受益于此。这增加了四部曲的艺术和思想价值，也丰富了文本阅读的艺术魅力。

第三节 "隐身人"：混合身份的思考

随着后殖民理论的不断传播，身份或文化身份成为文学、文化研究的一个焦点。事实上，后殖民理论创始人萨义德自己的尴尬便是身份问题的现实缩影。他的身份焦虑使其处于东西文化互动的夹缝。他既不能回归祖先的伊斯兰文化，又不能完全融入西方文化。台湾学者将这位声称"流亡是最悲惨的命运"的巴勒斯坦裔美国学者的回忆录"*Out of Place*"译为非常传神的书名《乡关何处》。[28]

从身份角度入手研究司各特笔下的人物形象，是非常有意义的。四部曲的主人公之一库马尔是作家集中笔力描写的对象，他的身上包含非常丰富的文化信息。他也是司各特本人的自画像。库马尔身上凝聚了司各特关于文化身份乃至英印关系的深层考量。

顺从父亲将自己培养成理想的英国化印度人的愿望，库马尔童年时在英国接受教育。在那里，他有一个典型的英国式名字哈里·库默（Harry Coomer）。18岁时，父亲破产自杀。失去经济资助的库马尔不得不回到贫穷的故土，与姑妈生活在一起。在熟悉但又陌生的故土，他时时事事都格格不入。在他心里，遥远的英国比之故土要更为亲切。使他失望的是，英国人和印度人一样，都对他很冷漠。为了与同胞顺利交流，他不得不请人教自己印地语，但始终说不流利。库马尔的英语非常棒，且在印度人看来比英国人更具有英国气质，但他找工作时，因为明显的印度人模样而被英国老板刁难。他在英国时的好朋友林赛与他通信多年，可当林赛以白人士兵身份来到印度并与库马尔劈面

---

27 张广智等著：《西方史学史》，上海：复旦大学出版社，2000年，第331页。

28 （美）萨义德：《乡关何处》，彭淮栋译，新北：立绪文化事业有限公司，2000年。

相逢时，他与其他白人一样，对库马尔视而不见。在英国人眼中，库马尔不管英语说得多棒，终究只是一个"Invisible man"（隐身人）。库马尔哀叹道："对白人来说，我是隐身人，因为他们是白皮肤而我是黑皮肤；对我的白人朋友来说，我也是隐身人，因为他无法识别人群里的我。"[29]库马尔内心感到绝望，向英国白人靠拢这条路是堵死了。原因很简单，他是殖民地印度人。他与英国人曼纳斯小姐结交，并在比比加尔花园发生关系，此后，他的命运急转直下。警察头子梅里克因为向曼纳斯求爱不成，遂嫉恨库马尔。几个流氓在比比加尔花园当着被捆绑的库马尔的面强奸了曼纳斯小姐。梅里克却不分青红皂白，栽赃于库马尔，将之投入监狱并百般折磨。这位英国化的印度人从此"隐身"于喧嚣世界之外，直到很久之后才重见天日。这殖民时代一位"黑色英国人"的悲剧。

纵观近代以来英国作家的印度书写,关于文化身份的艺术叙事比比皆是。这一姿态首先可追溯到殖民文学鼻祖吉卜林那里，其代表作《吉姆》的主人公吉姆就是一个典型的具有双重身份的文学形象。这一形象和吉卜林与印度藕断丝连的关联密不可分。有人戏称："吉姆（Jim）实在应该叫作吉卜（Kip）"[30]吉卜林的姓就是"Kipling"。司各特塑造的库马尔是一个与吉姆身份既相似又相异的艺术形象。吉姆有欧洲血统，但自幼生长在印度，虽有融入印度文化的愿望但又始终没有忘记自己的白人身份；库马尔是地道的印度教徒，但自幼就被父亲带到英国接受教育并在心灵上完全英国化。从回到印度那一刻起，他的悲剧就开始了。二人在跨文化语境中以混合身份感受"文化冲击"这点上是相同的，但库马尔在两个世界即东西文化之间的摇摆更为无助和绝望。

吉姆虽然长期存在身份认同的困惑，但他最终还是心甘情愿地皈依了自己的白人身份。对于司各特笔下的库马尔亦即殖民者心中理想的"黑色英国人"来说，问题可不是那么简单。他想皈依印度身份，拥抱祖先热爱的印度文化，这是一个非常复杂的难题，因为他已将自己视为英国人。投入英国文化的怀抱，回到自己感觉亲切的英国人一边，也是不可能的事。大英帝国对印殖民的残酷现实，再加上白人与黑人、东方与西方、文明与野蛮的二元对

29 Paul Scott, *The Jewel in the Crown,* London: Panther, 1973, p.262.
30 David Rubin, *After the Raj: British Novels of India since 1947,* London: University Press of New England, 1986, p.43.

立，使得库马尔那种一相情愿的身份"单相思"只能是镜中花、水中月，留给读者品味的是"言有尽而意无穷"。吉姆也好，库马尔也好，文化身份的置换绝不是换衣一样的简单。英国殖民者对于被殖民的印度臣民的态度是："一般地说，将一个印度人英国化的动机不容置疑：印度人越是英国化，他就会变得越好、越文明。"[31]曼纳斯小姐的伯母曼纳斯夫人是一位有良知的英国女士，她大胆地揭穿了大英帝国文化殖民的真相和恶果，也使那些自动接受文化殖民的印度人有一种醍醐灌顶的感觉："不，亲爱的，假如哈里·库马尔一息尚存，尚能自救，且对他那样的小伙子而言还有什么生路的话，就让这个可怜人自寻活路吧。他是残渣余孽，是我们统治时代的多余人，是我们一相情愿塑造出来的人。"[32]库马尔这个大英帝国殖民治下的"多余人"在东西方夹缝中生存，两边都不能上岸。塑造库马尔文化身份的殖民宗主国没有温情脉脉地赠与他"皮格马利翁效应"。

有必要提到库马尔与曼纳斯小姐的混血女儿。她一出生就失去了母亲。曼纳斯夫人抚养了她。她给这个女孩取了宗教味浓厚的印度名"帕尔瓦蒂"（Parvati）（又译"雪山神女"，印度教大神湿婆的配偶），并打算将其培养为印度人。小说《分赃》透露出一点信息："帕尔瓦蒂已被人教导将自己当成印度人。她是一个迷人的小女孩。"[33]帕尔瓦蒂开始跟印度古鲁（师尊）学习音乐。曼纳斯夫人幻想道："有朝一日，帕尔瓦蒂也许会在西方大都市演唱，然后成为一位古鲁，教授下一代女孩演唱那些形式复杂的歌曲。"[34]库马尔的悲剧已成事实，他女儿在未来西方大都市生活时是否会有身份认同的迷惘困惑，小说避开不谈。这就留下了一个悬案，留待印裔英国作家奈保尔和拉什迪等人继续探索。

印度本土作家一般很少塑造吉姆和库马尔之类的混合身份，但也有少数的例外。1910 年，泰戈尔在被人称为"印度的《战争与和平》"的长篇小说《戈拉》中塑造了一个拥有混合身份的人物即戈拉。戈拉自视为正统的印度教徒，但在得知自己是 1857 年印度民族大起义时印度士兵捡来的战争遗孤时，他先是震惊于自己的爱尔兰血统，继而无比坚定地宣称："我一直梦

31 David Rubin, *After the Raj: British Novels of India since 1947,* London: University Press of New England, 1986, p.47.

32 Paul Scott, *The Jewel in the Crown,* London: Panther, 1973, p.446.

33 Paul Scott, *A Division of the Spoil,* New York: Avon Books, 1979, pp.561-562.

34 Paul Scott, *The Jewel in the Crown,* London: Panther, 1973, p.451.

麻以求但没有如愿的事，今天终于实现了。今天，我终于属于全印度了。在我身上不再有印度教徒、穆斯林、基督教徒的对立情绪了。"[35]戈拉的形象塑造体现了泰戈尔的世界主义情怀。泰戈尔说过，世人不应该有民族和种族之分。"现在，已到了把全世界的人都当成自己人的时候了。"[36]在泰戈尔的话中，我们可以品味出泰戈尔博大的人道主义胸怀，戈拉就是其思想的艺术化身。

再举一个例子。1961 年，印度作家 B·拉江在小说《西方太漫长》（*Too Long in the West*）中，描叙了一个印度年轻女性面对"文化冲击"的困窘。纳丽妮在美国哥伦比亚大学接受高等教育并接受西方观念后，回到南印度的传统村落。她最终冲破障碍，与一个低种姓男子结婚。她开始认同印度传统的乡村生活。[37]泰戈尔与拉江在对混合身份问题的思考上，表现出惊人的一致。他们笔下的主人公几乎没有经受吉姆和库马尔那种身份认同的阵痛，便很快达成了与印度文化的认同。他们的姿态与司各特笔下的人物形象形成鲜明对比。

综合英国作家与印度作家关于混合身份的艺术思考不难发现，吉卜林和司各特等人是借混合身份思考东西方融合冲突的时代命题，西方视角使他们更多地看到冲突的一面，泰戈尔等则借混合身份宣扬东西文化调和、人类一体的主张，印度传统文化注重和谐的一面在其人物形象塑造过程中得到了体现。

第四节 东西方关系的艺术反思

司各特很早就意识到，他的印度题材小说应该努力探索 1947 年印度独立前的英印关系，因为他痛苦地发现，即使到了 20 世纪 60、70 年代，英国国内的种族关系还非常紧张。由此看来，司各特创作四部曲的初心，与吉卜林创作《吉姆》的旨趣有着明显的差异。

---

35 刘安武、倪培耕、白开元主编：《泰戈尔全集》（第 13 卷），石家庄：河北教育出版社，2000 年，第 476 页。

36 刘安武、倪培耕、白开元主编：《泰戈尔全集》（第 21 卷），石家庄：河北教育出版社，2000 年，第 154 页。

37 David Rubin, *After the Raj: British Novels of India since 1947*, London: University Press of New England, 1986, p.47.

司各特四部曲并没有刻意谴责给印度带来痛苦不幸的大英帝国，相反，作家却为帝国梦想的失落而倍感痛苦。就四部曲而言，大英帝国关于印度的殖民抱负"证明是一场梦想而已"。[38]司各特从个人道德层面入手，反思英印殖民关系。小说中的核心人物之一梅里克是大英帝国"恶"的化身。他的身上体现了英国殖民者傲慢、自私、无情的一面。他对库马尔的栽赃陷害和人身侵犯将英国殖民者的"文明"外衣剥得干干净净。多行不义必自毙。梅里克最后被印度人打死体现了作家关于道德问题的艺术思考，也体现了他关于英印问题的反思深度。E·M·福斯特的《印度之行》同样是一部反思英印关系的杰作，但其中的英国人无一遭受梅里克的"悲惨"命运。不过，司各特将他关于英印殖民关系的反思集中在道德层面，对于英国在印的经济掠夺等其它方面鲜有展示，这在一定程度上削弱了他的思考力度。

在司各特的笔下，我们常常见到吉卜林小说与《印度之行》中常常出现的英印对立境况。在印英国人拥有自己的圈子，它是在印的"小英国"，是一种封闭性集团，极力排斥当地人的参与。英国人的俱乐部禁止接纳印度人，就连英国人的当地朋友也不例外地遭到拒绝。在四部曲中，一对英国新人苏珊与宾汉举行婚礼时，前来祝福道喜的印度地方官居然被挡在了门外，因为门卫只认肤色黑白，这让他们非常尴尬。梅里克大言不惭地宣称："白皮肤在这里暗示了一种优雅美好，对了，是高人一等。它意味着善于领导，精神饱满且体力充沛，适宜于统治别人。接触了一个白人妇女的黑人男子会清醒地意识到，他侮辱了她。她也为此敏感。"[39]这是一种殖民主义的"肤色决定论"或曰"种族优越论"。肤色意识是种族歧视的代名词。它已成为大多数在印英国人的集体无意识。库马尔的英国好友林赛到了印度后也无法逃脱这一殖民文化的影响，他对昔日朝夕相处的印度朋友库马尔视为而不见，将其变为"隐身人"。有识之士如曼纳斯夫人对这种"肤色决定论"痛心疾首："我在想，到最后什么都会剥落消失的，只剩下种族歧视，因为它是一切的最后分界线。不是吗？我指的是肤色，而不是死亡。"[40]

作为影响英印不平等关系诸因素中的一种，"肤色决定论"对于殖民地人民的心理冲击非常强烈。他们说："我们是印度人，他们是英国人。真诚

38 Francine S Weinbaum, *Paul Scott: A Critical Study*, "Preface", Austin: University of Texas Press, 1992, pp.122-123.
39 Paul Scott, *The Day of the Scorpion,* London: Heinemann, 1968, p.217.
40 Paul Scott, *The Jewel in the Crown,* London: Panther, 1973, p.448.

的友情是不存在的。我们甚至也不奢望这点。"[41]收回印度的权益并与英国人和平相处并不意味着印度人会爱他们。"我们永远不会与英国人成为朋友，他们也永远不会视印度人为友，但我们没有必要成为敌人。"[42]在《毒蝎的日子》中，穆斯林艾赫迈德与英国姑娘莎拉一起遛马，这仿佛是福斯特小说《印度之行》结尾的印度人和英国人并排骑行后又分道扬镳的场景再现。卡西姆告诉莎拉："无论如何这是浪费时间。不管你是否愿意与印度人建立友好关系，你只能退回到你自己那边去。"[43]正如此言，正直而富有同情心的莎拉始终未能跨越肤色和文化界限，与艾赫迈德的友谊也始终未能上升到恋情的地步。

司各特在对跨文化交往的艺术思考方面，超越了吉卜林和福斯特两位前辈的探索。最明显的例子是勇敢的女主人公曼纳斯小姐与"黑色的英国人"库马尔之间的跨肤色恋爱。她试图跨越文化之河，走到彼岸的印度人那边。库马尔问曼纳斯小姐："你想证明什么呢？是证明你不在乎我们的交往吗？"女方说："我认为我们已经超越了种族的界限。"库马尔反驳说："我们永远不能超越种族的界限。"[44]她的悲剧在于，她只享受了与库马尔相爱的刹那极乐，便被命运无情地永远淹没了。这仿佛表明，东西方精神或物质上的真正融合在殖民时代，只能是昙花一现的美梦而已。

不光是曼纳斯小姐在努力寻求消除东西方种族界限和解构"肤色神话"，还有其他英国人自愿加入这一行列。教会学校的传教士克莱恩小姐在印度进行慈善活动，当印度同伴乔杜里为保护她被暴徒打死以后，她守护在他身边，摸着他的手念叨："我很抱歉，过了这么久时间我才明白，已经太迟了。"[45]她是为印度人舍身保护她而感激。克莱恩小姐获救后，终于在某一天按照印度寡妇殉夫的"萨提制"，穿上白色沙丽，在小屋里自焚身亡。她以实际行动诠释了英印普通人之间的纯洁友谊。另外一位承袭了克莱恩小姐对印友好姿态的传教士芭比对壁垒森严的英印界限非常反感。她对印度的不幸命运深表同情。她与克莱恩小姐一样，对那幅英国人引以自豪的象征大英帝国在印至高霸权的画作《皇冠上的宝石》不以为然。她俩都从这幅画中读出了"神秘印

41 Paul Scott, *The Day of the Scorpion,* London: Heinemann, 1968, p.109.

42 Paul Scott, *The Day of the Scorpion,* London: Heinemann, 1968, p.109.

43 Paul Scott, *The Day of the Scorpion,* London: Heinemann, 1968, p.151.

44 Paul Scott, *The Jewel in the Crown,* London: Panther, 1973, p.406.

45 Paul Scott, *The Jewel in the Crown,* London: Panther, 1973, p.58.

度"的内涵，并朦胧地意识到殖民话语存在某些问题。这与英国当代史家 P·斯皮尔的理性反思接上了轨："印度愿成为最明亮的宝石，但为什么是别人皇冠上最明亮的宝石呢？"[46]芭比曾对莎拉说过："我为这一种族界限感到羞愧。我从来没有做点什么来改变这一局面。"[47]临终前夕，神志不清的她自言自语道："我没有病。你没有病。他、她或它都没有病。我们没有病。你们没有病。他们全都好好的。因此……"[48]芭比的话是对整个殖民世界的白人所说，看似荒诞的语言包孕着对"肤色神话"的犀利解构。莎拉的祖母则更是可敬。她不捐款给那位因下令开枪镇压印度人而被当局处分的雷德将军（实为戴尔将军化身），反而秘密地捐给了那些在大屠杀中遇难的印度人的遗属。

司各特在描写这些对印友好的英国人时，还真实地记录了他们对东方的文化隔膜。例如，曼纳斯认为，在印度，一切行为后面都隐藏着一种静默。湿婆神在静默中狂舞。毗湿奴在静默间沉睡。他们的音乐也是静默。这种音乐打破静默，末了又回归静默。它仿佛证明，一切人为的声音都是幻象。她感叹道："这是世界上多么古怪的观念呀。我们永远理解不了它。"[49]这是对印度教文化传统的误解或陌生。福斯特笔下的阿德拉小姐和穆尔夫人对马拉巴山洞的神秘回声感到困惑不解，与此描述有些相似。在司各特笔下，英国人的文化隔膜有时是和乡愁密切相连的。例如，莎拉建议芭比将她的大箱子存放在穆斯林那儿，身为基督教徒的芭比拒绝道："想到把我的大箱子放在一个异教徒那儿，我心里就不舒服。"[50]《眷恋》讲述的是与四部曲相似的主题：印度是印度人的印度。四部曲取材于 20 世纪 40 年代，《眷恋》则取材于 20 世纪 70 年代。《眷恋》荣获 1977 年布克文学奖。它的重要价值在于艺术地反思殖民时期的英印关系对于后殖民时代英印关系的深刻影响。在《眷恋》中，一部分滞留印度的英国人不仅感受到印度独立和解殖运动给西方人带来的心理冲击，还一如既往地体验到文化隔膜。当然，这种感觉是与思念英伦半岛的浓浓乡愁水乳交融的。这以小说中的女主人公卢西为典型。她在小说结尾处对亡夫塔斯克饱含真情地倾吐着心里话，也顺便道出了滞留前殖民地大半

---

46 （澳）A·L·巴沙姆主编：《印度文化史》，闵光沛等译，北京：商务印书馆，1999 年，第 522 页。

47 Paul Scott, *The Towers of Silence,* London:Heinemann, 1971, p.200.

48 Paul Scott, *The Towers of Silence,* London:Heinemann, 1971, p.392.

49 Paul Scott, *The Jewel in the Crown,* London: Panther, 1973, p.440.

50 Paul Scott, *The Towers of Silence,* London:Heinemann, 1971, p.274.

生的英国人的无奈和孤寂，这是一种难以融入东方的"文化休克"："从今往后直到末日，我都是孤独的。我心所知，在异国他乡起居行走，孤独将伴我永远永远。……啊，塔斯克，塔斯克，塔斯克，你怎么就忍心把我孤身一人抛在这里，而自己却回家安眠？"[51]

司各特关于英印即东西方交往的艺术探索，也是对他的前辈作家吉卜林与福斯特的继承与超越，同时，又不自觉地在同时代乃至后起的西方作家笔下产生共鸣。2001 年诺贝尔文学奖获得者、印裔英国作家 V·S·奈保尔便是一例。奈保尔曾以数次亲临印度的经历来论证西方在多大程度上可以理解东方、走近东方、拥抱东方。奈保尔早年接受的英语教育，加上后来接受自由、平等、科学、理性等欧洲传统价值的浸染，使他在文化心理上逐渐西化。奈保尔认为："东西方之间的全面沟通和交流，是不可能的；西方的世界观是无法转移的；印度文化中依旧存在着一些西方人无法进入的层面，但却可让印度人退守其中。"[52]这仿佛吉卜林关于东西方关系的老调重弹。也许正是这种与印度文化隔阂陌生的心理作梗，奈保尔笔下的印度仍然是一个"幽暗国度"，不管他如何声称自己身在其中，他仍是"一个局外人。"[53]

奈保尔的"局外人"感觉和芭比等在印英国人的文化隔膜感实际上有着相似之处。他们提供的是一个非常生动的个案。这对探讨 21 世纪东西方人文交流、乃至思考新时期中印人文交流都有着不可忽视的价值。我们必须探索这样一些世界性命题：西方怎样看待东方？西方怎样走向东方？司各特和奈保尔们或朦胧或清晰的答案显然值得人们、特别是东方人思考。

第五节 "东方"与"性神话"的真实内涵

作为西方社会的一员，司各特没有摆脱英国作家对待东方时的某些集体无意识。在后殖民时期书写印度题材的英语作家中，他对印度的东方主义式考察，具有典型的研究价值。

纵观司各特二十多年的小说创作生涯，他的作品潜藏着将东方神秘化、

51 Paul Scott, *Staying On*, London: Heinemann, 1977, p.216.
52 （英）V·S·奈保尔：《幽暗国度》，李永平译，三联书店，2003 年，第 317 页。
53 Bruce King, *V. S. Naipaul,* London: Macmillan Press Ltd., 1993, p.6.

他者化的思想痕迹。1953 年，司各特出版第二部长篇小说《异域的天空》，这一书名显示了作家的旨趣。小说主人公欲在印度这一异域的神秘天空下进行自我身份界定。这部作品出现了与印度场景有关的大量描写，如邪气十足的店铺，吵吵闹闹的音乐，肢体残缺且眼放异光的乞丐。司各特于 1960 出版的《中国爱楼》（*The Chinese Love Pavilion*）可以视为司各特对东方国家进行东方主义化和色情化的集中体现。小说中的冒险家萨克斯比怂恿英国同伴布伦特暂时不要回国，留在印度实现梦想。在他看来，印度是实现梦想的最佳地方。小说中的场景充满神秘性，也不乏耸人听闻的故事情节。司各特于 1962 年出版的《天堂之鸟》也在一定程度上延伸了神秘化的书写倾向。《统治四部曲》仍然保持着对东方神秘化的倾向，该小说重要场景之一是玛雅普尔。"玛雅普尔"意为"幻灭之城"。杜撰的这一地名说明了司各特对待印度文化的一种姿态。而曼纳斯小姐与库马尔完成爱的结合与她遭受歹徒轮奸均发生在同一地点即比比加尔花园。这是神秘恐怖的荒凉之地，大白天也少有人敢于涉足。曼纳斯小姐的悲剧发生在这里就不足为怪。这与福斯特将《印度之行》中的悲剧发生地选在神秘莫测的马拉巴山洞非常相似。"比比加尔是《统治四部曲》的核心，正如马拉巴山洞在《印度之行》的位置一样重要。"[54]它暗示越靠近真实而神秘的东方，就越容易发生不测。

在司各特所有小说中，自然灾难和死亡事件常常发生，似乎到处都潜伏着一种危机。他的处女作《约翰尼先生》出现了后来延续到四部曲的火灾。在《天堂之鸟》中，主人公到东方是为了转嫁心理忧患。对往日的美好回忆恰恰印衬了主人公的心理危机。在小说《眷恋》里，塔斯克在走投无路之际自杀身亡，留下妻子在异国他乡暗自神伤。

怎么解释司各特作品里出现的这一系列灰色事件呢？这要追溯到作家自己的生活与心理世界。司各特一生都在与贫穷作艰苦斗争。他的家庭生活并不幸福，晚年与妻子闹到了分居地步。作为一个大英帝国军人，他耳闻目睹了帝国统治在印度的全面崩溃，其心理感受非常复杂。将心中的郁积化为艺术话语，是处于思想焦虑中的司各特的自觉取舍，这便有了他笔下挥之不去的灾难和死亡意象。这是另一种危机转嫁方式，它使东方承载了西方的"能量投射"。论者指出，西方人信奉灵肉二分，而印度人却是灵肉一体。所以四

---

54 Francine S Weinbaum, *Paul Scott: A Critical Study*, "Preface", Austin: University of Texas Press, 1992, p.177.

部曲中很多英国人感觉自己在印度就如同被囚禁一般。因此，他们要把自己被压抑的能量（包括性能量）投射到印度的土地上，这便是司各特印度书写的某种目的。[55]根据人格心理学基本原理，从人的焦虑来源分，可分成现实性焦虑、神经性焦虑和道德性焦虑。如以合理方式消除焦虑而未能得逞时，就必须改换方式，启动自我防御机制。这一机制分为六种，其中包括转移作用和投射作用。[56]司各特启动的正是这样的机制，他将现实世界带给他的焦虑和忧患转移并投射到异域东方的天空下。

萨义德在《东方学》中引用了马克思的一句话："他们无法表述自己，他们必须被人表述。"[57]萨义德反思的仍然是东西方的不平等关系。虽然司各特在总结殖民历史、思考东西关系方面超越了前辈作家，他的笔下仍旧存在一些代人表述的痕迹。在司各特早期小说《约翰尼先生》（*Johany Sahib*）中，印度士兵被白人主子感动得泪眼婆娑。在《中国爱楼》里，那个欧亚混血妓女对玩弄东方女人在行的白人布伦特主动地投怀送抱，并"深情"地爱上他。在其他小说里，还可以见到印度人心甘情愿皈依基督教的"动人"场景。这些描写都有代人表述的痕迹，东方在此不幸失语。或许正是这个原因，司各特四部曲中描写了许多鲜活生动的英国人形象，如克莱恩女士、莎拉、苏珊、芭比、梅里克等，而除了卡西姆父子外的其他印度人都无足轻重。至于形象生动的库马尔，正如论者指出的那样："库马尔只在遗传基因和名义上是印度人。从其它任何方面来说，他都是一个英国人。他甚至意识不到他是印度人，或印度人意味着什么。"[58]

在萨义德等人看来，某些西方人眼中的东方是一幅色情的形象，东方还是危险的地方。对此，印裔英国作家 M·玛拉康达雅在其小说中写道："不管怎样，东方仿佛役使女人的某种温室，带给她们各种湿热的梦魇。"[59]这里指出或暗示的现象，似乎可称为西方关于东方的"性神话"（sexual myth）。由于

55 Francine S Weinbaum, *Paul Scott: A Critical Study,* Austin: University of Texas Press, 1992, p.204.

56 陈仲庚、张雨新编：《人格心理学》，沈阳：辽宁人民出版社，1986 年，第 167 至 172 页。

57 （美）爱德华·W·萨义德：《东方学》，王宇根译，北京：三联书店，1999 年，第 28 页。

58 David Rubin, *After the Raj: British Novels of India since 1947,* London: University Press of New England, 1986, p.151.

59 Kamala Markandaya, *Shalimar,* New York: Harper & Row, 1982, p.190.

西方作家的丰富想象，"性神话"既可在伊斯兰近东世界繁衍，又可在印度、中国等远东世界催生。"对于那些维多利亚和爱德华时代的英国女作家而言，印度的神秘在于性禁忌的恐怖世界与或明或暗的受压抑的欲望。……印度性神话一直延续到印度独立以后，最优秀的和最蹩脚的作家都在这一领域里不断变换素材进行创作。"[60]司各特也不例外。

司各特继承了福斯特的"性神话"衣钵并力求创新。《皇冠上的宝石》以库马尔和曼纳斯小姐的跨国恋爱悲剧为核心而展开故事演绎。他们的国籍就是阿德拉和阿齐兹的翻版，但曼纳斯比阿德拉的探索走得更大胆，她走进了漂着种族、肤色和性别神话的激流漩涡，结果被淹死，没有登上幸福的彼岸。有着英国文化基因的印度人库马尔的下场比阿齐兹更悲惨。曼纳斯在比比加尔花园被几个印度流氓强奸，库马尔与阿齐兹一样遭受不公道的监禁审讯，这沿袭了阿德拉"莫须有"悲剧的模式。它再次显示了英国作家对"性神话"的熟练操控。曼纳斯被强奸代表英国被印度施暴，而事实上大英帝国正是对印度施暴几个世纪的"文明使者"。印裔英国作家拉什迪对此洞若观火："我认为，如将强奸用来隐喻英印关系的话，这是毫无用处的。实际上，为了准确起见，应该是一个或几个英国人对印度妇女强奸施暴，不管这些英国人属于哪个阶层。福斯特之流不敢描叙这样的罪行。"[61]这就显示了"性神话"在多大程度上背离了司各特和福斯特们揭示复杂东西关系的原始意图。他们所制造的"性神话"最终成为反对自己的一大怪物。究其实，司各特与福斯特及其他英国作家不停地炮制这种原版或翻版的"性神话"，一个重要因素是在印英国人小集团的集体无意识作怪。他们对自己视为臣民和低等种族的印度人天生地恐惧，他们担心白人妇女与孩子被印度人侵犯。无论英国人与印度人之间多么和睦相爱，心中的恐惧总是存在。即使穿越文化激流的曼纳斯小姐也是如此。尽管她爱着库马尔，但她也不能驱除原始的恐惧，因为库马尔的肤色有别于代表安全色的白皮肤。在被强奸以后，她在幻觉中竟然以为库马尔可能也属于施暴者之一。英国人关于印度的恐怖意识在1857年印度民族大起义后得到强化。司各特和福斯特等人在大英帝国文化场域中成长，他们无形中成为这种帝国话语的继承者和传播人。这样一来，不仅曼纳斯和阿德

---

60 David Rubin, *After the Raj: British Novels of India since 1947,* London: University Press of New England, 1986, pp.64-65.

61 Salman Rushdie, "Outside the Whale",in *American Film 10,* January, 1985, p.70.

拉两位白人女子，而且连司各特与福斯特反思畸形东西关系的初衷，都在一定程度上成为"性神话"的牺牲品。

西方的"性神话"一开始就包含了色情化东方的思想因子。司各特也无法逃脱这一写作传统的影响，例如，《中国爱楼》中"中国爱楼"的妓女房间内外陈设透露出色情诱惑的魅力，三位妓女各有一个"艺名"，分别是"绿牡丹"、"黄花"和"红玉"，她们都打扮得花枝招展，很会讨人欢心。关于自己的所爱对象"红玉"即中西混血妓女张荻娜，白人嫖客之一布伦特说："我为她的欧洲气质和中国气质干杯……我为她坚挺的金色乳房和突起的乳头而干杯，还为她柔软温暖的腹部曲线而干杯，她长在那里的肚脐宛如有螺纹的贝壳。"[62]"中国爱楼"名字也是一块招徕色情生意的广告牌。在《毒蝎的日子》中，被作为正面人物塑造的穆斯林艾赫迈德以一副赤裸裸的色情面具出现在读者眼前："例如，艾赫迈德有一种与姑娘们交欢的冲动。他造访过妓院。他天生地喜欢交欢，并一直乐于此道。他喜欢一边交欢一边吃大蒜。"[63]而恰恰是这个"色情"的穆斯林，在四部曲接近尾声时，毅然舍身拯救英国人。这一前后冲突的艺术形象证明了司各特创作意识的某种局限。在司各特最后一部小说《眷恋》里，印度人形象终于以主角登场亮相。但是，穆斯林男仆易卜拉欣是个性欲招之即来的势利鬼，他和女仆明妮常常鬼混在一起。而印度人布拉博伊则诚惶诚恐地来到基督教堂，他当着神父的面忏悔在两性关系方面犯下的"罪行"："我有罪，我装聋作哑，我没有像一个基督教徒或男子汉那样勇敢地说出来。"[64]司各特刻画的这些东方色情嘴脸，在福斯特笔下早就出现过。

后殖民理论有许多分支，其中引人注目的一支是以斯皮瓦克为代表的女性主义后殖民理论。斯皮瓦克将种族、阶级、性别等作为分析代码，深入批判帝国主义的种族意识和西方中心主义。由于斯皮瓦克本人前殖民地印度的出身背景，她对于第三世界妇女命运给予格外关注。在她的论文《国际框架中的法国女性主义》开头部分，她以埃及等地对女性阴蒂或整个外生殖器切除的残忍手术为隐喻，建构自己的女性主义理论。她认为，心理学家不能将自己的研究局限在阴蒂切除的后果上，还应该研究"为什么切除阴蒂的问

62 Paul Scott, T*he Chinese Love Pavilion,* London:Eyre and Spottiswoode, 1960, p.310.
63 Paul Scott, *The Day of the Scorpion,* London: Heinemann, 1968, p.86.
64 Paul Scott, *Staying On*, London: Heinemann, 1977, p.122.

题"。[65]斯皮瓦克的论述可以放在一个宏大的历史背景和地理范围中理解。因为，阴蒂的切除使女人失去了最明显的性征之一，她感受不到性的欢悦。她不能把握自己的身体。她在肢体表达上是失语了。这种失语又可理解为女性在男权中心主义下政治、经济、文化各方面的失语。顺着斯皮瓦克的追问逻辑，再反观司各特的作品，我们会有一些新的发现。

司各特在《中国爱楼》中描写了很多英国白人玩弄东方妓女的场景。在这里，印度泰米尔妓女、贱民处女是用来供人享乐的。两个曼尼普尔姑娘也是被人消遣的，除了一声 Namaska（您好）的问候外，再也难以听到她们的声音。她们的声音和意识消失在白人的欲望中。布伦特不光为他的相好、中西混血妓女张获娜身体敏感部位一再干杯，还在梦中次次与她"鹊桥相会"。故事结尾时，被白人嫖客称为"下贱的中国妓女"的张获娜，拿着布伦特送给她的定情物即一把马来亚匕首自杀身亡。死因未明。但是，布伦特深信张获娜对自己的情意是根深蒂固的，是为自己殉情而亡。通观小说，关于布伦特的感情意识流连篇累牍，但很难瞥见"下贱的中国妓女"的心理自白。她和那个泰米尔妓女同样属于不能发言的"失语"一族。

在四部曲中，失语的症候波及到白人女子身上。例如，曼纳斯小姐在回忆录中满足读者的愿望，交代了自己的隐私："我当然不是处女。"[66]曼纳斯将自己遭受强奸的过程也详细地交代给观众即读者。曼纳斯的形象塑造渗透了作家的潜意识。按照生理法则和历史逻辑，既然白人妇女最容易成为殖民地印度人的攻击，那么她的牺牲价值也就足够了。于是，曼纳斯别无选择。她的身体只能交给黑色的命运，她的命运注定是香消玉殒。她和《印度之行》中的阿德拉·奎斯蒂德一样，不能把握自己的身体和意识，因为她们和张获娜一样，是"失语"的一群。在这里，女性是不在场的，是缺席的。她们真实的声音被遮蔽悬置了，其心理意识被过滤后畸形地呈现在读者面前。

综上所述，司各特的印度书写具有典型的后殖民文学研究意义，也自然具有典型的比较文学研究价值。司各特的作品所描绘的殖民地印度和印度群像、白人形象，体现了殖民主义时代东西方不平等的政治关系及其在艺术叙事中的权力投射和历史覆盖，也反映了西方作家或曰白人作家面对东方世界、

---

65 Gayatri Chakravorty Spivak, *In Other Worlds: Essays in Cultural Politics*, Methuen: New York & London, 1987, p.151.

66 Paul Scott, *The Jewel in the Crown*, London: Panther, 1973, p.346.

印度文化的迷惘、困惑甚或下意识流露的种族偏见残余与性别歧视。司各特作品既是英国与印度的殖民关系史的最佳档案袋，也是观察那一时期或当代东西方文化沟通、人文交流的显微镜和放大镜，同时还是观察当下世界比较文学研究发展动态的一块试金石。在比较文学发展进入 21 世纪的今天，讨论蓬勃发展的中国比较文学是否属于世界比较文学第三阶段的声音似乎已经沉默，但聚焦跨文明的、超越中西中心视野的比较文学研究，应该成为中国大陆学者继续的追求。倘若以中国、西方的二元对立阐发复杂微妙的东西文学关系或建构比较文学变异学理论，必然存在诸多的学术"裂缝"，因为中国学术与中国文化不能完全代表丰富多彩的东方学术与东方文化。司各特作品研究就是这样的一面文学镜子，其显微或放大的功能因人而异。

第六章　美国文学中的印度书写：以马克·吐温和凯瑟琳·梅奥为例

　　长期以来，西方对东方的言说形成了"一套被人为创造出来的理论和实践体系"[1]，文学作品更承载了西方作家及大众对于东方"他者"的想象。"他者形象的建构过程是注视者借助他者发现自我和认识自我的过程"[2]，因而，认识西方作家如何书写东方、建构东方形象成为比较文学异域形象的重要问题。相对欧洲而言，美国与东方的人际交流和文化沟通时间更晚，因而它对东方的认识及书写也相对更晚。美国内部的东方书写中又形成了不同的话语群，包括中东话语、印度话语、中国话语、日本话语、越南话语等，每一话语都具有各自的历史传统、建构策略和表现方式。[3]美国作家对印度的书写也是美国东方话语中一个重要组成部分。从时间跨度而言，它从 18 世纪末即已开始，至今已有两百多年的历史。从创作主体而言，它主要包括美国白人作家和印裔美国作家。迄今为止，国内已有不少学者关注印裔美国文学和少数美国白人作家的印度书写，但鲜有学者对美国文学中的印度书写进行全面、系统的梳理和研究。鉴于此，笔者将首先对 18 世纪末以来美国文学中的印度书

1　（美）爱德华·W·萨义德：《东方学》，王宇根译，北京：三联书店，1999 年，第 9 页，第 3 页。

2　曹顺庆、徐行言主编：《比较文学》，重庆：重庆大学出版社，2016 年，第 195 页。

3　朱骅：《美国东方主义的中国话语——赛珍珠中美跨国书写研究》，上海：复旦大学出版社，2012 年，第 13 页。

写进行简要梳理，在本章第二节和第三节则将分别以马克·吐温和凯瑟琳·梅奥（Katherine Mayo）为例，对美国文学作品中的印度书写进行详细分析。

第一节　美国文学中的印度书写史概述

美国与印度最早的联系或可追溯至地理大发现的先驱——哥伦布。"哥伦布并不是专门去发现美洲的，他只是在到印度寻宝时，偶然发现了这个大陆。"[4]一百多年后，仍属英国殖民地的美国与正逐渐被英国东印度公司控制的印度有了更为直接的联系。例如，当位于波士顿地区塞布鲁克镇的"大学学院"（Collegiate School）[5]陷入财政困境时，公理会教士科顿·马瑟（Cotton Mather）与在马德拉斯（今金奈）英国东印度公司任职的伊利胡·耶鲁（Elihu Yale）[6]取得了联系。1718 年左右，耶鲁向该学院捐赠了一批马德拉斯的棉纺品、400 多本藏书以及一副乔治一世的画像。其中，棉纺品在波士顿拍卖后的钱挽救了危机中的"大学学院"，学校为感谢耶鲁的捐赠而更名为"耶鲁大学"。1721 至 1728 年间，马瑟出版了《向印第安人传播福音》（*India Christiana*）一书，意在向基督教传教士传授改变印第安人信仰的方法，其中也涵盖了一些让东方等地的人们改信基督教的手段，并将之寄给了在印度的德国传教士。此外，也有不少北美殖民地人士或前往印度从事商贸活动，或在英国东印度公司军队服役。

北美殖民地的丢失促使英国加强了对印度的统治，但美国与印度两地间的交流也逐渐增强。18 世纪末期至 19 世纪 30 年代，两地间商业贸易来往不断，航海贸易中的商人、船长等成为沟通美印两地间的桥梁。19 世纪初，受第二次"大觉醒运动"（The Great Awakening）影响，美国大批传教士前往印度次大陆地区传播福音，他们继而成为较长时期内向美国大众介绍印度文化的主体。因而，他们对印度的书写也成为这一时期影响美国印度形象的关键。19 世纪下半叶，超验主义者则将印度宗教哲学思想等东方哲学与西方宗教哲学相结合，形成了独具美利坚民族特色的新思想，对此后美国文学风格产生

4　（美）赛珍珠：《我的中国世界——美国著名女作家赛珍珠自传》，尚营林等译，长沙：湖南文艺出版社，1991 年，第 114 页。

5　即耶鲁大学前身，于 1701 年成立。

6　伊利胡·耶鲁出生于新英格兰波士顿地区，3 岁随家人前往英国，后在英国东印度公司任职，官至马德拉斯总督。

重要影响，并成为美国的重要精神文化遗产。19 世纪末，马克·吐温、凯瑟琳·梅奥、赛珍珠及艾伦·金斯伯格（Allen Ginsberg）等先后前往印度，他们笔下的印度或是反思西方文明之镜，或是印证美国文明、自由、进步的注脚，或是"现代乌托邦革命"的归宿。20 世纪 60 至 70 年代，大量印裔移民美国，美印两国间的联系更为直接，美国民众对印度的认识更加具体、丰富、立体。印裔美国作家开始崭露头角，并逐渐成为美国文坛中书写印度的主要力量。

1. 18 世纪末至 19 世纪 30 年代美国文学中的印度书写

自美国独立后，美印两地的直接交流主要通过商贸往来及传教士活动。其中，航海贸易成为两地间最早的商业及人文交流形式，因而，商人在航海日志及信件中对印度的书写成为了解早期美国印度形象的重要来源。随后，大量传教士在印度次大陆地区的传教活动则在更大程度上加强了两国间的人文交流，也更广泛地塑造了美国文化中的印度形象。整体而言，传教士对印度的书写几乎主导了这一时期美国民众对印度人及印度文化的认知。欧洲的东方学家对印度文学、哲学等学科的介绍和研究则影响了美国知识界对印度的认识，从而也间接地影响了美国文化和文学中的印度形象。

美印间的直接往来始于航海贸易。1784 年，"合众国"（"the United States"）号从美国费城出发，经好望角开往印度，这是美国于 1783 年真正取得独立后两地第一次直接通商。两年后，"切萨皮克"（"Chesapeake"）号自美国巴尔的摩出发前往印度。1788 年后，马萨诸塞的塞勒姆成为美印贸易航线的主要港口。"1788 年至 1800 年间，五十艘商船在塞勒姆与印度各大港口之间往来。19 世纪的前四十年，除受 1812 年英美战争短暂影响外，塞勒姆的商船源源不断开往印度。"[7]塞勒姆商人伊莱亚斯·哈斯克·德比（Elias Hasket Derby）在对印贸易中所赚取的利润使他成为了美国第一位百万富翁。1840 年后，波斯顿成为美印贸易航线新的主要港口。从美国开往印度的商船主要装载烟叶、铜、松脂制品和松木板等，而回载的货物则包括茶叶、糖、兽皮、油料种子、靛蓝、香料、象牙、银制品及棉纺品等。在塞勒姆的埃塞克斯皮博迪博物馆，至今仍陈列着早期美国商船从印度等地带回的物品。

---

7 John T. Reid, *Indian Influences in American Literature and Thought*, New Delhi: Bhatkal Books International, 1965, p.7.

美印商贸往来的主要动机是对商业利益的追逐，但由此也催生了两地间早期的人文交流。当船只到达印度港口后，美国商人、船长等需租用住房、仓库，也需雇佣当地职员、仆人及工人等。为赚取更多利润，他们需深入市场了解行情，因而与印度民众有了更为直接的联系。随后，他们在航海日志及信件中描绘了印度人的性格、生活及印度文化等，而此成为了解早期美国文化中印度形象的重要来源。

其中，美国商人描述最多的往往也是印度商人。由于他们与英国东印度公司商人的竞争关系，美国商人前往印度后往往与印度商人建立直接联系。他们认为印度商人大都接受过较好的教育，英语会话及写作水平都较高，是他们在印度从事商业贸易极有帮助的中间人。"你失去市场时，或你需要处理货物时，或你尽了一切努力仍没有成功时，他们对你非常有帮助。"[8]

成功的商业合作往往促进双方信任水平的提升以及对对方文化的包容。例如，在他们笔下，"恐怖"的印度文化也具有某种程度的神圣性。当一名美国商人亲眼见到恒河边的一场萨提（sati）仪式即寡妇殉葬仪式时，他在日记中记载了整个过程。当时两名爱尔兰人也前往现场观看了该仪式，失去丈夫的寡妇恭敬地向他们敬礼，她的儿子们也在她的要求下向几名外国人行礼。随后，她走过去躺在丈夫的尸体旁，她的儿子们则点燃了他们身下的柴火，瞬间她与丈夫一道被火吞噬。这名美国商人写道："我认为人类没有能力以这种方式迎接死亡，这是恐怖的一幕，但对我而言，它非常神圣，不论它对或错，我将它留给别人来评判。"[9]虽然部分美国商人对印度的书写也存在负面性，但总体而言，他们笔下的印度人以及印度文化是积极的、正面的。

18世纪末19世纪初，随着第二次"大觉醒运动"在美国兴起，前往印度的传教士与日俱增，他们成为向美国民众介绍印度的主要群体。美国国内传教事业轰轰烈烈发展之时，美国第一个海外传教部"美国公理会海外传道部"（American Board of Commissioners for Foreign Missions）也于1812年成立，印度、锡兰（今斯里兰卡）等地成为这些传教士的主要目的地。当年，戈登·霍尔（Gordon Hall）、塞缪尔·诺特（Samuel Nott）等6名传教士即前往加尔各答。由于遭到驻扎在加尔各答的英国东印度公司的冷遇，他们一路南下，其

8　Anupama Arora and Rajender Kaur, eds.,*India in the American Imaginary, 1780s-1880s,* New York: Palgrave Macmillan, 2017, p.49.

9　Susan S. Bean, *Yankee India: American Commercial and Cultural Counters with India in the Age of Sail, 1784-1860,* Ahmedabad: Mapin Publishing, 2001, p.190.

中两名传教士前往孟买，两名前往锡兰，另外两名则前往了马德拉斯。相较而言，美国来华传教活动则稍晚，直到 1830 年裨治文到达广州才开启了美国传教士在中国的传教活动。

较之美国商人对印度的友好书写，传教士们将印度塑造为"黑暗、野蛮以及魔鬼似的国度"。[10]在传教士笔下，印度被描绘为黑暗、迷信的"异教国家"。虽然印度宗教信仰众多，但印度教无疑是"最为邪恶的异教信仰"。"印度教徒裸体扭曲着身子或躺在钉床上、信奉魔鬼般的卡莉女神、崇拜奇形怪状的偶像及萨提制。"[11]一位最早前往加尔各答的公理宗传教士写道："没有文字能描述他们毫无意义、愚蠢的偶像崇拜的影响。他们毫无道德，这么说并不是对他们的恶意中伤。"[12]当这些传教士回到国内时，他们在教堂向他们的兄弟姐妹讲述在印度的经历："印度教徒懒惰、崇拜（奇怪的）偶像、纵欲、肮脏"。[13]在他们看来，印度是野蛮、落后、堕落、黑暗的象征。受传教士影响，这一时期部分美国作家也构筑出了野蛮、黑暗的印度形象，例如，凯莱博·赖特的《印度及其居民》及《印度历史事件及生活》、威廉·巴特勒的《吠陀之地》等。他们甚至对 20 世纪部分作家的印度的书写也产生了影响，例如凯瑟琳·梅奥、玛格丽特·威尔逊等。可见，传教士在美印文化关系史上发挥了重要作用，并且"决定性地塑造了美国对印度的形象。"[14]

事实上，黑暗、野蛮的印度形象并非由美国传教士首创，他们"最早流行于新英格兰地区福音期刊的印度形象源于东印度公司的牧师以及传教士克劳迪亚斯·布坎兰（Claudius Buchanan）。"[15]在布坎兰的文章中，印度教充满血腥、暴力、迷信和落后的思想。而这种形象在美国传教士的笔下得以强化，并几乎主导了 19 世纪上半叶美国的印度形象。传教士塑造的黑暗、野蛮的印度形象一方面为满足那些富裕的捐赠者的兴趣，并吸引新的捐助者支持他们

10 Anupama Arora and Rajender Kaur, eds., *India in the American Imaginary, 1780s-1880s,* New York: Palgrave Macmillan, 2017, p.42.

11 Anupama Arora and Rajender Kaur, eds., *India in the American Imaginary, 1780s-1880s,* New York: Palgrave Macmillan, 2017, p.10.

12 Anupama Arora and Rajender Kaur, eds., *India in the American Imaginary, 1780s-1880s,* New York: Palgrave Macmillan, 2017,p.58.

13 Anupama Arora and Rajender Kaur, eds., *India in the American Imaginary, 1780s-1880s,* New York: Palgrave Macmillan, 2017, p.60.

14 R. K. Gupta, *The Great Encounter: A Study of Indo-American Literary and Cultural Relations*, New Delhi: Abhinav Publications, 1986, p.19.

15 Michael J. Altman, *Heathen, Hindoo, Hindu: American Representations of India, 1721-1893*, New York: Oxford University Press, 2017, p.30.

在海外的传教事业，另一方面则是为表明传教士在"开化"异教徒方面所付出的努力，以及通过基督教"拯救"野蛮异教徒的必要性。[16]

此外，欧洲的东方学家翻译的印度文学、宗教作品以及在美国出版的关于印度的百科全书、词典等也是美国民众了解印度的途径之一。例如，迪佩隆（Duperron）由波斯语转译至拉丁文的《奥义书》（*Oupnek'hat*）、德热兰多（Degerando）的《哲学体系比较史》（*HistoireComparee de Systemes de Philosophie*，1804）等著作被许多学校作为教材来研读。亚历山大·朗格鲁瓦（Alexander Langlois）的《印度文学史，或梵语文学作品集》（*Literary Monuments of India, or A Collection of Sanskrit Literature*）、《印度戏剧名作》（*Masterpieces of Indian Theater*）以及查尔斯·威尔金斯（Charles Wilkins）翻译的《薄伽梵歌》等作品在美国知识界也逐渐被熟知。其中，威廉·琼斯翻译的迦梨陀娑的《沙恭达罗》、胜天的《牧童歌》以及由他主编的《亚洲研究》杂志在美国知识界影响甚大。而印度知识分子拉姆·罗汉·罗易关于基督教与印度教的比较及讨论让他成为"美印文化交流第一人或者第一重要的人。"[17]

自18世纪80年代至19世纪30年代，美国与印度之间有了较为丰富的物质、宗教、文学、哲学等方面的交流。虽然文学及哲学的交流仅限于有限的知识界和神学界，但总体而言，美国民众对印度的认知正在逐渐增强。美国在印传教士成为这一时期两地交流更为直接的桥梁，因而此时美国文化及文学中的印度形象更大程度上呈现为野蛮、黑暗。对异国的书写正好反映了他们对自身文化的看法。[18]野蛮、黑暗的印度形象便是那一时期美国民众对于印度的普遍认知。

2. 19 世纪 30 年代至 19 世纪末的印度书写

虽然美印两地区间的商贸、文化交流最早可追溯至 18 世纪 80 年代，但直到 19 世纪 40 年代，超验主义者对印度宗教哲学思想的吸收及对印度的书写才真正激起美国知识界对印度文化和哲学的兴趣。其中，英国和法国的东

---

16 Anupama Arora and Rajender Kaur, eds., *India in the American Imaginary, 1780s-1880s,* New York: Palgrave Macmillan, 2017, p.43.

17 R. K. Gupta, *The Great Encounter: A Study of Indo-American Literary and Cultural Relations*, New Delhi: Abhinav Publications, 1986, p.11.

18 （德）顾彬：《关于"异"的研究》，北京：北京大学出版社，1997 年，第 2 页。

方学家以及拉姆·罗汉·罗易对印度哲学、文学的翻译对超验主义思想的形成起到了重要作用。《薄伽梵歌》、《毗湿奴往世书》、《薄伽梵往世书》、迦梨陀娑的《沙恭达罗》、《云使》以及大量的吠陀文献、奥义书和往世书等文献的译本都可以在美国找到。在超验主义者的刊物《日晷》上也刊登了不少有关印度宗教、哲学的文章。在爱默生、梭罗等超验主义者的作品中，印度形象转而逐渐呈现出其智慧性。受超验主义思想影响颇深的惠特曼笔下，印度是美好的"乌托邦"。不难看出，这一时期美国文学中的印度形象正从传教士笔下的"黑暗印度"逐渐转变为"哲学王国"。

　　19世纪上半叶，东方哲学和宗教思想吸引了超验主义者们的目光。作为超验主义思想引领者的爱默生更是如此，他对婆罗门教、佛教、索罗亚德斯教及儒家思想等东方宗教哲学思想有所研究及借鉴。其中，他对印度宗教哲学的阅读、吸收及借用尤多。"他可能是西方世界第一个明显受印度宗教哲学思想影响的重要作家。"[19]1818年，学生时代的爱默生就阅读了一些印度主题的书籍，如《印度流行诗歌选》（Selections from the Popular poetry of the Hindoos）及《克劳迪斯·布坎兰牧师回忆录》（Memoirs of the Rev. Claudius Buchanan）等。爱默生以这种方式吸收的印度文化，后来不断地体现在其创作之中。[20]1821年，爱默生发表了第一首关于印度的诗歌《印度迷信》（"Indian Superstition"）。他在诗中肯定了印度古代文学、哲学的辉煌成就，但也对印度的现实社会进行了抨击。而此心态与爱默生对待中国极为相似，"他（爱默生）虽然对儒家学说的孔孟之道相当好感，对建立在儒家思想基础上的中国社会却感到厌恶。"[21]

　　此后相当长一段时期内，爱默生在其作品中并未表现出对印度宗教哲学的浓厚兴趣。但诗歌《罕麦特雷耶》（"Hamatreya"，1845）的发表"首次明确地表明了爱默生对印度文献的引用"。[22]正是印度十八部大往世书之一的《毗湿奴往世书》启发了爱默生。《毗湿奴往世书》中的一位仙人名为"麦特雷耶"

19　John T. Reid, *Indian Influences in American Literature and Thought*, New Delhi: Bhatkal Books International, 1965, p. 19.

20　（澳）A·L·巴沙姆：《印度文化史》，闵光沛等译，北京：商务印书馆，1999年，第702页。

21　张弘等：《跨越太平洋的雨虹——美国作家与中国文化》，银川：宁夏人民出版社，2002年，第124页。

22　R. K. Gupta, *The Great Encounter: A Study of Indo-American Literary and Cultural Relations*, New Delhi: Abhinav Publications, 1986, p. 33.

（Maitreya），爱默生在诗中将其名字改为了"罕麦特雷耶"，也将诗歌场景移至美国。爱默生在诗歌中表现了与《毗湿奴往世书》相似的主题，包括不可避免的死亡、人类自负的虚荣心以及人类最终归于泥土的事实。爱默生意在呼吁美国的地主们勿需大量囤积土地，因为"每一个在这儿驻足的人/都已经离我而去，他们岂能做我的主人"[23]。在爱默生的其它诗歌、散文等作品中也可窥见印度宗教哲学思想的影响。在他晚年的作品中，印度更成为宗教哲学的宝库，因为这些来自东方的思想可以"纠正"他所在社会中的缺陷。相较于爱默生对印度教哲学的兴趣，爱默生直到 1836 年前后才对儒家思想产生兴趣，但他也"在不同地方摘录引用了孔子和孟子的语录多达百条。"[24]爱默生在印度、中国等东方宗教哲学思想中吸取养分，最终形成了他的超验主义思想。

另一位超验主义者梭罗对东方宗教哲学也产生了极大兴趣。与爱默生相比，他更赞赏东方，"他将亚洲想象为一片充满沉思、同一性和古老智慧的土地。"[25]他赞赏《薄伽梵歌》中克里希那给阿周那的建议是一种"崇高的保守、和世界一样广阔、像时间一样奔流不息。"[26]他也赞赏《薄伽梵歌》及《摩奴法论》中的哲学观、沉思及对普世真理的认识。在瓦尔登湖旁居住的两年时间里，梭罗过着自给自足、自我节制的生活，实质上践行了他所阅读及赞赏的印度宗教哲学思想。"梭罗确实认为他自己是瑜伽行者；甚至不止一次提到过（他是瑜伽行者）。"[27]梭罗将印度宗教描述为一种善于思考、懂得控制行为的宗教，他认为这些正是美国清教思想中所欠缺的部分，但又是美国民众所需的精神。梭罗和爱默生都从印度哲学中看到了自身文化的缺陷，也获得了对自身文化建设的灵感和启示。

1856 年，当惠特曼的第二版《草叶集》出版时，梭罗认为他的诗歌"非常具有东方气息"[28]，爱默生认为"《草叶集》是《薄伽梵歌》与《纽约先驱

---

23 张慧琴、王晋华：《美国超验主义诗歌选》，北京：外文出版社，2015 年，第 44-45 页。

24 钱满素：《爱默生和中国》，北京：三联书店，1996 年，第 137 页。

25 Michael J. Altman, *Heathen, Hindoo, Hindu: American Representations of India, 1721-1893*, New York: Oxford University Press, 2017, p. 82.

26 Henry David Thoreau, *A Week on the Concord and Merrimack Rivers*, ed., J. Lyndon Shanley, New Jersey: Princeton University Press, 2004, p.136.

27 Michael J. Altman, *Heathen, Hindoo, Hindu: American Representations of India, 1721-1893*, New York: Oxford University Press, 2017, p.85.

28 Robert N. Hudspeth, Elizabeth H. Witherell and Lihong Xie, eds., *The Correspondence of Henry D. Thoreau*, New Jersey: Princeton University Press, 2018, p.490.

报》的结合体"。奥罗宾多·高士（Aurobindo Ghose）在他的《未来诗歌》（*The Future Poetry*）中对惠特曼的诗歌大加赞赏，认为"惠特曼诗歌中个体伟大的自我意识正是古老印度先知所称的'大我'。"[29]也有学者认为惠特曼的思想只是与印度等东方国家的哲学思想相似，因为"人们思想的相似性在人类历史上非常普遍。"[30]虽然印度教哲学不一定对惠特曼的诗歌创作产生了直接影响，但惠特曼却继承了爱默生等超验主义者对印度宗教哲学的兴趣，也承袭了他们对印度古老、神秘、重视精神世界的异域想象。

19 世纪 60 年代，连接旧大陆与亚洲的苏伊士运河通航、连接新旧大陆的大西洋海底电缆铺设成功以及连接新大陆东西两端的铁路通车，惠特曼为歌颂这三项刚刚完成的重大工程，写下了《向印度前行》（"A Passage to India"）一诗。伟大的科技成就固然值得让人鼓舞，但"亚洲、非洲的寓言，照得很远的精神光辉，不羁的梦幻"[31]也值得世界的夸耀。"印度并不是这首诗歌的主题，它只是一块通向精神世界的跳板。印度像催化剂一般点燃了诗人心中不可抑制的渴望，渴望从现实到理想，从现在到过去，并通向未来，从瞬间到永恒，从死亡到不朽，从人世到神圣。"[32]印度在这首诗歌中象征着古老的过去、神圣的精神世界。在《百老汇大街上的盛大游行》中，"东方终于来到了我们身边……那创始人来了，她是各种语言的巢穴，各种诗歌的传递，远古的移民，/脸色红润，沉默不语，思绪重重，感情炽热，/香气扑鼻，穿着飘飘然的宽敞的长袍……梵天的种族来了"[33]在惠特曼笔下，包括印度在内的东方古老而神秘。

亨利·巴柔认为："一切形象都源于对自我与'他者'、本土与'异域'关系的自觉意识之中，即使这种意识是十分微弱的。因此，形象即为对两种类型文化现实间的差距所作的文学的或非文学，且能说明符指关系的表

---

29 Sri Aurobindo, *The Future Poetry*, Pondicherry: Sri Aurobindo Ashram Press, 2000, p.196.

30 Sisir Kumar Das, *Indian Ode to the West Wind, Studies in Literary Encounters*, Delhi: Pencraft International, 2001, p.133.

31 （美）惠特曼：《草叶集》，楚图南、李野光译，北京：人民文学出版社，2020 年，第 652 页。

32 M. K. Naik, S. K. Desai and S. K. Kallapur, eds., *The Image of India in Western Creative Writing*, Dharwar: Karnatak University Press, 1970, p.335.

33 （美）惠特曼：《草叶集》，赵罗蕤译，上海：上海译文出版社，1991 年，第 405-406 页。

述。"[34]异国形象正在于塑造区别于异国或他者的自我形象。因而，古老、神秘、在精神世界更甚一筹的印度等东方世界的形象反衬的正是"新大陆"的年轻、活力、丰富的物质世界。爱默生等超验主义者"在波斯、印度、中国等地区的古老文化中获取灵感和智慧，寻求力量和支持，对超验主义的发展，对美国文化的文学的成熟做出了巨大贡献。"[35]

3. 20 世纪上半叶美国作家的印度书写

除早期的美国商人外，传教士和超验主义者笔下的印度都与宗教密切相关：前者突出了印度教的迷信、血腥、野蛮，而后者则通过阅读印度宗教哲学书籍构建了一个想象中的"精神王国"。他们笔下的"印度"都与印度教密切相关。19 世纪末至 20 世纪上半叶，对宗教的关注仍是美国作家书写印度的一个重要主题，但"现实"的印度也开始逐渐进入作家的视野。这一时期的作家主要包括马克·吐温、凯瑟琳·梅奥、玛格丽特·威尔逊（Margret Wilson）以及路易斯·布鲁姆菲尔德（Louis Bromfield）。但与超验主义者通过阅读想象印度不同的是，这一时期的印度书写者都曾前往印度旅行或传教。因而，他们以自己亲身经历从不同视角书写了或千奇百异、或野蛮落后的印度。

在新英格兰超验主义渐趋没落时，马克·吐温开始在美国文学界初露声名。1867 年 6 月，马克·吐温跟着旅行团从纽约出发，经欧洲最终到达大马士革、耶路撒冷、迦百农等东方圣地旅行。1869 年，马克·吐温将他的旅途见闻整理后出版了《傻子出国记》（*The Innocents Abroad*）。在游记中，他将拿破仑三世与东方的土耳其苏丹进行了比较："拿破仑三世，他代表的是近代高度文明、进步和文雅；阿卜杜尔·阿齐斯，他代表的民族天生猥琐、粗野、愚昧、落后、迷信，后天所受的熏陶也是如此——他代表的政府信奉的三神是暴虐、抢夺、杀戮。"[36]在吐温笔下，包括皇帝在内的东方人代表野蛮、落后、贫穷以及感性。

---

34 （法）达尼埃尔-亨利·巴柔："形象"，孟华主编：《比较文学形象学》，北京：北京大学出版社，2001 年，第 155 页。

35 曹顺庆主编：《世界文学发展比较史》（下册），北京：北京师范大学出版社，2001 年，第 429 页。

36 （美）马克·吐温：《憨人国外旅游记》，刘文静译，上海：上海社会科学院出版社，2019 年，第 97 页。

19 世纪 90 年代初，马克·吐温因投资失败而负债累累。在妻子奥利维亚的支持下，年届六旬的马克·吐温于 1895 年 7 月开启了他的全球演讲旅行，其中也包括他的东方印度之旅。1896 年 1 月至 3 月间，吐温先后到访了印度的孟买、浦那等 15 个城市，举行了 18 场演讲。在关于此次环球旅行的游记作品——《赤道环游记》（*Following the Equator*）中，大约三分之一的内容都是吐温对印度的书写。"据我判断，无论是人或是造物主，都已经做得很周到，总算是使印度成为太阳所照耀到的一个最不平凡的国家了……也许还不如把所有的标签都扔掉，只给他取一个包罗万象的概括的名称，把它叫做千奇百异的国度，那大概是最简单的办法吧。"[37]"千奇百异"或许是吐温对印度印象概括最为准确的一个词，在吐温笔下，印度人的肤色、缤纷色彩的服饰、千奇百怪的动植物等都充满浪漫、神秘的异国情调。与吐温三十年前的东方之旅不同的是，他从某些方面应证了"白人殖民者并不比土著尊贵，以欧洲文明为核心的西方文明并不比其他的文明更为高等。"[38]以印度为代表的东方不完全以野蛮、落后的形象出现，而是充满异国情调并有自己的独特文明的东方国度。

继马克·吐温后，玛格丽特·威尔逊（Margaret Wilson）于 1904 年从芝加哥大学毕业后被"北美联合长老会"派往印度北部的旁遮普地区传教。她在古吉兰瓦拉女子学校负责教书和管理工作，也在锡亚尔科特医院担任玛利亚·怀特博士的助手。[39]1910 年，威尔逊由于伤寒发作返回了美国。她在印度期间开始诗歌创作，回国后又创作了不少短篇小说和长篇小说，并于 1924 年以《能人麦克劳林一家》（*The Able Mclaughlins*）获得普利策文学奖。威尔逊其它较为重要的作品包括小说《粉刷过的房间》（*The Painted Room*）、《印度的女儿》（*Daughters of India*）、《塔夫绸裤子》（*Trousers of Taffeta*）以及短篇小说集《一夫多妻制城市的故事》（*Tales of a Polygamous City*）等。其中，《印度的女儿》、《塔夫绸的裤子》以及《一夫多妻制城市的故事》都讲述了发生在印度的故事。

《一夫多妻制城市的故事》是玛格丽特·威尔逊最早书写的以印度为背

37　（美）马克·吐温：《赤道环游记》，张友松译，南昌：百花洲文艺出版社，1993 年，第 430 页。

38　吴兰香："从进化法则到文化阐释——马克·吐温对西方文明的反思与批判"，《南京社会科学》，2014 年，第 9 期，第 124 至 129 页。

39　古吉兰瓦拉女子学校和锡亚尔科特医院均位于今巴基斯坦境内。

景的作品。该小说集包括 8 个故事，其中 6 个故事于 1917-1921 年间发表在《大西洋月刊》上，2 个故事于 1921 年发表在《亚洲》杂志上。这些故事大都是关于印度女性的故事。她们深受闺阁制等传统习俗的影响，为了兄弟、姐妹、家庭等而甘愿牺牲自己。《塔夫绸的裤子》也讲述了印度的一夫多妻制家庭中女性在婚姻关系中如何生存的故事。《印度的女儿》则是一部集"传教士小说、爱情小说、女性小说和殖民冒险小说"[40]于一体的小说，聚焦两位在印度的美国传教士德维达·贝里（Davida Baillie）和约翰·拉姆齐（John Ramsey）的故事。受 19 世纪末期的"社会福音运动"的影响，威尔逊一代的传教士显然不同于老一代的传教士，他们不再追求拯救个人灵魂，而是强调关注当地社会现实问题。而这一点在威尔逊的作品中也有所体现。印度在威尔逊笔下仍然野蛮、落后，但威尔逊并不赞成殖民统治，而是认为美国传教士或成为印度女性或社会的拯救者，就如同《印度的女儿》中的德维达一般。

  同样以印度女性等为书写主题的美国作家、记者凯瑟琳·梅奥于 1925 年底到达印度，在两个多月内游历了英属印度的加尔各答、贝纳勒斯、马德拉斯、开伯尔山口等地。回到美国后，她将在印度的所见所思汇集至《印度母亲》（Mother India）一书中。在该书中，通过对印度的女性处境以及公共卫生状况的书写，梅奥塑造了野蛮、无知、愚昧、堕落、迷信的印度形象。梅奥对印度的书写在英、美、印等国引起了巨大的争议，并对美国文学或文化中的印度形象产生可巨大影响。此后，梅奥虽未再前往印度，但她又相继出版了三本与印度相关的书籍，只是并未引起太多关注。梅奥的印度书写将在本章第二节详细展开论述，因而此处不再赘述。

  这一时期书写印度的作家还有路易斯·布鲁姆菲尔德（Louis Bromfield），他是 20 世纪 20 年代至 30 年代初期美国最受欢迎的小说家之一。1896 年，布鲁姆菲尔德出生于俄亥俄州的一个普通家庭，1914 年被康奈尔大学农业专业录取，但由于家庭负债累累，最后只得退学。1916 年，他又被哥伦比亚大学新闻专业录取，但学习不到一年时间，他便跟随美国军队前往欧洲战场。1924 年，布鲁姆菲尔德第一部小说《绿湾树》（The Green Bay Tree）出版。1927 年，他的第三部小说《初秋》（Early Autumn）获得普利策文学奖。布鲁姆菲尔德曾旅居巴黎，并与同样旅居于此的格特鲁德·斯坦因、厄尼斯特·海

---

40 Ralph Crane & Radhika Mohanram, *Imperialism as Diaspora: Race, Sexuality and History in Anglo-India*, Liverpool: Liverpool University Press, 2013, p.92.

明威、弗朗西斯·菲茨杰拉德等"迷惘的一代"的作家们联系密切。文学创作并未减少他年少时对园艺学的兴趣，他于1932年前往印度参观艾尔伯特·霍华德爵士（Sir Albert Howard）的实验农场。三年后，他再次前往印度。两次印度之行激发了他的创作灵感，并接连出版了两部以印度为主题的小说：《雨季来临》（The Rains Came，1937）和《孟买之夜》（Night in Bombay，1940）。

《雨季来临》以20世纪30年代的印度为背景，讲述了拉吉普尔（Ranchipur）地区由于一场地震造成大坝决堤，从而洪水泛滥、瘟疫成灾，当地人民在与外界几乎隔绝的情况下自救的故事。大坝象征着东方对西方技术的信任，但最终"天真"的印度人却深受其害。布鲁姆菲尔德笔下的印度原始、野蛮，虽然反对英国在印度的殖民统治，但他从未将印度民族主义者视为改变印度民族命运的希望。作者在书中塑造了一位接受西方思想的印度主人公萨夫迪（Safti），他成为拯救印度的希望。《孟买之夜》则以印度孟买为背景，讲述了三个美国人比尔·韦恩奈特（Bill Wainright）、巴克·迈瑞尔（Buck Merrill）以及卡罗尔·哈尔玛（Carol Halma）的故事。

与此前超验主义者的印度书写不同，这一时期曾经游历印度的美国作家都将目光投向了印度的现实，例如印度人、印度风景、印度女性、英国在印度的殖民统治，以及印度民族主义运动等。例如，吐温通过对色彩、风景、习俗等方面的描写，塑造了一个充满异国情调的印度形象。威尔逊、梅奥及布鲁姆菲尔德等通过对印度女性、印度习俗及印度社会现实等主体的书写，刻画了野蛮、落后的印度形象。他们对待印度的心态与同一时期英国作家极具相似性。一战至印度独立前的期间内，"一部分英国作家在开始怀疑大英帝国殖民统治合法性……这一时期，仍有部分英印作家持吉卜林似的亲英心态，支持大英帝国对印度的'文明开化'事业。"[41]与部分英国作家相似，马克·吐温虽质疑西方文明，但他支持英国在印度的殖民统治，凯瑟琳·梅奥对英国的殖民统治则完全持赞成意见。这一时期的玛格丽特·威尔逊和路易斯·布鲁姆菲尔德则反对英国在印度的殖民统治，但他们认为美国传教士或是受过西方教育的印度人才是改变印度的力量。

4. 20世纪下半叶以来美国作家的印度书写

20世纪下半叶以来，一些印度裔美国作家加入了书写印度的阵营。他们

---

41 尹锡南：《英国文学中的印度》，成都：巴蜀书社，2008年，第151页。

和美国本土白人作家一道，在描写印度主题方面先后奉献了自己的作品。这里先看看几位有代表性的美国白人作家的印度书写。

二战后，美国政治稳定、经济迅速发展、科技水平居于世界领先地位，成为名副其实的世界霸主。但物质的富有并未带走战争的创伤、对核弹的恐惧，而是带来了一代青年精神的空虚、对正统文化的反叛。1957 年，杰克·凯鲁亚克（Jack Kerouac）的《在路上》（On the Road）一经出版立即成为畅销书，他与艾伦·金斯伯格、威廉·巴勒斯（William Burroughs）等"垮掉派"作家的作品迅速风行美国。到了 60 年代，"富裕社会中的贫困、种族歧视造成的新型问题、青年学生对现实不满情绪的增长"[42]等因素使得群众运动普遍高涨，黑人民权运动、反战运动、妇女运动以及反正统文化运动相继爆发。其中，反正统文化运动中的青年与垮掉的一代既有所区别，但又有相似之处。例如，他们大都拒绝基督教教义，而对东方的印度教、佛教等展现出极大兴趣。西方信仰及文明危机促使他们将目光又转向了东方。这一时期，除"垮掉派"和反传统文化代表人物艾伦·金斯伯格外，赛珍珠和伊丽莎白·吉尔伯特也创作了不少关于印度的作品。

赛珍珠前半生的绝大部分时间都扎根于中国，但她通过中国也见识了更为广阔的亚洲世界，印度便是其中之一。"我很早就知道了印度，因为我们的家庭医生和他那体格健壮、心地善良的妻子都是印度人……对那些古怪有趣的蛇和在树上跳来荡去的猿猴，我也不再感到陌生了。我还听说了其它一些神，听到了与英语和汉语截然不同的一种语言。我很早就知道了印度的不幸，知道了印度人民的渴望。"[43]1934 年，赛珍珠亲自踏上印度的土地，在加尔各答、新德里、孟买等地游览了一番才返回美国。回国后，她与印度总理尼赫鲁的妹妹潘迪特夫人交情颇深，还积极支持印度民族独立运动，因而成为英印殖民政府的"敌人"。1944 年，赛珍珠担任美国-印度联盟（India League of America）的荣誉主席，为推动两国的人文交流做出了巨大贡献。

在赛珍珠的创作生涯中，她的成长地——中国始终是主角，但她对包括印度在内的亚洲其它国家的书写同样不少。例如，她先后创作了两部以印度

---

42 刘绪贻、杨森茂主编:《美国通史：崛起和扩张的年代，1898-1929》（第六卷·上），北京：人民出版社，2001 年，第 307 页。

43 （美）赛珍珠：《我的中国世界——美国著名女作家赛珍珠自传》，尚营林、张志强等译，长沙：湖南文艺出版社，1991 年，第 4 页。

为主题的小说《来吧，亲爱的》（*Come, my beloved*，1953）和《曼陀罗》
（*Mandala*，1970）。前者讲述了一位美国富翁及其子孙四代与印度的渊源。
19 世纪 90 年代，美国富翁麦卡德（MacArd）在印度游历期间对印度的贫穷
感到震惊，回国后决心修建一座神学院来培养一批最优秀的传教士，并派遣
他们到印度等落后地方"拯救"当地人民。神学院未建成之时，他刚大学毕
业的儿子大卫（David）却决心前往印度传教。大卫前往印度后，利用母亲
留给他的遗产在印度创建了一所基督教大学，致力于培养一流的印度青年知
识分子，从而让他们走上自治的道路。大卫的儿子特德（Ted）在美国完成
学业后，也回到了他童年的成长地——印度，并前往北部的一个小村庄生活
并在此传教。特德的大女儿莉薇（Livy）从小在印度成长并接受教育，并喜
欢上了一位印度医生贾提（Jati），但她的父母却如临大敌，最终将女儿送回
美国。这部小说中，印度仍是"待拯救之地"，而此与前一时期威尔逊及布
鲁姆菲尔德笔下的印度书写有异曲同工之处：野蛮、落后的印度需美国传教
士或接受西方教育的印度人才能改变。

《曼陀罗》中，赛珍珠塑造了一个古老、神秘的印度，成为"西方世界
的精神启迪者形象"[44]。故事的叙述时间设定在 20 世纪 60 年代的印度，主要
人物则是位于拉贾斯坦地区的土邦王公贾噶特（Jagat）一家及一名美国女孩
布鲁克。美国女孩布鲁克因厌倦了美国社会的空虚、无聊而前往印度，"她相
信在古老的国家才能发现现实，因而她来到了古代亚洲的发源地——印
度……她在这里没有家，因而或许她能找到曾经丢失的自我。"[45]虽然布鲁克
最终回到了美国，但印度之行对她而言仍是一场拯救灵魂之旅。在王公城堡
生活的日子以及与贾噶特寻找其子贾伊也是她重拾自我之旅。从《来吧，亲
爱的》中亟待被"拯救"之地，到《曼陀罗》中的灵魂拯救地，赛珍珠笔下的
印度形象几经变化，也暗含了美国文学及文化中印度观的变化。

这一时期，另一位书写印度的重要作家艾伦·金斯伯格也将印度视为"灵
魂的拯救地"。在哥伦比亚大学求学期间，金斯伯格钟情于威廉·布莱克的诗
歌，尤其是其诗歌中的神秘主义思想。上世纪 50 年代初，凯鲁亚克向金斯伯
格介绍佛教中的禅宗思想后，他又被东方宗教中的神秘主义思想所吸引。此

---

44 王春景："爱情传奇背后的东方主义：论赛珍珠的小说〈曼荼罗〉中的殖民话语"，
　　《河北师范大学学报》，2014 年，第 1 期，第 90 至 94 页。
45 Pearl S. Buck, *Mandala*, New York: John Day Company, 1970,p.119.

后，他阅读了不少关于东方的文学及宗教哲学书籍，例如《摩诃婆罗多》、《罗摩衍那》、部分吠陀文献、奥义书、林语堂的《中国印度之智慧》、吉卜林的《基姆》及福斯特的《印度之行》等。作为"瘾君子"，金斯伯格向他人描述自己吸食毒品后的情形："我通常能看见藏传佛教中和薄伽梵歌中的场景……看见作为一种真实体验的神秘原型，所以我在寻找一些方法让它更永久，或抓住它，或在我自己的脑海中看得更清楚。"[46]对神秘主义思想的狂热促使他踏上了前往东方的旅途。1962 年，金斯伯格与加里·斯耐德（Gary Snyder）、彼得·奥洛夫斯基（Peter Orlovsky）等先后前往印度"朝圣"。斯奈德半年后就离开了印度，但金斯伯格直到 1963 年才离开印度、返回美国。

在印度期间，金斯伯格与奥洛夫斯基一起生活在贫民窟。他们与印度的年轻诗人们探讨诗歌，观看恒河边的焚尸场，并一路寻找精神导师。回到美国后，金斯伯格将他在印度的经历记录在《印度日记，1962 年 3 月至 1963 年 5 月》（*Indian Journals, March, 1962--May，1963*）一书中。"事实上，金斯伯格 1961 至 1963 年在印度的两年旅行促使他成为预言家、偶像和反文化先驱，当他将痛苦转化为救赎时，这使一种真正的反文化观点和抗议言论得以发展，因而他也比凯鲁亚克的精神冒险走得更远。"[47]在金斯堡笔下，印度贫穷、肮脏，但却是古老智慧仍在延续和灵魂得以拯救之地。

金斯伯格等垮掉派诗人对东方的狂热之情早已远去，但他们笔下的"灵魂拯救地"的印度形象却依然影响着美国的作家及大众，例如伊丽莎白·吉尔伯特（ElizabethGilbert）便是其中的一位。吉尔伯特 1969 年出生于美国康涅狄克格州。1993 年，她发表了处女作短篇故事《朝圣者》。1997 年，她又将《朝圣者》与其它短篇小说一道出版为短篇小说集《朝圣者》，获得"手推车文学奖"，并入围"笔会奖"决选名单。2002 年，她的非虚构作品《最后的美国人》获"国家图书奖"提名。2006 年，吉尔伯特记录她在意大利、印度和印度尼西亚旅行的《美食、祈祷和爱情》（*Eat, Pray and Love*）出版，并荣登《纽约时报》畅销书单长达 3 年半之久。该书至今已在全球销售 1200 万余册，并被翻译为30 多种语言。2012 年，它还被改编为同名电影《美食、祈祷和爱情》。

46　Suranjan Ganguly, "Allen Ginsberg in India: An Interview", *Ariel: A Review of International English Literature,* 1993, No. 4, Vol. 24, pp.23-24.

47　Raj Chandarlapaty, "Indian Journals and Allen Ginsberg's Revival as Prophet of Social Revolution", *Ariel: a Review of International English Literature*, No. 2, Vol. 41, 2011, pp.113–138.

　　吉尔伯特在书中将意大利和印度尼西亚塑造为美食和爱情的天堂，而印度则是"灵魂的栖息地"。整本书按照不同旅行地被分为三个部分，每部分由36个故事组成，总计108个故事。吉尔伯特坦言："在深奥的东方哲学中，'108'是最幸运的数字。它是'3'的倍数的最完美的三位数，'1''0''8'三个数字加起来正好是'9'，也即3个3。任何研究过'三位一体'或者随便看过一眼酒吧三角凳的人都知道，'3'是最为平衡的数字。"[48]在离印度孟买两小时车程的某静修处，吉尔伯特跟随一位古鲁静修。也正是在印度，吉尔伯特寻找到了重新开始的力量。

　　再看看几位印裔美国作家的印度书写。20世纪下半叶，尤其是60年代美国新的移民法案颁布后，大量亚裔移民涌向美国。因而，包括华裔、印裔、日裔等在内的亚裔文学创作也逐渐发展起来。上世纪80年代以来，以巴拉蒂·穆克吉（Bharati Mukherjee）、裘帕·拉希莉（JhumpaLahiri）等为代表的印裔美国作家屡获国内外奖项，使得印裔美国文学成为亚裔美国文学中不可忽视的一部分。但在对印裔美国文学的研究中，多将其归属于"南亚裔美国文学"或者"印裔流散文学"。前者通常包括巴基斯坦裔、斯里兰卡裔、尼泊尔裔等南亚裔美国作家的文学作品，后者则包括在英国、美国、加拿大等其它国家的具有印度裔血统的作家创作的文学作品，包括V·S·奈保尔（V. S. Naipaul）、塞缪尔·拉什迪（Samuel Rushdie）、巴拉蒂·穆克吉等。但无论是归属于前者或后者，美国的印裔作家都占据着重要地位。因而，将其作为整体的研究对象也十分必要。从广义上讲，印裔美国文学既包括印裔美国作家用英语创作的文学作品，也包括用其它语言创作的文学作品。但狭义上的印裔美国文学仅指具有美国国籍、印度裔血统的作家用英语书写的文学作品，这也是本部分所涉及的研究对象。"从题材和主题上讲，美国印裔作家的创作大致可以归为三类:身份探寻、故国轶事、东西文化的冲突与交融。"[49]

　　其中，对故国即印度的书写是印裔美国作家创作的一个重要主题。对一代或二代印裔美国作家而言，"印度"既是自己或父辈曾经的故土，也是想象中的家园。在他们笔下，他们要么排斥印度文化，要么在印度文化中寻求认同感。例如，在巴拉蒂·穆克吉的创作中，不管是自传《加尔各答的日日夜

48 Elizabeth Gilbert, *Eat, Pray, Love: One Woman's Search for Everything across Italy, India and Indonesia*, New York: Penguin Books, 2006, p.1.
49 张龙海等：《美国亚裔文学研究》，厦门：厦门大学出版社，2018年，第176页。

夜》（*Days and Nights in Calcutta*）中的穆克吉自己，还是《老虎的女儿》（*Tiger's Daughter*）中的塔拉，又或者是《詹思敏》（*Jasmine*）中的詹思敏，印度是去不掉的烙印，但也是她们极力欲挣脱的印记。对于印度学者对她印度题材小说的批评，"穆克吉认为自己是美国作家，是向美国读者艺术性地介绍印度。"[50]在阿米塔夫·高什（Amitav Ghosh）的"朱鹭三部曲"（*The Ibis Trilogy*）等作品中，印度在历史的长河中始终展现其重要的民族气质。在二代印裔裘帕·拉希莉的笔下，《疾病解说者》（*The Interpreter of Maladies*）中的森太太及《同名人》（*The Namesake*）中的果戈里等一代或二代印裔努力融入美国社会时，也在极力寻求守住印度文化，但印度又总是回不去的家园。在基兰·德赛（Kiran Desi）的笔下，《失落的继承者》（*The Inheritance of Loss*）中的印度虽然贫穷、落后，但它对异乡漂泊者而言却永远无法割舍。

从 18 世纪末至今，美国文学中白人作家笔下的印度形象几乎一直在"野蛮"与"精神王国"之间游移，而印裔美国作家笔下的印度则是他们或欲逃脱或怀念不已的想象家园。其中，18 世纪末期的美国商人通过日志及商品等塑造了具有异域风情的印度形象。但随后美国传教士却塑造了迷信、野蛮、血腥的"异教徒"印度形象，成为美国印度负面形象的最早直接来源，也成为这一时期美国民众想象印度的主导形象。19 世纪下半叶，对爱默生、梭罗及惠特曼等为代表的超验主义者而言，印度是远离现实的"精神王国"。他们从印度宗教哲学中汲取"养分"，滋养美国的民族精神成长。19 世纪末期至 20 世纪上半叶，马克·吐温、凯瑟琳·梅奥、玛格丽特·威尔逊及路易斯·布鲁姆菲尔德等作家则亲自前往印度，近距离观察他们想象中的印度，印度在他们的书写中呈现出各不相同的形象。20 世纪下半叶至今的美国作家则又从某方面继承了超验主义者刻画的印度形象，尤其是金斯伯格等"垮掉派"作家更将印度奉为灵魂的救赎地。而印裔美国作家则成为这一时期美国文学中关于印度书写的最主要创作力量。对有的作家而言，印度是他们极力逃脱的家，对大部分作家而言，印度是他们怀念但又永远回不去的故土。

上边已经对美国文学的印度题材书写作了挂一漏万的介绍。接下来以马克·吐温和凯瑟琳·梅奥为例，对美国作家的印度书写进行个案分析，以更加深入、清晰地洞察美国作家笔下所呈现的跨异质文明的东方形象。

---

50 尹锡南：《"在印度之外"——印度海外作家研究》，成都：巴蜀书社，2012 年，第 273 页。

第二节　马克·吐温的印度书写

马克·吐温原名塞缪尔·克莱门斯（Samuel Clemens），被威廉姆·福克纳尊为"美国文学之父"，也被与他同时代的另一位"美国文坛泰斗"威廉姆·豪威尔斯（William Howells）称为"美国文学界的林肯（Lincoln of our literature）。"[51]吐温于1835年出生于密苏里州佛罗里达镇的一个小村庄，成长于密西西比河畔的汉尼拔小镇，童年的生活与记忆成为他日后创作的源泉。父亲的去世使得他最终放弃学业，先后当过印刷所学徒、排字工人、水手、矿工等。期间也曾断断续续从事写作，但并未取得成功。直至1865年短篇小说《吉姆·斯麦利和他的跳蛙》（*Jim Smiley and His Jumping Frog*）发表后，马克·吐温才名声大噪。随后的数十年间，他笔耕不辍，创作了大量脍炙人口的作品，包括《汤姆·索耶历险记》、《哈克贝利·费恩历险记》、《王子与贫儿》、《傻瓜威尔逊》及《亚瑟王朝廷上的康涅狄格州美国人》等。

吐温于1895年开启了他的环球之旅，并于1896年1月至3月在印度旅行。在他最后一部游记《赤道环游记》中，吐温塑造了19世纪末期部分西方人眼中的印度形象。"旅行的经验模式建立在'家'与'陌生的土地'之间强烈的二元对比与对立结构上。"[52]在西方经验及立场上，吐温笔下的印度充满异国情调。在对异域人群、风俗、文化进行再现时，作家也完成了对西方自我形象的建构，即西方并非如它所自称的"善良、文明"。而此既与西方对东方尤其是印度的社会集体想象相关，也与吐温个人经历有着密切的联系。

1. 马克·吐温与印度的文化因缘

美国内战结束后，尽管爱默生仍活跃在美国文坛，但由他倡导的新英格兰超验主义运动已日渐式微。19世纪下半叶，超验主义者们构建的印度"精神乌托邦"形象渐渐倒塌，取而代之的是更多印度学家、作家、传教士等对印度的"全方位"书写。"首先是美国学者对比较宗教学的兴趣，其次是持续

---

51 Louis J. Budd, ed., *Mark Twain: The Contemporary Reviews*, Cambridge: Cambridge University Press, 1999, p. 354.

52 周宁：《天朝遥远：西方的中国形象研究》（下卷），北京：北京大学出版社，2006年，第707页。

对梵语及其相关印度学的研究，再次是美国对在印度传教士工作的更大参与，最后是撰写印度游记的风尚。"[53]19 世纪下半叶的美国作家、旅行者们对探索世界有着超乎寻常的热情，其中既有他们对洛基山脉以西地区的探索，也有跨越大西洋对"旧大陆"的造访，更有对中国、日本、印度等"东方世界"的探索。因而，这一时期出现了大量的游记作品。有关印度的游记大部分都是美国在印传教士所撰写，但其中也不乏著名作家，例如，马克·吐温（Mark Twain）即为其中之一。

在 19 世纪的读者眼中，"马克·吐温首先是一位游记作家而非小说家。"[54]1867 年 6 月，在《上加利福利亚日报》报社的资助下，马克·吐温与他的美国旅伴乘坐"教友城号"轮船开启了"漫游欧洲和圣地"之旅。旅行团从纽约出发，横渡大西洋，途经地中海沿岸的欧洲各国著名景点，经爱琴海渡过达达尼尔海峡，到达土耳其的君士坦丁堡（今伊斯坦布尔），再由此出发前往大马士革、耶路撒冷、迦百农等东方圣地。旅途中，马克·吐温向《上加利福利亚日报》、《纽约论坛报》及《纽约先驱报》等报社发回数十篇通讯。1869 年，马克·吐温将这些报道整理后出版了《傻子出国记》（*The Innocents Abroad*）。这部当年即售出 7 万册的游记是吐温生前最畅销的书籍，也是 19 世纪最流行的游记作品，并成为"他真正迈进美国文学界的入场券。"[55]此后，马克·吐温又创作了四部游记：讲述西部探险故事的《苦行记》（*Roughing it*），讲述徒步游历欧洲的《海外浪游记》（*A Tramp Abroad*），重游美国大河的《密西西比河上的生活》（*Life on Mississippi*）以及讲述其环球旅行经历的《赤道环游记》。因而，游记作品成为了解马克·吐温及其所处时代的重要切入点。

其中，《赤道环游记》是吐温最后一部游记作品。19 世纪 90 年代初，吐温因公司管理不善、美国股市震荡等多方面因素导致投资失败，从而负债八万美金。在妻子奥利维亚的支持下，花甲之年的马克·吐温决定重回讲坛，于 1895 年 7 月开启了他的全球演讲旅行。马克·吐温先在国内的 23 个城市

---

53 John T. Reid, *Indian Influences in American Literature and Thought*, New Delhi: Bhatkal Books International, 1965, P.65.

54 Jeffrey Alan Melton, *Mark Twain, Travel Books and Tourism: TheTide of a Great Popular Movement*, Tuscaloosa: The University of Alabama Press, 2002, p.1.

55 李璐："马克·吐温游记中的异国凝视"，《外语研究》，2019 年，第 11 期，第 107 至 111 页。

举行了演讲，而后经夏威夷群岛沿途抵达斐济、澳大利亚、新西兰、印度、南非等地观光、演讲。1896 年 7 月 15 日，马克·吐温及其妻女三人乘船离开开普敦，前往英国，完成了他的环球之旅。就在马克·吐温期待长女苏西和小女吉恩前往英国与他们团聚时，却在 8 月收到长女苏西病逝的电报。奥利维亚和次女克莱拉立即启程返回美国，而马克·吐温则留在英国创作他的环球游记。生意破产、痛失爱女的双重打击，致使吐温的最后一部游记不同于此前游记的风格，有评论者认为其"严肃与幽默并行"。[56]

在吐温的环球之旅中，他在印度停留的时间并非最久，但他关于印度的书写却占据了该游记大约三分之一的内容。1896 年 1 月至 3 月，马克·吐温先后到访了孟买、浦那、巴罗达、安拉阿巴德、贝纳勒斯（今瓦拉纳西）、加尔各答、大吉岭、木札法普尔、拉克瑙、坎普尔、阿格拉、斋普尔、德里、拉合尔、拉瓦尔品第等 15 个城市，举行了 18 场巡回演讲。3 月 26 日，马克·吐温一家三口自加尔各答乘船前往斯里兰卡，中途停靠马德拉斯，休整一天后继续前往科伦坡、开普敦。此次漫长的环球之旅，对吐温而言并不轻松。尤其是到印度后，旅途的劳累，加之天气炎热，吐温不得不卧床休息了近三周，但印度还是给他留下了极为深刻的印象。吐温在自传中坦言："那是我唯一整日幻想、渴望重逢的异国。"[57]

对于印度的整体印象，吐温如是描述："据我判断，无论是人或是造物主，都已经做得很周到，总算是使印度成为太阳所照耀到的一个最不平凡的国家了。似乎是什么事情也没有遗漏，什么事情也没有忽略……也许还不如把所有的标签都扔掉，只给他取一个包罗万象的概括的名称，把它叫做千奇百异的国度，那大概是最简单的办法吧。"[58]"千奇百异"或许是吐温对印度印象概括最为准确的一个词。总之，印度在吐温笔下呈现出浪漫、神秘、古老的异国情调。

---

56 Louis J. Budd, ed., *Mark Twain: The Contemporary Reviews*, Cambridge: Cambridge University Press, 1999, p.463.

57 Benjamin Griffin and Harriet Elinor Smith, eds., *Autobiography of Mark Twain*, Volume 2, Berkeley and Los Angeles: University of California Press, 2013, p.177.

58 （美）马克·吐温：《赤道环游记》，张友松译，南昌：百花洲文艺出版社，1993 年，第 430 页。

2.“一千零一夜的世界”：异国情调的印度

事实上，在马克·吐温踏上印度的土地前，他已对印度有所了解。在他的西部探险日志《苦行记》中，吐温如是描述管理驿站的段长：“他是他的‘段’里非常、非常伟大的人物——有几分印度苏丹莫卧儿大帝的气派。只要他在场，人们的一言一行都得谦恭有礼，只要他一瞪眼，连那气壮如牛的车夫都会化成铜钱那么大一点儿。”[59]面对“专制”的段长，吐温所能想象到的恐怕就是印度莫卧儿大帝了。而在印度呆过 7 年的鲁德亚德·吉卜林（Rudyard Kipling）的对吐温的拜访更激起了他对印度的兴趣。1889 年，二十四岁的吉卜林前往纽约艾尔迈拉拜访吐温。他们畅谈了两小时。此后，吐温评价吉卜林时说：“他懂得一切懂的事情，其余便是我所懂的了。”[60]吉卜林离开后，当吐温的长女苏西得知吉卜林来自印度，瞬间激发了她对印度的想象。吐温写道：“对她而言，印度无疑是充满幻想之地，是仙境，是梦幻之地，也是会出现华丽奇迹的《一千零一夜》中诗歌与月光的国度。”[61]当马克·吐温亲自踏上印度的土地时，首先呈现在他面前的依然是如他们父女所想象的印度：“这是个迷人的地方，是个令人神魂颠倒的地方，是个具有魔力的地方——这是‘一千零一夜’的世界。”[62]在吐温看来，印度古老、神秘、浪漫，随时都会产生奇迹。这种异国情调就在印度的奇装异服、自然风光、奇风异俗及古老文明中蔓延开来。

吐温到达印度后，首先被印度大街上各色艳丽的服装吸引。“在露天的大市场里，无数的本地土人万头攒动、拥挤不堪，一片一片鲜艳的头巾和服饰好像海洋一般，形成一种令人神往的奇观，稀奇而华丽的印度建筑与这些服装配合得正好。”[63]吐温所到之处都是令他着迷的色彩。在一位印度王公的府邸中：所有的来宾形成道美丽的风景线，宾客的服装华丽异常、五彩缤纷，

---

59 （美）马克·吐温，《苦行记》，刘文哲、张明林译，桂林：漓江出版社，2013 年，第 28 页。

60 Benjamin Griffin and Harriet Elinor Smith, eds., *Autobiography of Mark Twain*, Volume 2, Berkeley and Los Angeles: University of California Press, 2013, p.176.

61 Benjamin Griffin and Harriet Elinor Smith, eds., *Autobiography of Mark Twain*, Volume 2, Berkeley and Los Angeles: University of California Press, 2013, p.177.

62 （美）马克·吐温：《赤道环游记》，张友松译，南昌：百花洲文艺出版社，1993 年，第 268 页。

63 （美）马克·吐温：《赤道环游记》，张友松译，南昌：百花洲文艺出版社，1993 年，第 266 页。

像是焰火展览会一般。"客人缠的头巾五光十色，花样繁多，真是令人惊叹。"[64]在火车站，那些满身珠宝的土著在万头攒动、熙熙攘攘、吵吵闹闹和形形色色的服装闪来闪去。在斋普尔的街头，吐温感叹印度人的服装"仿佛都是从彩虹上偷来的。"[65]节日的盛会，异域服装颜色所带来的刺激感则更加强烈。"……满街都是服装艳丽的人群——大家并不是静立着，而是在移动、晃荡、漂流、回旋，各种颜色争奇斗艳，有深有浅，有的鲜美可爱、有的雅淡柔和、有的艳丽惊人、有的光辉灿烂，仿佛是一阵狂风吹起了一大片豌豆花似的，简直令人眼花缭乱。"[66]甚至在庆祝维多利亚女王在位六十周年的文章中，吐温再次赞叹了印度人的肤色和色彩亮丽的服饰。"接着，印度百种不同肤色的民族出场了，这是上帝赐予人类所有肤色中最美、最讨人欢喜的肤色，它衬得起所有色彩的服装，与各种色调搭配最和谐。"[67]印度各色艳丽的服装充满了东方异域风情。

在这个如"一千零一夜"般随时都会出现奇迹的国度，吐温童年时期阅读的东方故事中的场景都梦幻般出现在他眼前，比如那粗野的豪华派头、派头很大且响亮的头衔。吐温一行前去拜访孟买的一位王公，只见他"带着他的随从，象戏剧中的场面似的，派头十足的进来了。他是个魁梧的人物，一身装扮美到极点，还挂着一串一串悦目的珠宝彩饰；这些成串的彩饰有些是珍珠的。有些是没有琢磨过的大块翡翠的——这种翡翠的价值和质量都是有名的。那是些大得惊人、令人炫目的宝石。"[68]威风凛凛的王爷，以及浑身挂满宝石、翡翠、珍珠的装饰，这些正是吐温"五百年来渴望前往的金色东方"[69]。甚至连阿拉丁神灯的景象也出现在他眼前：屋里处处都是光辉的灿烂——有火焰、有华丽的服装、有鲜艳的色彩、有各种的装饰、有晃

64　（美）马克·吐温：《赤道环游记》，张友松译，南昌：百花洲文艺出版社，1993年，第294页。

65　（美）马克·吐温：《赤道环游记》，张友松译，南昌：百花洲文艺出版社，1993年，第468页。

66　（美）马克·吐温：《赤道环游记》，张友松译，南昌：百花洲文艺出版社，1993年，第469页。

67　（美）马克·吐温：《马克·吐温文论集》（上）（1868-1898），叶冬心、李际等译，石家庄：河北教育出版社，2002年，第352页。

68　（美）马克·吐温：《赤道环游记》，张友松译，南昌：百花洲文艺出版社，1993年，第296页。

69　Gary Scharnhorst, ed., *Mark Twain: The Complete Interviews*, Tuscaloosa: The University of Alabama Press, 2006, p.271.

亮的镜子。[70]在吐温看来，印度的魅力以一种梦幻、富足的形式表现出来。

神秘是吐温笔下印度的另一特色，尤其是印度宗教中的神秘信仰，例如"暗杀帮"（Thugs）和种姓制度等。吐温童年居住在密西西比河流域时，就已听闻"暗杀帮"的传说和流言。虽然吐温并未在印度亲眼见过"暗杀帮"，但通过阅读英国斯里曼少校的记载，他在书中绘声绘色地描述了"暗杀帮"的故事，仿佛亲眼见过"暗杀帮"的行动。"'暗杀帮'信奉巴瓦尼（Bhavani）女神；凡是落到他们手里的人，他们就把他献给这个神；但是死者的财物却归他们自己留下来，因为神是只要尸首、不爱财物的。"[71]暗杀帮帮众不分宗教信仰、不分种姓差异，相互团结。因而，"暗杀帮"中的伊斯兰教徒和印度教徒、高种姓和低种姓都是忠实而亲爱的弟兄。他们相互配合，最终一起将暗杀目标除掉。在吐温看来，暗杀帮的帮众们那种魔鬼般的团结互助是神秘中的神秘。在吐温眼中，印度的种姓制度也充满神秘。例如，高种姓因担心被污染，所以绝不从其他人的水杯中饮水。但他们却会在浑浊的恒河中沐浴并饮用，哪怕离他们不远处就漂浮着尸体。在吐温笔下，印度被赋予了神秘的色彩，关于印度甚至东方的套话继续生成。

在吐温看来，印度令人神往、永不褪色的魅力还在其古老、辉煌的历史。吐温称印度是"人类的摇篮，人类语言的发源地，是历史的母亲，传说的祖母，传统的曾祖母……"[72]宗教圣城贝纳勒斯则"比历史还古老，比传教还古老，甚至比传说还古老，看样子比这三者合并起来还要古老一倍。"[73]印度曾经拥有辉煌的历史。例如，"它首先积聚了一批物质财富；它有许多深奥的思想家和非凡的奇才；还有矿山、森林和富饶的土地"[74]古老的印度文明在作者笔下展现出独特的异国情调。

从西孟加拉的大吉岭前往西里古里的旅程中，沿途充满异国风情的动植

---

70 （美）马克·吐温：《赤道环游记》，张友松译，南昌：百花洲文艺出版社，1993年，第300页。

71 （美）马克·吐温：《赤道环游记》，张友松译，南昌：百花洲文艺出版社，1993年，第333页。

72 （美）马克·吐温：《赤道环游记》，张友松译，南昌：百花洲文艺出版社，1993年，第268页。

73 （美）马克·吐温：《赤道环游记》，张友松译，南昌：百花洲文艺出版社，1993年，第378页。

74 （美）马克·吐温：《赤道环游记》，张友松译，南昌：百花洲文艺出版社，1993年，第312页。

物令马克吐温兴奋不已。"至于那里的植物，那简直是一个博物馆。我们所见过或是听到过的各种珍奇的大小树木，这个丛林里似乎都有标本。我想全世界各地视为珍贵的各种大小树木和藤蔓，一定都是由这个博物馆供给的。"[75]由于该段铁路由海拔 100 米逐渐上升至 2200 米，巨大的气候差异造就了沿途动植物的多样性。除各种植物外，大象、豹子、老虎、蟒蛇等猛兽更是多得出奇。在他们的旅途中，豹子和大象在火车前穿行。在此期间，他还被一条毒蛇咬伤，幸运的是，他并未中毒。吐温描述的这段旅程不由让人联想到吉卜林《丛林法则》（*The Jungle Rules*）中的印度丛林。吉卜林笔下的丛林暗指"无序混乱、野蛮落后的印度"[76]，但他笔下的主人公毛格利对丛林的态度却与吐温颇为相似。毛格利被迫生活在有众多猛兽出没的丛林中，但当他逐渐适应后，却又不舍得离开丛林。吐温的"丛林"之行也正好相似，它既四处充满危险，但又让人无法抵挡其魅力。

在马克·吐温看来，浪漫、梦幻、神秘、古老等都是印度的"标签"，但它们又并非全然能包含印度的特征。吐温也将贫穷、饥荒的"标签"贴给了印度。但吐温最终塑造出的形象仍为一个"一千零一夜"般、亦真亦幻、充满异国情调的东方国度。

3. "并不文明"：西方形象的自塑

"文明"的概念诞生于 18 世纪下半叶的法国，与之相对的"野蛮"观念也应运而生。这种文明概念寓于西方现代性之中，因而，"现代欧洲认为自己不仅是几种文明中的一种；它认为自己是（独一无二或至少特别地）'文明开化的'。"[77]当西方将自身文化视为唯一的"文明"时，西方之外的文化则被视为野蛮。资本的扩张、经济的发展更强化了西方对自身文化的认同。在殖民主义扩张的过程中，他们将自己想象为拯救者，意欲用西方的"文明"驱赶非西方之地的"野蛮"。但 19 世纪末的马克·吐温却在他的环球之旅中对西方的"文明观"提出了质疑："世界上有许多幽默的事情，其中之一就是白种人的一种想法：他们认为自己不像其它野蛮人那么野蛮。"

75 （美）马克·吐温：《赤道环游记》，张友松译，南昌：百花洲文艺出版社，1993年，第 420 页。

76 尹锡南：《英国文学中的印度》，成都：巴蜀书社，2008 年，第 45 页。

77 （美）伊曼纽尔·沃勒斯坦：《所知世界的终结：二十一世纪的社会科学》，冯炳昆译，北京：社会科学文献出版社，2003 年，第 188 页。

[78]在吐温笔下，西方人粗鲁、毫无礼貌可言，基督教徒们将福音传播至"野蛮之地"，而自己对待女性、老人却冷漠、残酷，就连西方人的服装、肤色在印度人的衬托下也显得病态。

旅行者在异国旅行时，正是在对他者的审视中呈现出对自我的审视，从而在两者间进行比较。在印度期间，当吐温近距离观察到了印度人的问早礼节："儿子为了敬礼，用一种尖端涂着朱红色软膏的小银器恭恭敬敬地碰一碰父亲的额部，在那里印上一个红点，父亲就给儿子祝福，作为答礼。"[79]吐温不由感叹道，对文雅、注重礼节的东方人而言，仅仅互道早安的西方人显得实在太过粗野和鲁莽。

在"无声塔"的参观强化了吐温对"野蛮"欧洲人的认识。"无声塔"是拜火教徒存放逝者遗骸之处。除了专为照料死者而委派的人以外，任何人都不得进入"无声塔"。究其原因，一则受宗教洁净观念的影响，二则可能考虑尸骸具有传播病菌的潜在风险。但"有一个欧洲人跟在抬尸体的人的后面，闯进了塔里，把这个地方禁止外人看的秘密匆匆看了一眼，满足了他那粗野的好奇心……这个肮脏的野人的名字不得而知；他的身分也被人隐瞒了……这就使人揣测他是个重要的欧洲人。"[80]对于其它文化中的习俗、礼仪和传统，一向自称"文明"的西方人却并未尊重，反而擅自闯入"禁区"。在吐温看来，这是十足的野蛮人行为。

在吐温笔下，欧洲人的野蛮在泰姬陵则展露无遗。一位曾在印度担任少校的英国军官写道："有时候欧洲籍的高贵男女在这座皇陵举行跳舞和聚餐会，我在这里要向他们提出一点小小的抗议：饮酒和跳舞在那个季节当然都是好事情，但是在一个陵墓里举行，却未免太不得体了。"[81]吐温极为赞同这位少校的观点，他将泰姬陵在印度穆斯林心中的位置比作美国人的味嫩山（即Mount Vernon，又译作弗农山庄）、英国人的伦敦大教堂。其中，弗农山庄是

78 （美）马克·吐温：《赤道环游记》，张友松译，南昌：百花洲文艺出版社，1993年，第153页。

79 （美）马克·吐温：《赤道环游记》，张友松译，南昌：百花洲文艺出版社，1993年，第287页。

80 （美）马克·吐温：《赤道环游记》，张友松译，南昌：百花洲文艺出版社，1993年，第289页。

81 （美）马克·吐温：《赤道环游记》，张友松译，南昌：百花洲文艺出版社，1993年，第407页。

美国首任总统乔治·华盛顿的故居和陵寝所在地。伦敦大教堂也即威斯敏斯特教堂，内有包括亨利三世、乔治二世等英国国王及其诸多英国伟大人物的墓地。因而，吐温对欧洲人在泰姬陵举行舞会和聚餐极为不屑。"我们对于自己所奉为神明的东西以外的一切信仰和一切信仰的对象，都是看不起的。然而别人鄙视和亵渎我们所奉为神圣的东西时，我们却又大为惊骇，这未免太自相矛盾了。"[82]在吐温看来，欧洲人或西方人之所以认为自己"文明"，全以其自身为中心、为标尺。

在西方"文明"的话语中，基督教也往往被视为"文明"的化身。西方传教士被不停派往"野蛮之地"，以传播基督教文明。但在马克·吐温看来，西方基督教徒的行为并非如其自塑的文明、善良形象。当他在欧洲旅游时，发现"虔诚"的天主教徒们对待老人、女性的态度并不友好。在慕尼黑，"我在田地里常常看见一个女人和一头牛一同套在耕犁上，一个男人在后面赶着。"在法国乡村，"一切天气对于妇女都是一样的。对于她们和其他动物，生活是严酷的；他们所受的奴役并不因任何事故而间断。"[83]妇女、老人负责干活儿，而男性则抽着烟斗监督着她们工作。即使四处都树立着圣母像，人人手中有一份宗教小报，但依然不能掩盖他们的"邪恶"。马克吐温不由讽刺道："二百年来，法国一直在派传教士到别的野蛮地带去。自己虽然那么穷，却要把自己的一点点东西分送给别的穷苦的人，这真是了不起的慷慨呢。"[84]在吐温看来，基督教信仰并不比其它宗教信仰更"文明"。

至于西方的文明史，吐温写道："在我们脱离蒙昧状态的时候，他们早已有文明了。"[85]"我们"是西方人，而"他们"指包括印度在内的其它国家。在吐温看来，欧洲或西方文明仅代表近代先进的工业文明，而包括印度在内的东方不仅有自己的文明，而且历史更为悠久。文明之间应相互尊重，而非一味强行地将自己的文明观施加于其它地区的人们，因为"他自己文明的世

82　（美）马克·吐温：《赤道环游记》，张友松译，南昌：百花洲文艺出版社，1993年，第406页。

83　（美）马克·吐温：《赤道环游记》，张友松译，南昌：百花洲文艺出版社，1993年，第418页。

84　（美）马克·吐温：《赤道环游记》，张友松译，南昌：百花洲文艺出版社，1993年，第419页。

85　（美）马克·吐温：《赤道环游记》，张友松译，南昌：百花洲文艺出版社，1993年，第393页。

界在野蛮人看来，也是个地狱——但是他却没头脑，而且向来就是没有头脑的；他由于没有头脑，所以就把那些可怜的土人囚禁在他的文明世界所造成的那个想象不到的地狱里。"[86]吐温在澳洲看到土人后如此认为。

吐温笔下，在印度人艳丽的服装、深色皮肤的映衬下，甚至连白种人的肤色、服装显现出其丑陋不堪、病态的一面。基督教徒穿戴的衣服、帽子"吓死人、糟糕透顶"，[87]而西服"丑得无法形容！又丑、又野蛮，毫无美感，毫无雅致的意味，简直像寿衣那么可憎。"[88]印度人的皮肤色彩也更为出众，它们"牢实、光滑、纯净无疵，使人看了感到愉快而安适，不怕别的颜色对比，与一切颜色都能调和，而且还给别的颜色增加美感。"[89]相形之下，白种人的肤色则"毫无血色，象漂白了似的，不像健康的气色，有时候分明是一副可怕的鬼相……毫无光彩、毫无生气"。[90]

但吐温对西方并非持完全批判的态度，他在游记中对英国士兵在英印战役中的表现大加赞赏，尤其是普拉西战役以及 1857 年的印度民族大起义。其中，普拉西战役发生在孟加拉的普拉西。据英国史料记载，1756 年，孟加拉土邦的王爷带兵围攻了英国人设在加尔各答的威廉堡据点，抓捕了一百多名英国俘虏，并将他们关在仅有 20 多平米的土牢中，最后由于牢房中缺少足够的空气和水而造成绝大部分俘虏的死亡。因而，又被英国人称为"黑地牢事件"。吐温认为，正是黑地牢的惨剧导致"军事奇才"克莱武从马德拉斯向孟加拉进军，他的三千士兵完败孟加拉土邦的七万兵力。林承节先生指出："英国人吹嘘自己的胜利，但也不得不承认，这个胜利不是来自战场，而是来自密室，来自卑鄙手段。"[91]吐温却认为普拉西战役是"全世界最出色的一个战役，英国在印度的殖民统治就是靠这个胜仗奠定了深

86 （美）马克·吐温：《赤道环游记》，张友松译，南昌：百花洲文艺出版社，1993年，第 199 页。

87 （美）马克·吐温：《赤道环游记》，张友松译，南昌：百花洲文艺出版社，1993年，第 294 页。

88 （美）马克·吐温：《赤道环游记》，张友松译，南昌：百花洲文艺出版社，1993年，第 264 页。

89 （美）马克·吐温：《赤道环游记》，张友松译，南昌：百花洲文艺出版社，1993年，第 296 页。

90 （美）马克·吐温：《赤道环游记》，张友松译，南昌：百花洲文艺出版社，1993年，第 294-295 页。

91 林承节：《印度史》，北京：人民出版社，2004 年，第 213 页。

远而巩固的基础"[92]

普拉西战役后的一百多年，为反抗英国殖民统治和争取民族独立，印度又于 1857 年爆发了民族大起义。但最终印度各部分起义力量被英军击溃，印度也由此沦为英国的殖民地，直接受英国女王管辖。英国将此起义称为"印度兵变"或"印度土兵叛乱"。但马克思却写道："这些事实甚至能使约翰牛也相信，他认为是军事叛乱的运动，实际上是民族起义。"[93]吐温对此并不认同，他也将这次民族大起义称为"兵变"。对于英军的胜利，吐温写道："英国的军事史是古老而伟大的，但是我以为应该承认，击溃大起义是其中最伟大的一章。"[94]吐温赞赏英国人的"坚韧"、"勇敢"和"忠诚"。在吐温看来，英印间的这两场战役值得称赞和颂扬，他对英国殖民印度也极为支持。由此看来，吐温虽然批判和质疑了西方的"文明"，但对英国在印殖民统治却是赞成派的一员。

4. 马克·吐温印度书写的心理动因

比较文学形象学研究者认为："文学形象学所研究的一切形象，都是三重意义上的某个形象：它是异国的形象，是出自一个民族（社会、文化）的形象，最后，是由一个作家特殊感受所创作出的形象。"[95]也即，异国形象的来源既受社会集体想象制约，也受作者个人经历及感受所影响。游记的创作更是如此。游记作者往往扮演了双重角色：他们既是社会集体想象物的建构者和鼓吹者、始作俑者，又在一定程度上受到了集体想象的制约，因而他们笔下的异国形象也就成为了集体想象的投射物。[96]

事实上，吐温的《赤道环游记》之前，美国文学或文化中的印度形象要么是传教士笔下的"黑暗印度"，要么是新英格兰超验主义者笔下的"智慧王国"，但基本都未跳出宗教（哲学）之外的"观察模式"。而吐温则首先将

---

92 （美）马克·吐温：《赤道环游记》，张友松译，南昌：百花洲文艺出版社，1993年，第 411 页。

93 （德）马克思、恩格斯：《马克思恩格斯全集》，中共中央编译局编译，北京：人民出版社，1962 年，第 271 页。

94 （美）马克·吐温：《赤道环游记》，张友松译，南昌：百花洲文艺出版社，1993年，第 436 页。

95 （法）让-马克·莫哈："试论文学形象学的研究史及方法论"，孟华主编：《比较文学形象学》，北京：北京大学出版社，2001 年，第 25 页。

96 孟华主编：《比较文学形象学》，北京：北京大学出版社，2001 年，第 16 页。

目光投向了包括宗教生活在内的印度日常生活，例如，他们的服装、礼仪以及周围的动植物等，并将其浪漫化，塑造了一个如"一千零一夜"般、充满异国情调的印度形象。但吐温笔下的梦幻印度形象也是西方社会集体想象物的呈现。首先，19 世纪中叶及下半叶印度在美国的形象多以"精神乌托邦"呈现。虽然吐温笔下的印度并非"精神乌托邦"，但他塑造的古老、神秘、浪漫的印度形象也仍然是某种程度的梦幻"乌托邦"。其次，吐温笔下的印度形象或直接或间接受欧洲旅行家、印度学家等人士的影响。自地理大发现后，诸多欧洲旅行者、商人、传教士等前往印度，而此逐渐激发了欧洲学者对印度文学、艺术、宗教等方面的关注。18 世纪 70 年代，德国哲学家赫尔德（Johann Gottfried Herder）在其《论语言的起源》（"Abhandlungiiber den Ursprung der Sprach"）一文中指出人类语言的起源在亚洲。此后，他又进一步撰文指出恒河一带是人类智慧开始闪烁的原始花园。[97]人类的语言、人种和文明起源于恒河一带的观点在欧美知识界也得到了众多支持，吐温无疑便是其中一位。

德国汉学家顾彬（Wolfgang Kubin）指出，西方一直关注异国有两个原因，一是寻找与自己社会不同的异域，二是寻找原始社会并通过它来批评自己的社会和文化。[98]而此也正是吐温关注异国的原因。一是在他的环球之旅中确实发现了与西方不同的社会，例如澳大利亚和新西兰的原始土著部落，古老而神秘的印度。但更重要的是，作者通过发现更为古老、原始的社会批判、反思包括美国文化在内的西方文化。例如，当吐温亲眼见证白人对待当地土著的残忍、暴虐，所谓的西方文明在他眼中成了"最大的幽默"，甚至成为西方野蛮的注脚。

旅行者在异国旅行时，对他者的审视也呈现出对自我的审视，从而在两者间进行比较。但"完全不同的文化相互遭遇、交锋以及纠缠的社会空间，它通常表现为极不对称的支配与从属关系。"[99]在西方文化与非西方文化遭遇的"接触地带"，西方文化处于明显的支配地位，但吐温却试图调节这场"审视"中"支配者"和"从属者"、"注视者"和"被注视者"之间的关系。

例如，当吐温在孟买的旅馆中目击一位德国人殴打一位印度仆人时，他

---

97 A. Leslie Willson, "Herder and India: The Genesis of a Mythical Image", *Publications of the Modern Language Association of America*, 1955, No. 5, Vol. 70, pp. 1049-1058.
98 （德）顾彬：《关于"异"的研究》，北京：北京大学出版社，1997 年，第 2 页。
99 Mary Louise Pratt, *Imperial Eyes*. New York: Routledge, 1992, p.4.

的记忆立马回到他的故乡——密苏里州。"真是奇怪——思想消灭空间距离的力量太大了。只不过一秒钟的功夫，我忽然回想起当初在地球的另一面一个密苏里的村镇上发生的事情，活生生地看见五十年前那些遗忘了的情景，而且除了那些事情而外，对其他一切都毫无知觉了；一秒钟之后，我又回到了孟买，那个跪在地下的土人刚才挨了一耳光，脸上还在刺痛哩！"[100] 在此，吐温由印度仆人的遭遇联想到了他的童年记忆。吐温的故乡密苏里州于 1820 年成为蓄奴州，但直到 1865 年内战结束后蓄奴制才得以结束。儿时的吐温家中即蓄养着不少奴隶，他与黑奴的子女一起玩耍、成长，听黑人大叔讲故事。但黑奴地位的低下也在吐温的脑海中留下了深刻的印象，尤其是奴隶无端遭受斥责、打骂的情景，使得他看到印度土人遭受白人打骂时，立即联想到了美国的黑奴制。在他看来，白人的淫威与土人的柔顺忍耐、奴隶主的残忍与黑奴的忍气吞声，他们之间的阶级、种族的差异何其相似。内战结束后，奴隶制在美国被取缔，但地球另一边的土著人却仍在遭受白人的压迫。

帝国在殖民地的活动成为吐温环球游记中不可避免的存在。正如有学者所言："《赤道环游记》中的叙述更像是一个分水岭，它标志着 19 世纪旅行写作中有意忽视帝国背景的结束。"[101] 吐温曾讲述环球之行对他的影响："1895 年离开温哥华时，我还是激进的帝国主义支持者。我希望美国鹰在太平洋上惊空遏云……现在我是帝国主义的反对者。我反对美国鹰将其利爪伸向任何一片领土。"[102] 环球之行确实改变了吐温的帝国观和西方文明观，而这首先源于他长期以来对社会公平及正义的关注。例如，在《镀金时代》一书中，他揭露、讽刺了美国社会中的投机行为、贪污腐败，《康州美国佬在亚瑟王朝》中他又抨击了欧洲君主制及等级制，《傻瓜威尔逊》中他批判了美国种族的歧视。其中，"吐温对国内种族主义的反对使得他反对在国外的帝国扩张。"[103]

100 （美）马克·吐温：《赤道环游记》，张友松译，南昌：百花洲文艺出版社，1993年，第 270 页。

101 Peter Messent & Louis J. Budd, eds., *A Companion to Mark Twain*, Malden: Blackwell Publishing, 2005, p.348.

102 Everett Emerson, *The Authentic Mark Twain: A Literary Biography of Samuel L. Clemens*, Philadelphia: University of Pennsylvania Press, 1984, p.234.

103 Hunt Hawkins, "Mark Twain's Anti-Imperialism", *American Literary Realism, 1870-1910*, 1993, Vol. 25, No. 2, pp.31-45.

　　吐温在《赤道环游记》中虽对帝国统治、西方文明提出了质疑，但他却并非完全否定英美等国在各殖民地的统治，从而呈现出一种矛盾的心态。他既批判了"野蛮的欧洲人"、残暴的殖民者行为，但谈及英国在印度的殖民统治，他又称赞不已。在印度旅行期间，他在接受《英国人》（*Englishman*）采访时表示："任何人都不能否认英国人赋予印度的明显优势。当他看到全国范围内的工业产业和教育活动时，当他考虑到它的安全和繁荣时，我们不禁得出结论，英国政府对印度来说是最好的统治者，无论印度教徒或穆斯林喜欢与否。"[104]在他看来，印度的工业、教育等都归功于英国人的统治。

　　究其原因，吐温的矛盾心态或与19世纪盛行美国的社会达尔文主义思潮及他自身经历相关。1859年达尔文的《物种起源》在西方思想界引起极大关注。达尔文的进化论思想很快被英国哲学家和社会学家赫伯特·斯宾塞（Herbert Spencer）引入至社会学，进而形成了社会达尔文主义思想。社会达尔文主义者认为，优胜劣汰、适者生存等现象也存在人类社会。例如，强者的财富和权力将逐渐增加，而弱者的财富和权力将逐渐减少。社会达尔文主义思想从19世纪后期风行至第二次世界大战结束，它对德国纳粹主义思想的形成产生了极大影响。而在美国内战结束后，它一度成为在美国影响最大的社会思潮。这些社会达尔文主义者大肆鼓吹种族主义理论，认为只有盎格鲁-萨克逊种族才是"优秀种族"，它"为了文明的利益"，有责任干涉其它民族的事务。[105]

　　马克·吐温受到社会达尔文主义思想的影响。他曾阅读过不少关于进化论的书籍，包括《物种起源》（*The Origin of Species*）、赫胥黎的《天演论》（*Evolution and Ethics*）等。虽然社会达尔文主义思想与宗教观念有明显的冲突，但吐温仍然接受了进化论的观点，并对之进行了较为简单的解读，即"既然人类是自然的一部分，因而他不可避免地需遵守弱肉强食的自然法则。"[106]

　　其次，在《赤道环游记》中，马克·吐温不仅盛赞了盎格鲁-萨克逊族的

---

104 Gary Scharnhorst, ed., *Mark Twain: The Complete Interviews*, Tuscaloosa: The University of Alabama Press, 2006, p.286.

105 转引自刘绪贻等主编：《美国通史：美国内战与镀金时代》（第二卷），北京：人民出版社，2001年，第373页。

106 Sherwood Cummings, "Mark Twain's Social Darwinism",in*Huntington Library Quarterly*,1957, No. 2, Vol. 20, pp.163-175.

"优秀品质"，更预言盎格鲁-萨克逊种族将成为世界的主宰。"我相信——在世界的发展中，拥有最强壮的身体和智力的最强大的种族将会成为主宰。现在如果我们环顾四周，我们发现英国［种族］似乎同时具备这两种品质。它已经走向全球。它朝气蓬勃、人才辈出、富有胆识。"[107]在吐温看来，盎格鲁-萨克逊种族无疑是世界上最强大的种族。尤其是当吐温目睹大英帝国的旗帜二十四小时在地球上飘扬，他不由感叹道："那几节动人的国歌永远不停地在各地飘荡着，永不停息，永远不会缺少虔敬的听众——这种情况，真是令人感动的。"[108]对于正在逐渐强大的另一个盎格鲁-萨克逊种族的后裔而言，这种"鼓舞"尤为重要。吐温在伦敦的众多演讲中也表达了它对盎格鲁-萨克逊族的支持。"不管英国是正确还是错误，总之英国必须赢得战争，英国也需维持在印度等殖民地的统治。"[109]

此外，吐温的破产、丧女的悲惨经历也进一步强化了他对社会"弱肉强食"法则的认同。19世纪90年代初，吐温投资的出版公司因经营不善在一次经济危机中宣告破产，吐温欠下90000多美金债务，连银行账户也仅剩8000多美元，而此迫使他在花甲之年踏上了环球演讲之路。吐温通过演讲偿还了不少债务，但当他回到伦敦准备与长女及幼女在此团聚时，却接到了长女去世的消息。接连的人生打击让吐温对"弱肉强食"的丛林法则更为赞同。因而，吐温在这一时期一方面同情遭受殖民者虐待的弱者，但一方面又支持英国在印度的殖民统治。

但在《赤道环游记》出版后，吐温逐渐成为一名坚定的反帝斗士。1898年"美西战争"后，由于强烈反对美国吞并西班牙的殖民地，美国首个全国性反帝组织"反帝联盟"（Anti-Imperialist League）成立。1900年，马克·吐温从欧洲返回美国后更成为帝国主义的抨击者。"十九世纪向二十世纪致敬"（"A Salutation Speech from the Nineteenth Century to the Twentieth century"）以及"致黑暗中的人"（"To the Person Sitting in Darkness"）等文章是吐温反帝思想极为重要的体现。例如，在"致黑暗中的人"一文中，吐温揭露了传教

---

107 Gary Scharnhorst, ed., *Mark Twain, The Complete Interviews*, Tuscaloosa: The University of Alabama Press, 2006, p.287.

108 （美）马克·吐温：《赤道环游记》，张友松译，南昌：百花洲文艺出版社，1993年，第498页。

109 William M. Gibson, "Mark Twain and Howells: Anti-Imperialists", *The New England Quarterly*, 1947, No. 4, Vol. 20, pp. 435-470.

士的虚伪，抨击了美国、英国等帝国主义国家在中国、菲律宾、南非等地的恶行。对于 1898 年美西战争，杜威将军率领的美国士兵"明着是为了帮助本地地爱国志士，让他们的大胆争取独立的长期斗争可以获得最后的胜利，实际上可是为了夺取他们的土地，把它占为己有。为了进步和文明的利益。"[110] 在吐温看来，英美等国在亚洲所谓的"进步和文明的利益"只不过是为了掠夺土地和资源。吐温对帝国主义的批判"不仅使各国人民得以了解事实的真相，有助于人们对殖民主义、帝国主义本质的认识，同时有力地声援了中国人民的反帝斗争。"[111]

　　马克·吐温眼中的印度是充满异国情调的他者形象，那里有着色彩亮丽的奇装异服、风格各异的自然风光、神秘的奇风易俗以及古老的印度文明。在如"一千零一夜"般国度的关照下，吐温对西方文明进行了反思与批判，认为西方并非它所宣称的"进步与文明"。印度人的日常礼仪、尊重习俗反衬了西方人的野蛮，印度人棕黑发亮的皮肤则显现出白种人的毫无生气，印度亮丽的服装凸显了西方服装的呆板，但吐温对印度并非持完全肯定的态度。1857 年民族大起义被吐温视为"叛乱"，他进而歌颂英国士兵的英勇、果敢。总之，吐温笔下的印度形象既是西方对东方尤其是印度想象的延续，也与其所生活的时代及个人经历密切相关。

第三节　凯瑟琳·梅奥的印度书写

　　凯瑟琳·梅奥于 1869 年出生于美国的宾西法利亚州，后在波士顿和剑桥的私立学校接受教育。毕业后，梅奥为《纽约晚间邮报》、《生活》等杂志撰稿。她一生共出版了 11 本著作，其中大多关注社会议题。1917 年，她出版第一本书《为了所有人的正义：宾州警局的故事》（*Justice for All: the story of the Pennsylvania State police*）。该书聚焦宾西法利亚州的警察暴力执法问题，出版后影响巨大，时任美国总统罗斯福亲自为其书作序。此后，她出版《恐怖之岛：菲律宾真相》（*The Isles of Fear: The Truth about Philippines*，1925）、《印度母亲》（*Mother India*，1927）、《华盛顿将军的困境》（*General Washington's*

---

110 （美）马克·吐温："给坐在黑暗中的人"，易漱泉选编：《外国散文选》，长沙：湖南人民出版社，1981 年，第 435 页。

111 张弘等著：《跨越太平洋的雨虹——美国作家与中国文化》，银川：宁夏人民出版社，2002 年，第 58 页。

Dilemma）等作品。1925 年底，梅奥到达印度，在两个多月的时间里，游历了加尔各答、贝纳勒斯、马德拉斯、开伯尔山口等地。回到美国后，她将在印度的所见所思汇集至《印度母亲》一书中。在该书中，梅奥塑造了野蛮、黑暗、落后的印度形象。本节将从该书的创作背景出发，首先探讨"印度母亲"在印度民族主义运动初期的形象特征及其所指，进而探究梅奥为何将"印度母亲"作为其关注点。接下来探讨梅奥如何书写印度的瘟疫，以及她将印度瘟疫视为"世界威胁"的目的。最后探讨梅奥塑造野蛮、黑暗印度形象的原因及其影响。

1. 凯瑟琳·梅奥与印度的文化因缘

1899 年，梅奥随父亲前往南美圭亚那淘金，并在那里生活了八年。英国殖民者曾从印度引进大批苦力至当地种植园劳作。因而，为数不少的印度人聚居与此，且至今为止仍是圭亚那人口占比最大的族裔。梅奥称在圭亚那生活期间曾被一位印度人救了一命，这是她与印度最早的渊源。

梅奥的印度之行得以成行与她的另一本关于亚洲的书籍密切相关。1924 年，梅奥受时任美国驻菲律宾总督莱昂纳多·伍德（Leonard Wood）之邀前往菲律宾。伍德是菲律宾自治政府的强力反对者，他试图再次加强美国对菲律宾的控制。但由于菲律宾民众要求独立的呼声越来越高，以及美国国内民众也反对美国的帝国主义扩张政策。因而，伍德力邀梅奥前往菲律宾，并建议她向美国公众如实呈现"菲律宾真相"。梅奥将在菲律宾的所见所闻以连载的形式刊登于《纽约时报》，随后整理成册并出版著作《恐怖之岛：菲律宾真相》（以下简称《恐怖之岛》）。如伍德所愿，梅奥在书中积极呈现美国殖民者在菲律宾统治期间的文明、公正，而大量揭露菲律宾人的愚昧、无能和野蛮。她更借一名菲律宾农民之口表示："我说过我想要独立。我这么认为，我们都这么认为。但是在两三百年之后。"[112]以此向美国政府及民众暗示菲律宾人不具备自治能力，也并不希望取得独立。梅奥后来在与伍德的通信中表示，"将菲律宾问题置于国家的首要地位，这样，（菲律宾）政府将掌控一切。"[113]可见，对于继续维持美国在菲律宾的殖民统治，梅奥无疑是坚定的拥护者。

---

112 Katherine Mayo, *The Isles of Fear: The Truth about Philippines*, New York: Harcourt, Brace and Company, 1925, p.76.

113 Christina A. Joseph & Anandam P. Kavoori, "Colonial Discourse and the Writings of Katherine Mayo", *American Journalism*, 2007, No. 3, Vol. 24, pp.55-84.

《恐怖之岛》出版后迅速引起一些英国重要人士的注意，"他们意识到这本书不仅对美国在菲律宾的统治意义重大，且对英国在印度和埃及的统治同样重要。"[114]一战后，英国在印度的殖民统治遭到了印度民族主义运动的挑战。甚至海外印度人士也纷纷在美国、英国、德国等地成立了反英组织。其中，"美国印度自治联盟"（The Indian Home Rule League of America）以及"卡德尔党"（Ghadar Party）等反英组织利用报纸、宣传册等向美国公众宣传、介绍印度的独立运动，引起了美国公众的同情和支持。英国政府为防止美国政府及民众支持印度民族主义运动，也为在国际社会得到更多声援，决定资助数名美国记者前往印度采访、旅行，梅奥便是其中之一。她通过纽约的大英情报馆前往伦敦的印度事务部，并迅速被安排与一位前往印度就职的英国警察同行。"她就像一位准备好证词的优秀律师，这份证词的指控对象正是印度，无疑也是'亲英'的。"[115]这样，梅奥踏上了前往印度的旅程。

在《印度母亲》一书中，梅奥开篇即介绍了她向美国民众呈现真实印度的初衷：它既非某个政治党派宣传的印度，也非宗教文献中的印度，更非游记或小说中神秘、浪漫的印度。因而，她在印度前往医院、学校、寺庙、奶牛场等地，与医生、护士、农民、殖民政府官员及不可接触者等不同人士交谈，并从殖民政府官方获得大量关于印度经济、死亡率等方面的数据。在梅奥看来，她所参观、采访的地方以及相关数据等完全可以佐证她呈现的是"真正的印度"。

与梅奥上一部著作《恐怖之岛》相似的是，她在书中再次呈现了殖民统治者的"拯救者"、"救世主"形象，同时也大量描写了殖民地文化的愚昧、野蛮、落后。不同的是，梅奥在这部作品中叙述了印度的童婚、萨提（sati 或 suttee，也即寡妇殉葬仪式）、德瓦达希（devadassi）、闺阁制（purdah 或 pardah）等习俗。同时，她也对"印度瘟疫"的恐怖作了大量描述。《印度母亲》出版后在全球范围内引发了巨大争议。1927 年，《印度母亲》传到印度后，印度国内、美国纽约市政厅前，海内外印度民众大肆焚烧梅奥的书籍和画像，以此抗议梅奥对印度的"诋毁"，甘地更直斥梅奥的写作为"一名下水道检查员的报告"。

---

114 Manoranjan Jha, *Katherine Mayo and Mother India*, New Delhi: People's Publishing House, 1971, p.28.

115 Manoranjan Jha,*Katherine Mayo and Mother India*, New Delhi: People's Publishing House, 1971,p.56.

　　几年后，印度海内外作家陆续出版了 50 多本批驳梅奥的书籍、文章和小册子，其中包括印度学者拉拉·拉吉帕特·莱（Lala Lajpat Rai）的《不幸的印度》（*Unhappy India*，1928）等。这场由"印度母亲"引发的巨大争议直至 1929 年才逐渐平息，但它对一代甚至几代印度人的影响却久未消失。1957 年，印度导演梅赫布·汗（Mehaboob Khan）拍摄了同名影片---《印度母亲》，该片塑造了一位道德品质高尚、勇于自我牺牲的印度母亲形象，而此或是对梅奥笔下野蛮、愚昧"印度母亲"形象的再次"拨乱反正"。

　　《印度母亲》出版之后，梅奥又在 1929 年至 1935 年间出版三本以印度为主题的作品：《神的奴隶》（*Slave of Gods*）、《印度母亲：第二卷》（*Mother India: Volume II*）及《印度母亲的脸》（*The Face of Mother India*）。其中，《印度母亲的脸》再次在印度被禁，连梅奥的支持者也认为"该书反对印度教人士而支持穆斯林的观点太过明显。"[116]但这些作品均未如《印度母亲》一样引起重大关注，因而本节仍主要围绕《印度母亲》一书展开分析。在她创作的四部以印度为主题的作品中，从其标题可以看出，"印度母亲"显然是解读梅奥著作的"密码"。因而，有必要首先厘清"印度母亲"这一概念的内涵，才能更准确地把握梅奥所想传达的意义。

2. 印度文化中的"印度母亲"

　　将国家与母亲相关联的隐喻并不鲜见，其中，国家和民众分别被抽象化、人格化为母亲及孩子。"它通过"拟血缘关系"映射了个体与国家间的关系，建构了国家的合法性，也塑造了公民的国家想象和国家认同。"[117]在这种关系中，民众对于国家的情感变得可感知。在国家或民族遭遇危机之时，国家与"母亲"的联系尤为紧密。例如，苏联卫国战争中的"苏联母亲"、爱尔兰独立运动中的"爱尔兰母亲"以及近代中国历史上的"祖国母亲"等。"母亲"被用来号召和团结国家公民，共同抵御外来的侵略者。"印度母亲"（Bharat Mata[118]）这一隐喻也产生于这样的历史时期。

---

116 Mrinalini Sinha, "Reading Mother India: Empire, Nation, and the Female Voice", *Journal of Women's History*, 1994, No. 2, Vol. 6, pp.6-44.

117 潘祥辉："'祖国母亲'：一种政治隐喻的传播及溯源"，《人文杂志》，2018 年，第 1 期，第 97 页。

118 "Bharat"源于梵语 bhāratam，音译为"婆罗多"，也即"印度"。"mata"源于梵语 mātā，即"母亲"。

吠陀文献中的大地即被神格化为女神普利提维（Prthivi），但将"印度"与"母亲"二者相互关联则始于近代。1857年印度民族大起义后，印度民众的民族意识开始萌芽，"印度母亲"的形象也开始在文学作品中有所显现。1866年，布德夫·穆霍帕迪（Bhudev Mukhopadhyay）的"第十九部往事书"（Unabimsa Purana[119]）中讲述了一位名为阿蒂·巴拉蒂（Adhi Bharati）印度母亲的故事。读者很难不由她联想到印度被外族入侵而先后建立德里苏丹国、莫卧儿帝国的历史。自15世纪末16世纪初，葡萄牙、荷兰、法国、英国等欧洲国家先后在印度建立殖民据点，后来大部分领土被英国东印度公司所占领。1857年印度民族大起义后，印度完全沦为英国的殖民地。"母亲"的命运与"印度"的历史相互交织、重叠，但此只是较为模糊的"印度母亲"形象。而且，此处"母亲"所象征的是雅利安人的印度。

"印度母亲"形成固定的隐喻结构则在基兰·钱德拉·班纳吉（Kiran Chandra Banerjee）的戏剧《印度母亲》（*Baharat Mata*，1873）中。该剧以1770年孟加拉大饥荒为背景，讲述了森林中的一群反英人士发动起义并最终打败英国东印度公司军队的故事。戏剧以印度教财富女神拉克希米（Lakshmi）的出现开场，一曲唱罢她即退场。拉克希米在此象征着印度光辉荣耀的过去，而她的退场则意味着繁荣印度的消失。随后，头发蓬乱的印度母亲（Bharat Mata）出场，她恳求她的儿子们："我的儿子们啊！看看你们不幸的母亲遭受的痛苦啊，劫犯抢走了我所有的饰品！我的头发干枯，我的这些暗淡又破烂的衣服还得多久才能换掉！"[120]柔弱、不幸的印度母亲希望她的儿子们能帮她重新戴上饰品、换掉破旧的衣服，重现昔日容颜。在这部作品中，印度的过去被神格化为财富女神，但象征印度现在的"印度母亲"仍以受尽凌辱、柔弱不堪的人的形象出现。

对"印度母亲"进行全面详实的阐述，并对此后"印度母亲"形象产生深远影响的则是班基姆·钱德拉·查特吉（Bankim Chandra Chatterjee，1838-1894）的小说《阿难陀寺院》（*Anandmath*，1882）。与戏剧《印度母亲》相似的是，它同样以1770年的孟加拉地区的大饥荒和僧侣起义为背景。起义军大

---

119 也有学者认为该文由他的学生撰写，后经他修改后发表。参阅 Tapan Raychaudhuri, *Europe Reconsidered: Perceptions of West in Nineteenth Century Bengal*, Delhi: Oxford University Press, 1988, pp.63-64.

120 转引自 Indira Chowdhury Sengupta, *Colonialism and Cultural Identity: the Making of a Hindu Discourse, Bengal 1867-1905*, University of London, 1993, p.179.

部分都是伪装为僧侣的年轻人，他们称"祖国是我们唯一的母亲……印度母亲是我们的母亲。"[121]至于"印度母亲"的具体指向，寺院古鲁萨特亚南达（Satyananda）带领主人公马亨德拉（Mahendra）先后参拜了伽噶达特莉（Jagaddhatri）、迦梨（Kali，或卡莉）以及杜尔迦（Durga）三位女神，她们分别象征"印度母亲"的过去、现在和未来。象征不同时期的"印度母亲"都被赋予了神的形象，她们都具有宇宙原始力量"沙克蒂"（shakti）。其中，象征印度现在的并非此前柔弱的母亲形象，而是愤怒的迦梨女神。只有当所有的孩子都能认出印度母亲，她才会对她的孩子们亲切如初。[122]反抗英国殖民统治，恢复往日印度的光辉荣耀成为印度民众的使命。因而，班吉姆塑造的"印度母亲"不仅宗教色彩更为浓厚，而且政治寓意更为强烈、深刻。对于宗教信仰基础浓厚的印度民众而言，神格化的"印度母亲"有助于将他们对宗教的虔诚之情转化为对国家的热爱。

此后，充满力量的"印度母亲"形象出现在越来越多的文学艺术作品以及政治宣传册中。诗人泰戈尔的侄子阿巴宁德罗纳特·泰戈尔（Abanindranath Tagore）于1905年首次为"印度母亲"[123]赋予了具体的形象：画中的"印度母亲"面容祥和，四手分持书籍、念珠、稻谷以及白布，脚踏白莲。此后，"印度母亲"出现在各种画作中，但通常都以杜尔迦等女神的形象出现，身伴雄狮、手持武器。印度哲学家、民族主义者奥罗宾多·高士认为，女神（Bhawani）即湿婆大神的配偶是印度母亲，是无穷的力量，也是湿婆神纯粹的性力（shakti）或曰女神。[124]他号召印度教民众建造一座女神庙，通过敬拜女神而拥有无限的"沙克蒂"，从而让"印度母亲"将自己奉献给印度人民，她也以此获得重生。奥罗宾多建造女神庙的愿望并未实现，但"印度母亲神庙"（Bharat Mata Mandir）却于1936年在瓦拉纳西揭幕。不过庙内并未摆放"印度母亲"神像，地上一副巨大的印度地图成为"印度母亲"的化身。

20世纪初期，"印度母亲"的画像开始与印度地图结合而呈现，而此"不

---

121 Julius J. Lipner, tr., *The Sacred Brotherhood*, London: Oxford University Press, 2005, p.147.

122 Julius J. Lipner, tr., *The Sacred Brotherhood*, London: Oxford University Press, 2005, pp.149-151.

123 该幅作品原名为"孟加拉母亲"（Banga Mata; Mother Bengal），后改名为"印度母亲"（Bharat Mata）。

124 Sri Aurobindo Ghosh, *Bande Mataram, Political Writings and Speeches, 1890-1908*, Pondicherry: Sri Aurobindo Ashram Press, 2002, p.79.

仅为'母亲'赋予了现代民族国家的主权内涵，同时将'印度'抽象的国家空间展现为具象的神圣祭拜物。"[125]1917 年，潘迪特·斯里帕德·萨特瓦勒卡（Pandit Shripad D. Satwalekar）的一副油画作品中，一位年龄稍长的印度母亲怀抱巨大婴儿，而她纱丽的轮廓即与整个印度半岛的形状大体相似。1919 年，北印度的《法扎巴德》（Faizabad）年鉴上，出现了一位手持武器、头戴皇冠的印度母亲的插画。"印度母亲"纱丽的下摆与印度南部领土线几乎完全重合，她脚部东南边的斯里兰卡则化作一朵未绽放的莲花。20 世纪 20 年代，乌斯塔德·阿拉·巴赫什（Ustad Allah Bukhsh）的油画作品中，一位怀抱婴儿、身穿纱丽的印度母亲站在地球仪上，而地球仪上能清楚地看到南印度及斯里兰卡，印度母亲正好站在印度半岛的西南部。[126]"印度母亲"与印度地图相结合的方式使得对"印度母亲"的想象以更直观的方式呈现，也更好地向公众展现印度作为国家的领土和政体。

自"印度母亲"隐喻的出现至 20 世纪 20 年代，她的形象在不同时代、不同地区都有不同的变化，但绝大多数情况下她都以印度教中各女神的形象出现。因为女神几乎都拥有集创造性与毁灭性于一体的宇宙原始力量——"萨克蒂"（shakti），因而"印度母亲"也成为力量的象征：她既能毁灭殖民者统治的印度，也能再次创造新的印度。此外，无论在印度教、伊斯兰教、锡克教及其它宗教文化中，或者在高种姓及低种姓等不同种姓阶层群体中，母亲在日常生活中也总是被子女尊敬的对象。因而，"印度母亲"成为联系印度次大陆地区的众多民族、不同宗教信仰的人们的纽带，印度民族主义者期望人们团结起来驱除外国统治者而最终取得自治。总而言之，"印度母亲"这一隐喻的核心始终是印度民族主义思想，是力量的象征，也是印度民族主义者及印度民众追求自治的精神象征。

3. "无知的野蛮人"：梅奥笔下的"印度母亲"

梅奥开篇即描写了在加尔各答"迦梨女神庙"求子的印度女性：驻庙祭司当场宰杀了一只献祭的羊，随即血流满地。随后，一名求子的印度妇女冲到前边，趴在地上舔舐地上（羊羔）的鲜血……另一名印度妇女则用布条吸

125 贾岩："印度母亲与印度民族主义想象"，载《南亚东南亚研究》，2020 年，第 6 期，第 117 页。
126 Sumathi Ramaswamy,*The Goddess and the Nation, Mapping Mother India*, Duke University Press, 2010, pp. 24-28.

起地上的鲜血，再塞进胸部，同时，六条不知感染了什么疾病的恶狗饥饿地扑向那些被布条拉长的血迹。[127]梅奥不仅呈现了印度教的血腥，而且展现了迷信、野蛮、粗鲁、无知印度女性迫切地希望成为"母亲"。这是印度女性在梅奥笔下初度登场，而此显然颠倒了印度民族者塑造的神圣的、拥有无穷力量的"印度母亲"形象。

在梅奥的叙述中，印度女性大都十二岁左右结婚、生子，成为"未成年母亲"（child mother）。梅奥所处的正是优生学兴起的年代，优生学家认为"好的母亲是一个种族健康和纯洁性的重要组成部分"[128]，但"印度母亲"们显然不能孕育健康的孩子。由于她们尚未发育完整即成为母亲，因而孕育的婴儿虚弱无力。"印度母亲"们甚至需用绳子系在婴儿的腹部判断它是否已吃饱。对于子女的教育她们更一无所知，仅会教导子女一些宗教仪式常规。甚至会为子女手淫---让女儿睡得更安稳，让儿子更有男子气概。而此也是引起众多印度人士反驳的谬论之一。

在"印度母亲"生产时，年老体弱、疾病缠身、肮脏不堪且对生产知识一无所知的本土稳婆（dhai）是他们唯一的依靠。"透过她那遍布害虫的蓬乱头发，你可以看到一张巫婆的脸，胸前挂着的破布，肮脏的爪子，溃烂到几乎看不见的眼睛。"[129]如果遇上难产，稳婆们甚至拳打产妇腹部、用头撞击产妇、在她的身上来回踩踏，而产妇只能默默忍受，有的甚至因此而丧生。由于糟糕的生产环境以及传统的接生方式，"每一代人中有 320 万女性因生产而死亡。"[130]现实中的"印度母亲"们虚弱无力、孤苦无助。

由于"印度母亲"的虚弱，因而"印度儿子们的手太过虚弱无力，根本无法自治。"[131]印度儿子们也无法保护"印度母亲"，"他们都在政治讲坛上高呼为'印度母亲'献身，但'印度母亲'的孩子们却并不兑现自己的诺言。'印度母亲'事实上贫病交加、愚昧无知、孤立无助，但她的儿子们并不拼尽全力去救助她，他们要么终日争吵不休，要么躺在某处为他们自己的徒劳而哭泣。"[132]"终日争吵不休""哭泣"体现的正是印度男性的幼稚、不成熟，

127 Katherine Mayo, *Mother India*, New York: Blue Ribbon Books, 1927, p.6.

128 Anna Davin, "Imperialism and Motherhood", *History Workshop*,1978,No. 5, p.12.

129 Katherine Mayo, *Mother India*, New York: Blue Ribbon Books, 1927, p. 16.

130 Katherine Mayo, *Mother India*, New York: Blue Ribbon Books, 1927, p. 44.

131 Katherine Mayo, *Mother India*, New York: Blue Ribbon Books, 1927, p. 32.

132 Katherine Mayo, *Mother India*, New York: Blue Ribbon Books, 1927, p.19.

因而，本就身体虚弱的印度男性根本无法为"印度母亲""献身"。

在梅奥看来，正是印度教造成了"印度母亲"和"印度儿子"在体力上的虚弱、道德上的败坏。当梅奥穿行于印度街道时，她看见湿婆的象征物"林迦"广泛地出现于寺庙中、家中的祭坛上，性交场面也大量出现在寺庙的墙上、宫殿的门上以及街道的墙面。正因如此，印度人过早地对性产生了兴趣，并且沉溺于其中。在印度教习俗中，男性会为了"延续香火"而早早结婚生子，童婚从而不可避免。由于印度教对男性的偏爱，女婴出生通常都面临被溺亡的危险。即使未被溺亡，她们也有可能被送往印度教寺庙，成为庙妓。对于丧偶的女性，按照印度教习俗，她们不得不与丈夫的尸体一起被焚烧，也即"萨提"。梅奥认为，印度社会中的种种陈习陋俗都源于印度教，因而以印度教文化为主的印度显然是邪恶的、野蛮的、落后的，也是没有能力自治的。

在梅奥笔下，能够改善印度女性处境的正是白人。他们被刻画为印度母亲和印度女性的拯救者。首先，白人女性成为殖民地女性的拯救者。"除非接受英国女医生、美国女医生或者受过英国医学训练的印度女医生的手术"[133]，否则，身体虚弱不堪的印度母亲生产时必会遭遇难产甚至死亡。此时，英美白人女性医生、西方医学技术成为印度母亲生命的拯救者，甚至成为印度民族的子嗣得以延续的重要保证。白人男性殖民者也被梅奥刻画为正义的先锋和被压迫者的救星，他们极力从印度男性手中拯救印度女性。1828年，"萨提制"在法律上予以取缔。在梅奥看来，"它是英国以强硬手段对本土宗教领域的一次罕见介入。"[134]英国殖民者废除野蛮的"萨提"习俗证明了西方文明及制度的优越性，也验证了殖民统治的合法性、正义性。

梅奥所描述的印度母亲的处境或在某种程度上确为事实。例如，童婚、未成年母亲等现象确实在印度社会存在。甘地、尼赫鲁、奈杜（Sarojini Naidu）等印度民族运动领导者和社会改革家一方面斥责梅奥的殖民主义立场，另一方面也致力于继续改善印度女性的状况以及印度社会的痼疾。但梅奥所宣称的"事实"也有很大程度上的夸大，甚至"失实"。例如，她在书中宣称印度有90%的人都感染了性病，但最后她在印度的英国朋友也不得不在与她的信件沟通中提醒她所说的并非事实。

---

133 Katherine Mayo, *Mother India*, New York: Blue Ribbon Books, 1927, p.98.
134 Katherine Mayo, *Mother India*, New York: Blue Ribbon Books, 1927, p.83.

4. 为殖民主义而辩："印度母亲"的政治含义

梅奥极力揭露印度女性处境的"真相"，她是否真正意在为印度女性发声？答案显然是否定的。她完全颠覆印度民族主义运动中塑造的"印度母亲"形象，而塑造虚弱、无知、野蛮的印度"印度母亲"形象与印度民族主义运动密切相关。

首先，梅奥"揭露"印度女性状况的原因在于"通过批判印度民族的生殖能力而质疑印度的民族主义运动"[135]。既然虚弱、无知的"印度母亲"诞生了同样虚弱、不成熟的"印度儿子"，那么在印度人体力不支、智力不全的前提下，接受强健的盎格鲁-萨克逊族人的统治似乎"合情合理"。而此正是梅奥将象征性的"印度母亲"转化为印度社会中的"印度母亲"的原因之一。

其次，印度宗教文化恰恰是印度民族主义者所极力维护并保存的传统，女性在这种阐释中也起着重要的作用。欧洲国家凭借发达的科学、技术等征服了几乎整个世界。对于印度民族主义者而言，西方仅在科学、技术等物质领域超越印度，但印度在精神领域则绝对优于西方。在此，物质/精神的区别被浓缩成一种类似于但在意识形态上更强大的二分法，也即内部和外部。[136]也即，西方殖民者的影响仅在外部的物质世界，真正决定民族文化特性和身份的内部精神世界则仍取决于印度人自身。日常生活中的内、外二分法则可以分为家和世界。世界属于外部的物质世界，通常是男性的领域。家则属于内在的精神世界，而女性是其代表。也即，女性既是印度传统文化的象征，也是印度文化传统的守护者、保护者。因而，女性在印度民族文化身份的确定中尤为重要，尤其是"母亲"的身份。实际上，印度民族民族主义者认为能代表印度民族文化身份的是既非西化又非传统的"新女性"。因而，梅奥通过对包括印度母亲在内的印度女性的大量负面书写，既否认了印度民族主义者所极力崇尚的印度文化，又"揭露"了印度民族主义者对实际女性处境的忽视。

最后，印度女性问题也是殖民者维护统治的工具。"殖民者改善了妇女的地位……但他们的行为不是出于对妇女的关切，而是出于维持其海外经

---

[135] Asha Nadkarni, "Eugenic Feminism: Asian Reproduction in the U.S Imaginary", *NOVEL: A Forum on Fiction*, 2006, No. 2, Vol. 39, p.233

[136] Partha Chatterjee, "Colonialism, Nationalism, and Colonialized Women: theContest in India", *American Thought*, 1989, p.624.

济利益和政治权力的愿望。"[137]一方面，殖民者通过改善妇女某些现状证明西方的"文明"、"优越"。但他们同时又通过维持妇女现状从而证明印度不具有自治能力，例如，对于印度教社会中有关婚龄法案的制定即是极好的证明。

19 世纪下半叶开始，部分印度民族主义者、印度女性主义者等就不断向英印殖民政府提交修改婚龄法案，但殖民政府及印度传统保守势力却屡屡阻挠对该法案的讨论。殖民政府正好一方面获得印度传统保守派人士的支持，另一方面却正好证明印度文化的野蛮、落后。梅奥在《印度母亲》一书中对该法案的关注却无意中为修改结婚年龄提供了契机，殖民政府最后不得不将此纳入议题，而此也让殖民者陷入了两难境地：当民族主义者已成功削弱殖民政府的支持基础时，通过该法案意味殖民政府失去传统势力的支持，而反对该法案则会使得他们在国内和国际的舆论环境下显得太过保守。[138]最终，在印度民族主义者、印度女性主义者等各方努力下，"萨达法案"（Sarda Act）于 1929 年得以通过，由"印度母亲"而引发的全球争议也得以基本结束。梅奥的支持者认为该法案的通过正是梅奥的推动及促进，但事实上该法案通过后，梅奥却极力否定她希望通过立法来改变女性现状的意图，认为该法案只不过是"装饰门面"。萨达法案的起草者之一认为，梅奥是对废除童婚感到不满的代表之一，因为他们害怕取缔童婚时，他们对这个国家的统治也即将消失。[139]

虽然印度女性问题因为殖民主义以及印度民族主义运动而变得更加复杂，但梅奥却有意忽视了彼时印度女性的自主性。19 世纪后期开始，弗勒（Savitribai Phule）、奈杜、萨拉斯瓦蒂（Pandita Ramabai Sarasvati）等女性活动家已在为本土女性的选举、受教育等权利而不断斗争，女性主义组织也在印度各地纷纷成立。更有不少女性纷纷参与到非暴力不合作运动、工人运动、农民运动以及反种姓运动等各种公共运动中。但与西方女性主义运动不同的是，"她们拒绝'女权主义者'的称号，因为它意味着将妇女权益置于民族利

---

137 Joanna Liddle & Rama Joshi, "Gender and Imperialism in British India", *Economic and Political Weekly*,1985, No. 43, Vol. 20, p.76.

138 Mrinalini Sinha, *Specters of Mother India: The Global Restructuringof an Empire*, Durham: Duke University Press,2006, pp.158-159.

139 Joanna Liddle & Rama Joshi, "Gender and Imperialism in British India", *Economic and Political Weekly*, 1985, No. 43, Vol. 20, p.160.

益之前，以及将男性作为她们的敌人。她们认为，由战争、侵略及帝国主义而导致的'习俗'才是她们的敌人。"[140]可见，当时印度的女性主义者认为印度女性问题与印度的民族主义运动密不可分。

梅奥的书写中，女性的悲惨境遇几乎仅存于印度教社会。对于印度穆斯林女性群体的书写，她仅提到了闺阁制度，但她强调该习俗并非仅存于穆斯林社会，而是同样存在印度教的高种姓家庭中。这种"分而写之"的写作策略让人不免联想到英殖民政府在印度次大陆实施的"分而治之"的政策。东印度公司和殖民政府早期采取抑制穆斯林的政策，从 19 世纪 80 年代开始，殖民地政府开始转为抑制印度教。作者"抑印扬穆"的写作手法，正是这一时期英国统治者分化印度社会的体现。该书出版后也确实激化了印度教与伊斯兰教两大宗教间的冲突，而此再次证明梅奥对穆斯林女性的"友好"书写与英国殖民政府在印度的统治有着某种潜在的联系。

梅奥一方面通过对女性的书写进一步强化了野蛮、愚昧、迷信的印度形象，从而以此证明殖民地人民并不具有自治能力。另一方面，她也深化了某种帝国意识：悲惨、野蛮的殖民地女性亟待西方白人的拯救。正如她在另一本书中坦言，写作《印度母亲》的目的就是"为了唤醒（印度）爱国主义者和男人们的良知。"[141]她将自己视为从印度本土男性手中"拯救"印度女性重担的拯救者，但却与"白人的负担"这一帝国话语具有某种同质性，殖民地女性也成为了"白人女性的负担"。但"（梅奥的）所作所为仅有助于使妇女的无权永久化。这种利用印度女性本身的矛盾心理仍然是帝国主义的特点，女性的从属地位是击败民族主义者的一根方便的棍子。"[142]在女性主义话语的掩盖下，梅奥的印度书写与殖民主义、帝国主义话语形成了某种隐蔽性同构。

5."世界威胁"：梅奥的"印度瘟疫"书写

在梅奥笔下，对印度女性处境的书写与对印度民族主义运动的批判紧密相连，对瘟疫的书写则成为探索《印度母亲》政治话语的另一重要线索。"疾

---

140 Gerald Forbes, *Women in Colonial India*, Glasgow: DC Publishers, 2005, p.18.

141 Katherine Mayo, *Slaves of the Gods*, New York: Harcourt, Brace and Company, 1929, p.237.

142 Mrinalini Sinha, "Reading Mother India: Empire, Nation, and the Female Voice", *Journal of Women's History*, 1994, No. 2, Vol. 6, p.20

病使西方殖民国家能够将他们的科学与'本土反应的宿命论、迷信和野蛮'形成对比……疾病也证明了非西方人的社会和道德劣势。"[143]因而,有关疾病的知识或隐性或赤裸裸地证明了殖民存在的必要性及正义性。同时,由于瘟疫的大规模传染性,它也成为保守主义者阻挡外来移民的绝佳理由。

自 19 世纪下半叶开始,霍乱、鼠疫、疟疾等瘟疫在印度不断蔓延,导致上千万人丧生,其中,因疟疾死亡的人数每年达到 100 万到 550 万人不等,而此也成为梅奥开篇即声称的前往印度的重要原因。为"调查"瘟疫蔓延的缘由,梅奥特意前往圣城贝纳勒斯(今瓦拉纳西)。正如她所期望的那样,印度教习俗、次大陆人们的思想及生活习惯等成为瘟疫蔓延的罪魁祸首:恒河岸边印度教徒饮用未过滤的河水、信徒赤脚进出寺庙朝拜、岸边未完全焚烧的尸体等。土著生活的"黑城"更成为病菌滋生的摇篮。住处狭窄,街道肮脏,公共厕所极度缺乏,人们赤脚行走。"在评判这种表现时,你必须记住,改变种族的思想和生活习惯,要比学习英语要花更长的时间。"[144]此处,"你"既指英国人,也指美国人。对英国人而言,由于"他们"的思想和生活习惯很难被改变,因而意味着殖民者需维持长期统治,否则,印度或东方的"恶习"将永远存在。

英印政府中的印度人愈来愈多是梅奥"发现"瘟疫肆虐的又一重要原因。"在目前政府印度化的情形下,就像所有其他预防性卫生设施一样,抗疟工作受到了严重的破坏。"[145]1919 年印度政府组织法颁布后,财政、税收、司法等重要部门实权仍由英国人掌握,但卫生、教育、农业等部门则部分移交给印度人治理。在梅奥看来,正是由于印度人在政府中的比例越来越大,才导致瘟疫的大规模蔓延。印度本地官员无法有效控制疾病的传播,只不过证实了殖民地人民的无能,因而远未达到自治能力。

在梅奥笔下,与"无能的"印度化政府相比,英殖民政府对于公共卫生的关注和瘟疫的控制极为有效。"在过去的十二年或更长的时间里,在交通设施和集中场合,英国对大规模人群的卫生控制的工作效率非常高,如建造临时厕所,铺设供水管道,修建氯水井,以及配置医生和安保人员。"[146]瘟疫的

---

143 David Arnold,*Imperial Medicine and Indigenous Societies*, Manchester: Manchester University Press,1988, p.7.

144 Katherine Mayo,*Mother India*, New York: Blue Ribbon Books, 1927, p.364.

145 Katherine Mayo, *Mother India*, New York: Blue Ribbon Books, 1927, p.367.

146 Katherine Mayo, *Mother India*, New York: Blue Ribbon Books, 1927, p.372.

控制需大量财政支出，"如果打败疾病需要付出太大的代价，'土著人'的健康则会被忽视。"[147]事实也如此，英殖民政府公共卫生政策的实施，使得殖民军队中士兵的死亡率大大降低，但印度当地人的死亡率却一直居高不下。显然，在应对和控制瘟疫方面，作者对逐渐印度化的政府和英殖民政府的一贬一褒已完全表明其态度：印度人仍不具有自治能力，因而维持英殖民政府的统治尤为必要。

梅奥将瘟疫的蔓延完全归咎于殖民地人民的宗教、生活习惯及印度本土官员的"无能"，但却有意忽视了殖民者在瘟疫等疾病传播中的作用。谢尔登·瓦茨认为，殖民时期印度疟疾的增加与传播与殖民者大量的森林砍伐、灌溉设施的建设以及铁路的修建等而带来的生态系统的破坏不无巨大关系。[148]铁路建设聚集了大批劳动力，而修建的防洪路堤又破坏了天然排水系统。因而，铁路确实改变了印度的疾病传播环境，它加速了流行病菌更快传播至其它地方。但梅奥在印度的"公共卫生调查"却完全将殖民因素排除在外，由此不难发现其为殖民者辩护的立场。

对于瘟疫等疾病的治疗，梅奥认为东方传统医学仅等同于迷信、野蛮的巫术。她讲述了两名阿育吠陀医生救治病人的过程：一名医生用牛粪及新鲜的树枝治疗骨折，导致病人病情恶化，最后只好求助西医。而另一名因未对病人麻醉而实施手术，最后误伤病人大动脉导致大量出血而造成病人死亡。用如此医学来治疗疾病，实在"令人忧心忡忡"。[149]事实上，西方医学发展到现代医学之前，它与东方医学在疾病治愈率方面并无太大差别。19世纪前期，印度爆发大规模传染病，西医也借助印度传统医学疗法控制瘟疫的传播。但在梅奥看来，阿育吠陀等印度传统医学无疑是印度迷信、落后、愚昧的象征。

西方现代医学在梅奥笔下则成为科学、文明的代名词。在"我认识的赤脚医生"一章中，梅奥首先引用了甘地对欧洲医学的评价："欧洲医学将会加重我们的奴性，因而需发展印度传统医学"，她未予置评。但在该章末尾，她引证了甘地在狱中的一次求医经历：阑尾炎发作之后，"甘地先生任性地去了

---

147 J. N. Hays, *The Burdens of Disease: Epidemics and Human Response in Western History*, New Jersey: Rutgers University Press, 2009, p.183.

148 Sheldon Watts, "British Development Policies and Malaria in India 1897- c.1929", *Past and Present*, 1999, No. 165, pp.141-181.

149 Katherine Mayo, *Mother India*, New York: Blue Ribbon Books, 1927, p.387.

一家'宣传罪恶的机构',由一名'最糟糕的'印度医疗服务部官员为他施行了手术,并得到一位他认为非常奏效的英国护士的精心护理。"[150]梅奥的叙述显然另有深意:虽然印度民族主义者极力批判西方医学,并倡导对传统医学的恢复,但当身患疾病,他们仍然依赖西方医学的"科学"治疗。一方面,她有意通过甘地的主张及实际行动而揭露印度民族主义者的"虚伪"。另一方面,作者再次证明了西方医学的科学性、优越性,西医因而成为拯救殖民地人民生命的"有力保障"。

在梅奥看来,印度大规模蔓延的瘟疫意味着流行病在美国蔓延的可能。"流行病常常引发禁止外国人、移民入境的呼声。而恐外性的宣传总是把移民描绘成疾病的携带者。"[151]梅奥无疑正是这种呼声的强有力支持者。"每一场流行病都会产生一大批病毒'携带者',他们的疾病传播力为 110 天,甚至具有永久性。而且,健康的人也会是'携带者'。"[152]在梅奥看来,每一位印度人都是潜在的病毒携带者。她更强烈提醒美国人:"孟买与纽约之间仅需三周的行程……关于如此之大而又接近的邻国的一些事实,我们必须弄清以自我保护。"[153]印度与美国之间的距离如此之近,因而印度人也极易前往美国。若任由印度人前往美国,美国人民的健康也将受到极大威胁,甚至危及美国文明的存亡。

因而梅奥认为,美国政府需严格控制印度移民。事实上,这与当时美国国会议员提交的一项"印度公民法案"(Hindu Citizenship Bill)密切相关。1882 年美国国会颁布《排华法案》后,1917 年又通过了更为严苛的移民法案,包括印裔在内的大多数亚洲人被排除在移民配额外。1923 年,在美印度人 B·S·信德(Bhagat Singh Thind)声称北印人和大多数欧洲人一样,都属于印欧人种,并以此向美国政府申请成为美国公民,但美国高等法院最终驳回了他的请求。1926 年,又一位国会议员认为北印度人具有雅利安人血统,因而提议印度人也属于可移民的高加索人种(即白人人种)。随后,一份"印度公民身份法案"被提交至国会。而梅奥是该法案的坚定反对者,这也是她在《印度母亲》中大力渲染瘟疫是"世界威胁"的原因之一,虽然她后来极力否认这一点。《印度母亲》的

---

150 Katherine Mayo, *Mother India*, New York: Blue Ribbon Books, 1927, p.388.
151 (美)苏桑·桑格塔:《疾病的隐喻》,程巍译,上海:上海译文出版社,2003 年,第 133 至 134 页。
152 Katherine Mayo, *Mother India*, New York: Blue Ribbon Books, 1927, p.371.
153 Katherine Mayo, *Mother India*, New York: Blue Ribbon Books, 1927, p.32.

大力宣传使得"此前并未得到大多公众关注的（印度）移民问题而备受瞩目"，[154]关于瘟疫的话语只不过是掩盖其种族主义话语的合理"外衣"。

通过对瘟疫的书写，作者再次塑造了野蛮、无能的印度人形象，刻画了迷信、愚昧及落后的印度文化，也凸显了英国殖民者的拯救者形象，由此证明英国殖民统治的文明、进步意图及其道德合法性。此外，梅奥的瘟疫书写也与美国移民政策的政治话语密切相关，成为阻挡在美印度裔及亚裔移民身份合法化的合理证据。

6. 余论

通过对印度的女性处境以及公共卫生状况的书写，梅奥塑造了野蛮、无知、愚昧、堕落、迷信的印度形象，这种形象的生成"部分地与事件、政治、社会意义上的历史相连"[155]。两次世界大战之间的时期，老牌大英帝国与新兴帝国美国虽为竞争者，但更为重要的是，它们也共同面临日本帝国的兴起、1917 年俄国十月革命等"外在威胁"，以及印度、埃及、菲律宾等殖民地人民反殖反帝运动的"内在威胁"。因而，对殖民帝国事业的支持者而言，尤其是以梅奥为代表的盎格鲁-萨克逊种族联盟支持者，维护世界范围内殖民统治的"正义性及合理性"则显得尤为必要。因此，这种负面形象的塑造成为他们书写印度或其它殖民地时的必然选择。

但将《印度母亲》置于西方的东方书写体系，则可以发现梅奥在《印度母亲》中所塑造的"野蛮"印度形象早已存在。"关于东方的知识，由于是从强力中产生的，在某种意义上创造了东方、东方人和东方人的世界。"[156]西方关于东方的野蛮话语一直存在。"古希腊时代西方想象的东方特征主要是神秘、放荡、奢华、堕落、残暴、专制，中世纪在上述特征中又加上了邪恶与魔鬼，反基督的色彩……但 19 世纪后，西方的东方想象又转向反面，在传统的基础上，又加上了停滞、古旧、腐朽、混乱、衰亡、非理性的特征。"[157]19 世纪之后，印度无疑是西方关于东方"野蛮"叙事话语的中心之一。吉卜林笔

---

154 Asha Nadkarni, *Eugenic Feminism: Reproductive Nationalism in the United States and India*, Minneapolis: University of Minnesota Press, 2014, p.112.

155 孟华主编：《比较文学形象学》，北京：北京大学出版社，2001 年，第 24 页.

156 （美）爱德华·W·萨义德：《东方学》，王宇根译，北京：三联书店，1999 年，第 49 至 50 页。

157 周宁：《天朝遥远：西方的中国形象研究》（下卷），北京：北京大学出版社，2006 年，第 737 至 738 页。

下的白人女孩凯蒂公开宣称"正是因为他们是迷失了方向、跌跌撞撞的愚蠢动物，他们才需要我们。"其后的爱丽丝·泊琳在其作品中描写了"当地人对邪恶、鬼魂和迷信的信仰。"[158]随着美国的不断强大，源于欧洲的东方主义话语继续传播至美国。此外，美国传教士的"黑暗印度"书写也可以看作是梅奥笔下印度形象的来源之一。

同时，印度或东方"乌托邦"形象也存在西方的东方话语体系中。例如，19 世纪下半叶，以爱默生为代表的超验主义者"为矫正美国的物质主义倾向"[159]，他们对印度、中国等东方宗教哲学中的"精神性"推崇备至，印度的"哲学王国"形象成为这一时期美国文学中关于印度的主要想象。此外，自 19 世纪末开始，印度宗教哲学家、思想家等前往美国介绍印度宗教哲学。例如，1893 年在芝加哥举办的世界宗教大会上，印度教哲学家辩喜（Swami Vivekananda）介绍了印度的吠檀多哲学及瑜伽学。诗人泰戈尔也数次前往美国，在各地演讲并介绍印度宗教哲学。印度在美国的"哲学王国"形象更得以彰显。梅奥对此显然不满，"如果我们太快去接受东方的说法，我们这些所谓'物质主义倾向'的西方人将会被误导。"[160]显然，她并不认同印度或东方的"精神性"。或许，梅奥在去印度前已打定"纠正"并颠覆美国民众对印度或东方精神优越性的认知。

毫无疑问，以其非英非印的"中立者"身份，梅奥对印度的异域书写吸引了大量西方读者。《印度母亲》一经出版即吸引了大量欧美读者，出版首年即印刷 9 次，并荣登当年美国非虚构类作品畅销榜首，至 1937 年总计印刷 42 次，而至 1955 年，该书累计销售近 40 万册。它还被译为德语、法语、意大利语等十多种语言。直至上世纪 80 年代，该书仍在被重印。《印度母亲》出版后，《纽约时报》等报刊杂志对该书进行了大量报道和评论。总体来说，美国评论者及公众认为梅奥关于印度的书写公正、真实、客观。美国政府对《印度母亲》及印度的看法，则更耐人寻味，"西奥多·罗斯福赞美亚洲承担白人的重负并歌颂帝国主义的成就。"[161]

---

158 尹锡南：《英国文学中的印度》，成都：巴蜀书社，2008 年，第 42 页及第 58 页。
159 Dale Riepe, "Emerson and Indian Philosophy", *Journal of the History of Ideas*, 1967, No. 1, Vol. 28, pp.115-122.
160 Katherine Mayo, *Mother India*, New York: Blue Ribbon Books, 1927, p.46.
161 （印）阿玛蒂亚·森：《惯于争鸣的印度人：印度人的历史、文化与身份》，刘建译，北京：中国人民大学出版社，2018 年，第 123 页。

　　美国民众、媒体及官方对《印度母亲》的认可，对印度在美国的形象产生了负面影响。1928 年，受《印度母亲》启发，美国演员、编剧艾拉·娜兹莫娃（Alla Nazimova，1879-1945）的戏剧《印度》在纽约百老汇剧场上映。该剧讲述了一名 12 岁的印度母亲、她的两个女儿以及她的中年丈夫故事，它无疑是梅奥笔下"印度母亲"形象的"艺术再现"。直至 20 世纪 70 年代，《印度母亲》仍然是美国和平队志愿者前往印度时的重要参考书目。

　　有论者指出："在印度和美国的关系中，很少有人比凯瑟琳·梅奥更重要，少有著作比《印度母亲》更能给在美国的印度精神（乌托邦）形象带来如此大的冲击力。"[162]通过对《印度母亲》中印度女性与瘟疫书写的分析，我们发现了殖民文学书写与殖民政治的共谋关系。对英国殖民政府而言，揭露印度女性的悲惨处境、印度教的"野蛮堕落"、印度被侵略的历史等具有重要的意义，因为这一切使得他们对印度的殖民统治得以"合法"。对美国而言，与印度同样"野蛮落后"的菲律宾也须继续接受美国的统治。此外，瘟疫的蔓延成为美国政府排斥非白人移民的最好借口。毫无疑问，梅奥深谙东方主义叙事的传统，恰到好处地契合了帝国政治或殖民主义思想的需要。

---

162 A. M. Rosenthal，"'*Mother India*' Thirty Years After"，*Foreign Affairs*，1957，pp.620-630.

参考文献

一、中文著作（含译著）

1. （澳）A·L·巴沙姆主编：《印度文化史》，闵光沛等译，北京：商务印书馆，1999年。

2. （印）阿玛蒂亚·森：《惯于争鸣的印度人：印度人的历史、文化与身份》，刘建译，北京：中国人民大学出版社，2018年。

3. （美）爱德华·W·萨义德：《东方学》，王宇根译，北京：三联书店，1999年。

4. （美）爱德华·W·萨义德：《乡关何处》，彭淮栋译，新北：立绪文化事业有限公司，2000年。

5. （印）宾伽罗等撰：《印度古典文艺理论选译》，尹锡南译，成都：巴蜀书社，2017年。

6. （印）薄婆菩提：《罗摩后传》，黄宝生译，上海：中西书局，2018年。

7. 曹顺庆主编：《世界文学发展比较史》（下册），北京：北京师范大学出版社，2001年。

8. 曹顺庆、徐行言主编：《比较文学》，重庆：重庆大学出版社，2016年。

9. 曹顺庆主编：《比较文学概论》，北京：中国人民大学出版社，2018。

10. 陈仲庚、张雨新编：《人格心理学》，沈阳：辽宁人民出版社，1986年。

11. 陈自明：《印度音乐文化》，北京：中央音乐学院出版社，2018年。

12. 程雪猛、祝捷编著：《解读莎士比亚戏剧》，武汉：武汉大学出版社，2008年。

13. 戴锦华、孙柏：《〈哈姆雷特〉的影舞编年》，上海：上海人民出版社，2014年。

14. 方平：《欧美文学研究十论》，上海：复旦大学出版社，2005年。

15. （德）顾彬：《关于"异"的研究》，北京：北京大学出版社，1997年。

16. 郭绍虞主编：《中国历代文论选》（第一册），上海：上海古籍出版社，2003年。

17. 侯传文：《东方文化通论》，济南：山东教育出版社，2002年。

18. 侯维瑞主编：《英国文学通史》，上海：上海外语教育出版社，1999年。

19. 华全坤等著：《莎士比亚新论：新世纪，新莎士比亚》，上海：上海外语教育出版社，2007年。

20. 黄宝生：《印度古典诗学》，北京：北京大学出版社，1993年。

21. 黄宝生：《〈摩诃婆罗多〉导读》，北京：中国社会科学出版社，2005年。

22. 黄宝生译：《梵语诗学论著汇编》，北京：昆仑出版社，2008年。

23. 黄宝生：《梵学论集》，北京：中国社会科学出版社，2013年。

24. 黄宝生：《印度古代文学》，北京：中国社会科学出版社，2020年。

25. （美）惠特曼：《草叶集》，赵罗蕤译，上海：上海译文出版社，1991年。

26. （美）惠特曼：《草叶集》，楚图南、李野光译，北京：人民文学出版社，2020年。

27. 季羡林主编：《印度古代文学史》，北京：北京大学出版社，1991年。

28. 贾志浩等著：《西方莎士比亚批评史》，北京：社会科学文献出版社，2014年。

29. 江东：《印度舞蹈通论》，上海：上海音乐出版社，2007年。

30. 金克木：《金克木集》（第七卷），北京：三联书店，2011年。

31. 李伟昉：《梁实秋莎评研究》，北京：商务印书馆，2011年。

32. 李伟民：《光荣与梦想：莎士比亚在中国》，香港：香港天马图书有限公司，2002年。

33. 李伟民：《中西文化语境里的莎士比亚》，上海：上海外语教育出版社，2009 年。

34. 李伟民：《中国莎士比亚研究：莎学知音思想探析与理论建设》，重庆：重庆出版社，2012 年。

35. 林承节：《印度史》，北京：人民出版社，2004 年。

36. 林承节：《殖民统治时期的印度史》，北京：北京大学出版社，2004 年。

37. 刘安武、倪培耕、白开元主编：《泰戈尔全集》（第 13、21、22 卷），石家庄：河北教育出版社，2000 年。

38. 刘建、朱明忠、葛维钧：《印度文明》，北京：中国社会科学出版社，2004 年。

39. 刘绪贻、杨森茂主编：《美国通史》（第二、六卷），北京：人民出版社，2001 年。

40. 刘翼斌：《概念隐喻翻译的认知分析——基于〈哈姆雷特〉平行语料库研究》，北京：中国社会科学出版社，2011 年。

41. 刘颖：《英语世界〈文心雕龙〉研究》，成都：巴蜀书社，2012 年。

42. 陆谷孙：《莎士比亚研究十讲》，上海：复旦大学出版社，2005 年。

43. 卢盛江：《文镜秘府论研究》（下），北京：人民文学出版社，2013 年。

44. （法）卢梭：《致达朗贝尔的信》，李平沤译，北京：商务印书馆，2011 年。

45. 罗钢、刘象愚主编：《后殖民主义文化理论》，北京：中国社会科学出版社，1999 年。

46. （美）M·A·R·哈比布：《文学批评史》，阎嘉译，南京：南京大学出版社，2017 年。

47. （美）马克·吐温：《赤道环游记》，张友松译，南昌：百花洲文艺出版社，1993 年。

48. （美）马克·吐温：《马克·吐温文论集》（上）（1868-1898），叶冬心、李际等译，石家庄：河北教育出版社，2002 年。

49. （美）马克·吐温：《苦行记》，刘文哲、张明林译，桂林：漓江出版社，

2013 年。

50. （美）马克·吐温：《憨人国外旅游记》，刘文静译，上海：上海社会科学院出版社，2019 年。

51. （德）马克思、恩格斯：《马克思恩格斯全集》，中共中央马克思恩格斯斯大林列宁著作编译局编译，北京：人民出版社，1962 年。

52. 毛世昌、刘雪岚主编：《辉煌灿烂的印度文化的主流——印度教》，北京：中国社会科学出版社，2011 年。

53. 孟华主编：《比较文学形象学》，北京：北京大学出版社，2001 年。

54. （古印度）婆罗多撰：《舞论》，尹锡南译，成都：巴蜀书社，2021 年。

55. 钱满素：《爱默生和中国》，北京：三联书店，1996 年。

56. 邱紫华：《印度古典美学》，武汉：华中师范大学出版社，2006 年。

57. （美）赛珍珠：《我的中国世界——美国著名女作家赛珍珠自传》，尚营林、张志强等译，长沙：湖南文艺出版社，1991 年。

58. （美）苏桑·桑格塔：《疾病的隐喻》，程巍译，上海：上海译文出版社，2003 年。

59. （英）V·S·奈保尔：《幽暗国度》，李永平译，三联书店，2003 年。

60. 王玉洁：《莎士比亚的“性别之战”：莎翁戏剧作品的女性解读》，厦门：厦门大学出版社，2013 年。

61. （英）威廉·莎士比亚：《莎士比亚全集》（5），朱生豪译，南京：译林出版社，1998 年。

62. 吴洁敏、朱宏达：《朱生豪传》，上海：上海外语教育出版社，1990 年。

63. 许光华：《法国汉学史》，北京：学苑出版社，2000 年。

64. （美）伊曼纽尔·沃勒斯坦：《所知世界的终结：二十一世纪的社会科学》，冯炳昆译，北京：社会科学文献出版社，2003 年。

65. 易漱泉选编：《外国散文选》，长沙：湖南人民出版社，1981 年。

66. 尹锡南：《英国文学中的印度》，成都：巴蜀书社，2008 年。

67. 尹锡南：《“在印度之外”——印度海外作家研究》，成都：巴蜀书社，2012 年。

68. 尹锡南译：《印度比较文学论文选译》，成都：巴蜀书社，2012年。

69. 尹锡南、尚劝余、毕玮主编：《印度翻译研究论文选译》，成都：巴蜀书社，2013年。

70. 尹锡南：《印度文论史》（上），成都：巴蜀书社，2015年。

71. 尹锡南译：《20世纪印度比较诗学论文选译》，成都：巴蜀书社，2016年。

72. 尹锡南：《印度诗学导论》，上海：上海古籍出版社，2017年。

73. 郁龙余等著：《印度文化论》（第二版），北京：北京大学出版社，2016年。

74. （美）约翰·M·德斯蒙德、彼得·霍克斯：《改编的艺术：从文学到电影》，李升升译，北京：世界图书出版公司，2015年。

75. 张冲：《探究莎士比亚：文本、语境、互文》，上海：复旦大学出版社，2012年。

76. 张冲编著：《莎士比亚专题研究》，上海：上海外语教育出版社，2004年。

77. 张广智等著：《西方史学史》，上海：复旦大学出版社，2000年。

78. 张弘等：《跨越太平洋的雨虹——美国作家与中国文化》，银川：宁夏人民出版社，2002年。

79. 张慧琴、王晋华：《美国超验主义诗歌选》，北京：外文出版社，2015年。

80. 张京媛主编：《新历史主义与文学批评》，北京：北京大学出版社，1993年。

81. 张龙海等：《美国亚裔文学研究》，厦门：厦门大学出版社，2018年。

82. 张沛：《哈姆雷特的问题》，北京：北京大学出版社，2006年。

83. 张少康、汪春泓、陈允锋、陶礼天：《文心雕龙研究史》，北京：北京大学出版社，2001年。

84. 张彦远：《历代名画记》，朱和平译注，郑州：中州古籍出版社，2018年。

85. 周广荣：《梵语〈悉昙章〉在中国的传播与影响》，北京：宗教文化出版社，2004年。

86. 周宁：《天朝遥远：西方的中国形象研究》（下卷），北京：北京大学出版社，2006年。

87. 朱骅：《美国东方主义的中国话语——赛珍珠中美跨国书写研究》，上海：

复旦大学出版社，2012 年。

88. 朱立元主编：《当代西方文艺理论》，上海：华东师范大学出版社，1999 年。

二、中文论文（含译文）

1. （美）埃德温·杰罗："《沙恭达罗》的情节结构与味的发展"，刘建译，季羡林主编：《印度文学研究集刊》（第二辑），上海：上海译文出版社，1986 年。

2. （法）保罗·戴密微："法国汉学研究史概述"，秦时月译，《中国文化研究》，1993 年（总第 2 期）。

3. （法）保罗·戴密微："法国汉学研究史概述（中、下）"，秦时月译，《中国文化研究》，1994 年（总第 3、4 期）。

4. 曹顺庆："变异学确立东西方比较文学合法性"，《中国社会科学报》，2011 年 7 月 5 日。

5. 贾岩："印度母亲与印度民族主义想象"，《南亚东南亚研究》，2020 年，第 6 期。

6. 金晓菲："莎剧的三种电影面孔"，《中华读书报》，2007 年 3 月 12 日。

7. 李璐："马克·吐温游记中的异国凝视"，《外语研究》，2019 年，第 11 期。

8. 李伟民："日本莎剧演出与研究一瞥"，李伟民主编：《中国莎士比亚研究通讯》，2013 年。

9. 李伟民、杨林贵："莎士比亚悲剧批评在中国"，李伟民主编：《中国莎士比亚研究通讯》，2015 年。

10. 梁展："土地、财富与东方主义：弗朗索瓦·贝尔尼埃与十七世纪欧洲的印度书写"，《外国文学评论》，2019 年，第 4 期。

11. 林其锬："《文心雕龙》研究在海外的历史、现状与发展"，《社会科学》，1994 年，第 9 期。

12. 麦永雄："东方美学当代化与国际化的会通"，《中国社会科学报》，2019 年 4 月 9 日。

13. （美）梅维恒、梅祖麟："近体诗律的梵文来源"，王继红译，张西平主编：《国际汉学》（第十六辑），郑州：大象出版社，2007年。

14. 潘祥辉："'祖国母亲'：一种政治隐喻的传播及溯源"，《人文杂志》，2018年，第1期。

15. 王春景："爱情传奇背后的东方主义——论赛珍珠的小说〈曼荼罗〉中的殖民话语"，《河北师范大学学报》（哲学社会科学版），2014年，第1期。

16. 吴兰香："从进化法则到文化阐释——马克·吐温对西方文明的反思与批判"，《南京社会科学》，2014年，第9期。

17. 徐红："莎剧改编：从戏剧到电影"，《电影文学》，2007年，第5期。

18. 叶文举："《文心雕龙》对古代文学理论和创作的影响异议"，《中华文化》，2014年，第2期。

19. 尹锡南："梵语诗学的现代运用"，《外国文学研究》，2007年，第6期。

20. 尹锡南："作为'精神进化论'的'未来诗歌论'：奥罗宾多〈未来诗歌〉解读"，《外国文学评论》，2010年，第6期。

21. 尹锡南："莎士比亚戏剧在印度的翻译改编及研究"，《青岛大学师范学院学报》，2011年，第3期。

22. 尹锡南："印度学者师觉月的汉学研究"，《国际汉学》，2018年，第2期。

23. 尹锡南、王冬青："莎士比亚作品的印度传播及其对中国的启示"，《南亚研究季刊》，2018年，第1期。

24. 郁龙余："从佛学、梵学到印度学：中国印度学脉络总述"，《深圳大学学报（人文社会科学版）》，2018年，第6期。

三、外文著作

1. Acharya, P. B., *The Tragicomedies of Shakespeare, Kalidasa and Bhavabhuti*, Delhi: Meharchand Lachhmandas, 1978.

2. Altman, Michael J., *Heathen, Hindoo, Hindu: American Representations of India, 1721-1893*, New York: Oxford University Press, 2017.

3. Arangasamy, Palany, *Shakespeare in Tamil Versions: An Appraisal*, Thanjavur: Muthamizh Nilayam, 1994.

4. Arnold, David, *Imperial Medicine and Indigenous Societies*, Manchester: Manchester University Press, 1988.

5. Arora, Anupama & Rajender Kaur, eds., *India in the American Imaginary, 1780s-1880s,* New York: Palgrave Macmillan, 2017.

6. Ashcroft, Bill, Gareth Griffiths & Helen Tiffin, *The Empire Writes Back: Theory and Practice in Post-colonial Literature,* London and New York: Routledge, 1989.

7. Aurobindo, Sri, *The Future Poetry*, Pondicherry: Sri Aurobindo Ashram Press, 2000.

8. Aurobindo, Sri, *The Renaissance in India and Other Essays on Indian Culture,* Pondicherry: Sri Aurobindo Ashram Press, 2002.

9. Bansat-Boudon, Lyne, *Poetique du Theater Indien, Lectures du Natyasastra*, Paris: Edition de l'Ecole Française d'Extrême Orient, 1992.

10. Bansat-Boudon, Lyne, *Pourquoi le Theatre? La Reponse Indienne*, Paris: Milles et une Nuits, 2004.

11. Bansat-Boudon, Lyne, *Theatre de l'Inde Ancienne*, Paris: Bibliotheque de la Pleiade, 2006.

12. Barman, Debayan Deb, ed., *Shakespeare in India: Criticism, Translation and Performance*, Kolkata: Ashadeep, 2016.

13. Baudry, Frederic, *Etude sur les Vedas*, Paris: Kessinger Publishing, 2010.

14. Baumer, Rachel Van M. & James R. Brandon, eds., *Sanskrit Drama in Performance,* Delhi: Motilal Banarsidass Publishers, 1993.

15. Bean, Susan S., *Yankee India: American Commercial and Cultural Counters with India in the Age of Sail, 1784-1860,* Ahmedabad: Mapin Publishing, 2001.

16. Bernier, Francois, *Voyage dans les Etats du Grand Mogol*, Paris: Fayard, 1981.

17. Bharata, *Natyasastra*, Vol.1, Delhi: Parimal Publications, 2012.

18. Bharata, *Natyasastra,* Vol.1, New Delhi: Indira Gandhi International Centre

for the Arts, 2015.

19. Bharata, *Natyasastra, Text with Introduction,* Vol.1, New Delhi: NBBC Publisher, 2014.

20. Bharata, *Natyasastra, Text with Introduction, English Translation and Indices in Four Volumes,* Vol.2, New Delhi: NBBC Publishers, 2014.

21. Bharatamuni, *Natyasastra,* Vol.4, Baroda: Oriental Institute, 1964.

22. Bharatamuni, *Natyasastra,* Vol.1, Delhi: Parimal Publications, 2003.

23. Bharatamuni, *Natyasastra,* Vol.1, ed., by ManomohanGhosh, Varanasi: Chowkhamba Sanskrit Series Office, 2009.

24. Bharatamuni, *Natyasastra,* Vol.1, New Delhi: NBBC Publishers, 2014.

25. Bharatamuni, *Natyasastra,* Vol.2, Varanasi: Chaukhamba Sanskrit Series Office, 2016.

26. Bharatamuni, *Natyasastra,* Vol.1, Varanasi: Chaukhamba Sanskrit Series Office, 2017.

27. Bhavnani, Enakshi, *The Dance in India: The Origin and History, Foundations, the Art and Science of the Dance in India-Classical, Folk and Tribal,* Bombay: Taraporevala's Treasure House of Books, 1970.

28. Bies, Jean, *Littérature Frnacaise et Pensee Hindoue, des Origines a 1950,* Paris: Librairie C. Klincksieck, 1974.

29. Biswas, Oneil, *Shakespeare at Home and Abroad,* Calcutta: Sanjoy Chakraborty at Chakraborty Centerprise, 1999.

30. Bose, Mandakranta, *Movement and Mimesis: The Idea of Dance in the Sanskritic Tradition,* New Delhi: D. K. Printworld, 2007.

31. Bose, Mandakranta, *Speaking of Dance: The Indian Critique,* New Delhi: D.K. Printworld, 2019.

32. Bridet, Guillaume, *L'Evenement Indien dans la Litterature Francaise,* Grenoble: ELLUG, 2014.

33. Buck, Pearl S., *Mandala,* New York: John Day Company, 1970.

34. Budd, Louis J., ed., *Mark Twain: The Contemporary Reviews*, Cambridge: Cambridge University Press, 1999.

35. Burnouf, Eugene, *Le Bhagavata Purana: ou, Histoire Poetique de Krichna*, Volume 1, Paris: Hauvette-Besnault, 1840.

36. Byrski, Maria Christopher, *Concept of Ancient Indian Theatre*, New Delhi: Munshiram Manoharlal Publishers, 1974.

37. Chezy, Antoine-Leonard, *Analyse du Megha-Doutah, Poeme Sanskrit de Kalidasa*, Paris: Hachette, 1817.

38. Chopra, Vikram, ed., *Shakespeare: Varied Perspectives,* Delhi: B.R. Publishing Corporation, 1996.

39. Chopra, Vikram, *Shakespeare's Major Tragedies: A Study in the Context of Indian Approaches*, Sardar Patel University, Vallabh Vidyanagar, 1994.

40. Crane, Ralph & Radhika Mohanram, *Imperialism as Diaspora: Race, Sexuality and History in Anglo-India*, Liverpool: Liverpool University Press, 2013.

41. Dahiya, Bhim S., ed., *Postmodern Essays on Love, Sex and Marriage in Shakespeare*, New Delhi: Viva Books, 2008.

42. Danielou, Alain & N. R. Bhatt, *Le Gitalamkara, L'ouvrage Original de Bharata sur la Musique*, Pondichery: Institut Francais d'Indologie, 1959.

43. Das, Sisir Kumar, *Indian Ode to the West Wind, Studies in Literary Encounters*, Delhi: Pencraft International, 2001.

44. Dattila, *Dattilam*, ed. & tr. by Mukund Lath, New Delhi: Indira Gandhi National Centre for the Arts, 1988.

45. De Chezy, Antoine, *La Reconnaissance de Sacountala, Drame Sanscrit et Pracrit de Calidasa*, Paris: Librairie de Dondey-Dupre, 1830.

46. Devadhar, C.R., ed. & tr. *The Works of Kalidasa: Three Plays,* Delhi: Motilal Banarsidass, 2015.

47. Dhawan, R. K., ed., *Comparative Literature,* Delhi: Bahri Publications, 1991.

48. Dionne, Craig & Parmita Kapadia, eds., *Bollywood Shakespeares*, New York:

Palgrave Macmillan, 2014.

49. Du Meril, Edemestand, *Etude Historique et Litteraire sur le Rig-Veda*, Paris: Bureaux de la Revue Contemporaine, 1853.

50. Ducoeur, Guillaume, *Anthologie de Proverbes Sanskrits: tires des Epopees Indiennes*, Paris: L'Harmattan, 2004.

51. Dumezil, Georges, *Mythe et Epopee I, L'Ideologie des Trois Fonctions dans les Epopees des Peuples Indo-Europeens*, Paris: Gallimard, 1968.

52. Emerson, Everett, *The Authentic Mark Twain: A Literary Biography of Samuel L. Clemens*, Philadelphia: University of Pennsylvania Press, 1984.

53. Evans, G. Blakemore & others, eds., *The Riverside Shakespeare*, Boston: Houghton Mifflin Company, 1974.

54. Fauche, Hippolyte, *Oeuvres Completes de Kalidasa, Traduites et Sanscriten Français pour la Premiere Fois*, Paris: Librairie de A. Durand, 1859.

55. Forbes, Gerald, *Women in Colonial India*, Glasgow: DC Publishers, 2005.

56. Fournet, Jean-Luc (dir.), *Ma Grande Eglise & Ma Petite Chapelle*, Paris: Collège de France, 2020.

57. Fujita, Minoru & Leonard Pronko, eds., *Shakespeare East and West*, Richmond: Japan Library, 1996.

58. Ghosh, Sri Aurobindo, *Bande Mataram, Political Writings and Speeches, 1890-1908*, Pondicherry: Sri Aurobindo Ashram Press, 2002.

59. Gilbert, Elizabeth, *Eat, Pray, Love: One Woman's Search for Everything across Italy, India and Indonesia*, New York: Penguin Books, 2006.

60. Gnoli, Raniero, *The Aesthetic Experience according to Abhinavagupta*, Varanasi: Chowkhamba Sanskrit Series Office, 1985.

61. Gopal, Sangita & Sujata Mooriti, eds., *Global Bollywood: Travels of Hindi Songs and Dance*, Minnesota: University of Minnesota Press, 2008.

62. Gopalakrishnan, Sudha, *Kutiyattam: The Heritage Theatre of India*, New Delhi: Niyogi Books, 2011.

63. Greenberger, A.J., *The British Image of India: A Study in the Literature of*

Imperialism: 1880-1960, Oxford: Oxford University Press, 1969.

64. Griffin, Benjamin &Harriet Elinor Smith, eds. *Autobiography of Mark Twain*, Volume 2, Berkeley and Los Angeles: University of California Press, 2013.

65. Grosset, Joanny, *Contribution a l'Etude de la Musique Hindoue*, Paris: Ernest Leroux, 1888.

66. Grosset, Joanny, ed., *BharatiyaNatyasastra, Traite de Bharata, Sur le Theatre, Texte Sanskrit,* Paris: Ernest Leroux, 1898.

67. Guneratne, Antony R., *Shakespeare, Flim Studies, and the Visual Cultures of Modernity,* New York: Palgrave Macmillan, 2008.

68. Gupta, Manjul, *A Study of Abhinnavabharati on Bharata's Natyasastra and Avaloka on Dhananjaya's Dasarupaka*, New Delhi: Gian Publishing House, 1987.

69. Gupta, R. K., *The Great Encounter: A Study of Indo-American Literary and Cultural Relations*, New Delhi: Abhinav Publications, 1986.

70. Gupta, S. C. Sen, *Aspects of Shakespearian Tragedy,* Calcutta: Offord University Press, 1972.

71. Hall, Fitz Edward, ed., *Dasarupam of Dhananjaya with Avaloka-tika by Dhanika,* Delhi: Parimal Publications, 2009.

72. Hays, J. N., *The Burdens of Disease: Epidemics and Human Response in Western History*, New Jersey: Rutgers University Press, 2009.

73. Hudspeth, Robert N., Elizabeth H. Witherell & Lihong Xie, eds., *The Correspondence of Henry D. Thoreau*, New Jersey: Princeton University Press, 2018.

74. Ingalls, Daniel H. H., Jeffrey Moussaieff Masson & M. V. Patwardhan, tr., *The Dhvanyaloka of Anandavardhana with the Locana of Abhinavagupta*, Massachusetts: Harvard University Press, 1990.

75. Iyer, K.N., *The Secret of Shakespeare and His Baffling Personality and Philosophy: Their Samkara-Vedantic Key,* Patan, 1993.

76. Jha, Manoranjan, *Katherine Mayo and Mother India*, New Delhi: People's

Publishing House, 1971.

77. Kane, P. V., *History of Sanskrit Poetics,* Delhi: Motilal Banarsidass, Fourth Edition, 1971, 5th Reprint, 2015.

78. Karttunen, Klaus, ed., *History of Indological Studies*, Delhi: Motilal Banarsidass Publishers, 2015.

79. Kavi, M. Ramakrishna, ed., *Natyasastra of Bharatamuni with the Commentary Abhinavabharati by Abhinavaguptacarya, Chapters 1-7, Illustrated,* Vol.1, Baroda: Oriental Institute, 1956.

80. Keith, A. Berriedale, *A History of Sanskrit Literature,* Delhi: Motilal Banarsidass Publishers, 2017

81. Keith, A. Berriedale, *The Sanskrit Drama in its Origin, Development Theory & Practice,* Delhi: Motilal Banarsidass Publishers, 1998.

82. Kennedy, Dennnis & Yang Lilan, eds., *Shakespeare in Asia: Contemporary Performance*, Cambridege: Cambridge University Press, 2010.

83. King, Bruce, *V. S. Naipaul,* London: Macmillan Press Ltd., 1993.

84. Kuiper, F.B.J., *Varuna and Vidusaka: On the Origin of Sanskrit Drama,* Amsterdam: North Holland, 1979.

85. Kushwaha, M. S., ed., *Indian Poetics and Western Thought*, Lucknow: Argo Publishing House, 1988.

86. Kushwaha, M. S., ed., *Dramatic Theory and Practice Indian and Western,* Delhi: Creative Books, 2000.

87. Langlois, Alexandre, *Rig-Veda, ou Livre des Hymnes*, 4 volumes, Paris: Maisonneuve, 1984.

88. Langlois, Alexandre, *Monuments Litteraires de l'Inde, ou Melanges de Litterature Sanscrite*, Paris: Chez Lefevre, 1827.

89. Leupol, L., *Specimen des Puranas, Textes, Transcription, Traduction et Commentaire des Principaux Passages du Brahmavaevarta Purana*, Paris: Maisonneuve et Cie, 1868.

90. Levi, Sylvain, *Le Theatre Indien*, Paris: Emile Bouillon, 1890.

91. Lidova, Natalia, *Drama and Ritual of Early Hinduism,* Delhi: Motilal Banarsidass Publishers, 1996.

92. Lipner, Julius J., tr., *The Sacred Brotherhood*, London: Oxford University Press, 2005.

93. Mainkar, T. G., *Sanskrit Theory of Drama and Dramaturgy*, Delhi: Ajanta Publications, 1985.

94. Markandaya, Kamala, *Shalimar,* New York: Harper & Row, 1982.

95. Massai, Sonia, ed., *World-wide Shakespeares: Local Appropriations in Film and Performance*, London and New York: Routledge, 2005.

96. Masson, J.L. & M.V. Patwardhan, *Santarasa and Abhinavagupta's Philosophy of Aesthetics,* Poona: Bhandarkar Matilal Oriental Research Institute, 1969.

97. Masson, J.L.& M. V. Patwardhan, *Aesthetic Rapture: The Rasadhyaya of the Natyasastra,* Vol.1: Text, Poona: Deccan College, 1970;

98. Masson, J.L.& M.V.Patwardhan, *Aesthetic Rapture: The Rasadhyaya of the Natyasastra,* Vol.2: Notes, Poona: Deccan College, 1970.

99. Mayo, Katherine, *The Isles of Fear: The Truth about Philippines*, New York: Harcourt, Brace and Company, 1925.

100. Mayo, Katherine, *Mother India*, New York: Blue Ribbon Books, 1927.

101. Mayo, Katherine, *Slaves of the Gods*, New York: Harcourt, Brace and Company, 1929.

102. Melton, Jeffrey Alan, *Mark Twain, Travel Books and Tourism: The Tide of a Great Popular Movement,* Tuscaloosa: The University of Alabama Press, 2002.

103. Messent, Peter & Louis J. Budd, eds., *A Companion to Mark Twain*, Malden: Blackwell Publishing, 2005.

104. Misra, Purosottama, *Sangitanarayana,* Vol.1-2, New Delhi: Indira Gandhi National Centre for the Arts, 2009.

105. Mohkamsing, Narinder, *A Study of Rhythmic Organisation in Ancient Indian Music: the Tala System as Described in Bharat's Natyasastra*, Leiden:

Universiteit Leiden, 2003.

106. Nadkarni, Asha, *Eugenic Feminism: Reproductive Nationalism in the United States and India*, Minneapolis: University of Minnesota Press, 2014.

107. Nagar, R. S. & K. L. Joshi, eds., *Natyasastra of Bharatamuni with the Commentary Abhinavabharati of Abhinavagupta*, Vol.1, Delhi: Parimal Publications, 2012.

108. Naik, M. K., S. K. Desai & S. K. Kallapur, eds., *The Image of India in Western Creative Writing*, Dharwar: Karnatak University Press, 1970.

109. Nair, Serenata, ed., *The Natyasastra and the Body in Performance: Essays on Indian Theories of Dance and Drama*, North Carolina: McFarland & Company Inc., 2015.

110. Narasimhaiah, C. D., ed., *Shakespeare Came to India*, Bombay: Popular Prakashan, 1964.

111. Narasimhaiah, C. D., ed., *East West Poetics at Work*, New Delhi: Sahitya Akademi, 1994.

112. Nehru, Jawaharlal, *The Discovery of India*, Bombay: Asia Publishing House, 1972.

113. Pande, Anupa, *A Historical and Cultural Study of the Natyasastra of Bharata*, Jodhpur: Kusumanjali Book World, 1996.

114. Panja, Shormishtha & Babli Moitra Saraf, eds., *Performing Shakespeare in India*, New Delhi: Sage Publications India Pvt. Ltd, 2016.

115. Patnaika, P., *Rasa in Aesthetics: An Appreciation of Rasa Theory to Modern Western Literature*, New Delhi: D. K Print World, 1997.

116. Periago, Rosa Maria Garcia, *Shakespeare, Bollywood and Beyond*, Universidad de Murcia, 2013.

117. Pollock, Sheldon, *The Language of the Gods in the World of Men: Sanskrit, Culture, and Power in Premodern India*, New Delhi: Permanent Black, 2007.

118. Pollock, Sheldon, ed. & tr. *A Rasa Reader: Classical Indian Aesthetics*, NewDelhi: Permanent Black, 2017.

119. Pratt, Mary Louise, *Imperial Eyes*, NewYork: Routledge, 1992.

120. Ramachandra, Ragini, ed., *Literary and Cultural Explorations at Dhvanyloka*, Mysore: Dhvanyaloka Publication, 2007.

121. Ramaswamy, Sumathi, *The Goddess and the Nation, Mapping Mother India*, Duke University Press, 2010.

122. Raychaudhuri, Tapan, *Europe Reconsidered: Perceptions of West in Nineteenth Century Bengal*, Delhi: Oxford University Press, 1988.

123. Regnier, Adolphe, *Etudes sur l'Idiome des Vedas et les Origines de la Langue Sanscrite*, Paris: C. Lahure, 1855.

124. Reid, John T., *Indian Influences in American Literature and Thought*, New Delhi: Bhatkal Books International, 1965.

125. Renou, Louis, *La Kavyamimamasa: de Rajaekhara*, Paris: Cahiers de la Societeasiatique, 1946.

126. Rothwell, Kenneth, *A History of Shakespeare on Screen: A Century of Film and Television*, Cambridge University, 2004.

127. Rubin, David, *After the Raj: British Novels of India since 1947*, London: University Press of New England, 1986.

128. Saari, Anil, ed., *India Cinema 1994*, New Delhi: Mayar Printers, 1995.

129. Sabharwal, Jyoti, *Afloat a Lotus Leaf: Kapila Vatsyayan, A Cognitive Biography*, New Delhi: Stellar Publishers, 2015.

130. Sankaran, A., *Some Aspects of Literary Criticism in Sanskrit of the Theories of Rasa and Dhvani*, New Delhi: Oriental Books Corporation, 1973.

131. Scharnhorst, Gary, ed., *Mark Twain: The Complete Interviews*, Tuscaloosa: The University of Alabama Press, 2006.

132. Schwerin-High, Friederike Von, *Shakespeare, Reception and Translation: Germany and Japan*, London and New York: Continuum, 2004.

133. Scott, Paul, *The Chinese Love Pavilion*, London: Eyre and Spottiswoode, 1960.

134. Scott, Paul, *The Birds of Paradise*, London: Heinemann, 1962.

135. Scott, Paul, *The Day of the Scorpion,* London: Heinemann, 1968.

136. Scott, Paul, *The Towers of Silence,* London: Heinemann, 1971.

137. Scott, Paul, *The Jewel in the Crown,* London: Panther, 1973.

138. Scott, Paul, *Staying On*, London: Heinemann, 1977.

139. Scott, Paul, *A Division of the Spoil,* New York: Avon Books, 1979.

140. Sengupta, Indira Chowdhury, *Colonialism and Cultural Identity: the Making of a Hindu Discourse, Bengal 1867-1905*, University of London, 1993.

141. Sethna, K. D., *Sri Aurobindo on Shakespeare,* Pondicherry: Sri Aurobindo Ashram Press, 2000.

142. Shankar, D. A., ed., *Shakespeare in Indian Languages,* Shimla: Indian Institute of Advanced Study, 1999.

143. Shakespeare, William*, The Riverside Shakespeare (Second Edition)*, Evans, G. Blakemore & others, eds., Boston & NewYork: Houghton Mifflin Company, 1997.

144. Sharma, Ram Bilas, *Essays on Shakespearean Tragedy*, Delhi: Anamika Publishers, 1998.

145. Shaughnessy, Robert, ed., *Shakespeare on Film*, New York: Palgrave, 1998.

146. Sinha Mrinalini, *Specters of Mother India: The Global Restructuring of an Empire*, Durham: Duke University Press, 2006.

147. Sisson, C. J., *Shakespeare in India: Popular Adaptations on the Bombay Stage*, London: The Shakespeare Association, 1926.

148. Spivak, Gayatri Chakravorty, *In Other Worlds: Essays in Cultural Politics,* Methuen: New York & London, 1987.

149. Spurling, Hilary, *Paul Scott: A Life of the Author of the Raj Quarter,* New York: W.W. Norton & Company, Inc., 1991.

150. Taylor, Michael, *Shakespeare Criticism in the Twentieth Century,* New York: Oxford University Press, 2001.

151. Thoreau, Henry David, *A Week on the Concord and Merrimack Rivers*, ed., J.

Lyndon Shanley, New Jersey: Princeton University Press, 2004.

152. Tripathi, Radhaballabh, ed., *Natyasastra in the Modern World, Proceedings of the 15th World Sanskrit Conference, Vol.3, Special Panel on Natyasastra,* New Delhi: D.K. Printworld, 2014.

153. Trivedi, Harish, *Colonial Transactions: English Literature and India,* Calcutta: Papyrus, 1993.

154. Trivedi, Poonam & Dennis Bartholomeusz, eds., *India's Shakespeare : Translation, Interpretation and Performance,* Newark: University of Delaware Press, 2005.

155. Trivedi, Poonam & Paromita Chakravarti, eds., *Shakespeare and Indian Cinemas: "Local Habitations",* New York and London: Routledge, 2019.

156. Valmiky, *Le Ramayana,* Hippolyte Fauche(trad.), Paris: Librairie Internationale, 1854-1858.

157. Vatsyayan, Kapila, *Bharata: The Natyasastra,* New Delhi: Sahitya Akademi, 2015

158. Virtanen, Keijo, *The Concept of Purification in the Greek and Indian Theories of Drama,* Jyvaskyla: Jyvaskyla Yliopisto, 1988.

159. Warder, A. K., *Indian Kavya Literature,* Vol.1, Literary Criticism, Delhi: Motilal Banarsidass, 2009.

160. Weinbaum, Francine S., *Paul Scott: A Critical Study,* Austin: University of Texas Press, 1992.

161. Wilson, Horace Hayman, *Select Specimens of the Theatre of the Hindus, Translated from the Original Sanskrit,* Vol.1, Calcutta: Asiatic Press, 1827.

162. Winternitz, Maurice, *A History of Indian Literature: Classical Sanskrit Literature, Scientific Literature,* Vol.3, Delhi: Motilal Banarsidass, 2015.

163. Wohlschlag, Dominique, *Cles pour le Mahabharata,* Lausanne & Paris: Infolio, 2015.

164. （日）上村勝彦：《インド古典演劇論における美的經驗》，東京：東京大學出版会，1990 年。

165.（泰）Monwitun, Saeng, *Nattayasat（《舞论》泰语译本）*, Bangkok: The Fine Arts Department of Silapakorn University, 1998.

四、外文期刊文献

1. Blair, Orfall, "From Ethnographic Impulses to Apocalypti Endings: Bahardwaj's Maqbool and Kurosawa's Throne of Blood in Comparative Context*", Borrowers and Lenders: The Journal of Shakespeare and Appropriation*, No. 4, 2009.

2. Booth, Gregory D., "Traditional Content and Narrative Structure in the Hindi Commercial Cinema", *Asian Folklore Studies*, No. 2, 1995.

3. Chandarlapaty, Raj, "Indian Journals and Allen Ginsberg's Revival as Prophet of Social Revolution", *Ariel: a Review of International English Literature*, No. 2, Vol.41, 2011.

4. Chatterjee, Partha, "Colonialism, Nationalism, and Colonialized Women: the Contest in India", *American Thought*, 1989.

5. Christina A. &Anandam P. Kavoori, "Colonial Discourse and the Writings of Katherine Mayo", *American Journalism*, No. 3, Vol.24, 2007.

6. Cummings, Sherwood, "Mark Twain's Social Darwinism", *Huntington Library Quarterly*, No. 2, Vol.20, 1957.

7. Das, Sisir Kumar, "Shakespeare in India", Swapan Majumdar, ed., *Jadavpur Journal of Comparative Literature,* Vol.35, 1997-1998, Calcutta: Jadavpur University.

8. Davin, Anna, "Imperialism and Motherhood", *History Workshop*, No. 5, 1978.

9. Filliozat, Jean, "Diversite de l'oeuvre de Sylvain Levi", *Hommage a Sylvain Levi: pour le Centenaire de sa Naissance,* Paris: Institut de Civilisation Indienne, 1963.

10. Filliozat, Jean, "Les Premiers Etapes de l'Indianisme", *Bulletin de l'Association Guillaume Bude*, n°3, octobre 1953.

11. Filliozat, Jean, "Une GrammaireSanscrite du XVIIIᵉSiecle et les Debuts de l'Indianismeen France", *Journal Asiatique*, 1937.

12. Fillozat, Pierre-Sylvain, "Louis Renou (1896-1965)", *Ecole Pratique des Hautes Etudes. 4e section, Sciences Historiques et Philologiques,* Annuaire 1968-1969.

13. Ganguly, Suranjan, "Allen Ginsberg in India: An Interview", *Ariel: A Review of International English Literature,* No. 4, Vol.24, 1993.

14. Gibson, William M., "Mark Twain and Howells: Anti-Imperialists", *The New England Quarterly,* No. 4, Vol.20, 1947.

15. Guha, Anasuya, "Rome-Egypt Constructs in Antony and Cleopatra: Antithesis and Resolution", Swapan Majumdar, ed., *Jadavpur Journal of Comparative Literature,* Vol.38, 2000-2001, Calcutta: Jadavpur University.

16. Hawkins, Hunt, "Mark Twain's Anti-Imperialism", *American Literary Realism, 1870-1910,* No. 2, Vol.25, 1993.

17. Joseph, Christina A. & Anandam P. Kavoori, "Colonial Discourse and the Writings of Katherine Mayo", *American Journalism,* No. 3, Vol.24, 2007.

18. Liddle, Joanna & Rama Joshi, "Gender and Imperialism in British India", *Economic and Political Weekly,* No. 43, Vol.20, 1985.

19. Majumdar, Sirshendu, "Tagore's Kalidasa & Shakespeare", *The Visva Bharati Quarterly,* No.3-4, Vol.13, 2006.

20. Majumdar, Swapan, "Approximating the Other: Some Shakespearean Renderings in Indian Languages", Amiya Dev, ed., *Jadavpur Journal of Comparative Literature,* Vol.31, 1993-1994, Calcutta: Jadavpur University.

21. Moreau, Isabelle, " Comptes Rendus", *Dix-Septieme Siecle,* No. 1, Vol.250, 2011.

22. Nadkarni, Asha, "Eugenic Feminism: Asian Reproduction in the U.S Imaginary", *NOVEL: A Forum on Fiction,* No. 2, Vol.39, 2006.

23. Naikar, Basavaraj, "Raktaksi: Cultural Adaptation of Hamlet", Swapan Majumdar, ed., *Jadavpur Journal of Comparative Literature,* Vol.41, 2003-2004, Calcutta: Jadavpur University.

24. Renou, Louis, "Sylvain Lévi et son Oeuvre Scientifique", *Mémorial Sylvain*

Lévi, Vol.1, Delhi: Motilal Banarsidass, 1996.

25. Riepe, Dale, "Emerson and Indian Philosophy", *Journal of the History of Ideas*, No. 1, Vol.28, 1967.

26. Rosenthal, A. M., "'*Mother India*' Thirty Years After", *Foreign Affairs*, 1957.

27. Rushdie, Salman, "Outside the Whale", *American Film 10,* January, 1985.

28. Semenza, Greg Colon, "The Globalist Dimensions of Silent Shakespeare Cinema", *Journal of Narrative Theory*, No. 3, 2011.

29. Sen, Suddhaseel, "Indigeninzing Macbeth: Vishal Bahardwaj's Maqbool", *Borrowers and Lenders: The Journal of Shakespeare and Appropriation*, No. 4, 2009.

30. Sinha, Mrinalini, "Reading Mother India: Empire, Nation, and the Female Voice", *Journal of Women's History*, No. 2,1994.

31. Watts, Sheldon, "British Development Policies and Malaria in India 1897-c.1929", *Past and Present*, No. 165, Vol.6, 1999.

32. Willson, A. Leslie, "Herder and India: The Genesis of a Mythical Image", *Publications of the Modern Language Association of America*, No. 5, Vol.70, 1955.

五、工具书

1. 黄心川主编:《南亚大辞典》,成都:四川人民出版社,1998 年。

2. Apte, Vaman Shivram, *The Practical Sanskrit-English Dictionary,* Delhi: Motilal Banarsidass Publishers, 2004.

3. Bahri, Hardev, *Hindi-English Dictionary*, Delhi: Rajpal & Sons, 2004.

4. Bose, Mandakranta, *The Dance Vocabulary of Classical India*, Delhi: Sri Satguru Publications, 1995.

后　记

　　本书能够纳入四川大学文学与新闻学院曹顺庆教授主编的比较文学研究丛书，并在海峡对岸的花木兰出版社出版，实在是一件值得高兴、也值得庆幸的事。

　　笔者首先要真诚感谢尊敬的曹顺庆先生！本书的构思得到了曹先生的首肯。曹先生是中国大陆数十年如一日勉力从事比较文学研究并享誉世界的学术泰斗。他提出的一系列理论如"失语症"、"汉语批评"和比较文学变异学理论等，先后在学界引起高度关注，其著作如《中西比较诗学》和《比较文学变异学》等先后出现了韩国语与俄语等外语译本，产生了世界反响。祝愿中国比较文学研究在曹先生等领军人物的指引下，不断地披荆斩棘、开拓创新，在跨越东西方异质文明的研究领域奉献更多可与世界同行对话的精品力作。

　　感谢这套比较文学研究丛书的协调人、四川大学文学与新闻学院杨清博士为此书出版作出的诸多无私奉献。

　　笔者也要真诚感谢花木兰出版社。感谢责任编辑杨嘉乐女士为此书出版所付出的辛苦和努力。

　　需要说明的是，本书第一章部分内容源自笔者（尹锡南）近期出版的《舞论》（全译本）之"中译本引言"，第三章和第五章为笔者此前曾经发表论文的修改版，具体情况参见书中相应部分的注释说明。本书其他三章即第二、四、六章均未发表，为原创性论文，笔者对该三章进行了不同程度的修改。

　　以下为本书各章作者的具体情况（按章节先后排序）：四川大学南亚研究所尹锡南（第一章、第三章和第五章）、四川大学文学与新闻学院博士候选人黄潇（第二章）、四川大学文学与新闻学院博士候选人王冬青（第四章）、四川大学文学与新闻学院博士候选人马金桃（第六章）。本书"前言"中关于第二、四、六章的介绍均不同程度地摘自三位博士候选人的相关论文。

感谢不辞辛劳积极参与本书各章撰写的三位年轻学者：王冬青、马金桃、黄潇。此外，四川大学文学与新闻学院博士候选人曹怡凡以及四川大学南亚研究所硕士生兰婷和范静等先后为本书第一章和"前言"的撰写提供了相关文献，在此对她们一并致谢！

尹锡南

2021 年 7 月 31 日于成都